모든 나를
품으며

모든 나를
품으며

가 린
에세이

자화
상

저는 상처를 삼키는 사람이었습니다. 아주 꼭꼭 씹어서. 그렇게 하면 자연스럽게 소화가 될 거로 생각했으니까요.

하지만 상처는 어딘가에 계속 붙어 있었습니다. 사라지는 게 아니라, 몸집이 커지면서요. 나의 내부는 자리가 좁아졌습니다. 괜찮았던 일이 괜찮지 않게 되었고, 싫어하는 것도 많아졌습니다. 가끔은 사람이 미웠고, 그래서 인연을 끊어내기도 했습니다. 그때 저는 상처에 함몰되어 있었습니다. 상처 난 그곳을 스스로 더 깊게 파곤 했지요.

이윽고 상처를 관찰하기 시작했습니다. 어디서부터 왔고 어떻게 커졌는지. 아무것도 모르겠는 날에도 무작정 기록했습니다. 때로는 그것이 더 아프게 할 때도 있었지만요.

긴 시간이 흐른 뒤, 저는 이런 답을 찾았습니다.

사랑하는 사람이라고 해서 깨끗한 사랑만을 할 수는 없다는 거. 그 사람과 나에게 늘 행복만 존재할 수는 없다는 거. 나의 인생이 늘 빛나지는 않는다는 것들을요. 그때부터 저는 부정적이라고 여겼던 것을, 자연스러운 것으로 바라보게 되었습니다. 실패도, 우울도, 분노도, 무기력도, 사랑하는 사람이 미운 날도. 그럴 수 있다고요. 애초에 우리는 완벽한 존재가 아니니까요.

지금도 저는 상처를 소화하고 있습니다. 어떤 마음이든 '왜 이런 마음이 들까?'라고 직면하는 게 먼저가 됐습니다. 그렇게 내가 나의 말에 귀를 기울이니, 순환이 잘 되더라고요.

이 책은 '나'라는 사람에 대한 관찰지입니다. 펼쳐둔 마음을 바라보며 당신도 꼭꼭 숨겨둔 마음들과 만날 수 있다면 좋겠습니다. 그렇게 모든 당신을 품고, 사랑하며, 잘 살아간다면 더할 나위 없이 좋겠습니다.

성장의 길목에서 23년 어느 선선한 날
가린 드림

균형 잡기

시간과 공간에 구애받지 않는 일을 하다 보니, 집 밖으로 나가는 일이 점점 줄었다. 비대면 시대가 되면서는 일주일 대부분을 100걸음 안팎으로 걸으며 생활했다. 처음에는 그게 좋았는데, 몸이 멈추자 마음의 속도도 점점 늦춰지는 게 느껴졌다. 무기력이 무기력을 낳았다.

움직이기 위해 운동을 해야 했다. 고강도 운동은 용기가 나지 않았기에 걷고 뛰는 것부터 시작하기로 마음을 먹고, 더위가 식지 않은 여름밤에 집 근처 호수 공원을 달렸다.

바닥과 발바닥의 마찰, 그렇게 몇 초마다 세계와 충돌하는 감각, 앞면으로 쏟아지는 바람 덕분에 기분이 좋았다. 조금 더 달려도 무리 없을 거라는 생각이 들어서 계획했던 것보다 더 많이, 더 세게 달렸다. 그리고 집에 와서 샤워를 하는데 허리에서 날카로운 통증이 느껴졌다. 다음 날에도, 다다음 날에도 계속돼서 결국 정형외과로 향했다. 방치해 온 만큼 몸이 빠르게 부식되는 것만 같아서 조금 슬펐다.

사실은 내가 그 정도는 달릴 수 있는 사람인 줄 알았다. 아무리 운동을 하지 않았어도, 건강한 20대이니까. 그건 하나의 오류였던 거다. 문득 그동안 나의 상황이나 생각, 상태는 고려하지 않고 평균 안으로 무작정 몰아넣었던 날들이 떠올랐다.

사회에는 암묵적으로 약속된 시기가 있다. 20대 초반에는 대학교를 다녀야 하고, 중후반쯤에는 취업해야 하고, 30대 초중반 안에는 결혼을 하고 아이를 낳아야 한다. 여기서 벗어나면 주변으로부터 걱정 어린 말이나 불편한 말을 듣게 되고, 본인도 초조하고 불안한 마음이 든다.

나는 자발적으로 그것들과 거리가 먼 선택을 해왔다. 대학을 두 번 갔기에 20대 후반까지 공부했고, 취업은 생각도 하지 않으며, 결혼은 아직이고, 아이는 낳지 않을 거니까. 하지만 '원하는 걸 하니까 좋겠다'는 누군가의 말에 끄덕일 수는 없다. 아이러니하게도 단 한 번도 마음이 편했던 적이 없었으니. 늘 한 켠에는 사회의 평균치가 자리하고 있어서 다른 선택을 할 때마다 겁이 났다. 보편성에서 멀어져도 잘 지낼 수 있느냐며 스스로를 의심하고 되묻곤 했다. 가끔은 직장을 다니는 친구들이 받는 월급이, 그러니까 그 안정감이 부러웠다.

하지만 물리치료를 받고, 항생제를 먹으며 생각한 게 있다. 정해진 기준으로 스스로를 판단하지 말고, 나만의 평균치를 알아내자는 것. 누군가는 가볍게 해내는 일이 나에게는 힘겨울 수 있고, 누군가에게는 별거 아닌 일이 나에게는 힘을 줄 수 있으니까. 다수가 향하는 길이 있다고 해도, 모두가 향하는 길은 없으니까. 나도 모르게 그어두었던 기준점을 지워보기로 했다.

도전하는 나, 실패한 나, 행복한 나, 우울한 나…. 수많은 '나' 사이에서 갈피를 잡지 못하고 괴로울 때가 많았다.

하지만 그 모든 '나'는 다를 바 없는 그냥 '나'였다. 기준에 따라 미워하거나 애정했을 뿐.

이 책에는 나와 나 사이의 거대한 편차가 있다. 그렇게 처음으로 평균값을 내며 조금씩 나만의 기준점을 만들고 있다.

당신에게도 그런 날이 있을 거라고 생각한다. 드넓은 평균 속에 정작 나는 발을 내디딜 곳 없어 불안하고, 세상이 정해둔 기준에서 이탈해 소외감을 느꼈던 날들.

이 책을 읽으며 당신이 자신만의 평균을 찾아, 균형을 잡을 수 있기를 바란다.

1부

투명해지는 시간

2부

'우리'라는 지독함과 신비로움

3부

나를 이해하고 사랑하는 일

투명해지는 시간

1부

나와 나를
양팔에 끼고

　요즘 들어 맞이하게 된 여러 변화가 있다. 그게 낯설어서 놀랄 때도 많다. 마치 후면 카메라로 찍힌 내 모습을 보고 있는 것 같달까. '이게 나라고…?' 싶지만 그게 내가 맞다.

　우선 몸에 이렇게까지 살이 붙을 줄 몰랐다. 20대 초반에는 매일같이 술을 마셔도 뱃살이 별로 없었는데…. 이제는 술도 잘 안 마시는데 배는 대체 왜 이렇게 나와 있는 걸까. 뿐만 아니라, 노트북을 켜고 글을 쓰다 보면 종종 눈이 시려온다. 매일 렌즈를 껴도 눈이 건조하지 않았는데, 지금은 안경을 끼고 있을 때도 인공 눈물이 꼭 필요하다. 좀 오래 앉아 있다 보면 허리도 쿡쿡 쑤신다. 그래서 제대로, 잘 살기 위해 틈틈이 눈 마사지를 하고, 앉아 있다가 일어나서 스트레칭하고, 일주일에 세 번은 움직임에 가까운 운동이라도 하려고 노력한다. 또, 영양제를 꾸준히 먹고 있으며 엄마가 먹기 좋게 팩 모퉁이를 잘라서 줘도 절대 먹지 않았던 홍삼 엑기스도 알아서 잘 먹는다(없어서 못 먹는다). 예전에는 선택이었다면, 지금은 이 모든 게 필수가 되어버렸다.

어느 새벽에 친구와 메신저로 이런 대화를 나눴다.

- 나이 먹을수록 점점 더 스스로 케어해줘야 하는 부분이 늘어가는 것 같지 않니?
- 그러니까, 살기가 팍팍하다. 생각도 많아지고 할 것도 많아지니까 몸도 몸인데 멘탈 잡는 것도 필수적인 듯….
- 어어어어어 진짜 맞아… 너무 이상하다ㅜㅜ 예전에

는 멘탈 관리 같은 거 할 생각도 못했었는데….

매일 비타민을 챙겨 먹는 것처럼 잊지 않고 꾸준히 멘탈 케어를 하는 것도 필요하다는 생각을 한다. 이전에는 자랄수록 쉽게 상처받지 않고, 힘든 일이 있어도 대수롭지 않게 넘길 수 있으며, 실패를 두려워하지 않고 늘 도전하는 진취적이고 단단한 사람이 될 줄 알았는데 겪어보니 아니었다. 많이 헤져서 닳아버린 마음의 범위가 점점 늘어나고, 그로 인해 상처나 스트레스에 취약해졌으니까.

그냥 넘어갈 수 있을 것 같았던 일에도 턱 걸리게 되고, 속이 비좁아지면서 여유가 사라지고, 누군가를 만날 때는 의심이 앞서나가고, 그러다 좋아했던 사람과도 멀어지게 될 때면, '그냥 혼자서 절에 들어가서 살고 싶다.'라는 생각에 다다른다. 매일 바람이 풀에 스치는 자연의 소리를 듣고, 보고, 회색 승복을 입은 채 움직일 때마다 사부작거리는 촉감을 느끼고, 조미료를 넣지 않은 음식을 먹고, 절을 하고, 어떤 날은 묵언 수행하고. 차라리 그편이 낫지 않을까? 그곳에서 나를 괴롭게 하는 건 갑자기 튀어나오는 벌레뿐일 것 같다.

　…물론, 정작 절에서 잘살 자신은 없다.

　그러니까.

　그런 나니까.

　그런 나라는 걸 누구보다도 내가 제일 잘 아니까.

　사소한 거라도 이뤄냈을 때 나에게 잘했다고 듬뿍 칭찬해주고 싶고, 실수하거나 기대했던 결과에 닿지 못했을 때도 미친듯이 응원해주고 싶다.

　'이걸 해냈다고? 너 쩐다. 너는 진짜 제일 멋져. 실패하면 다시 하면 되지, 난 너를 믿어. 넌 다 할 수 있는 사람이야.'라고 말하며.

　놓치지 않도록 힘줘서 한쪽 팔에는 칭찬해주는 나, 다른 팔에는 다독여주는 나와 팔짱을 끼고.

　나, 잘 살아가고 싶다.

Minds

한 마음은 어떻게 태어날까. 어느새 나와 함께 자라고, 숨을 나눠 쉰다.

그건 분리된 나인 것 같다. 나인데도 제어할 수 없으니까. 사실은 분리된 내가 나를 조종할 때가 많다. 자라난 마음에 닿으면 모든 게 부질없어지기에. 잊고 싶은 생각이 어느 밤에 가장 많이 쏟아지고, 용기가 절실할 때 두려움이 몰려와서 뒷걸음으로 피하고, 사랑하지 말자고 힘껏 묶어둔 것이 풀어지고, 사랑하는 사람을 누구보다도 미워하게 되고. 너 하면 나, 나 하면 너 하던 사이가 계속 마음과 함께 생성되고 소멸한다. 손댈 수 없이.

스위치를 켜고 끄는 것처럼 간단하게 마음을 다루고 싶은데. 마음 앞에서 가장 연약해지는 나는, 어떻게 할 수가 없다.

마음은 보이지 않는데, 왜 가장 힘이 센 걸까. 응?

오늘과
내일의 낙차

어두웠던 시절의 일기를 읽다가 놀란 적
이 있다. 내가 그런 사람이었다는 게 믿기지가 않아서. 뒤
이어 의문이 들었다. 그래서 그때의 마음이 지금은 말끔하
게 다 사라졌을까, 혹시 어딘가에 숨어서 다른 날을 기다
리고 있는 건 아닐까, 하는.

내가 어떤 유형의 사람인지 자신 있게 설명할 수 있었
는데, 언제부턴가 단언하기 어려워졌다. 나도 모르게 수시
로 변하고 있어서 예전의 나와 지금의 나, 어떨 땐 어제와

오늘의 나조차도 낙차가 느껴진다. 괴롭게도. 너무 많은 내가 있는 것만 같아서 두렵다. 웃는 날이 많아져도 악몽을 꾸는 건 변하지 않아서, 행복하다고 말하다가도 멈칫하게 된다.

하지만 내가 좋아하는 모습만 나이지는 않다는 걸 받아들이려고 한다.

그 모든 나를 품으며
나는, 나를, 더 잘 이해하고 싶다.

나의
무기력들

줄곧 무기력의 치료제는 휴식이라고 생각했다. 방전되어서 그런 거니 아무것도 하지 않으며 푹 쉬면 충전이 될 테고, 움직일 수 있게 되고, 활력이 생기고, 그렇게 생활이 회복될 거라 여겼다.

하지만 무기력의 부피가 감당할 수 없을 만큼 커서 몸과 마음, 일상을 지배하고 있다면 그게 오히려 독이 될 수도 있음을 깨닫게 된 날이 있다. 가만히 있으면 있을수록 단단한 밧줄에 양팔과 양다리가 묶인 것처럼 움직일 수 없었으니까.

　다 무너진 것 같았고, 재건할 힘도 없었기에 그저 바라만 봤다. 그건 감정이 아니라 어떤 실체가 되어서 나타났다. 처음에는 물에 젖은 솜이불 정도라고 생각했는데, 순식간에 거대하고 무겁고 딱딱한 물체로 변했다. 자고 있을 때조차도 거기에 깔려서 뭉개지는 느낌이 들어서 편하게 잠들 수 없었다. 그때마다 내가 미웠다. 조금 더 강한 사람이기를 바랐으니까.

　해야 할 것들이 거리를 좁혀오다가 눈앞까지 다가왔는데, 시작할 수 없었다. 밤을 새우더라도 할 일은 다 끝내는 사람이었는데, 그것들을 자꾸만 놓치게 됐다. 그 순간에는 마음이 몸에서 분리되어 나를 때렸다. 일어나, 왜 그거밖에 못해, 라고 말하며. 모든 감정이 둔해졌었는데 자책만큼은 활성화되어 있었던 거다. 그런 나를 잘 알고 있었던 유일한 사람이 여행을 다녀오자고 했다. 강릉으로.

　해산물을 먹고, 시장 구경을 하고, 오랜만에 푸른 바다도 보니 환기가 되는 게 느껴졌다. 무기력이 빠져나가고, 바다 내음이 들어오고 있다는 걸. 오늘을 계기로 나를 극복할 수 있을 것만 같았다. 하지만 일상으로 돌아왔을 때, 착각이었음을 깨달았다. 높은 곳에서 제자리로 돌아오니 오히려 추락하는 기분이 들었으니까. 여행은 도약이 아니라, 더 잘 떨어지기 위한 디딤판이 됐다. 그 사람이 "여행 괜히 갔나 봐…."라고 했던 말이 아직도 생생하고, 아직도 마음이 욱신거린다. 그가 죄책감을 느낄 일이 아니었다. 내 문제여서 다른 것으로 해결할 수 없었을 뿐이다.

이후에 자책과 무기력은 더 심해졌다. 자책이 무기력을 낳고, 무기력이 자책을 낳고, 자책이 무기력을 낳고, 무기력이 자책을 낳고…. 인과관계가 뒤섞여서 엉망이 되어버린 감정들이 사라지지 않고 계속 커지고 있었다.

현재의 상태를 받아들이는 게 먼저였다. 지금 나는 사소한 일도 할 수 없다는 걸. 그러니 왜 못하느냐고 타박하는 게 아니라 할 수 있는 것부터 찾아야 했다.

5분 타이머를 맞추고, 좋아하는 음악을 튼 채로 밀린 집 안일을 했다. 설거지하다가, 굴러다니던 쓰레기를 치우다가, 타이머가 울리면 그때그때 쉬었고, 다시 5분을 맞추고 하기를 반복했다. 그러다 깔끔해진 집을 보며 "잘했다.",

"수고했다."라고 나에게 말하니 마음에 수액을 맞은 것처럼 활기가 도는 게 느껴졌다.

그때 알게 되었다. 괜찮아지기 위해서는 나에 대한 이해가 필요하다는 것을. 과거에 무리 없이 해냈다고 해도, 현재의 나는 할 수 없을 때도 있다는 걸 기억해야 한다. 무엇보다 '회복하고자 하는 나'의 존재가 가장 절실하다는 것도.

이제는 무언가를 선택해야 할 때, 나의 행복을 빼놓지 않고 싶다. 너무 많은 것을 억지로 하라고 채찍질하지 않고, 하나씩 천천히 해도 된다고 그렇게 응원해주고 싶다. 그러다 보면 웃을 수 있는 날이 올 테니. 걱정에 빠지지 말고, 차근히 해보자고 다독이고 싶다.

당신에게도 무기력이 가중되어서 도저히 몸을 움직일 수 없는 그런 날이 온다면, 본인을 먼저 생각하기를 바란다. 놓치는 것이 많아져서 불안하고 걱정되겠지만, 괜찮아질 거라는 믿음으로 나를 챙기는 게 훨씬 더 중요하다는 걸 잊지 않았으면 한다.

그걸 아는 당신은 꼭 나아질 테니까.

이해하려는
버릇

　　　　타인을 이해하려는 버릇이 있다. 상대가
말하지 않은 부분까지 혼자서 헤아리며 온갖 가정을 끌고
오곤 한다. '그래서 그렇게 한 거겠지.' 하면서. 그러다 보
니 누군가가 무례하게 행동해도, 분명하게 기분이 나빴어
도, 상대가 이해가지 않아도, 그 사람만의 사정이 있을 거
라고 생각하며 넘어가는 일이 잦았다. 이해심이 많아서가
아니었다. 상대의 무심함에 쉽게 상처받지 않기 위해서였
다. 나는 그런 방식으로 나를 지키고 있다고 생각했다.

하지만 화를 내야 할 때 오히려 침묵했고, 기분이 상하는 일도 웃어넘기게 됐다. 점점 스스로를 나무라게 됐다. 그때 화냈어야지. 싫다고 말했어야지. 기분 나쁜 티는 냈어야지. 아니, 적어도 웃지는 않았어야지.

누군가를 이해하기 위한 가정법은, 나를 지키는 게 아니라 다치게 하는 것이었다.

상대가 말하지 않았는데, 혼자서 그 사람의 사정을 만들어내며 이해하려고 하지 말자. 그럴수록 내 안에 상처가 새겨질지도 모르니까. 또, 나중에는 아무 말도 할 수 없는 사람이 될 수도 있다.

그 사람은 무례했고, 나는 상처받았다.

이것이 담백한 현실이다. 애써 포장하지 말자.

내 마음을
먼저 포기했다

　　관계에서 문제가 생길 때마다, 누군가에게 서운함이 생길 때마다, 내 마음을 먼저 포기했다. 최대한 상대를 위해주고 싶었고, 그게 편했으니까. 그 사람에게 필요한 것이 있다면 앞서서 챙겨주고 싶었고, 도와주고 싶었고, 힘든 일이 생긴다면 곁에 있어주고 싶었다. 그래서 상대의 말에 순응하기를 택했다.

　　그 사람은 배려를 받는 것이 익숙했고, 나는 배려를 하는 것이 편했다. 그 사람은 갈수록 나의 배려를 누렸으며,

나는 무리하면서까지 퍼다 주었다. 점점 나의 배려는 그 사람에게 필수 조건이 되어갔다. 그걸 다 알고도 습관적으로 또 무언가를 건네고, 양보했다.

내 마음을 가장 꽉 쥐고 있어야 했는데. 나조차도 지키지 않았던 마음을 먼저 알아주는 사람은 없었고, 끝난 후에야 다시 가져올 수 있었다. 손쓸 수 없이 해져버린 마음을.

다칠수록
약해지는

　　본가에 내려가면 습관처럼 하는 행동이
있다. 잠이 오지 않는 새벽에 예전 일기를 읽는 것이다. 그
러다 보면 마치 글 너머에 사람이 있는 것처럼 말을 걸게
된다. "걔랑 끝내야지. 어휴 답답해."라며 탄식하고, "이게
그렇게 힘들었다고? 앞으로의 일은 더 어마어마하단다."라
고 경고하기도 하면서. 사실 자취방에 가져와서 읽고 싶을
때마다 보면 되는데, 이상하게도 그러고 싶지는 않다. 소중
해서 더 아끼고 싶달까. 보고 싶을 때마다 보면 훼손되고

닳게 될 것만 같아서 참고, 참다가 읽는다. 또, 나는 이 일기들이 매번 낯설었으면 한다.

고등학교 3학년 봄에는 이런 글을 썼다.

많은 사람을 만나면서 사랑할 줄 알고 또 받을 줄도 알게 된다. 그게 때론 사람을 힘들게 해도 결국은 따뜻하게 돌아온다. 행복이란 그런 것이었다. 아무리 눌러도 벅찬 마음에 견딜 수 없이 눈물이 맺혀버리는 것. 그게 행복이었고 인생을 살아가는 맛이었다. 이걸 아는 나는 굉장히 행복한 사람이고, 오늘 정말 행복했다.

일기를 써두면 그냥 지나갔을 날도 생생하게 기억이 난다. 이날은 고등학교 3학년이 된 후에 처음 모의고사를 쳤던 날이다. 그리고 작년에 같은 반이었던 도라의 생일이기도 했다. 모의고사를 친 날은 일찍 마치기에 친구들과 놀러 가곤 했지만, 고3인 우리는 이제 그럴 수 없었다. 친구와 잠깐 산책하는 것도 일탈처럼 느껴졌을 때니까. 나는 종례가 끝나자마자 선물을 들고 도라의 반에 찾아갔는데, 마치는 시간이 엇갈려서 만나지 못했다. 다음 날 학교에서 줘도 됐었지만, 꼭! 오늘! 도라의 생일을 챙겨주고 싶다고 생각했다. 그렇지 않으면 하루라는 시간 동안 선물에 담긴 마음이 변질될 것만 같았다. 집에 돌아와서 〈도라를 방해하지 않고 선물 주고 오기〉 계획을 짰다. 도라와 우리 집은 버스로 30분 거리였고, 도라는 저녁 9시에 학원을 마쳤다. 그 시간에 맞춰서 버스를 타고 도라의 집 근처로 찾아간 뒤에 선물을 건넸다. 그때 도라는 울먹이며 마음을 받았다. 그러곤 "윤정아, 너는 누구를 만나도 사랑받을 거야."라고 말했다(이 문장을 쓰는데 왠지 울컥한다).

예전 일기장에서 최근에 쓴 것보다 더 단단한 마음의 문장들을 발견할 때가 자주 있다. 쉽게 내 탓을 하지 않고, 스스로를 잘 다독이고, 힘들다고 말하면서도 마지막에 슬픔 속으로 빠지지 않고 오히려 한 번 더 힘을 낸다. 예전에는 많이 다쳐본 사람일수록 내공이 생겨서 더 단단할 거라 생각했는데, 요즘은 다쳐보지 않은 사람일수록 튼튼할 거라고 짐작한다. 그렇기에 어쩌면 저 당시의 내가 지금보다 더 강할지도. 기분 탓일까. 글씨체도 더 바른 것 같고…. 읽다 보면 어느새 훈수 두는 말들이 사라지고, 어릴 적 나에게 가서 고민 상담을 하고 싶어진다. 이를테면 이렇게.

지나(지금의 나): 인간관계가 어려워 너무. 내가 잘 하고 있는 건지 모르겠어. 이대로 괜찮은 걸까?

고나(고등학생의 나): 인간관계가 어렵다구? 왜…? ○○이랑 ◇◇, □□, △△, ☆☆ 다 잘 지내잖아.

지나: 아, 몇 명 빼고 이제 연락 안 해. 오래됐어.

고나: ??? 오늘도 운동장에서 같이 트랙 돌면서 놀았는데..?

지나: 미안… 그렇게 됐어…^^;

아무리 생각해도, 상담하기 이전에 고나가 실망하는 게 먼저일 것 같다(면목이 없다…). 그래도 끝에는 왠지 다정한 마음으로 고나가 지나를 위로해주지 않을까. "힘들었지?"라고 말하며.

응. 힘들었어. 마음을 참지 않고 그렇게나 쓰게 되는 일
도, 그래서 누군가가 따스한 말로 나를 데워주는 일도 사
라지더라 점점.

네가 바라보는 세상이 따뜻했으면 해.
그래서 너의 마음이 보존된다면 좋겠어.
누군가가 할퀴고, 찌르고, 피나게 해도
그건 내내 변질되지 않기를 바라.
너의 맑음은 질길 정도로 강해서,
모든 걸 이길 수 있을 거야.

결

상대에게 화나거나 서운한 마음을 표출하기보다 한 번 더 참고, 묻어두는 편이다. 그러다 보니 혼자서 마음을 닫고 그 사람과 서서히 멀어질 때가 많았다. 어느 순간에는 걷잡을 수 없게 되어서 아무리 노력해도 마음을 되돌릴 수 없었으니.

'진작 불만을 말했다면 이렇게 되지 않았을 텐데.'라는 생각에 괴로울 때도 많았지만, 이제는 생각이 다르다. 애초에 불편한 말이 나오지 않게 행동하는 사람도 있음을 안다.

무엇보다 조율하지 않아도 마음의 결이 나와 같은 사람. 누구보다도 서로의 다친 부위를 잘 알고 있어서 덧나게 하지 않는 사람. 내 곁에는 그런 사람도 있으니까.

단순한
마음

　　　20대 초반에 가산디지털단지에 있는 한 회사에서 단기 아르바이트를 한 적이 있다. 일은 어렵지 않았다. 자리에 앉으면, 책상에는 휴대폰 크기 정도 되는 기계 본체가 무더기로 쌓여 있었는데, 하나씩 집어서 동그란 버튼을 누르고, 불이 들어오지 않으면 발 아래에 있는 바구니에 빼두면 됐다. 이는 불량품을 판가름하는 작업이었다. 신체적으로 힘들지 않았지만, 너무 지루하고 잠이 와서 나도 모르게 졸 때도 있었다. 하는 동안에 불량품은 한 번도 나오지 않아서 나는 '탁(버튼을 누른다)—빨간 불이 들어온다—툭(책상에 둔다)'를 여덟 시간 동안 반복했다.

요즘은 마음도 그렇게 단순노동 같다면 좋을 거라고 생각한다. 지루해질 수 있다면 더 좋고. 이를테면, 어떤 마음이든 이분법적으로만 나뉘는 거다.

탁(누가 마음을 건드렸다)—빨간 불이 들어온다—툭(싫다).

탁(누가 마음을 건드렸다)—빨간 불이 들어오지 않는다—툭(좋다).

단순하게 생각하고, 그만큼 신경 쓰지 않으면 모든 일이 간단해진다. 하지만 안타깝게도 나는 그게 안 되는 사람이다. 만약 어떤 일에 1부터 10까지 숫자가 적혀 있다고 하면, 나는 원치 않아도 그 사이사이에 있는 소수점까지 읽게 되니까. 나한테 1은 1뿐만 아니라 1.25, 1.34도 있는 거다. 그렇게 많은 걸 보고 느낌과 동시에 상처도 늘 비례하곤 하는데, 이러한 연쇄작용에 죄책감을 느낄 때가 많다. 혼자서 상황을 되감기 하다 보면 네가 미워지고, 끝에는 내가 미워진다. 스스로 문제를 만드는 것만 같아서 괴롭다. 자꾸 혼자서만 생각하고, 버거워하고, 상처받고, 울어서. 그래서…. 소화가 안 되거나 머리가 아픈 날이 잦다. 그럴 땐 마음을 고무줄로 빈틈없이 감아둔 것 같다. 답 답 하 다.

내게 존재하는 예민함은 타인에게만 해당하는 건 아니다. 스스로를 검열하는 데도 사용된다. 누군가와의 약속이 끝나고 나서, 했던 말을 곱씹어볼 때가 있다. 주로 마음의 거리가 가깝지 않은 사람과 만나고 난 후가 그렇다. 그때마다 항상 후회되는 문장을 발견한다(한 문장이면 다행이다). 하지만 돌이킬 수는 없다. 그 사람에게 연락해서 오늘 한 말은 그런 뜻이 아니라며 구구절절 말할 수는 없으니까. 언젠가는 이 말을 번복할 기회가 있었으면 좋겠다고 생각하며 잊으려고 하지만, 잠들기 전이 되면…. 그 사람에게 달려가서 해명하고 싶은 충동이 든다.

그래, 매 순간 나는 과잉되어 있다.

이 문장을 쓰고 조금 외로워졌다. 이 '과잉'은 나만 아는 유일한 과잉이어서.

가끔 답답하고, 이상하다는 식으로 이렇게 말하는 사람들이 있다. 왜 그렇게 예민해? 너도 참 피곤하게 산다. 더 이상 생각을 하지 마.

나는 말의 폭력에 더 다치는 사람이다.

그렇게 말한 당신은 착각하는 게 있다. 내 마음이라고 해서, 다 의지대로 움직이는 것은 아니다. 모든 일을 아무렇지 않게 넘기고, 과민반응 하고 싶지 않은 사람은 누구보다 나인데.

마음은 언제 간단해질 수 있을까. 마음을 쓰는 일이 단순노동과 같다면 평온한 나날이 지속될 텐데.

누구에게나
부캐가 있다

언제부터인가 '부캐'라는 말을 여기저기서 자주 쓴다. 부캐는 '부수적인 캐릭터'라고 할 수 있는데, 평소 나의 모습이 아닌 새로운 모습으로 활동하는 걸 가리키는 말로 사용되고 있다.

나는 SNS 작가 가린이자, 서울예술대학교 문예창작전공 학생 허윤정이다. 첫 책을 낸 이후로 더 많은 글을 읽고 쓰며 배우고 싶다는 욕구가 커져서 다니던 곳을 자퇴하고 한 번 더 대학교에 진학했다.

예상은 했지만, 입학하니 '학생 허윤정'과 '작가 가린' 사이의 거리가 매우 멀게 느껴졌다. 지하철이나 버스로 갈 수 있는 게 아니라 반드시 비행기가 필요한 거리랄까. SNS에서는 다수가 술술 읽을 수 있도록 한 가지 감정에 집중한, 다소 짧은 분량의 에세이를 올렸다면, 학교에서는 글이 단순하고 흔하지 않도록 노력하며 시와 소설을 쓰고, 등단한 교수님들께 문학을 배웠다.

종종 수업에서 교수님께 "SNS 작가에 대해 어떻게 생각하시나요?"라는 질문을 하는 학생들이 있었다. 글이 여러 방면으로 흩어질 수 있다고 생각하는 학생도 있었지만, 학교에서 배우는 문학과 결이 다른 SNS 글이 시집으로 출간되는 것에 대해서 혼란을 느끼는 다른 학생도 있었으니. 강의실에서 그 질문을 들으면, 어딘가에 앉아 있던 나는 순식간에 위축되곤 했다. 여기에 있으면 안 될 것 같다는 생각이 들면서 '가린은 이곳에 어울리지 않는다'는 낙인이 찍히는 듯했다. 그러다 보니 학교에 다니며 또 다른 나의 정체성을 들키지 않도록 필사적으로 숨겼다.

그러던 어느 날, 카페에서 과제를 하고 있는데 학교 친구에게서 카톡이 왔다. "이거 너야?"라는 메시지와 함께 가린 계정을 캡처한 이미지가 있었다. 순간 정말이지 쿵— 하고 심장이 내려앉는 것 같았다. 그때 나는 끔찍하다고 느꼈다. 그리고 잘못한 게 아무것도 없는데, 용서받을 수 없는 큰 잘못을 한 사람처럼 굴었다. 친구가 너냐고 물어 봤을 뿐인데, 왜 가린이라는 걸 미리 말하지 못했는지, 책은 어쩌다가 냈는지, 왜 예대에 오려고 했는지 등등을 두서없이 말하고는 비밀로 해달라고 부탁했다.

지금으로써는 그때의 마음이 이해되지 않는다. SNS에서 에세이를 쓰는 가린도, 소설을 배우는 허윤정도 그냥 다 나인 건데. '가린'과 '허윤정'이 다른 사람인 것처럼, 뇌가 나뉘어 있는 것처럼 철저하게 분리하려고 했던 거다 (그래서일까. 첫 소설에는 인물의 내면 심리가 거의 없고, 장면과 묘사만 있다). 몇 년이 지난 후에야 에세이와 소설을 융합한 글을 쓸 수 있게 됐다. 요즘에는 이 두 개가 내 안에서 상생하고 있음을 느낀다.

사람은 복잡하다. 그래서 '나를 한 단어로 정의한다면?' 과 비슷한 맥락의 질문을 좋아하지 않는다. 그것보다 "나

의 부캐는 몇 개인가요?", "수많은 나 중에 어떤 나를 좋아
하나요? 여러 대답 가능합니다."와 같은 질문에 더 대답하
고 싶다.

어떤 사람에게 하나의 이미지가 있다면, 그게 그 사람의
전부인 것처럼 생각되는 경우가 많다. 또, 한 집단에 속한
사람들의 성질을 통일시키기도 한다. 하지만 한 사람에게
는 다양한 면이 함께 양분을 섭취하며 숨 쉬고 있다. 그래
서 나는 부캐가 탄생하는 것이 아니라, 발견된 후에 발전
하는 거라고 생각한다.

개인적인 바람은 모두가 자신에게 다양한 면이 있으며
그중에서 서로 부딪히는 부분들도 존재할 수 있다는 걸
이해하고는, 더 많은 부캐를 발견하게 되는 거다. 어쩌면
그것들이 새로운 길을 열어줄지도 모른다.

또다시 학교 친구가 "가린이 너야?"라고 묻는다면, 이렇
게 답할 거다.

"웅 나 맞아. 팔로우해줘!"

여행이라는
물건

　　　　　　　여행에 대한 투자를 아끼지 않게 되었다.
비행기를 예약할 때 가격보다 시간대를 보고, 이왕이면 좋
은 숙소에 묵으려고 하며, 음식점에 가면 사이드 메뉴를,
카페에 가면 디저트를 시키고, 마음에 드는 것을 발견하면
사는 편이다. 이전에는 그것들을 모두 환산해서 다른 물건
에 대입해볼 때도 있었다. '여행'이라는 것은 실체가 없기
에, 끝나고 나면 왠지 아무것도 남은 것 같지 않아서 허무
하게 느껴졌으니까.

하지만 여행을 다녀온 시간이 쌓여갈수록 생각이 바뀌었다. 여행은 어떤 물체보다도 더 선명하게 곁에 남아 있다는 걸 느꼈기 때문이다. 긴 시간이 지나도 그곳의 온도와 습기, 향, 거리의 모양, 우연히 만났던 사람, 동행한 사람, 소소한 경험들은 잊히지 않는다. 그러다 마음이 조금씩 부서지고 있을 때, 마음의 문을 열어두고 환기가 필요할 때, 푹신한 것에 파묻혀 울고 싶은 어느 밤에, 여행지에서의 기억은 나를 토닥여준다. 너는 잘 모르던 길도 즐기며 나아갔던 사람이고, 날이 좋은 것에 금세 행복해지던 사람이었으며, 예상치 못한 공간을 발견하고 쉬어갔던 사람이고, 계획이 틀어져도 그 나름대로 의미 있다고 생각했었던 사람이었다고.

그 시간, 그 풍경 속에 내가 있었다는 것만으로도 벅차오를 때가 있다. 방 안을 꾸미는 것처럼 더 많은 여행이라는 물체들을 가져와서 마음속에 차곡차곡 쌓아두고 싶다.

경로를
이탈하였습니다

       4박 5일 동안 대만 여행을 다녀온 적이 있다. 중학교 친구이자, 일본도 함께 다녀온 적 있는 누가가 나의 동행인이었다.

  비행기에서 내렸을 때 처음 느꼈던 건 실체감이 있는 공기였다. 보이지는 않아도, 걸을 때마다 축축한 촉감과 약간의 무게감이 있는 공기를 두 갈래로 가르는 기분이 들었다. 가는 시기가 우기와 겹쳐서 걱정했는데 다행히 비는 내리지 않았다. 하지만 문제는 누가의 휴대폰이 먹통이 되어서 켜지지 않는다는 거였다. 예약한 모든 내역이 누가의 휴대폰에 '만' 있었는데…. 그렇게 사람 두 명, 휴대폰 하나로 누가와 나의 여행이 시작됐다.

온천은 누가와 나의 기대작이었다. 문구를 넣자면, 〈대만 여행의 꽃! 우라이 마을에 있는 리조트에서 에메랄드 빛 강을 바라보며 온천 즐기기! 게다가 프라이빗한 2인실!〉 이런 게 어울릴. 누구나 여행을 떠날 때 가장 기대하는 장소가 있지 않나. 우리에게는 온천이 그랬다.

하지만 나는 '우라이'가 리조트의 이름인 줄 알아서 지도 설정을 잘못했고, 우리는 '우라이 마을'이 아니라 '우라이 온천 마을'로 향하게 됐다. 유난히 맑은 날이었다. 마치 지상에 별이 내린 것처럼 모든 물체가 반짝여서 우리는 아무것도 없는 길가에서도 자주 멈춰서 서로를 찍어줬고, 그때 자연만이 만들 수 있을 것 같은 하늘의 색은 좋은 배경이 되었다. 하지만 너무 더운 나머지 실시간으로 체력이 쭉쭉 빠져나가다가, 이윽고 휴대용 선풍기를 들 힘조차 없어졌다. 20여 분을 걸었을까. 땀범벅이 된 우리는 우라이 온천 마을 입구 계단에 도착해서야 잘못 왔다는 걸 알게 됐다(매우 아찔했다). 주변에는 교통수단이 없어서 온 만큼 다시 걸어가야 했다(누가에게 정말 미안했는데, 고맙게도 그때 누가는 조금의 질책도 하지 않았다). 이미 온천 예약 시간에 이르렀기에, 마을은 볼 생각도 못 하고 뒤돌아서서 제 길로 향했다. 그리고 직원들의 배려로 무사히 온천을 마칠 수 있었다.

하지만 이상하게도, 온천을 한 것보다 바로 앞에 두고 올라가지 못했던 마을 입구가 여행 내내 떠올랐다. 몇 발자국만 더 갔다면 닿았을 그곳이. 그건 나만 느끼는 게 아니었다. 마지막 날 밤에 나란히 누워서 어디가 가장 좋았는지 이야기할 때, 누가도 온천 마을에 가는 길을 이야기했으니까. "거기가 진짜 대만 같았어."라고 하며.

이제까지는 어떤 길목에서 이탈했을 때, 무언가 잘못됐다고만 생각했다. 그러니 재빨리 원래 궤도 속으로 들어오기 위해 노력해야 한다고. 그런데 실은 당시에 바로 정의할 수 없는 일이 더 많았다. 행복하다고 여겼던 시간이 지난 후에 보니 하루빨리 끝냈어야 할 때도 있었고, 힘들다고 여겼던 날들은 조금 더 연장해도 좋았을 것 같다는 생각이 들 때도 있으니까.

한때 "오히려 좋아."라는 밈이 사람들에게 사랑받은 적이 있다. 유행어는 그 시절만 살 때가 많은데, 나는 이 짧고 간단한 다섯 단어를 손금처럼 새기고 싶다. 이탈해서 예상치 못한 곳에 닿게 됐을 때, 부정적인 감정에 지배당하기보다는 손을 펼치며 "오히려 좋아."라는 단어를 보는 거다. 그러면서 얼마간은 그곳에 머무르는 사람이 되고 싶다. 그 정도의 여유는 손에 꼭 쥔 채로 살아가고 싶다.

어쩌면 그곳에서만 겪을 수 있는 고유한 아름다움을 발견할 수도 있지 않을까.

아직도
남아 있는 것들

　　　　　성인이 된 후에 처음 했던 연애를 떠올리
면 아플 때가 많다. 그 사람만큼 깊고 많은 상처를 준 사람
은 없으니까.

　그와의 연애에서 참기 힘들었던 것들 중 하나는, 화나거
나 싸웠을 때 심한 말을 하는 거였다. 마치 어떤 말이 가장
아플지 넓이와 크기와 질감까지 모두 계산해서 내게로 던
지는 듯했고, 그건 정확하게 가슴에 꽂혔다. 하지만 그를
타일렀다. "이렇게 말하고 너는 뒤에서 울 거잖아. 나는 그

게 더 마음 아파."라고 말하며.

이건 그와 했던 연애의 축약본이다. 상처받는 내 모습은 보지 않고, 상대를 먼저 생각했다.

첫 단추가 중요하다는 말은 사실이다. 연애가 끝나고, 그를 향한 사랑이 소멸되었는데도 자꾸 다른 사람에게, 다음 연애에 그때를 대입시키곤 했다. 몇 년간 심한 후유증에 시달렸다. 시작할 때마다 지난 기억들이 끊임없이 마음을 물어뜯었고, 그러면 나도 모르게 방어기제가 나왔고, 새로운 상대에게 죄책감을 느끼는 걸 반복했다. 쉽게 관계를 맺을 수가 없었다.

슬프게도 지금까지 영향을 미치고 있는 부분이 있다고 생각한다. 아직 남아 있는 것이 있으니까. 차라리 그때 아프다고 미친듯이 소리쳤다면, 이렇게 깊숙이 박혀 있지는 않지 않을까.

나는 그래서 똑같은 사람이 되지 말자는 말을 싫어한다. 아니, 잔인하다고 생각한다. 똑같은 사람이 되지 않는 대신에, 참는 사람이 되니까. 그래서 가슴에 꽂힌 것들을 아프다고 말하지도 못한 채 꾹꾹 삼키며 살아가야 하니까.

회피형
사람

상처받을 것 같으면 떠날 준비부터 한다.

예전에는 미안하다는 말을 망설이지 않고 먼저 해주는 사람이 좋았는데, 이제는 미안하다는 말할 필요 없이 행동하는 사람이 좋다.

그런 것들이 믿음을 주고, 나를 도망가지 않게 하기에.

언제부터 나는 마음을 잘 멈추는 사람이 됐을까.

결말에 닿지 않고도 결말을 보는 사람이 됐을까.

애초에 한 발자국 더 다가가고 솔직해질 용기는 다 어디서 오는 걸까.

왜 내게는 배제되어 있을까.

나는 조금만 신경 써줘도

온 마음을 가져와서

돌려줄 준비를 하는 사람이다.

오래전부터 그랬다.

나를 생각하는 마음을

헐겁게 여기고 싶지 않아서.

또, 내가 수없이 했던 것,

_____

그거 한 번 해줬다고 다시 몇 배로
더 해줄 힘을 얻는 사람이다.
상처가 잦았고,
앞으로도 많을 거라는 걸 알지만.
그렇다고 받기만 하는
사람이 되고 싶지는 않다.

마음이
하는 일

　　내가 가장 많이 쓰는 부위는 마음이다. 퍼센트로 말해보면 마음을 90%, 몸을 10% 쓰는 것 같다. 그런 나는 전혀 모르는 타인의 일에도 쉽게 분노하고, 슬퍼한다. 뉴스나 각종 SNS에서 본 사건·사고를 온종일 생각하고, 가까운 사람들에게 알리고, 국민 청원에도 참여한다. 드라마나 영화 속의 인물이 울고 있을 때면, 어김없이 나도 울고 있다. 어떨 때는 그들보다 더 많이 운다.

　　나와 직접적으로 관계를 맺은 사람에게는 마음이 진동

하는 폭이 더 크다. 그 사람이 힘든 시기를 지나고 있다면 어떡해서든 곁에 있어주고 싶고, 도와달라는 말을 하지 않아도 나서서 도와주고, 특별한 날이 아니더라도 작은 선물을 주고, 만날 때 최대한 배려하며 상대의 편의를 생각하고, 고민을 말하면 상담사가 된 것처럼 들어주고, 힘내라고 기프티콘을 보내주고, 그러다가 너무 쉽게 상처받는다.

상처받는 범위는 확장된다. 처음에는 괜찮다고 생각했던 것들이 괜찮지 않게 되면서.

나는 그런 모습을 이해하지 못했고, 무작정 증오하기 시작했다. 타인의 반응에 신경 쓰지 않고 베푸는 사람이고 싶었고, 쓴 마음이 돌아오지 않아도 그 사람을 여전히 좋아할 수 있는 사람이고 싶었으니까. 그 기준에서 벗어날 때마다 스스로에 대한 혐오가 피어올랐다. 상처받고 그러다 애정하는 누군가를 미워하게 되는 이런 내가, 내가 아니길 바랐다. 마음에 휘청거리지 않는 사람. 그게 나이길 바랐는데.

하지만 마음을 쓰는 건, 부메랑을 던지는 것과 같았다. 몸이 비틀거릴 정도로 힘을 줘서 던진 뒤에는, 같은 속력으로 되돌아오기를 기다리며 손을 뻗고 있게 되니까. 그런데 만약 부메랑이 그대로 영영 사라져버린다면, 나는 힘껏 던진 부메랑 하나를 잃어버리게 된 거고, 허무하고 속상한 마음이 들겠지. 그렇게 마음을 쓴 만큼 기대하고, 기다리다가, 실망하게 되는 건 자연스러운 일이었다.

얼마 전에는 "해결되지 않은 감정에는 유효기간이 없다."라는 문장을 읽었다.

지금까지는 최대한 깊은 곳에 감정을 잘 묻어둔다면, 언젠가 다시 열어봤을 때 다 사라져버리고 없을 거라고 믿었었고, 그래서 참을 때마다 최선의 선택을 하고 있다고 여겼다. 하지만 아니었던 거다. 억누른 감정은 시간이 지날수록 점점 부풀어서 뚫고 올라오게 되고, 다른 감정까지 헤집었으니까.

누군가와 매 순간 함께하고 싶고, 기대하고, 그러다 실망하고, 분노하고, 원망하고, 다시는 보지 않을 거라 다짐하고. 느끼고 싶지 않아서 필사적으로 피했던 그 모든 감정이 다 마음이 하는 일이었다. 그리고 그 마음에 다시 사랑이 피어오를 수 있도록 하는 것도, 전부 다.

이제는 마음을 잘 도와주고 싶다.

8월의
제주에서

안녕? 요즘 너는 어떤 하루를 보내고 있어?

나는 지금 제주도야. 지금의 마음을 어떻게 너에게 전달할 수 있을까 고민하다가 편지를 쓰고 있어. 이 글을 읽는 너에게도 8월의 제주가 머물기를 바라. 어디에 있든, 어느 계절을 지나고 있든지 말이야.

비행기에 타고 있었던 순간부터 말해볼까. 제주도에는 하늘에 먼저 도착한 셈이야. 그때는 비가 내려서 먹구름 속에 있었지. 그런데 비행기에서 내리니까 날이 개더라.

언제 그랬냐는 듯 햇빛이 내려왔어. 같이 간 친구가 내내 잠을 자서였을까. 혼자서만 먹구름을 봤다는 사실이 거짓말처럼 느껴지기도 했어. 어쨌거나 같이 보는 하늘이 맑아서 기분이 좋았지.

우리는 새별 오름에 갔어. 높지 않았는데, 날이 더워서 앞머리가 땀으로 젖었어. 게다가 샌들을 신고 있어서 걸을 때마다 발가락이 앞으로 쏠렸고. 자칫 잘못하면 넘어질 뻔도 했어. 그래도 위에서 내려다 봤던 풍경과 바람의 세기는 잊지 못해. 휘청거릴 정도로 강했는데도, 포근함 속에 들어와 있는 기분이었어. 참 이상하지. 그냥 올라가고 내려왔을 뿐인데 왜 전과 후의 마음이 달라지는 걸까.

제주에서 바다를 본 적 있어? 제주 바다에는 구분선이 그어져 있는 것 같아. 다채로운 하늘색과 파란색이 각 구역을 차지하고 있거든. 모래사장 쪽은 에메랄드빛이고, 뒤로 갈수록 짙은 푸른빛이 돌아. 그렇게 멀리 바라보다 보면, 바다와 하늘이 연결된 것 같다는 생각이 들어. 하늘에서도 파도가 치는 것 같고, 바다에도 구름이 있는 것 같아. 튜브에 누워서 해수욕을 하는 사람들이 부러웠어. 왠지 하늘 속에 들어가 있는 느낌이 들 것 같았거든.

배를 타고 우도에도 다녀왔어. 거기에는 독립 서점이 하나 있어. 유리창에는 '어쩌면 우리 나라에서 가장 먼— 책방'이라는 문구가 적혀 있지. 아주 멀어서 가깝다고 생각했던 것들이 닿지 않는, 그런 곳에서 한번쯤 살아보는 것도 나쁘지 않겠다는 생각이 들더라. 가장 익숙한 것으로부터 도망치고 싶을 때가 있거든. 나 우도에서 딱 한 달만 살아볼까? 너도 있다면 좋겠다. 같이 새하얀 모래사장을 보고 싶어.

너의 시간은 어때? 버겁고 힘들진 않아?

나는 가끔 삶이 야속하더라. 행복한 날보다 그렇지 않은 시간이 더 많으니까.

하지만 우리가 이렇게 한 부분을 나눌 수 있어서 나는 일상에서 잊지 않고 웃음 지을 수 있다는 걸, 너는 알고 있으려나. 이곳에서 느낀 여유와 마음이 지친 네 삶의 책갈피가 되어 준다면 좋겠어. 지니고 있기 유독 버거운 마음이 들 때, 잠시 끼워두고 쉬어 가자.

그럼 이만 편지를 줄일게.

너의 행복을 바라며

윤정이가

살아가는
노동

긴 솔로 텀블러를 씻으면서 문득 그런 생각을 했다. **살아간다는 게… 노동 같아.** 그리고 뒤이어 세탁기에서 빨래 완료 소리가 들렸다.

매일매일 무엇을 먹을지 정한다. 먹고 나서는 식탁을 닦고, 설거지를 하고, 쓰레기를 치워야 한다. 빨래를 했으면 널어야 하고, 다 마른 뒤에는 개서 제자리에 넣어둔다. 머리카락도, 먼지도 맨날 생기기 때문에 바닥을 닦거나 청소기를 돌리는 것도 잊지 않는다. 냄새가 나지 않게 냉장고 안도 틈틈이 정리한다. 어떤 날은 집안일만 했는데… 하루의 반이 지날 때도 있다.

이러한 반복된 일을 하면서, 동시에 무언가를 꾸준하게 하고 있다는 걸 실감한다. 지긋지긋하다고 느끼지만 햇빛에 잘 마른 이불을 덮으며 기분 좋은 포근함도 느낀다. 나는 지겨워하다가, 귀찮아하다가, 속 시원하다고 생각하다가… 힘들어지고, 또 기쁘고, 행복을 느끼며 온종일 살아간다는 노동을 한다.

그러니까, **아무것도 하지 않은 날은 없다.** 이 세상에 존재하고, 살아가는 행위가 아무것도 아닐 수 없으니까. 매일매일 완벽한 날을 살 수 없을 뿐이다. 또, 하루 안에 일어난 나의 변화는 도드라지지 않을 때가 많다. 하지만 그것들이 누적되면서 나는 어떤 사람으로 되어가고 있는 중이다. 그렇게 꿋꿋하게 날마다 노동을 하며, 이 세계에 굳건히 지탱하고 있다. 눈부시게.

사랑을
사랑하는 사람

20대 초반에는 사랑이 너무 어려웠다.

상대에 대한 마음이 얼마큼의 크기인지 판단이 안 섰다. 늘 사랑을 간과했던 것 같다. 그만큼은 안 좋아하는 줄 알았는데, 그 이상을 좋아했으니.

그때 날 너무도 힘들게 한 사람이 있다. 그는 내 마음을 부수고 조각내다가 붙여주고 그러다가도 도려내는 그 짓을 반복했다. 그런 기나긴 날이 끝난 뒤에 나는 사랑을 무서워하는 사람이 됐다. 너무도 간단하게 나를 망가뜨려서.

새로운 사랑이 다가오면 어김없이 겁을 먹었다. 먼저 다가가는 용기를 내지 못했고, 선을 그어둔 채로 언제든 도망갈 준비를 했다. 상대를 쉽게 의심했으며, 마음이 그쪽으로 새어 나가지 못하도록 꽉 묶어뒀다. 그러다 결국 사랑이 이루어지지 않게 되면 생활이 무너질 정도로 후회했다. 남겨둔 마음이 그렇게 나를 못 견디게 할 줄은 몰랐다. 당시에는 다시 사랑할 수 없을 줄 알았다. 나의 깊은 곳에 있는 방어기제가 단단한 믿음으로, 또 사랑을 하게 된다면 그때와 같은 날이 반복될 거라 말하고 있었으니까.

언젠가 출판사의 편집자님이 그런 말을 하셨다. 팀원들이 나의 원고를 읽고 가린 작가님은 사랑꾼인 것 같다는 이야기를 나눴다고. 갸우뚱했다. 내가? 사랑꾼? 내가? 절대 아니라고 생각했다. 그때도 사랑은 여전히 무서운 존재여서 되도록 피하고 싶었다.

20대 후반이 된 지금이 되어서야 트라우마가 거의 사라지고, 드디어 내가 어떤 모습으로 사랑하는지 알게 됐다. 사랑을 무서워했던 모습은 사랑을 사랑한다는 반증이었다는 걸. 사실 나는 사랑 앞에서 용기 있는 사람이었다. 한 발짝 더 다가가고 손 내밀 수 있었다.

나는 사랑을 사랑한다.

그러니 이제껏 내가 한 사랑이 다 실패했어도, 앞으로 계속 더 많은 실패를 만나도, 새로운 사람과 함께할 때면 끝을 생각하지 않고 또 사랑할 거다. 더 사랑할 거다. 그에게 우리는 영원할 거라고 말하는 사람이 될 거다.

늘 현재에 집중하고, 마음을 참지 않고, 계산하지도 않을 거다. 서로가 곁에 존재해서 더 행복한 하루를 살아갈 수 있도록, 가끔은 옆에 있다는 사실로 눈물지을 수 있도록 충실할 거다. 언제나.

사랑한 만큼 언젠가는 무너지고 불행해질 줄 알았는데, 아니었다.

사랑을 아끼지 않을수록 더 행복해지는 거였다.

쉽게
지지 않는 마음

근력을 늘리기 위해서 헬스장을 등록한 적이 있다. 이왕 시작한 거, PT도 받기로 했다.

3주쯤 됐을 때 처음으로 '숄더 프레스'라는 기구를 사용했다. 운동 방식은 손잡이를 잡고 만세 하듯이 팔을 들어 올리는 거다. 이제껏 다른 운동도 충분히 힘들었지만 이건 팔이 잘 들리지 않을 만큼 버거웠다. "선생님… 정말… 말도 안 되게 힘들어요…."라고 말하자, 트레이너님은 단호한 말투로 무게를 올리지 않았다고 답했다. 그러니까, 원판을 꼽지 않은 상태여서 기구 무게만 있었던 거다. 세트가 이어질수록 누가 위에서 누르고 있는 것처럼 묵직했고… 뒤이어 들 수가 없었다. 그날 처음으로 더는 못하겠다고 말했다. 트레이너님은 팔을 축 늘어뜨린 나를 보며 이런 질문을 했다.

"평소에 팔 들 일 있어요?"
"아뇨."
"그래서 힘든 거예요. 그러니까 운동으로 이렇게 계속 팔을 들어주는 거고. 안 쓰니까."

그날 집에 가는 길에도, 저녁을 먹다가도, 씻다가도, 책을 읽다가도 계속 이 대화가 맴돌았다. 잠들기 전, 일기장에도 썼다. 약한 부위일수록 더 많이 사용하고, 운동해서 다른 부위와 같아질 수 있도록 해야 하는데. 그러지 못했던 날들이 떠올랐다. 못할 것 같거나 약점이라는 생각이 들면 회피하거나 외면하고 싶어지니까. 그렇게 시간이 흐른 뒤에는 다시 도전하며 극복하는 것보다 나 그거 못한다고 묻어두곤 했다.

　이후로 종종 집에서도 덤벨을 위로 들어 올리는 운동을 한다. 여전히 잘하지는 못한다. 다른 운동보다 실력이 느는 속도도 느리다. 그래도 매끄럽게 해내지 못하는 것을 그렇게 이고, 지고, 들어 올리고 싶다. 쉽게 지지 않는 마음을 모으기 위해서. 몇 배로 어렵겠지? 그런데 뭐. 어차피 삶은 거뜬했던 적 없으니까.

나와
친해지기

　　자취를 시작했을 때, 싱크대는 비어 있거나 그릇 한두 개만 있는 경우가 많았다. 부지런해서는 아니다. 큰 접시에 여러 반찬을 담거나 음료와 물을 컵에 따라 마시지 않는 등 애초에 설거지거리가 많이 나오지 않도록 했다. 그때 집에 있는 그릇은 밥그릇, 국그릇, 작은 접시 각 두 개와 큰 접시, 네 분할 접시 각 한 개로 많지 않았는데도, 쓰는 건 절반도 되지 않았던 거다. 그렇게 혼자서 생활할 때는 귀찮음이 우선순위가 되어서 선택을 결정하게 될 때가 많다. 괜히 효율성도 따져 보게 된다. '혼자 있는데 뭐 이렇게까지….'라고 생각하는 건 덤이다.

하지만 집에 지인이 놀러 온다면, 귀찮음의 순위는 가장 뒤로 밀려난다. 접시 하나에는 하나의 음식만 담기는 건 물론이고, 물과 음료를 따를 때면 각각 다른 컵을 사용한다. 평소에는 장식품으로만 자리하는 오르골도 돌아가고, 블루투스 스피커를 연결해서 음악을 틀고, 무드등도 켠다. 언젠가 모든 것이 더해진 우리 집을 보며 이런 분위기로 감싸질 수 있구나, 라고 느끼다가…… 그런 생각이 들었다.

'왜 혼자 있을 땐 이렇게 안 하지?'

처음으로 그 사실이 이상하게 느껴졌다. 집에 누군가가 놀러 올 때보다 혼자일 때가 훨씬 많은데. 귀찮음을 앞세워 선택하지 않으면서 동시에 많은 것을 포기해온 거다.

"아무도 안 봐."라는 말을 들어도 보고, 해본 적도 있을 것이다. 나도 마찬가지이다. 그런데 최근에서야 이 문장의 오점을 발견했다. '아무'라는 단어는 여기서 '전혀 어떠한'을 뜻한다. …그렇다면 나는? "아무도 안 봐."라는 말에는 너무도 당연하게 자신의 존재가 생략되어 있었다. 매 순간 나의 행동을 CCTV보다 고화질로 자세히 보는 사람, 그 순간의 감촉과 향까지 느끼는 사람, 그게 다 마음에 닿고 있는 사람은 본인인데 말이다.

이후로는 혼자 있을 때, '귀찮음'이 아니라 '기분 좋음'이 우선순위가 됐다. 요리를 끝낸 뒤에는, 어떤 접시에 담을지를 신중하게 고민한다. 알맞은 접시를 찾으면 음식이 더 맛있게 느껴지기 때문이다. 또, 과자를 평평하고 넓은 접시에 담아서 먹으면 더 맛있고, 물도 좋아하는 컵에 따라 마시면 더 많이 갈증이 해소되는 시원함을 느끼게 되는 것도 알게 됐다. 블루투스 스피커를 틈틈이 틀어두는 것도 잊지 않는다. 공간에서 흘러나오는 소리는 인테리어가 되어주기도 하니까. 그리고 전에는 밖에서 입지 않는 낡은 옷을 잠옷으로 입었지만, 이제는 상·하의 세트 잠옷을 입고 있다. 또, 외출할 때만 뿌렸던 좋아하는 향수를 집에서도 뿌린다. 비약처럼 들릴 수 있지만, 이러한 작고 사소한 행동들이 하나하나 쌓이면, 내가 소중한 사람이 된 것 같은 기분을 만들어내곤 한다.

그러니까 이제는 자신을 소홀하게 대하고 싶지 않다. 또 내가 좋아하는 것에 효율성과 가성비를 따지고 싶지 않다. 막 낭비해버린다고 해도 좋다. 나를 위한 게 우선시가 될 수 있다면.

어떤 이와 가까워지기 위해서는 마음을 알아주는 게 필요하다고 생각한다. 그 사람이 언제 많이 웃는지, 어떤 말을 들으면 욱신거리는지를 헤아리게 된다면, 어느새 보호막을 풀고 서로의 곁으로 한 걸음 더 다가가게 되니까.

나와 친해지기 위해서도 마찬가지이다. 그렇기 때문에, 내 안에서 쉬고 싶다고 말한다면 틈을 내서 쉬어주고, 보고 싶은 사람이 있다고 하면 긴 시간이 걸린대도 달려가고, 혼자 있을 때만큼은 가장 편안한 자세로 활보할 수 있도록 하고, 가끔은 가장 사랑하는 사람을 위해서 하는 행동을 자신에게 해 보면서 천천히 나와 더 친밀해지고 싶다.

그렇게 하다 보면, 언젠가는 나와 절친이 될 거라 믿고 있다.

'우리'라는 지독함과 신비로움

2부

요즘 좀
어때?

예전에는 너와 한 주의 대부분을 만나고, 그것도 부족해서 새벽까지 통화하면서 모든 감정을 털어놓곤 했어. 지금은 자주 만나지 못하고, 전화도 많이 줄어들었지. 만나서는 너도, 나도 수많은 말 중에서 거르고 걸러낸 말만 한다는 걸 알아. 더 이상 애정하지 않아서가 아니라, 힘듦을 덜어주고 싶지 않은 마음으로.

하지만 그렇다고 해도. 우리, 잊지 말고 서로에게 자주 안부를 묻자. 떨어져 있을 때 '잘 지내겠지.'라고 함부로

안정감을 느끼지 말자. 늘 걱정하고, 보살피고, 들여다봐
주자. 귀찮을 정도로 서로의 일상을, 안위를 캐묻자.

　나는 있잖아. 늘 행복을 지나오고 있다는 게 어려운 일
이라는 걸 알지만, 너만큼은 그 시간을 매일 지나고 있기
를 바라. 그때 우리가 함께하고 있지 않다고 해도, 나는 어
딘가에서 진심으로 축하하고 있을 거야.

그 사람에게는 상처받지
않을 줄 알았는데

　　　　　내 마음속을 펼쳐보면 세모 모양의 위험
표지판과 빨간 글씨로 '진입 금지'라고 적힌 바리케이드가
곳곳에 있을 거다. 맨 앞에는 차단기가 있다. 주차장에 들
어갈 때 있는 거 말이다. 처음 만난 사람에게 차단기는 올
라가지 않아서 그 사람은 입장할 수 없다. 사실 여러 번 만
났다고 해도 마찬가지일 수 있다. 충분한 만남과 감정 교
류, 기타 등등이 이루어진다면 그제야 차단기는 천천히 올
라간다(이건 조종하고 있는 게 아니라서, 나도 정확한 기준을 잘

모르겠다). 이후에 그보다 더 사이가 깊어진다면 표지판과 바리케이드가 없는 안전지대로 그들은 순간 이동하게 된다(이것 또한 어떤 기준인지 알 수 없다).

이곳까지 도착하느라 수고하셨습니다. 이제 여기서 숨만 쉬셔도 됩니다!

확성기가 있는 것처럼 안착한 이들을 향해 이런 음성이 나오는데, 그들이 들은 적 있는지는 모르겠다. 어쨌거나 중요한 건 나한테는 들린다는 거다. 그러면 이제 그들 앞에서 속수무책으로 경계가 풀린다. 더 이상 '아무나'가 아니니까.

그들에게 어떤 문제가 생긴다면 상황을 뒤로한 채 달려갔고, 그들이 편했으면 좋겠다는 생각에 희생하며 배려했고, 다친 마음을 보듬어주기 위해 노력했다. 그러니까, 무언가를 주고 있으면서도 더 해주고 싶어서 안달이 나 있었다.

그들은 내가 만나는 사람 중 극소수지만, 여러 사람을 만나는 것보다 훨씬 행복했다. 죽을 때까지 삶에서 만나는 사람이 그들뿐이라고 해도 좋을 정도로. 그때마다 안전한 관계의 궤도 속으로 들어와 있다고 생각했고, 이건 흐트러지지 않을 거라 굳게 믿었다. 아니, 틀어질 수 있다는 생각 자체를 하지 못했다.

그러다 그들 중 누군가가 상처를 남길 때마다 처참해졌다. 그게 작은 생채기여도 출혈이 심했다. 그럼에도 관계를 잃고 싶지 않았기에 괜찮다며 합리화했고, 내가 더 노력하면 될 거라 생각했다. 무엇보다도 다른 사람이 아니라, 안전지대에 있는 이 사람이 상처를 준다는 걸 믿고 싶지 않았다.

하지만 회피는 아무것도 달라지게 할 수 없다. 마주하고 싶지 않은 것을 피해서 힘껏 질주해도, 그건 그 자리에 그대로 남아 있을 뿐이니.

왜 사랑하는 만큼 상처를 주고받아야 할까.
내가 사랑하는, 사랑했던 모든 사람 중에
상처를 남기지 않은 사람이 아무도 없는 것 같다.

마음이 치닫던 날 일기에 쓴 문장이다.

일기는 나도 모르게 발설된다. 밖으로 나온 그 문장의 생김새를 살펴보고, 만져도 보다가, 다시 꼭꼭 삼키고, 이내 소화시키는 건 내 몫이다. 시간이 조금 지난 뒤에야 이 문장을 이해할 수 있었다. 나에게 새겨진 그들의 존재감이 클수록 감정은 확대되고 다방면으로 퍼져나가기에, 그들은 남들보다 몇 배로 사랑을 느끼게 하는 만큼 몇 배로 속상하게 할 수도 있었다. 그리고 기쁨, 슬픔, 아픔, 행복, 우울 혹은 이름 붙일 수 없는 세세한 감정까지 줄 수 있는 거였다. 나는 그저 '좋은 사람이니까 좋은 감정만 느껴야 해'라고 생각하며 그 범위 밖의 감정을 느끼는 것에 미리 겁을 먹고 억제했던 거다.

사랑하는 우리라고 해도 늘 사랑만 할 수는 없다.

얼마 되지 않았지만, 이 문장을 간직한 채 살아가고 있다. 그것만으로 상당 부분이 지혈되고 있음을 느낀다. 그리고 이제는 조금 더 여유로운 마음으로 다른 이에게도 차단기를 열어두고 싶다.

사랑이라는
비현실

멜로 영화를 볼 때 두 사람이 끝내 이어
지지 않는 결말을 좋아하곤 했다. 첫사랑의 이야기라면, 서
로에게 몰두하며 사랑했던 시절은 지나가고 다른 사람과
결혼하게 되는 결말. 그래서 첫사랑은 그저 첫사랑으로 남
게 되는 그런 결말. 그게 현실적이라고 생각했다. 첫사랑이
마지막 사랑이 된다든지, 어떠한 역경에도 고유한 사랑을
유지하는 건 환상이라고 여겼다. 그래서 오히려 그런 영화
를 보면 거부감이 들었다. 작위적이라고, 저런 일이 어디에

있느냐고 하면서.

그러다 어느 날 영화 〈노트북〉을 봤다. 드디어 보게 된 영화였다. 사실 넷플릭스에 들어가면 손쉽게 볼 수 있는데 그렇게 저장만 하고 넘어간 영화가 너무 많아서 하나의 영화에 시간을 할애하는 게 쉬운 일이 아니다. 그래서 '드디어'였다.

그들이 완성하는 사랑을 보면서 많이 울었다. 그들에게 사랑이 물들어 행복한 장면에서도 눈물이 계속 흘렀다. 영화가 끝나고 나서, 실화를 바탕으로 만든 거라는 걸 알았다. 사랑에는 역시나… 힘이 있다.

맞아, 사랑은 비현실적이다. 누군가가 나를 온통 헤집을 수 있다는 게, 절대 할 수 없었던 것들을 할 수 있게 되는 게 어떻게 현실적일까. 5분을 보기 위해서 두 시간을 달려가고, 껴안고 있으면 불안함이 금세 사라지고, 꿈을 꾸고 있는 것처럼 낭만적인 순간을 세상에서 두 사람만 공유하고, 떨어져 있어도, 몇 년을 보지 않아도 내내 남아 있는 사랑스러운 사랑들. 그게 다 비현실적인 거였는데 왜 영화 속에서 현실을 찾곤 했을까?

누군가와 하나의 마음으로 맞닿았다는 것 자체가 비현실적인 거잖아. 우리는 그런 찬란한 환상을 함께 나눈 거고.

사랑에 깊이 잠겨 있다면, 어떤 것에도 구애받지 않고 그 황홀한 세계에 있었으면 좋겠다. 삶에서 그 정도의 비현실성을 껴안고 있는 거, 꽤나 좋잖아.

시절인연

요즘은 지나간 사람들이 자꾸만 생각난다.
모든 초점을 그 사람에게 맞출 만큼 애정했지만 끝내
견디지 못한 적도 있고, 작은 구멍을 메꾸지 못한 채 천천
히 마음이 멀어진 적도 있다. 누군가는 먼저 떠나갔고, 누
군가는 붙잡았고, 누군가는 그저 바라봤다. 그렇게 다 제
각각이었는데. 결과는 똑같다. 우리가 이별했다는 것. 충
동적으로라도 안부를 물어볼 수 없는 사이가 됐다는 것.
이제는 이성이 감정보다 더 커서 다 막아버리니까. 가끔은

안부를 물어볼 수 있는 것도 보통 이상의 사이가 누릴 수 있는 특권이라는 생각이 든다.

언제까지 그들은 내게서 숨을 쉴까.

모든 게 다 끊어졌는데 아직도 내 삶의 지분을 내어주고 있다는 게, 그럼에도 그들을 볼 수 없다는 게

잔인하다.

밤을 새워 통화하던 우리는 다 누구였을까.

적당한
마음

사람에게 무뎌지고 싶다.
기대하지 않고, 바라지 않고,
적당히 잘해주고, 적당히 좋아하면서.

그러면 상처받을 일도 상처를 줄 일도
절반 이상 줄어들지 않을까.

그런데 애초에 마음을 적당히 쓸 수 있을까.

하나의
결론

　　가까운 사람의 행동에 마음이 상한 날, 혼자서 앓다가 친언니에게 털어놓은 적이 있다. 이야기가 끝난 뒤, 언니에게 "어떻게 생각해?"라고 물었다. 언니는 당연하다는 듯이 "어떻게 생각하긴 뭘 어떻게 생각해. 별로라고 생각하지."라고 답했다. 그래, 사실은 간단한 일이었다.

　　어떨 때는 마음을 쓴 만큼 억울해진다. 화나는 것도, 속상한 것도, 서운한 것도 많아진다. 마음을 줬을 뿐인데, 을

이 되는 일도 잦았다. 그런 기분이 드는 게 싫어서, 적어도 그 사람에게는 상처받고 싶지 않아서, 수많은 생각이 차오르다가 범람해도, 그쪽으로 고개를 돌리지 않았다.

하지만 결론은 하나였다. '그 사람은 나를 생각해주지 않았다.'라는.

그러기에 상대의 사정을 이해하자며 다그칠 만한 가치가 없었다.

선 택

관계를 놓아야 할지, 잡아야 할지
고민이 될 때 생각해야 할 것.

그 사람과 함께할 때 더 행복할지,
그 사람이 없을 때 더 행복할지.

절대 상처를 주지 않을 거라

굳게 믿은 사람일수록

작고 사소한 것들로 깊은 상처를 낼 수 있다.

우리는 다르기에 서로 상처를

주고받는 건 불가피한 일일지도 모른다.

때문에 사랑하는 상대를 위해 할 수 있는 건,

최대한 배려하고 입장을 생각하는 것이 아닐까.

상처받지 않도록.

미움을 누르면
나도 눌러진다

누군가를 미워하는 데에는 그만큼의 에
너지가 든다. 그러니 그곳에 아까운 시간을 쓰지 말라고들
한다. 나 또한 그 말에 동의하지만, 미운 사람을 미워하지
않는 데에도 에너지가 든다는 걸 느꼈다.

기분 상하는 일이 생겼을 때, 잊는 게 약이라며 마음을
억누른 적이 많았다. 그러다 보니 무례한 상대의 행동을
내가 책임지기도 했고, 친구들이 "와 너 기분 나빴겠다."라
고 말하기 전까지는 내가 겪은 것이 기분 상하는 일이라

는 걸 인지하지 못했었다. 그 말을 듣고 나서야 '아, 기분 나빠했어도 됐구나.'라고 생각했다. 다른 사람에게 나의 감정을 허락받는 것처럼.

문득 무언가가 잘못되어가고 있다는 걸 느꼈다.

내가 기분이 상했다면, 그게 맞다. 그리고 "미안해."라는 말에 끄덕였다고 그 사람의 행동을 이해했다는 의미도 아니다. 용서와 이해는 다른 영역이니까.

이제는 누군가를 용서하는 데에 큰 에너지를 쏟지 않으려 한다. 특히나 미운 사람을 말이다. 도저히 이해되지 않는 사람을 말이다. 시간이 지나면 미운 마음도 사그라지겠지. 그때까지는 감정을 그대로 두기로 했다. 미움을 누르기 위해서도 많은 힘을 주고 있어야 한다는 걸 알게 됐으니까.

어떤 사람인지보다
나와 맞는 사람인지

        사랑은 사람을 원초적으로 만든다. 적어
도 나에게는 그렇다.

   서운하거나 화나는 감정을 꾹꾹 삼키는 사람인데, 유일
하게 애인에게는 솔직하게 털어놓는다. 그러면서 애니메
이션 〈아따아따〉의 단비처럼 울 때도 있다. 맛있는 걸 먹
었거나 길을 걷다가 기분이 좋을 때는 애인 앞에서만 슬
쩍 정체 모를 춤을 추기도 한다. 그 외에도 '내가 이 정도
야?'라는 생각이 들 정도로 유치해질 때가 많다. 또 나를

사랑한다는 걸 알지만 시도 때도 없이 더, 더 많이 듣고 싶어서 "나 얼마만큼 사랑해!"는 단골 질문이고, 그럴 때마다 지치지 않고 답을 해주는 사람들과 연애했다. 나에게 있어서 연애는 반드시 서로여야 하는 우리의 만남이어서, 늘 마음이 중요했다. 마음'만' 중요했다. 하지만 지금은 우선순위가 바뀌었다.

하나를 보면 열 가지 이상으로 생각이 뻗어나가는 나는, 하나조차도 눈여겨보지 않는 L과 가장 긴 시간 동안 연애했다. 조금 더 구체적으로 말해보자면, 나는 섬세하고 감성적이고 공감 능력이 높았는데, L은 무감하고 이성적이고 공감 능력이 낮았다. 나와 L의 마음은 서로를 사랑하는 것 이외에는 다 반대편에 있었던 거다.

L 앞에서 나의 섬세함은 예민함이 될 때가 많았다. 자주 했던 생각은 '이 사람을 이렇게 피곤하게 할 거라면, 혼자 지내는 게 낫겠다.'였다. 내 성격이 민폐처럼 느껴지고 사랑 말고는 어떤 마음에도 자신감이 없어져서, 자꾸만 스스로 걸려 넘어지곤 했다. 그러다 보면 이 연애가 비정상처럼 느껴지기도 했다. 그 원인을 따라가면 끝에는 덩그러니 서

있는 내가 있었다. 나만 괜찮다면, 우리는 괜찮았으니까. L
은 내가 말하는 감정 대부분을 이해하지 못했고, 먼저 알아
차리지도 못했다. 그저 사소한 것에 행복해하고, 화를 내는
모습을 사랑하면서도 싫어할 뿐이었다. 그래서 L에게는 일
일이 이름표를 붙인 감정을 보여줘야 했고, 손가락으로 짚
어가며 설명하는 것도 필요했다. 그게 얼마나 외로운 일이
었는지는 연애가 끝나고서야 알았다. 늘 투쟁하는 기분이
었는데, 그 자체만으로 매번 졌던 것 같다. 사랑하는 사람
이 나를 이해해주지 못하는 건, 그 사람을 제외한 모두가
나를 이해하지 못하는 것보다 더 큰 외면이었으니까.

하지만 그렇게 뾰족하고 도드라졌던 부분이 이후에 다
른 사람을 만날 때는 보이지 않았다. 그는 섬세함을 섬세
함으로 느꼈기에. 결이 맞는 사람을 만나면, 마음이 엉키
는 대로 두지 않고 수시로 빗질을 할 수 있었다.

누군가와 만나다 보면, 나의 한 부분이 치명적인 단점처
럼 느껴질 때가 있다. 그래서 마치 모난 사람 같아지고. 하
지만 모든 성격에는 장단점이 포함되어 있기에, 어떤 성
격이 좋고 나쁘다고 객관적으로 판단할 수 없다. 누가 어

떻게 바라보느냐에 따라 달라질 뿐이니. 그래서 이제는 사랑에 빠진 모습이 마음에 드는지가 우선순위가 됐다. 물론 상대와 만나며 고쳐야 할 성격도 있겠지만, 적어도 잘못이 없는데 무언가를 잘못했다는 생각은 들지 않아야 한다.

L과 만날 때, 내 성격을 받아줄 사람이 많이 없을 거라 확신했다. '받아준다'라는 말 자체가 오류라는 걸 이제는 알지만, 그땐 정말이지 그렇게 믿었다. 그래, 그건 L의 입장에서였던 거고. 이해한다는 개념이 필요 없도록 자연스레 포용해 주는 사람도 있었다.

그리고 너도 그렇겠지. 나는 너의 무감함을 무심함으로 여기곤 했어. 하지만 평범하게 느끼는 사람이 있겠지. 그렇게 각자에게 더 적당한 사람을 찾아가는 건가 봐.

변동 사항

마음의 변동성을 느끼며 놀랄 때가 있다.

한때 고모를 미워했다. 한 번도 터지지 못한 채로 부풀어 오르기만 했던 마음을 어느 날 고모의 말이 바늘처럼 찔렀고, 그때 터졌다. 외면하고 참았던 말들이 머릿속에서 소리를 질렀다.

아빠에게 죽을 때까지 고모를 보지 않겠다고 말했었다. 이후에 필사적으로 고모가 있는 자리에 가지 않았다. 명절도, 가족 행사도. 그때는 단호했다. 그래서 평생 이렇게 보지 않을 줄 알았다. 하지만 고모와 나는 같은 핏줄로 연결되어 있는 사이였기에 언제까지나 피할 수는 없었다. 몇 년 뒤에 할머니가 계신 병원에서 고모를 만났다. 오랜만에 이런저런 이야기를 나누다가 미움이 사라졌다는 걸 느꼈다. 지금 그렇게 된 게 아니라, 전부터 이미 미움이 없었다는 것을.

지금은 그로부터 5년이 더 흘렀다. 본가에 내려가면, 명절이 아니더라도 고모네와 우리 가족은 틈틈이 만나곤 한다. 얼마 전에는 고모 집에서 자고 왔는데, 한 명씩 방으로 들어간 뒤에도 고모와 나만 거실에 남아서 새벽 5시까지 이야기를 나눴다. 나는 부모님에게 하기 어려운 말을 하고, 고모는 자식에게 하기 어려운 말을 한다. 그러다 보면 왠지 인생에서 만난 선후배 사이 같기도, 오래된 친구 같기도 하다. 매번 고모는 언니보다 내게 해준 것이 없는 것 같다며 미안하다고 말한다. 충분히 잘해주고 있다고, 이런 고모는 손에 꼽을 거라고 그렇게 말하고 싶은데 늘 실패한다. 직접 말하는 게 먼저일지, 고모가 이 페이지를 읽게 되는 게 먼저일지는 모르겠다.

만약 지금까지도 고모를 피했다면 어땠을까. 미움이라는 게 흐려지고, 바래진 줄도 모르고 여전히 선명하게 존재한다고 생각하지 않았을까. 무엇보다 시간은 빠르게 흘러갔을 거고, 서로를 알아갈 기회를 놓쳤을 거다.

멀어진 사람과 현재에 함께하고 있다면, 어떤 시간을 보냈을지 생각해볼 때가 있다. 서로의 중요한 날들에 떳떳하게 자리하고, 일상에서도 수시로 파고들었을 거라는 걸 떠올리다가 마음이 아파지곤 한다. 어김없이 너와 내가 너무 행복해 보여서. 서로에게 기대서 울고, 웃는 모습이 훤하게 그려져서.

그걸 아는데도, 그들에게 연락할 용기가 없다.

우리가 이렇게 다 멀어질 사이가 맞을까.

너네는 어떻게 생각해?

이별과
허무

        이별의 성질에는 허무함이 있다고 생각한다. 갑작스럽고, 연약하고, 잘 부러져버리니까. 그런데도 잡을 수 없이 거대해서 많은 것을 삼켜버리기도 한다.

  절대로 이별할 수 없는 사이는 없다. 우리는 언제든, 얼마든 이별할 수 있다. 나는 그 명백한 사실을 늘 이별 후에야 다시 깨닫곤 했다.

각자의
세계

      사람마다 고유의 세계에서 살고 있다고
생각한다. 주변 환경, 자신의 유년기를 어떻게 흡수했는지,
확고한 가치관, 일상에서 하는 생각 등등 한 사람을 구성
하고 있는 것이 다 더해진 세계. 아무리 사랑해도, 각자의
세계는 절대 겹칠 수 없다. 그 말은 완벽하게 서로를 이해
할 수 없다는 것과 동일하다.

    때문에 나는, 우리가 사랑을 하는 방식이 그 사람의 세
계를 지켜주는 거였으면 좋겠다. 곁에서 지켜보며 그 세

계의 성질을 찬찬히 알아내는 거다. 그러곤 그곳에서 꽃이 무사히 피어날 수 있도록, 맑은 날이 지속될 수 있도록, 아침에는 해가 뜨고 저녁에는 달이 뜨는 순환이 계속 이루어질 수 있도록, 그곳에서 생기를 머금고 있는 푸릇푸릇한 것들이 마법처럼 시들지 않도록 그렇게 조심스러운 마음으로 지켜준다면 좋겠다.

우리는
여전했으면 해

학창 시절을 생각하면 모든 게 무리 지어 떠오른다. 그 안에 있는 나 혼자만의 생각과 감정이 어떤 것이었는지 잘 모르겠다. 아마도 그때는 교환 일기를 쓰는 것처럼 곁에 있는 친구들과 마음을 함께 썼던 것만 같다. 네가 그렇다면 나도 왠지 그런 것만 같은, 어디서부터 온 건지, 누구의 것인지도 모를 생각들을 우리는 매 순간 공유했다.

한 번씩 무언가가 열풍이 될 때가 있었다. 보통 그건 학교 전체를 휘몰아치다가 금세 사라지곤 하는데, 예외였던 게 하나 있다. 그건 바로 '알투비트'다. 알투비트는 음악에 맞춰서 방향키를 움직이며 도로를 질주하는 게임이다. 우리는 약속하지 않았는데도, 학교를 마치면 다 같이 자연스레 PC방으로 향했다. 게임에서 방을 만들고, 함께 온 친구들을 초대하고, 어떨 때는 PC방에 온 우리가 너무 많아서 방이 몇 개로 나눠지기도 했다. 그때, 그다지 친하지 않았던 친구와도 하나가 되었던 기분과 마음이 아직도 선명하다. 학원을 마치고 집에 와서 게임을 켜면, 또 우리들이 있었다. 어떨 때는 게임을 멈추고 채팅창으로 대화만 하며 새벽까지 함께하곤 했다. 그때는 몰랐다. 그 친구들이 내 삶에서 흔적도 없이 사라질 줄 말이다. 남은 사람은 20년 지기 친구 토마토뿐이다.

알투비트 또한 사라졌었는데, 어느 날에 부활한다는 기사가 떴다. 토마토에게 그 기사를 공유한 뒤 "미쳤다. 너무 설레."라는 말을 주고받고는 그날을 기다렸다. 그리고 본가에 내려갔을 때, 드디어 같이 알투비트를 하러 갔다. 약 13년 만이었다. 그 시절 '사코'(PC방 이름이 '사이버 코리아'

였다.)라고 불렸던 피시방은 여전히 그 자리에 있었다. 리모델링했고, 이름도 바뀌었지만 변치 않고 그 자리에 있다는 것 자체로도 반가워서 마음이 들떴다.

게임은 어려웠다. 예전에는 나름 잘했던 것 같은데. 토마토와 나는 수시로 고깔에 걸려서 넘어지고, 부스터를 잘 쓰지도 못하며, 겨우 썼을 때는 장애물에 걸려서 캐릭터가 대자로 누웠다. 그리고 꼴찌를 다퉜다. "그때 이거 어떻게 했지?"라며 중학생의 우리에게 감탄하고, 이어서 '크레이지아케이드'도 했다. 그래도 이 게임은 좀 나았다. 하지만 마지막에 강력한 2P 상대들을 만나서 다섯 판 정도를 연속으로 졌다. 우리는 순순히 패배를 인정하며 컴퓨터를 종료했다. 이건 토마토와 내가 잘 맞는 수많은 이유 중 하나이기도 하다. 매사에 발톱을 세우지 않는 거. 하나도 속상하지 않았고, 오히려 너무 재밌었다. 그때만큼이나 진심으로 게임을 하게 될 줄은 나도 몰랐다.

아직도 이렇게 유치하고 시시한 것들이 좋다. 나라는 사람이 계속 변하고 있는 것 같으면서도, 한편으로는 여전하다. 하지만 여전한 관계를 유지하는 것은 어렵다. 지금으로부터 또다시 10년이 흐른다면, 그때는 누구와 함께하고 있을까. 사실 당장 1년 뒤라고 해도, 무엇도 장담할 수 없다. 어떤 사이여도 끊어질 수 있다는 걸 알아버렸으니까. 옆에 있는 사람과의 영원을 확신할 수 없어서 나는 자주 슬프다. 우리가 시절 인연으로 남을까 봐 두려운 밤들도 있다.

그렇지만 10년 뒤에도 토마토와 오랜만에 PC방에 가서 이번처럼 재밌게 게임하기를 바란다. 우리 그때 그랬잖아. 와 이건 지금도 재밌네? 잠시 아직 손 안 풀려서 그래. 이런 대화들을 나누고, 고수들에게 처참히 패하면서도 웃으며 게임을 끄는 모습이 변질되지 않았으면 좋겠다.

삶을 살아가면서도 고깔에 걸려서 넘어지고, 그러다 한동안 일어서지 못하게 되는 날이 있겠지만, 나의 우리들은 여전히 같은 도로 위에 있었으면 좋겠다. 앞으로 여러 상황과 마음이 영원할 수 없도록 방해한다고 해도, 그 모든 걸 무찌르고 우리는 여전했으면 한다.

안정

       생각이 많은 나는, 불안함도 쉽게 느낀다. 그래서 누군가와 만날 때 안정감이 가장 중요하다. 잠시 떨어져 있어도, 같이 있을 때 대화가 없어도, 어떤 모습으로 무너지고 있어도, 우리 사이에는 아무런 영향을 주지 않을 거라는 그런 안정감.

  예전에는 '안정'이라는 감정이 뒷전일 때가 많았다. 사이를 느슨하게 만드는 역할을 한다고 여겼기에. 새롭고 다양한 감각들이 더 중요하다고 생각했다. 하지만 감정이 불규칙한 패턴으로 지속해서 만나게 되면, 오랜 기간 관계를 유지하기가 힘들었다. 불안함에 잠식되어서 이성적인 판단을 하기가 힘들었고, 결국에는 그 사람을 떠나게 되었으니까. 그제야 알게 됐다. 안정감을 주는 사람의 존재가 얼마나 소중한지를.

사람에게 느끼는 안정감의 바탕에는 믿음이 있다. 내게 쉽게 상처를 남기지 않고, 어떤 나를 보더라도 등지지 않을 거라는, 우리의 모양이 달라지더라도 늘 그 자리에서 굳건할 거라는 믿음.

수없이 자극을 주는 사람보다 포근하고 안락하고 보드라운 사람 곁에 머무르고 싶다.

˚우리, 각자의 불안을 껴안아 주자.
그렇게 나눠주자. 그러자. 응?
그러면 다 괜찮아질 거야.

˚너를 만나면서 나는 우연의 찬란함을
더 좋아하게 됐어.
우리가 우연의 점선으로 이루어져 있으니.

°내가 너에게 영원을 말하면
좀 우스운 일이 되려나.
나는 영원을 믿는 게 아니라
너와 함께하는 영원을 믿고 싶은 건데.

°사랑 앞에서 나는 자주 뒤로 물러섰고,
물러난 그 자리까지 오는 사람이
진정으로 나를 사랑한다고 생각했다.
정작 앞으로 가지는 못하고.

믿어주는 사람이
있다는 건

나는 YMCA 유치원에 다녔다. '아기 스
포츠단'이라고도 불리는 그곳은 다양한 운동 프로그램으
로 수업이 구성되어 있었는데 그중 하이라이트는 월, 수,
금마다 수영을 하는 거였다.

수영 시간이 되면 우리는 자신의 이름이 새겨진 수영복
을 입고, 선생님이 외치는 구호에 맞춰서 준비 운동부터
했다. 그러고 나서 선생님은 수심 2미터인 수영장 앞에서
이름 순으로 줄을 세웠다. 선생님이 호루라기를 불면, 한

명씩 뛰어내려서 레일 끝까지 수영해야 했다. 혹시 모를 사고를 대비해서 수영장 안에는 다른 선생님도 있었지만, 내 키의 두 배 가까이 되는 수심은 어린 나를 겁에 질리게 하기 충분했다.

'허'씨여서 맨 뒤에 있었는데, 조금 이따 보면 다른 한 친구가 내 뒤로 왔다. 그 친구는 성이 '김'이어서 첫 순서였지만, 무서워서 뛰어내리지 못하고 우는 바람에 항상 뒤로 넘어왔던 거다. '얼마나 무서우면…!' 일그러진 얼굴로 서럽게 울고 있는 친구를 보면 더 무서운 마음이 들었다. 하지만 우선은 친구의 등을 토닥이며 달래주었다. 그러고 나서 우리는 서로의 손을 꼭 잡은 채로 기다렸다. 차례가 다가올수록 공포심이 증폭되고 추워져서, 입술이 파래지고 이빨이 달달 떨렸지만, 손에서는 온기가 느껴졌다.

순서가 되어서 물 앞에 서면, 나도 울고 싶어졌다. 물에서는 거대한 깊음이 느껴졌고, 마치 독약을 풀어둔 것처럼 위험해 보이기도 했다. 또, 맨 밑바닥에는 고래가 느긋하게 움직이며 나를 기다리고 있을 것 같았고, 그게 아니라면 뛰어드는 순간 다른 세계가 열리면서 그 속으로 빨려 들어갈 것만 같았다. 무시무시한 생각에 갇혀서 이러지도 저러지도 못한 채 바들바들 떨고 있으면, 눈물을 그친 친구 '김'이 뒤에서 큰 목소리로 외쳤다.

"윤정이!!! 파이팅!!!!!!!"

선생님도 빨리 뛰어내리라고 재촉하지 않고, 어깨를 두어 번 쓸어주었다. 그렇게 얼마간의 시간이 흐르고 나면, 왠지 뛰어내릴 수 있을 것 같은 용기가 생겨났다. 심호흡을 한 뒤에, 숨을 꾹 참고 뛰어들었다. 잠깐 공중에 떠 있는 게 느껴지고, 내가 기울고, 그러다 순식간에 물이 끼얹어지듯 몸에 쏟아지면, 마치 물을 때리는 것처럼 있는 힘껏 발차기를 했다. 수경을 끼고 있었지만 눈을 꾹 감은 채로 쉴 틈 없이 헤엄을 쳤다. 그러다 보면 중앙에 있던 선생님이 "윤정이 잘한다, 잘한다!"라고 말하는 흥분 섞인 목소리가 가까워졌고, 다시 멀어지다가 손끝에 딱딱한 게 닿았다. 도착이었다. 그제야 수경을 올리고 눈을 뜰 수 있었다. 심장이 미친듯이 뛰었고, 방금까지 헤엄쳤던 팔다리가 얼얼했다.

지금의 나는 성인이 되었고, 그때처럼 열심히 수영한 지도 까마득하다. 그런데 종종 삶이 그때와 닮아 있다고 생각한다. 늘 알고 있는 평탄한 길로 가고 싶지만, 아득하고 컴컴한 곳으로 뛰어들어야 하는 순간이 있으니까. 그럴 때면 수심을 알 수 없는 정체불명의 물이 소환되고, 그 앞에 서 있는 나는 여전히 입술이 파래진 채 덜덜 떨고 있다.

어김없이 필요한 것은 뛰어들 용기와 가라앉지 않고 헤엄칠 몸과 마음의 체력이다. 그런데 이제야 알게 된 건, 그것들이 나로 인해서만 생성되는 게 아니라는 거였다. 떨고 있는 내 손을 잡아주는 사람이 있고, 큰 소리로 응원해주는 사람도 있으며, 가라앉지 않도록 지켜봐주는 사람도 있으니까.

살아가면서 수없이 무언가를 선택하고, 도전해왔다. 그때마다 나를 응원하고, 믿고, 다독이는 마음들이 존재했다. 그로 인해 나의 용기들은 태어났다. 겁이 많고 걱정이 많은 나도 물속으로 뛰어들었고, 온 힘을 다해 헤엄쳤고, 그러다 이곳까지 도착할 수 있었다.

오늘도 숨을 꾹 참고 뛰어든다.

이번에는 두 눈을 뜨고, 마음들을 하나씩 바라보며.

이름을
부르면

'정'은 BBC EARTH의 자연 다큐멘터리를 좋아한다. 다른 사람들이 예능이나 드라마를 보며 밥을 먹을 때, 정은 철새가 하늘에서 비행하는 걸 보며 밥을 먹는다. 날고 있는 철새의 모습은 너무도 평온하고 흐트러짐이 없어서 마치 강가에 떠 있는 것 같다. 정은 범고래가 펭귄을 어떻게 잡아먹는지 알고, 나무들끼리 어떻게 소통하며 하나의 숲을 만들어가는지를 안다. 사실 이러한 자연의 이치는 정에게 새겨져 있는 거나 마찬가지이다. 왜냐면 웬만한 다큐멘터리는 최소 두세 번은 본 거니까. 정은 자연이 생성되고, 소멸하고, 부활하고, 공생하는 걸 보며 그들만의 질서를 느낀다. 그것만으로도 마음이 풍요로워진다.

'성자'는 사진을 찍는 걸 좋아한다. 그건 일상에서 끊임없이 화두를 던지는 것과 같아서, 신경 쓰지 않을 정도로 사소한 것도 사진 속에서는 도드라진다는 게 좋다. 성자는 50대 중반이 됐을 때, 평생교육원에서 강의를 들으며 본격적으로 사진에 입문했다. 실습으로 두 시간 동안 촬영하고, 집에 와서는 세 시간 동안 보정을 하며 과제를 시작한다. 같은 구도의 사진이어도, 미묘한 차이들을 포착하며 말이다. 그리고 성자는 최대한 원본을 해치지 않으려고 한다. 뭐든지 과하지 않고, 자연스러운 게 좋으니까. 최근에 성자가 이뤄낸 것이 있다. 바로 이제껏 찍은 사진을 모아서 동료들과 함께 책 한 권을 낸 것이다.

여기서 정은 나의 아빠, 성자는 나의 엄마이다.

나는 그들의 이름을 부르는 걸 좋아한다. 엄마에게 전화할 때는 "성자 씨 모하세요~~?"라고 하고, 아빠가 소파에서 졸고 있을 땐, "잠 오는 정이다~~~"라고 말하는 식이

다. 그들이 엄마, 아빠 이전에 '성자'이고 '정'이라는 사실을 매 순간 인지하고 싶다.

때때로 호칭은 개개인을 가리고, 하나의 모습으로 통일시키기도 한다. 이를테면, '간호사', '할머니', '선생님' 등등을 각각 떠올렸을 때, 사람들에게 가장 먼저 떠오르는 이미지가 비슷한 것처럼. 하지만 호칭으로 불리기 이전에 우리는 모두 개별적인 존재이다. 나는 현미경을 들이밀지는 않되, 돋보기로 한 사람, 한 사람을 바라보고 싶은 마음이다.

그리고 나는 곁에 있는 사물에 이름을 지어주는 것도 좋아한다. 2년째 같이 살고 있는 하트 모양 선인장의 이름은 '도이'다. 도이는 보름에서 한 달에 한 번 물을 마시고, 햇빛과 스탠드 빛을 좋아한다. 도이에게는 이름표가 있는데, 가끔 그걸 바라보며 "도이, 도이, 도이, 도이, 도이…." 이렇게 연속해서 발음해보곤 한다. 그러면 '호이'라고 말하는 것 같아서 도이가 귀엽다. 그렇게 이름만 지어준 게 다인데, 부를 때마다 마음이 기운다. 이제야 학창 시절 교과서에서 읽었던 이 시가 이해가 된다.

내가 그의 이름을 불러 주기 전에는

그는 다만

하나의 몸짓에 지나지 않았다.

내가 그의 이름을 불러 주었을 때

그는 나에게로 와서

꽃이 되었다.

-김춘수, 「꽃」 중

누군가의 이름을 알게 되고 나의 목소리로 부르는 건, 어떤 세상을 찢고 그 사람의 삶으로 들어가게 되는 것 같다.

그래서 말이다. 나는 혼자 있는 방 안에서 조용히 당신의 이름을 발음했다는 사실을 알려주고 싶다. 웃는 입 모양으로, 입맞춤하듯이 입술을 쭉 빼기도 하며. 아주 천천히. 그렇게 당신의 삶에 입장했다. 이곳은 동굴에서 출구를 찾은 것처럼, 멀리서부터 빛이 나더라.

나의
할머니

어느 여름날에 할머니가 돌아가셨다.

처음 느꼈다. 내가 살고 있는 세계에서 누군가가 영영 사라졌다는 감각을. 보고 싶어도 볼 수 없다는 말이 내포하는 의미와 아픔을.

할머니가 떠났다는 사실이 조금씩 실감 날 때마다 숨이 잘 쉬어지지 않았고, 살아 있다는 감각이 낯설게 느껴졌다. 살면서 그렇게나 마음이 아팠던 적은 처음이었다.

할머니의 손에 자란 건 아니지만, 같은 지역에 살고 있어서 어릴 적부터 교류가 많았다. 어린 나는 매일 엄마에게 "할머니는 언제 또 와?"라고 묻곤 했다. 그러다 엄마가 "열 밤 뒤에 오실 거야."라고 말하면, 종이에다가 동그라미 열 개를 그린 뒤에 아침마다 하나씩 그어가며 할머니를 기다렸다. 그러다 할머니가 오면, 등교할 때마다 헤어지기 싫어서 울었다. 친구들을 만나는 것보다 할머니와 있는 게 더 좋았으니까.

방학이 되면, 몇 주 동안 할머니 집에 머물렀다. 나는 만화영화를 즐겨 보지 않아서, 할머니가 보는 〈6시 내고향〉, 〈전국노래자랑〉을 따라봤다. 그리고 우리는 테이프를 틀어놓고 트로트를 따라 불렀고, 꽃무늬 담요 위에서 동전이 오가는 민화투를 쳤고, 화투로 1년 운세도 점쳤고, 잠이 들기 전에는 할머니의 옛이야기를 들었다. 전쟁 이야기나 내가 태어나기도 전에 돌아가신 할아버지 이야기. 그때 할머니의 말을 다 이해하지는 못했지만, 감정은 느꼈다. 왠지 모르게 푹 젖어 있는, 어두운 모습의 슬픔을. 내게 휴대폰이 없던 시절에 할머니와 보내는 게 놀이였고, 정서였다.

할머니 집에는 내가 제일 좋아하는 이불이 있었다. 안에

알갱이가 만져지는 연분홍색 오리털 이불. 서늘한 표면도, 움직임에 맞춰서 바스락거리는 소리가 나는 것도 좋았다. 그 이불은 나를 기다리고 있는 것처럼 정갈하게 개어져서는 늘 장롱 맨 위에 있었다. 그 시절을 반복해서 생각하다가 알게 된 게 있다. 내가 오기 전마다 할머니가 오리털 이불을 빨래해두셨다는걸.

중학생 때 잠시 다녔던 실용음악학원에서 처음으로 공연을 해본 적이 있다. 그곳에 엄마, 아빠, 언니, 친구들 그리고 할머니가 왔었다. 할머니는 가장 아끼는 퍼자켓을 입고, 안경을 끼고, 정중앙에 앉아서 박수를 보냈다. 그때는 무대가 망했다는 생각에 빠져서, 할머니가 나를 보기 위해 두 시간 공연을 견디듯이 봐야 했다는 걸 미처 깨닫지 못했다. 조명이 휘황찬란하고, 귀가 얼얼해질 만큼 큰 소리가 나는 곳이었는데. 그때도 할머니는 제일 잘했다고, 우리 손녀 멋있다고 말했다.

할머니는 늘 그렇게 말해주는 사람이었다. 탈색해서 샛노란 머리를 하고 다녔을 때, 주변 어른들은 머리가 그게 뭐냐며 다 한 마디씩 얹었는데 할머니만큼은 잘 어울린다고, 멋있다고 했다. 그러니까 할머니는 나에게 단 한 번도 무언가 별로라거나 고쳐야 한다고 말한 적 없었다. "보기만 좋구만." 항상 들었던 말이다. 그래서 할머니 앞에서는 완벽한 사람이 됐는데.

지금도 지나가는 할머니, 할아버지만 봐도 마음이 아파져 온다. 가끔은 눈물도 좀 난다.

그리고, 이따금씩 꿈에서 할머니를 만나곤 했다. 더 오래 보고 싶은데 너무 슬퍼서 그때마다 빨리 깼다. 그런데 마지막으로 할머니를 꿈에서 봤던 날은 전과는 좀 달랐다.

우리는 눈 덮인 호수 공원을 돌고 있었다. 그곳은 내가 사는 집 주변이었다. 걸을 때마다 발이 푹푹 빠지면서 발자국이 선명하게 남았다. 이상하게 추위는 느껴지지 않았던 것 같다. 나는 할머니의 걸음에 맞춰서 천천히 걸으며 이곳저곳을 가리켰다. **저기로 가면 학교가 나오고, 집도 가까워. 여기는 종종 걷는 곳이야. 응. 친구들이랑도 잘 지내지. 밥도 잘 챙겨 먹지 그럼. 걱정 마, 나 잘 지내고 있어. 여기까지 오느라 고생했겠다 할머니.** 라고 하며. 항상 꿈속에서 할머니를 만나면 지금 꿈을 꾸고 있다는 걸 알아차렸고 너무 슬퍼져서 금세 깨버렸는데, 그때는 동네를 한 바퀴 돌 만큼 오래 함께할 수 있었다.

그날 이후로 할머니는 꿈에 나타나지 않았다. 이제 정말 어디론가 영영 떠나버리신 걸까.

종종 어릴 적에 할머니 집에서 같이 불렀던 노래가 생각나서 찾아 들을 때가 있다. 최석준의 꽃을 든 남자. 아빠가 프린트해준 가사를 보면서 열창을 했던 그 시간과 우리를 감싸던 분위기가 어딘가에 영원히 존재했으면 좋겠다.

아무것도 닿을 수 없는 곳에서 진심으로 행복하기를. 가장 건강했던 시절로 계시기를.

그런데도 여전히 꿈에 나타났으면, 대화를 나눴으면 하는 나는 아직 이기적인 손녀인 것만 같다.

보고 싶어 할머니.

'혹시'라는 가능성을 붙일 수도 없이 영원히 돌아올 수 없는 시간이 있다는 걸 몰랐어 나.

그 시절,
우리들

    나는 거주지와 다른 구의 고등학교 출신
이다. 그해에 정책이 바뀌며 예상치 못한 곳으로 배정을
받았기 때문에. 그곳은 원했던 학교와 정반대였다. 여고였
고, 두발 규정이 있었고, 신발과 가방도 정해져 있었으며,
엄격하기로 유명했으니. 토마토와 같은 고등학교에 가게
된 것이 유일한 행운이었고, 초등학교 때 이후로 한 번도
같은 반 되어본 적 없는 우리가 고등학교에 가자마자 같은
반이 되었던 것은 그나마 버틸 수 있었던 이유였다. 우리

는 입학하고 나서 인생에서 생각지도 않았던 자퇴에 대해서 자주 토론했고, 실천하기 위해 머리를 맞대곤 했다. 실제로 우리와 같은 구에서 온 몇 명이 적응하지 못하고 자퇴하거나 전학을 가는 경우도 있었지만, 대부분은 적응하면서 지냈다. 우리도 시간이 지날수록 자퇴에 대한 마음은 접었었다.

하지만 적응하지는 못했다. 매일 새벽에 일어나서 셔틀을 타고 학교에 가는 것, 수시로 머리를 규정에 맞춰 잘라야 하는 것, 원하는 신발과 가방을 착용하지 못하는 것, 모르는 친구들이 가득한 것. 어느 것 하나도 괜찮지가 않아서 울컥할 때가 많았다. 그래서 그곳에 닿지 못하고 붕 떠있는 것 같았고, 이방인처럼 느껴졌다.

2학년이 되던 해에 앞으로 다닐 날이 많으니 좋은 점을 생각하자고 생각을 틀면서 조금씩 적응했다. 그러자 대학교의 캠퍼스인 것처럼 넓고 잘 꾸며져 있던 학교가 보이기 시작했다. 운동장에는 천연 잔디와 육상 트랙이 깔려 있었는데 쉬는 시간에 이유 없이 그곳을 걷는 학생들이 많았다. 예전에는 왜 그런 건지 이해하지 못했는데 나도 자연스럽게 친구들과 산책했다. 그러면서 천연 잔디 운동장에서는 싱그러운 향이 난다는 걸, 계절에 맞춰서 색이 변한다는 걸 알게 됐다. 급식도 맛있었다. 우리는 빨리 먹기 위해서 4교시가 끝나갈 때쯤 미리 수저를 주머니에 넣어두었고, 서로 챙겼냐고 눈짓을 주고받은 뒤에, 종소리가 들리면 체육 시간의 소극적인 모습은 어디로 가고 힘껏 달려갔다. 한 번씩 비가 세차게 오던 날, 천둥번개 소리에 와- 하고 교실은 금세 시끄러워졌었다. 등교하면서 젖은 겉옷을 사물함 위에 말려두다가 덜 마른 빨래 냄새가 나면 친구들과 서로 너 냄새 아니냐고 장난치기도 했다. 쉬는 시간이 긴 점심, 저녁 시간에는 예능 프로에 나오는 게임을 무작위로 했다. 가장 많이 했던 건, '몸으로 말해요'였다. 상대 팀이 칠판에 아무거나 쓰면, 한 명이 몸짓으로 그것을 표현하고 팀원들이 맞추는 거였다. 진 팀은 이긴 팀에게 매점에서 파는 과자를 사줘야 했다. 지금은 내기를 좋아하지 않는데, 그때 다 소진한 것이 아닐까 싶기도 하다. '경찰과 도둑'을 할 때도 있었다. 한 팀은 경찰이, 다른 팀은 도둑이 되어서 술래잡기를 하는 게임인데, 전부 초등학교 때 이후로 하지 않았다고 하면서도 겨울에 땀이 날 정도로 뛰어다녔다. 그러고 교실에 돌아와선, 다리 부기를 빼야 한다며 바닥에 담요를 깔아두고 벽에 L자 다리를 하고 있었다.

우리는 자주 미래를 나눴다. 어떤 어른이 될지 궁금해하면서. 아무렇게나 찢은 종이 위에 별 볼 일 없는 말들을 적으면서 마주 보고 웃었다.

매일 수없이 많은 말을 주고받는데도 헤어지면 또 나누고 싶은 말들이 생겨나서 내일을 기다렸다. 각자 어떤 방향으로 흩어질지 알 수 없었던 날들. 그때 우리는 엄청난 결속력과 함께 존재했다. 가끔 물을 잔뜩 섞은 수채화 물감처럼 뭉게뭉게 그때의 장면이 생각나곤 한다. 그러다 보면 그때 공기에 배어 있던 향과 촉감까지 떠오른다. 그곳에 있는 나는 온종일 웃고 있다. 이 페이지를 빌어 그 시절 내 곁에 존재한 모든 친구에게 고맙다는 말을 하고 싶다.

외딴곳에 내팽개쳐진 것 같아서 한참을 적응하지 못했던 내가, 너희를 만나면서 조금씩 그곳을 흡수해갔어. 덕분에 우정이라는 걸 배웠고, 진심들을 만났고, 생일에 그렇게 많은 사람에게 마음을 눌러 담은 손편지를 받은 것도 처음이자 마지막일 거야. 적응하지 못해서 혼자 울곤 했던 내가, 너희랑 다른 반이 되었다고 울기까지 많은 심적인 변화를 겪게 해줘서 고마워. 이제는 만나지 않게 된 친구들이 더 많지만, 그래도 너희가 SNS에 올리는 사진들을, 그 속에서 느껴지는 고등학생 때와 다른 성숙한 모습을 무언가 뿌듯한 마음으로 바라보고 있어. 자연스럽게 예전에 함께 보냈던 날들이 떠오르더라.

그 시절의 나는, 너희 덕분에 하루하루를 보냈고, 시간이 흐르는 줄도 몰랐지. 성인에 대한 기대가 컸던 때인데도 나이 들지 않고, 그 시간에 멈춰 있기를 바라기도 했어.

돌아갈 수 없는 시절에 또 돌아갈 수 없는 순수한 마음으로 채워줘서 고마워. 어디에서 무엇을 하든 빠짐없이 행복하기를 바라. 간간이 그때 생각하며 마음이 따스해지기도 하면서.

J에게

J야. 나는 가끔 너의 안부가 궁금해.

너와 함께 보냈던 시절이 참을 수 없이 생각날 때가 있어. 타지에서 생활하고 있던 동창인 우리는 서로에게 줄곧 의지했지. 가고 싶은 곳이 있으면 같이 갔고, 막차를 타고 서로의 집 중간 지점에서 만나 밤새 24시 카페에 있기도 했고, 혼자 있는 너의 집에 가서 자고 올 때도 많았어. 이틀 연속으로 잘 때도 있었는데, 그것도 좋았어. 좋기만 했어. 근데 그거 알아? 이제 나는 누군가의 집에서 자는 게 어려워. 마음먹으며 노력해야 하는 일이 됐어.

그러니까 너랑은 가능했던 일 중에서 불가능해진 게 많아. 애초에 나는 이런 유형의 사람인데 네가 좋아서 그런 것들을 다 할 수 있었던 건지, 아니면 원래 할 수 있었던 사람이 맞는데 너를 만난 후에 이렇게 되어버린 건지. 뭐가 먼저인지는 잘 모르겠어.

언젠가 너에게 있는 힘껏, 서운했던 일들을 쏟아낸 적이 있지. 하루 종일 고민하고, 고민하다가. 내가 아는 나는 서운함을 계속 참아내다가 그 마음이 쌓여서 상대와 거리를 두는 사람이었기에 너와는 그러고 싶지 않았어. 너는 고민이 무색하게 생각한 것 이상의 답변을 해줬어. 그게 너무 행복했어. 네가 내 마음을 보존해줬으니까. 그 순간에는 서로의 마음이 일체화되었다는 걸 느꼈지. 친구에게 그렇게나 솔직하게 서운함을 토로한 건 처음이었고, 어쩌면 마지막일 수도 있다고 생각해. 이제는 마음을 참는 게, 포기하는 게 더 편하거든.

시간이 흐르면서 너 이외에 다른 사람들과 멀어지는 날도 있었어. 하지만 너만큼은. 너무 많은 감정이 복잡하게 뒤엉켜서. 그걸 다 풀어내지 못해서. 이렇게 되어버린 것 같다는 생각을 해. 너의 부름이면 새벽에도 택시를 타고 달려 나갈 만큼, 힘든 일을 겪었을 때 네가 많이 다치지 않고 무너지지 않도록 늘 옆에 있어 주고 싶었던 만큼, 그만큼 너를 미워하게 됐었지.

모든 것이 엉킨 채로 아직 남아 있다고 생각해.

풀지는 못해. 무섭거든. 그래서.

우리는 서로에게 투명한 존재였을 거야. 불온한 감정들까지 다 보여줬으니까. 그러니 '친구와는 룸메이트를 하지 않는다.'라는 각자의 철칙을 깨고 부동산을 돌아다녔던 거겠지. 한여름에, 어떻게 집을 구하는지 아무것도 모르는 둘이서. 예산 내에 구할 수 있는 집은 촌스러운 꽃무늬 벽지에 짙은 갈색 나무 문이 있는, 지은 지 오래된 투룸이었지. 상상한 것과는 다소 다른. 그런데도 나는 집에 들어갈 때마다 우리의 모습을 투영했고 그러다 보면 이미 너와 살고 있는 것만 같은 느낌이 들기도 했어.

그때 너와 나는 빛났던 것 같아. 그치. 삶의 일부는 서로를 위해 살았잖아. 그거 정말 어려운 일이더라.

있잖아 J야. 너에게 꼭 하고 싶은 말이 있어.

예대에 합격했을 때, 그리고 다시 타지 생활을 하게 됐을 때, 네가 많이 생각났어. 넌 내가 좋아하는 작가의 책을 선물해줬고, 입시 준비를 할 때의 습작을 꾸준히 읽어줬고, 달달한 거 먹어가면서 쓰라고 디저트를 챙겨줬고, 시험 전날에 나를 불러서 잘 치고 오라고 말하며 밥을 사줬고, 생일에 부산에서 서울까지 올라와서 주문 제작 케이크를 건네고, 레스토랑을 예약해서 파스타와 와인을 사 주고, 너무도 좁은 나의 공간 바닥에서 자고 간 사람이잖아. 숨 막힐 것 같은 시간에 숨구멍을 뚫어줬었지. 우리가 멀어졌고, 내가 너에게 상처받았다고 해서 그 다정함을 어떻게 다 지우겠어.

그때의 나와 지금의 나의 격차가 너무 커서 혼란스러울 때가 있었어. 어떻게 그런 행동들이 다 가능했는지 이해가 안 되는 거야. 그래서 수십 번 수백 번 생각하다가 깨달았어. 다 너의 따뜻함이 존재했기 때문이라고. 그 온기에 마음은 쉽게 물렁해졌었고, 그래서 네게 온 마음을 쏟을 수밖에 없었던 거야. 그러니까 이 말을 해주고 싶었어. 지금도 너와 함께 보낸 시절을 생각하면 그 시간이 나에게 존재했음에 위로받을 때가 있다는 말. 너는 나한테 좋은 사람이었다는 말. 너의 온도를 너무 좋아했었다는 말.

그건 고유한 사실이야.

다정한
놀이

　　월요일을 좋아했던 때가 있다. 아직 나이가 두 자릿수도 되지 않았던 초등학생 무렵에. 학교에 가면 담임선생님은 한 사람씩 나와서 주말을 어떻게 보냈는지에 대해 발표를 시켰다. 나는 긴장하지 않거나 말하는 걸 좋아하는 아이는 아니었지만, 그 시간을 기대하고 기다렸다. 모두가 한 사람에게 집중하고, 어떤 말을 해도 들을 준비가 되어 있는 눈빛들이 모이고, 차별 없이 누구나 주인공이 될 수 있는 그 순간이 어떠한 온기처럼 느껴졌던 그 시간을. 그때 내가 했던 말 중에서 기억나는 건 하나도 없는데, 한 여자아이의 발표만큼은 아직도 선명하다. 그 아이를 '연두'라고 부르겠다(이목구비는 떠오르지 않지만, 무언가 연두색을 닮았던 것 같다).

연두는 주말에 동생과 집 앞 놀이터에 갔다고 했다. 그네를 타며 한창 재밌게 놀고 있는데, 갑자기 벤치에 앉아 있던 동생이 서럽게 울었다는 거다. "피, 피!"라고 말하며. 깜짝 놀란 연두는 얼른 동생에게 다가갔다. 그런데 자세히 보니, 피가 아니라 빨간 꽃잎이 동생의 다리 위로 떨어진 거였다. 연두는 그게 웃겼지만, "이거 꽃이야!"라고 하는 대신 꽃잎을 떼어주며 "호—" 해주었고, 동생은 이내 울음을 그쳤다. 연두가 "이제 안 아프지?"라고 물으니, 동생은 고개를 끄덕였다고 했다.

이야기를 듣는 내내 반이 시끄러워질 정도로 아이들이 웃었다. 20년이 지난 지금은, 그게 왜 그렇게나 재밌었는지 잘 모르겠다. 하지만 그 당시 나와 몇몇 친구들은 순식간에 동생의 팬이 되어서는 쉬는 시간에 다 같이 연두에게 가서 "동생 한 번만 만나게 해주면 안 돼?"라고 팬미팅을 요청했고 연두는 흔쾌히 승낙했다. 그날 학교를 마치고 연두의 집 앞 놀이터에서 기다리니, 연두의 손을 잡고 동생이 등장했다. 실제로 본 동생은 더 귀여워서 "안녕? 난 윤정이 누나야."라는 말을 몇 번이나 반복했는지. 같이 온 수많은 친구 사이에서 나를 잊지 않기를 바랐다.

아마 그때부터였을까. 엄살이 많은 사람을 좋아하게 된 건.

나는 아플 때도 아프다고 말하지 않는 편이라, 그런 사람을 더 좋아할지도 모른다. 늘 '괜찮아'가 가장 익숙하다. "괜찮아."와 "괜찮아?" 둘 다.

"왜 말을 안 했어.", "말하지 그랬어."와 비슷한 말을 자주 들으며 살아왔다. 그때조차도 나보다 상대가 더 속상해하곤 했다. 그럼 나는 "이제는 괜찮아."라고, 또 괜찮다고 말했다. 그저 글을 쓰면서 마음을 천천히 풀어내는 편이 더 편했다. 그러다 어느 날에 가까운 친구가 그랬다. "나는 힘들 때마다 너한테 말하고 위로도 받는데. 너는 왜 아무 말도 안 해줘. 나도 잘 들어줄 수 있는데." 전 연인도 비슷한 말을 한 적이 있었다.

힘들 때 힘들다고 말하지 않는 것, 다 지난 뒤에야 "그때 힘들었어."라고 말하는 것. 그게 옆에 있는 사람을 외롭게 할 수 있다는 걸 몰랐다.

지금 나의 마음이 어떤 색으로 칠해져 있는지 고백하는 건 관계의 윤활제 역할을 해주기도 한다(엄살이라고 해도!). 나이가 들수록 여러 이유로 마음을 들키지 않게 노력할 때가 많지만, 그러지 않아도 된다. 빨간 꽃잎을 피로 착각해서 우는 아이를 우리는 미워하지 않으니까. 오히려 "괜찮아."라는 말보다 더 사랑스러워 보일지도.

작은 생채기에도 "나 여기 너무너무 아파. 호해줘."라고 말하면, "호—"라고 해주는, 이 다정한 놀이를 이제는 시작해보려 한다.

시절인연·2

　　몇 해 전부터 '시절인연'이라는 말을 자
주 썼다. 한 시절에서 만났지만 이제는 지나간 사람이라는
의미로. 그런데 얼마 전, '시절인연'이라는 단어가 있다는
걸 알게 됐다. 모든 사물의 현상이 시기가 되어야 일어난
다는 말을 가리키는 불교 용어라고 한다. 그렇다면 겪어온
만남과 이별이 그래야만 했던 시기였다고 설명할 수 있게
되는 건가. 맞는 것도 같다. 지금의 나라면 이루어지지 않
았을 만남과 이별이 많기 때문에.

한때 없어서는 안 될 존재였던 이들의 SNS 계정을 종종 찾아볼 때가 있다. 이제 속사정은 알 수 없지만, 어쨌거나 잘 지내고 있는 것 같아서 안도하곤 한다. 그러고 나서 느끼는 건 이질감이다. 이 사람이 그때의 그 사람이 맞을까라는. 교류하지 않은 시간 동안 너와 내가 아주 다른 사람이 되어가는 것 같다.

그도 그럴 것이 한 사람이 나를 통과할 때마다 나의 어떤 부분을 잘 지키거나 포기하거나 새롭게 만나면서 조금씩 다른 사람이 되어가는 걸 느낀다.

관계가 끝나면 그 사람과의 모든 것이 끝났다고 생각했는데. 그게 아니었다. 어떤 의미에서는 지금의 내가 그 시절에 누군가를 만나고 이별하면서 완성된 것이기도 하니까. 짧게 머문 사람도 여러 번 사계절을 함께 보낸 사람도 아직 여기에 있어서, 마음의 단면을 자르면 그들이 쏟아져 나올 것 같다. 우르르.

끊어진 이들과의 인연을 다시 이어 붙이고 싶었던 날들이 있었다. 시간이 흐르며 달라진 우리가 어쩌면 더 잘 지낼 수도 있지 않을까 생각했다. 하지만 그보다, 이제 남아 있는 힘으로 하고 싶은 건 지치지 않고 옆의 사람들을 사랑하는 거다. 지나고 나서 이 시절을 떠올렸을 때, 서로가 곁에 존재했음에 안심할 수 있도록 마음을 다하고 싶다. 이제는 내가 너를, 네가 나를 만들고 있다는 것도 아니까.

지금의 우리가 말하는 영원이 먼 훗날까지 이어질 수 있을지는 모르지만, 어쩌면 당장 몇 달 안에 끝나버릴지도 모를 일이지만, 그래도 이 순간은 우리의 마음속에서 영원히 살 거잖아.

나를 이해하고
사랑하는 일

3부

눈으로 마음을
볼 수 있다면

　　　　　　이따금 나의 마음과 마주 보고 있는 상상
을 해. 멋대로 형태를 정하고, 색과 질감을 추측해. 어떤 향
이 감싸고 있는지도. 보통은 사물의 형태로 떠오르는데, 어
떨 때는 사람처럼 느껴져. 나와 정반대 모습을 하고 있지
만 낯설지 않은 이.

　이렇게 상상해야지 좀 나아져. 왜냐면 나한테는 마음이
어떤 것보다도 뚜렷한데, 보이지가 않아서 참을 수 없이
답답하고 속상할 때가 있거든. 그래서 구체적으로 생각하

고 더듬다 보면, 나를 이해할 힘이 생기더라.

글 쓰다가 죄책감을 느끼던 날들이 있었어. 가만히 앉아 있더라도, 끊임없이 생각하기 위해서는 에너지가 많이 필요하다는 걸 몰랐지. 한 문장만 썼는데도 버거워지거나, 글을 완성한 뒤에 피곤이 몰려와서 한숨 자게 되면 너무도 쉽게 방전이 되는 것만 같았어. 왜 운동을 열심히 하면, 근육통이 생기잖아. 그게 며칠을 가서 몸을 움직일 때마다 쿡쿡 쑤시기도 하고. 근데 마음을 쓰는 건 아무런 상해가 없어서 스스로가 나약하다고 느껴졌던 거야.

맞아. 마음은 실체가 없으니까 줄곧 외면했어. 그런 날이 겹겹이 쌓이자 묵직함이 느껴질 정도로 마음이 무거워지더라. 가늠할 수 없는 무게의 물질이 들어 있는 것 같았어. 가슴이 뻐근해지고, 명치가 답답했어. 밥을 먹고 나서 소화도 잘 안되더라. 점점 무서워졌던 것 같아. 어쩌면 너무 많은 날을 내가 아닌 채로 살아온 건 아닐까라는 생각이 들었거든. 그때 느꼈어. 이 무게를 무시해서는 안 된다고 말이야.

생각해보니 나는, 마음을 글로 잘 펼쳐두긴 했어도 그게 어느 정도의 깊이인지 측정해보는 건 못했더라고. 당시에는 워드로 타자를 치면서 일기를 쓸 때가 많았는데, 그날은 공책을 꺼냈어. 지울 수 없도록 검은색 볼펜으로 써 내려갔지. 글씨체도 바라보면서 말이야. 그때 나는 이런 문장을 썼어.

그런 내가 싫었다. …좀 놀랐다. 나 내가 싫었구나.

일기에는 쓰면서 발견하는 마음들이 있어. 그때는 이 문장이었지. 쓰고 난 후에 긴 시간 동안 쉬어야 했어. 그제야 알겠더라고. 마음도 많은 에너지를 소모한다는 걸. 그러니 무시해서는 안 된다는 걸.

이제 나에게는 마음이 제일 소중하고 중요해. 그래서 한 문장을 쓰고 나서 버거우면, 오히려 칭찬하게 됐어. 그만큼 내뱉기 어려운 마음을 쓴 거니까. 얼마나 대단해. 사실 일기를 쓴다고 해서 품었던 모든 것을 내뱉을 수 있는 건 아니거든. 나는 그냥 점점 더 가까운 마음의 근삿값을 찾고 싶을 뿐이야.

가끔은 그럴 때 있잖아. 하루 동안 한 것도 없는데 이미 지쳐 있는 날. 이유를 모르겠는데 계속 기운이 빠지는 날. 그럴 때, 너도 나처럼 마음의 모양을 상상해봤으면 해. 마주본 채로 찬찬히 살펴보는 거야. 혹시 어디 다쳐 있는 건 아닌지도 찾아보고. 손으로 그리거나 글로 적는 것도 좋아. 마음이 대체 어떤지 구체적인 모양을 알 수 있다면 다 좋아.

그리고 너와 내가 만날 때, 세세하게 그려낸 마음을 꺼내서 보여주자. 한참 동안 속삭이며 이것저것 설명해주자. 그렇게 서로를 이해하는 유일한 우리가 되자. 어때?

혼자여도
괜찮은 줄 알았지

　　　　스스로 감당하기 어려울 정도로 힘든 일
이 생기면, 방문을 걸어 잠갔다. 그건 언제부터 시작됐는지
모를 오래된 습관이기도 했다.

　그 안에 있을 때 가장 안전하다고 느꼈다. 혼자이면 실
수해도 괜찮고, 무너져도 괜찮고, 어딘가 상해 있어도 괜
찮고, 그냥 다 괜찮으니까. 어떤 모습이어도 나만 볼 수 있
으니까.

　"윤정이는 독립적이야."

언제부턴가 자주 들었던 말이다. 튼튼하고 강한 사람이 된 것 같아서 그 문장이 좋았다. 좋아서 어떤 순간에도 그곳에 나를 욱여넣었다.

무너질 것 같아서 누구라도 곁에 있어주기를 간절하게 바란 날에도 결국 친구에게 통화 버튼을 누르지 못했다. 누군가가 깊은 이야기를 하면 고민 상담을 해줬지만, 정작 나의 이야기는 하지 못했다. 가만히 있어도 눈물이 나올 만큼 괴로울 때는 오히려 아무도 만나지 않았다. 누군가에게 기대는 것이 끔찍하게 느껴졌고, 그랬을 때 더 불안해질 것 같았다.

타지 생활을 하면서는 그런 성향이 더 심해졌다. 이곳에도 저곳에도 속해 있는 것 같지 않아서 어디에도 발을 디딜 수 없었고, 그래서 더 숨었다. 나에게로.

그러던 어느 날 무너졌다. 예고도 없이.

실은 안전한 게 아니라 고립되고 있었던 거였다. 독립적이라고 되새기는 것 자체가 어딘가 불안한 거였다.

혼자가 최선이라고 생각했던 마음을 덜어내는 연습을 하고 있다. 그리고 비워낸 자리에는 사람은 사실 혼자서만 살아갈 수 없다고, 그러니 누군가에게 기댈 줄도 알아야 한다는 생각을 넣어둔다. 이 마음이 견고하게 다져지고 몸에 배기까지 꽤 오랜 시간이 걸리겠지만, 포기하지 않을 거다.

혼자서 러닝을 시작했을 때는 2주 만에 끝났었는데, 친구와 시작하니 꾸준한 습관이 됐다. 글을 쓰다가 불안감과 압박감에 파묻힐 것 같을 때, 함께 쓰는 친구들과 서로를 다독이면 다시 펜을 들 수 있었다. 마음이 좀 안 좋다고만 했는데 바로 전화 오는 친구, 당장 달려오는 친구도 있었다. 그러니까 그들은 오래전부터 한결같이 내 곁에 있었고, 마음을 열지 못한 건 나였다.

이제야 인정할 수 있게 됐다. 나는 혼자일 수 없는 사람이라는 걸. 그리고 이 사실을 알게 된 지금의 내가 과거의 나보다 더 튼튼하고 강한 사람이라고 생각한다.

실패를
안고

새해를 맞이하기 전에 준비하는 것이 있
다. 벌써 10년이 넘도록 해왔는데, 그건 바로 다이어리를
사는 거다. 이제는 새로운 다이어리를 고를 때마다 나름의
규칙도 생겼다. 크기가 작지 않아서 마치 책 같은 느낌을
주며, 패턴이 새겨지지 않은 깔끔한 디자인과 표면이 얇은
가죽으로 덧씌워 있어서 살결을 만지는 것처럼 부드러운
촉감이면 좋다.

나의 다이어리에는 일정 이외에도 여러 가지 것들이 담

긴다. 책, 영화, 드라마 등의 감상문, 운동 기록, 달마다 읽은 책 목록, 그 속에서 발견한 좋은 문장, 새롭게 알게 된 단어, 아주 짧은 일기 등등…. 마치 그해의 기록문 같은 느낌이랄까. 평소에는 게으른 편인데, 이상하게 다이어리를 쓸 때만큼은 부지런해진다.

하지만 계획했던 것을 이루지 못하는 날도 존재한다. 지금은 그럴 수 있다고 생각하지만, 한동안은 이를 납득하기가 어려웠다. 그러다 보니 잘하기 위해서 세운 계획이 압박과 스트레스로 변해갔다. 완료했다는 체크를 하지 못한 채 넘어간 것들이 자꾸만 눈에 띄었다. 다이어리는 비어 있는 부분이 오히려 얼룩처럼 느껴진다. 시간을 돌려서 다시 실행할 수 없으니, 그것들은 영영 지울 수 없는 얼룩으로 남는 거였다. 오점을 남겼다는 생각에 스스로가 한심하게 느껴졌고, 그 생각에는 점점 파동이 일어났다. 시간에 맞춰서 일을 끝내지 못했을 때나 원하는 결과에 닿지 못했을 때마다 '실패자'라는 낙인이 찍힌 것 같았으니까. 지금의 실패가 영원한 실패처럼 여겨지기도 했다. 좌절감에서 헤어 나오지 못하다가도, 그 감정까지 사치처럼 느껴져서 "뭘 잘했다고 힘들어 해?"라고 내가, 나에게 말했다. 나의 영혼을 잘게 조각내고, 힘줘서 뭉그러뜨리고, 바닥에 붙어 있도록 밟고…. 그렇게 하느라 속이 아팠다.

그러다 다시 다이어리를 봤을 때, 석 달째 아무것도 쓰지 않았다는 걸 알게 됐다. 무엇도 실패하지 않기 위해서 무엇도 하지 않고 있었던 거다. 그 과정에서 행복을 느끼며 기록했던 것들도 다 지우면서.

삶을 산다는 건, 일방통행인 도로 위를 가고 있는 것과 비슷하다고 생각한다. 아무리 돌아가고 싶어도, 시간을 되돌릴 수는 없으니까. 하지만 그렇기 때문에 실패했다고 해서 다시 출발점으로 돌아가는 게 아니었다. 길을 걷다가 '실패'라는 돌부리에 걸려서 한 번 넘어졌을 뿐이기에 이걸 자연스럽게 받아들이고 품속에 둔다면, 내 안에 있는 실패가 앞으로 조금 더 나은 길로 향할 수 있도록, 똑같은 돌부리에 걸리지 않도록 도와주는 거였다.

첫 시도 만에 성공하고, 노력한 만큼 단번에 좋은 결과가 나타나고, 중요한 자리에서 늘 좋은 인상을 남기는 것처럼 매번 다 잘 풀리면 좋겠지만, 누구도 그렇게 살 수는 없을 거다. 그렇다면 우리, 매사에 성공할 수 없듯이 매사에 실패할 수도 없다는 걸 기억하자.

지금도 나는 실패를 사랑할 수는 없다. 그것은 너무도 쉽게 나를 온갖 부정적인 감정이 가득한 오물 속으로 빠뜨리니까. 또, '실패'라는 단어의 생김새도 왠지 암울해 보이고, '패'라는 낱말을 발음할 때는 힘이 쭉 빠지는 기분이다.

하지만 혹시 당신이 나와 같은 마음을 느낀 적 있다면, 꼭 이 말을 해주고 싶다.

실패는 결코 당신의 얼룩이 아니라는 말.

나의
본질

어느 새벽에 친구와 마음에 대해서 이야기했다. 지니고 있기에 유독 버거운 그런 마음에 대해서.

2년간 엉망으로 망가졌던 마음들이 기억났다. 그날은 지나갔고, 지금은 신기할 정도로 충만해진 상태이다. 무언가가 할퀴어도 똑바로 서 있을 수 있게 됐다.

하지만 여전히 나는 겁이 많고, 걱정도, 불안함도, 생각도 너무 많다. "무서워."와 "겁먹지 말자."를 수시로 오간다. 사람의 본질이 변하는 건 어렵고 힘들다. "그까짓 거

해보자."라는 마음은 내 것이었던 적이 없다. 그래도 괜찮다고 생각한다. 마찬가지로, 나의 본질을 잘 알고 있으니까. 나는 잔뜩 무서워하면서도 결국은 어떤 거라도 해내고, 스스로 치유하고 회복할 수 있다. 이제는 이것을 잊지 않을 거다.

이곳에
성장이라는 이름을

　　　사람들과 잘 지낸다고 생각했는데, 그게
아니라 잘 참는 거였다. "서운해.", "속상해.", "화나."와 같은
말이 금지어로 정해진 것처럼.

　묻어둔 말은 소멸되지 않고, 언젠가는 헤집고 나왔다.
그게 유독 어지럽게 내부에 돌아다닐 때, 내게 오는 모든
것이 내부에 걸리면서 뾰족하게 변했다. 그때, 모두가 나
를 공격하는 것처럼 느껴졌다. 사랑하는 사람도, 처음 본
사람도. 그뿐이었을까. 빠르게 앞을 지나가는 차만 봐도

덜컥 겁이 났다. 나를 치고 갈 것만 같아서. 밖으로 나가는 게 무서워지기 시작했다. 그렇다고 집에만 있게 되면 나라는 존재가 그대로 녹아, 영영 원래대로 돌아올 수 없을 것 같아서 또 무서웠다.

이 감정의 출처를 알 수 없어서 내내 괴로웠고, 처음 보는 이런 내가 나라는 걸 받아들이기가 어려웠다. 무엇보다 이 모습이 끝없이 지속될 것만 같아서 두려운 마음이 컸다. 하지만 지나갔고, 현재의 나는 참는 게 최선이라고 생각하지 않는 사람으로 바뀌었다.

현재에는 과거의 흔적이 묻어 있다. 그러니까 그때가 있었기에 조금 더 굳건해진 지금의 나도 있다. 지독하게 어두웠던 날은 삶에서 없었어야 하는 게 아니라 더 나아지기 위한 과정 중 하나였다는 걸 느낀다. 살아가다 보면 더 크게 무너질 날이 올 수도 있겠지만, 이제는 믿음이 있다. 뒤이어 충만한 날이 올 거라는. 그러니 반드시 회복할 수 있을 거다.

이 마음으로 더 많은 것을 깊숙이 사랑하려 한다.

사랑을 말하는 방식이 무조건 참고, 용서하는 게 아니라는 걸 기억하며. 사랑할수록 긍정적인 마음이든 부정적인 마음이든 더 많이 표현해야 하는 걸 잊지 않으며. 그러면서 사람을 너무 미워하지 않으며. 지나간 사람을 생각했을 때, 서로에게 무언가를 남겼다는 것만으로 유의미한 만남이었다고 그렇게 생각하며.

　내가 오래도록 단단했으면 좋겠다.

쉬어간다는
공포

20대 중반에 다시 대학교 1학년이 됐다. 휴학 중이었던 학교를 자퇴하고, 다른 학교로 재입학을 했기 때문이다.

처음부터 다시 시작하기.

스스로 선택한 일이었지만, 뒤처졌으며 늦었다는 기분을 피할 수는 없었다. 그래서 학교에 다니는 내내 마음이 조급했다. 얼른 졸업하기를 바랐고, 감히 휴학을 생각해본 적도 없었다. 그건 내가 할 수 있는 선택이 아니라고 생각했다.

　하지만 마지막 학기를 앞두고 휴학을 결정했다. 그러고
얼마 뒤에 지인이 안부를 물어서 휴학했다고 말하니, 그는
"윤정아 정신 차려! 얼른 졸업해야지. 너 곧 서른이야."라
고 말했다. 대놓고 그런 말을…? 하지만 그는 나와 반대인
부분이 많은 사람이고, 화나게 하려고 한 말이 아니라 걱
정해서 한 말이라는 걸 알아서 타격받지 않으려고 했지만,
그에 실패했고, 울컥했다. 그래도 최대한 침착하게 받아쳤
다. 그는 "확고한 신념 개멋있어."라고 답을 보내왔다. '그
래 그는 이런 사람이다… 후….' 라고 생각하며 서서히 진
정했다.

　그의 말에 움찔했던 건, 사실은 나도 겁이 났기 때문일
거다. 휴학을 선택하는 게 용감하고도 무모하게 느껴져서
불안했다. 쉬는 동안에 나태해져서 한 것 없이 1년이 지나
갈까 봐, 그렇게 허송세월을 보낼까 봐. 걱정됐다 당연히.

　그럼에도 휴학했던 데에는 두 가지 이유가 있다. 우선,
쉬는 게 필요하다고 생각했다. 학교에 다니는 동안 거의
모든 수업에 매주 과제가 있어서 밤을 새워가며 하는 일

이 잦았다. 매일이 마감이었달까. 그 와중에 시간을 내서 일도 했다. 『내가 사랑스럽지 않은 날에』와 『미래에서 기다릴게』를 출간했고, 스토어팜 운영을 시작하면서 혼자 제품을 디자인하고, 샘플을 만들고, 촬영하고, 보정하고, 사이트에 올리고, 홍보하고, 발주를 넣고, 주문이 들어오면 감사 인사 쪽지와 함께 포장하고, 발송했다. 그리고 에세이 과외도. 그렇게 혹사한 만큼 무기력이 찾아왔기에 쉬어야 했다.

하지만 그것만으로 휴학을 결정하기는 힘들었다. 딱 한 학기만 남았으니까. 게다가 학점도 이제껏 중에서 가장 적게 들어도 되고, 그러면 졸업이었다. 마음이 기울어지게 된 결정적인 이유는 글을 배우는 수업을 사랑했기 때문이다. 지나고 나서야 '그때가 좋았지.'라는 생각이 드는 날이 있다면, 학교에 다닐 때는 지나는 도중인데도 지금이 좋은 날이라는 걸 깨닫곤 했다. 도서관에서 밤을 새울 때도, 겁먹은 채로 교수님과 동기들의 평가를 들을 때도, 힘들어서 혼자 있는 방에서 우는 날에도 나는 이 시절이 빛나고 있으며, 추후에도 빛을 잃지 않을 거라는 걸 느꼈다. 그래서 코로나 시대도, 나도 좀 더 나은 상태가 됐을 때 다시 열심히 다니고 싶었다.

지금까지 오면서 휴학을 후회한 적은 단 한 번도 없다. 아니, 오히려 잘했다고 생각한다. 무기력에서도 빠져나왔고, 예전보다 더 많은 글을 읽고 쓰고 있으니까. 물론 하지 않았다면 또 다른 더 좋은 경험을 할 수 있었을지도 모른다. 하지만 이제는 선택하지 않은 것을 가정하는 습관은 버리기로 했으니 설사 그랬을 거라 해도 괴롭지도, 아쉽지도 않다.

휴식은 공포를 불러일으키는 것 같다. 아마도 내가 쉰다고 해서 시간도 같이 쉬는 게 아니기 때문이 아닐까. 나만 이곳에 그대로 고여 있는 것 같은 감각이 공포로 다가오는 거다. 그러다 보니 많은 사람이 쉬어야 하는 순간에도 자신을 혹사하는 일이 잦다.

하지만 휴식은 필수적이다. 길게 시간을 갖는 것만 의미하는 게 아니라, 일상에서 틈틈이 쉬어주는 것도 중요하다. 그래서 요즘은 특별한 일이 없다면 낮잠을 잔다. 예전에는 낮잠을 자면 그만큼 시간이 깎여나가서 할 수 있는 것이 줄어든다고 생각했는데, 오히려 능률이 더 높아진다.

　그러니까 쉬어가는 건, 내가 다시 달릴 수 있도록 체력과 마음을 비축하는 거였다. 좋아하는 것들을 더 좋아할 수 있도록 도와주는 거였다.

뒤로 걷기

나는 가끔 나에게 함몰된다. 생각이 바다만큼 광활해지다 보면, 그 안에 빠진다.

심해로 추락.

그건 어쩔 수 없는 일이기도 하다. 스스로를 타인의 시선으로 바라보는 건 어려운 일이니까. 문제는 그 마음이 부정적일 때 더 심해진다는 거다.

그때 나는 아빠와 걸었던 산책로를 떠올린다.

"윤정아. 가끔은 뒤로 걸어 봐."

"왜? 그게 좋아?"

"그럼. 평소에 안 쓰던 근육을 쓰게 해주거든."

아빠 말을 듣고, 뒤로 걸어봤다. 정말로 평소에는 쓰지 않는 뒷근육을 사용하는 게 느껴졌다. 내가 인지하지 못했던 부위에 단단함이 있었던 거다. 또, 조금 전까지 뒤에 있었던 풍경을 마주보니 같은 공간인데도 다른 길을 걷고 있는 것 같았다.

결국 세계는 고정되어 있고 내가 어디를 어떻게 보는지에 따라서 달라진다. 그리고 나에게는 얼마든지 이전과 다르게 바라볼 힘이 있었다.

세상에서 자력으로 바꿀 수 있는 유일한 것은 나의 마음이 아닐까. 그러니까 마음을 심해로 빠뜨리는 사람도, 그걸 건져서 구름에 올려둘 수 있는 사람도 나인 셈이다.

당신도 이 이야기를 잊지 않았으면 한다.

삶은 버겁고 힘들 때가 더 많잖아.
앞으로 너와 나는 각자의 시간 속에서
무너지기도 할 거야.
그렇게, 지독하게 힘든 날을 지나고 있어도
틈틈이 잊지 않고 웃을 수 있다면,
그 이유가 서로였으면 좋겠어.
그러면 다가올 많은 순간과 변화 속에서도
우리를 지킬 수 있지 않을까?

시간은
약이 될 수 있을까

나는 마음에도 체력이 있다고 생각해.

어제는 국어사전에서 '체력'이라는 단어를 찾아봤어. 아는 단어여도 문장으로 정의된 걸 읽어 보면 새로운 느낌이 들어서 찾아보는 걸 좋아하거든. 체력은 '육체적 활동을 할 수 있는 몸의 힘'이라고 적혀 있더라. 이걸 바탕으로 마음의 체력을 정의해보면, '정신적 활동을 할 수 있는 마음의 힘'이 될 거야.

실은 예전에는 마음이 무한하다고 생각했어. 한마을에

있는 우물에서 사람들이 계속 물을 길어도, 항상 일정한 양으로 채워지며 물결이 찰랑인다는 어느 동화 속의 신비한 우물 이야기처럼 마음이라는 것도 그런 줄 알았어.

온종일 일하거나 바깥에 있다가 집에 오면 방전이 되잖아. 마음도 많이 쓰면 점점 고갈되더라. 그러다 보면 마치 도미노처럼 하나만 건드려졌을 뿐인데, 전체가 무너져 내리곤 했어. 순식간이어서 손쓸 수도 없었지. 그날들이 반복되면서 다짐했어. 마음도 운동을 시켜서 체력을 기르자고. 여러 방법이 있는데, 나에게 가장 효과적인 방법은 심리학책을 읽는 거야. 그동안 스스로도 이해할 수 없었던 행동에 가려져 있던 심리는 어떤 건지, 또 상대는 내게 왜 그런 행동과 말을 한 건지 등등 심리가 작동하는 걸 깨닫게 되면, 앞으로 어떻게 해야 할지 갈피가 잡히면서 체력이 길러지곤 하거든.

얼마 전에 심리학책을 읽다가, 너에게 꼭 말해주고 싶은 문장을 만났어. "시간은 아무것도 치유하지 못한다."였어.

왜, 우리 힘든 일을 지나가고 있을 때, 그런 말 많이 하잖아. "괜찮아, 시간이 약이야." 그런데 이 말은 사실 잘못

됐을지도 몰라.

어딘가가 아파서 약을 먹어야 하는 상황을 떠올려 봐. 우리는 병원에 가서 의사에게 증상을 말하고, 처방전을 받은 뒤에, 약국에서 약을 사 올 거야. 만약 아픈 게 경미하거나 병원에 갈 시간이 없다고 해도, 약사에게 증상을 설명한 뒤에 약을 받을 수 있겠지. 그리고 약은 저마다 정해진 복용법이 있어. 어떤 건 식후 30분이지만, 어떤 건 공복에 먹어도 되는 것처럼 말이야. 규칙대로 약을 먹은 뒤에는, 신경 써서 몸을 평소보다 덜 쓰고, 푹 자면서 관리를 할 거야. 사랑하는 사람이 곁에서 돌봐줄 수도 있겠지. 그렇게 해야 아팠던 것이 조금씩 나아질 수 있어.

시간은 말이야. 이 모든 과정을 거치게 해줄 수 없어. 그건 그냥 흘러가는 성질만 지니고 있거든.

사실 나는 회피형이라, 직면하는 게 두려울 때가 많았어. 힘들고 아픈 감정이라면 빗겨나가기를 바랐지. 그래서 누군가와의 갈등을, 쏟아져 내리는 감정을 '시간이 약이다.'라는 말로 봉합한 뒤에 외면했던 적이 많았어. 그렇게 넘어간 줄 알았는데, 오히려 그대로 마음에 박제되어 있더

라. 지워지지 않았던 거지. 그러니까 마음을 꺼내서, 이름을 알아내고, 치유되도록 해주는 건, 시간이 아니라 나 자신이었어. 이제껏 제대로 보지 못했던 것이 너무도 많아. 하나씩 해결해보려고 해.

너는 어때? 여기까지 읽으면서 혹시 떠오르는 삶 속의 한 장면이 있어?

네가 힘든 시간을 지나고 있거나 혹은 지나왔지만 여전히 회복되지 않은 상태라면, 시간에 맡기지 않고 직접 마음을 하나씩 꺼내서 바라볼 수 있었으면 좋겠어. 아픈 건 당연하다며 자신을 다독여줄 수 있으면 좋겠어.

그러면 나는, 직면하는 게 너무 어렵지 않도록 너의 정면에 서서 힘껏 응원하고 있을게. 그리고 너도 나의 정면에 있다는 걸 잊지 않을게.

우리는 잘할 수 있을 거야.

한겨울
글램핑

유독 힘들었던 한 해의 연말이 다가왔을 때, 이대로 끝낼 수 없다는 생각이 들었다. 그때 나에겐 마지막 한 방이 필요했다. 다사다난했던 올해를 정리하고, 다가올 새해를 반갑게 맞이할 힘을 줄. 나는 너겟과 글램핑을 계획했다. 흔히들 '불멍'이라고 하는 장작불을 바라보며 멍을 때리는 것을 기대하면서 이런저런 키워드를 붙이기도 했다.

#나에게 #주는 #연말선물 #생각정리 #힐링 #위로여행
#새해준비

한 해의 전화위복이 되기를 바라며 출발하기 전에는 고
양이 간식도 챙겼다. 캠핑장 후기에 고양이가 있다고 적혀
있는 걸 봤기 때문이다. 이제껏 펜션에 놀러 갈 때마다 늘
고양이를 만났는데, 그때마다 건넬 게 없어서 속상했다.
하지만 드디어 작은 거라도 줄 수 있게 되어서 더 설레는
마음이 들었다.

첫 글램핑이어서 화장실, 세면대, 식기 도구를 공용으로
이용하는 게 아니라 숙소 안에 있는 곳으로 갔다. 생각보다
넓고, 깔끔해서 좋았지만 문제는 너무 추웠다는 것. 하필
이면 그날은 서울에서 41년 만에 가장 낮은 기온을 기록한
날이었다. 작은 히터는 방의 공기를 바꿔주지 못했다. 그
나마 보일러가 틀어져 있는 바닥이 뜨거운 게 다행이었다.
밥 먹을 때를 제외하고 우리는 계속 바닥에 밀착해 있었다.
맨살을 대면 화상 입을 것 같은 엄청나게 뜨거운 온도였지
만, 그곳에선 사막의 오아시스 같은 존재였달까. 패딩을 벗

을 엄두도 내지 못한 우리는 서로를 바라보다가 "이거 맞
아…?"라는 말을 주고받고, 주인 분에게 갔다.

　"혹시 히터 하나가 다인가요..?"
　"예, 그 스탠드 그거요."
　"아, 너무 추워서요…." (그거 하나도 안 따뜻해요. 하나
만 더 주세요 하나만 하나만.)
　(하지만 여분의 히터가 없어 보여서 포기했다.)
　"근데 혹시 불 피우는 것도 할 수 있나요?"
　"어휴 바람이 많이 불고 추워서 힘들어요."
　"아… 저 근데 혹시, 고양이는요…?"
　"예?"

　순간 그는 '고양이가 뭔 말이야?'라는 황당한 표정으로
나를 바라봤다. 나는 "블로그 후기에서 봤거든요…."라며
말끝을 흐렸고, 그는 키우는 고양이는 없다고 답했다.
　아무것도 얻지 못했다. 고양이 간식을 챙겨왔지만 고양
이는 없었고, 히터도 더 받을 수 없었으며, 불멍도 할 수

없었다.

 땔감들이 엉겨 붙은 채 서로에게 불을 나눠주고, 타들어
가면서도 토하듯이 불꽃을 뿜는 걸 보면서 올해 힘들었던
걸 정리하고, 새해는 어떻게 보내고 싶은지 소리 내어 말
하고, 다시 잘 살아 볼 수 있도록 마음을 가다듬고, 계획대
로라면 그랬어야 했는데… 현실은 바닥에 누운 채, 두 뺨
이 시려서 담요를 얼굴까지 뒤덮고 있는 모습이었다(참고
로 침대가 있었다).

 분명 속상해야 했다. 어렸을 때, 소풍날에 비가 오면 일
어나자마자 울었던 것처럼. 근데 이상하게 자꾸 웃음이 났
다. 패딩으로 몸을 감싸고도 담요를 덮고, 수면 양말을 신
고, 털모자까지 쓴 채로 바닥에 붙어 있는 우리의 모습이
시트콤 한 장면처럼 느껴져서 자꾸만 서로를 보며 웃었다.
속상한 일이 많아서 이 정도로는 거뜬한 것 같기도 하고….

 사실 점점 알게 되는 게 있다. 하나의 일은 하나의 문장
으로 정의할 수 없다는 것이다. 마치 동전의 양면이 다른
것처럼 어떤 일의 앞면에는 힘듦, 아픔, 슬픔이 있다면 뒷
면에는 행복, 기쁨, 보람이 있었다. 그렇다면 이제 나는 행

복이 새겨져 있는 부분을 더 꼼꼼하게, 더 오래 들여다보고 싶은 마음이다.

다음 날, 집에 오는 길에 너겟에게 물었다.

"또 올 생각 있어?"
"당연하지! 담에는 제대로 글램핑인 곳 어때?"

하지만 우리는 겨울이 지나고, 따뜻한 봄에 가기로 했다….

그래. 불멍은 그때 하지 뭐. 인생 별거 있어?

나를
다루는 법

　　나이가 들면서 느끼는 건, 제대로 알지 못했던 나의 성격을 파악하게 된다는 거다. 발견되는 부분도 있고, 이전의 기록에서 수정이 필요한 부분도 있다. 그러다 보면 한 사람의 성격은 참 무궁무진하다고 생각한다. 사실 나는 20대 중반이 되어서야 스스로가 예민한 사람이라는 걸 알았다. 그전에는 놀랍게도 오히려 그 반대편에 있다고 생각했다. '예민하다'는 단어의 어감이 부정적인 느낌이 들어서 쉽게 받아들이지 않았던 것 같기도 하고….

예민함은 성격의 일부이지만, 전체를 뒤흔들 때가 많았다. 스스로를 못 견디게 했으니. 이런 것까지 신경 쓰는 내가 지긋지긋했고, 그로 인해서 상처받는 나는 더 싫었다. 사소한 건 사소한 대로 넘어가고 싶었다. 아니, 애초에 그런 것까지 다 생각하고 싶지 않았다. 그때마다 그래도 그것들로 인해서 글을 쓰고 있는 게 아니겠냐며 마음을 다잡곤 했다.

혼자서 저녁 산책을 하던 어느 날이었다. 선선하게 부는 바람이 살갗을 감싸는 게 기분이 좋았다. 그러다 달이 예뻐서 하늘 사진을 찍고, 어둠 속에서도 선명한 붉은 꽃을 바라보다가 마음이 팽창되는 걸 느꼈다. 한계점 없이 부풀어 오르는 새로운 행복을 발견했다. 그건 특별한 경험이었다. 예민하다는 게 감수할 일은 아니라는 걸 느꼈으니까.

나의 예민함으로 자연과 사물이 오래도록 마음을 들뜨게 할 수 있었고, 소중한 사람의 마음을 섬세하게 포착할 수 있었으며, 그로 인해 사소한 것을 챙겨주거나 작은 배려에도 감동받을 수 있었다.

요즘은 노을을 보고 풍성해지는 마음을 소중하게 생각하고 있다. 이렇게 조금씩 나를 다룰 수 있게 되는 중이다.

적당한
분배

몸과 마음은 에너지를 같이 사용한다고
한다. 그래서 몸을 많이 움직인 날에는 마음도 같이 방전
되고, 마음을 많이 쓴 날에는 몸에도 힘이 사라진다고. 나
에게는 후자의 경우가 많았다. 그러면서도 지금 에너지를
소비하고 있다는 걸 인지하지 못했다.

이걸 알게 된 이후로는 균형을 잡기 위해 노력한다. 생
각에 과하게 에너지가 몰려 있다면 잠시 멈추고 산책이나
집안일을 한다. 운동을 하거나 누군가를 만나기도 하고.

그렇게 하면 얽히고설킨 마음이 풀리곤 한다.

당신도 마음이 에너지를 소진하도록 내버려두지 않았으면 좋겠다. 그리고 몸과 마음이 모두 지친 어느 날에, 스스로를 타박하기보다 이해해주길.

보이지 않는
성장도 있어

어릴 적부터 엄마는 종종 나를 베란다로 불러서 화분을 보라고 했어. "윤정아 얼른 와 봐. 너무 예쁘지? 신기하지 않아?"라고 말하며. 엄마는 식물의 변화를 섬세하게 포착했고, 늘 다를 것 없는 모습이라고 해도 생명력이 대단하지 않느냐며 감탄하곤 했어. 그래서일까. 우리 집에는 20년 만에 꽃을 피운 나무도 있었어. 하지만 나는 식물이 마음속 한 자리를 차지하고, 사랑을 느끼게 해 준다는 게 어떤 건지 몰라서 그때마다 건성건성 대답하곤 했지. 그런데 언제부턴가 눈길이 가더라. 오늘은 어떤 모습일지 목이 마르진 않을지 궁금해지고, 엄마 대신 물을 주다 보니, 자취방에도 화분이 있었으면 좋겠다는 생각이 스며들었어. 선인장이라면 괜찮을 것 같았지.

작년 겨울, 조그마한 꽃집에 들렀어. 모녀가 나를 반기며 마음에 드는 선인장을 고를 수 있도록 다정하게 도와주셨어. 숲속에 들어온 것처럼 풀과 꽃에 둘러싸여서 선인장의 이름과 성격을 들었던 게 기억이 나. 세상이 이만큼의 온도로 맞춰졌으면 좋겠다고 생각했지. 나는 고민 끝에 하트 모양의 선인장을 골랐고, 집에 와서는 이름을 지어줬어. '도이'로.

사실 그전까지는 꽃을 한 묶음씩 데려와서 화병에 꽂아두곤 했어. 햇빛을 보여주고, 물에 영양제를 풀어도 2~3주만 지나면 금세 시들었고, 나중에는 손길에도 바스러졌지. 그때도 꽃에는 고유의 아름다움이 깃들어 있더라. 그래도 한 달 만에 이별하고, 또다시 새로운 꽃을 만나는 건 설레거나 행복하지 않았어. 아무래도 난 어떤 것이든 오래 곁에 머무는 걸 좋아하나 봐.

도이는 물을 많이 필요로 하지 않아서 보름에서 한 달에 한 번만 주면 돼. 가끔은 그 간격이 아주 길게 느껴져. 어떻게든 도이의 삶에 더 촘촘하게 개입하고 싶은데 말이야. 하지만 도이와 내가 오래오래 서로의 곁에 머물러야 하니까 어떻게든 잘 참고 있어. 어느 날에는 집에 놀러 온 친구가 하트 선인장이 죽으면 어떻게 되는지를 말해주는 거야. 그래 본 적이 있다고. 초록색의 생명력을 잃고, 마르고 조금 쪼그라진 채로 노랗게 변한다고 했어. 샛노란 색 말고 검음을 풀어둔 노란색. 이후로 도이의 삶과 죽음에 대해서 종종 생각해. 고정된 것처럼 늘 그대로라고 생각했는데, 도이가 도이인 채로 유지하고 있는 시간이 결코 아무것도 아니라고 할 수 없더라.

문득 생각나는 게 있어. 학교에서 소설을 전공하고 있는데, 언젠가 동기와 함께 교수님 면담을 받을 때가 있었어. 동기가 그랬지. "제 인물이 처음부터 끝까지 변하지 않는 것 같아서 고민이에요." 그러자 교수님은 "인물이 변하지 않고 그대로 있는 것도 엄청난 거예요."라고 하셨어.

사회는 보이는 성장만 인정하는 것 같아. 50점을 받던 사람이 100점을 받는 것처럼 결과가 뚜렷하게 보일 때, "수고했어.", "잘했어.", "진짜 많이 노력했구나."라고 말하니까. 물론 그건 성장한 게 맞지만, 그것만이 성장은 아니지 않을까. 할 수 없었던 것들을 할 수 있게 되어야지만 성장이라고 말할 수 있는 걸까.

　　계속 50점을 받는다고 해도, 100점을 받기 위해서 노력하는 과정 자체가 성장이라고 생각해. 그러니까 성장은 성과보다 사람에 더 초점이 맞춰져야 하는 거지.

　　앞으로의 네가 보이는 결과에 기죽지 않았으면 좋겠어. 너는 너를 알잖아. 네가 어떤 걸, 어떻게, 얼마나 해왔는지 말이야. 그걸 잊지 않았으면 해.

　　제자리걸음만 반복한다고 해도, 걷고 있는 우리는 근육과 체력을 키우며 조금씩 성장하고 있어. 하지만 때로는 나 혼자만 뒤처진 것 같은 느낌이 몰려오겠지. 그런 날이면, 너는 너를 믿기로 해. 그 순간마저도 앞으로 가는 중이라고 말이야.

미움받는 것을
피할 수 없다면

처음 미움받았을 때를 촉감으로 기억한다.

고등학생 때, 같은 반 친구였던 Z는 내가 팔짱을 끼면 조금 있다가 슬그머니 팔을 뺐다. 그러면 나는 허공에 남겨졌다. 그때 악력만으로 누군가의 팔을 붙잡을 수 없다는 걸 느꼈다. 잡을 수 없는 그것은 미끄러지듯이 사라지는데도 날이 선 것처럼 아팠다. 친구들과 둥그렇게 모여서 이야기할 때, Z는 되도록 내 옆에 있지 않았다. 그래서 Z의 정면을 자주 보게 됐는데, 내가 말할 때는 다른 곳을 보고 있었고 어쩌다가 나를 바라보고 있을 때는 마치 누군가가 시켜서 억지로 보고 있는 듯한 눈빛이었다. 그 온도가 너무 차가웠다. 차가웠는데, 나는 몸이 시려도 좋으니 안고 싶었다. 얼마간은 Z가 적어도 나를 괜찮은 사람이라고는 여기기를 바라며 상처받은 걸 뒤로한 채 부단히 노력했지만, 그럴수록 허공에 남겨지는 시간이 더 늘어날 뿐이었다.

미움받는 당사자는 직접 듣지 않아도, 상대가 마음속에서 나를 배제했다는 걸 알 수 있다. 왜냐면 미움에는 어떠한 힘이 응축되어 있어서 눈빛으로, 손끝으로, 목소리로, 공기로 다 뿜어져 나오니까.

시간이 조금 지난 뒤에, 다른 친구로부터 Z가 한 말을 전해 들었다.

"나는 허윤정 같은 애가 싫어."

허윤정 같은 애가 뭘까. 그게 어떤 거여서 너는 사전처럼 내 이름을 정의 내렸을까.

아주 가끔, 가린 계정으로 올린 글에 달린 부정적인 댓글을 볼 때가 있다. 비율로 따지면 1%인데도, 그 말은 몇 년째 지워지지 않고 계속해서 남아 있다. 그렇게 미움을 만나면, 늘 압도됐고, 지배당했으며, 결국은 굴복했다. 나에게서 문제점을 필사적으로 찾으려 했고, 어떡해서든 해결하기 위해서 애썼다. 부질없다는 걸 모르고.

그런데 내 글을 읽으며 입원 생활을 잘 이겨냈다는 연락을 보낸 독자 분도 있었고, 생일을 챙겨주기 위해서 부산에서 서울까지 올라와준 친구도 있었고, "그냥 윤정이너라서 좋아."라고 말해주는 사람도 있었다. 그런 사람이 훨씬, 훨씬 많았다. 그들의 문장에 마음을 돌리니, 거대한 힘을 지니고 있던 미움이 속수무책으로 약해졌다.

이제는 안 좋은 댓글을 남기는 사람은 곧바로 차단한다. Z와 비슷한 맥락의 Z-1, Z-2, Z-3 등도 만나게 됐지만, 그들 모두에게 마음을 쓰지 않으려고 노력했다. 상대가 나를 미워하는 거나 무례하게 행동하는 건, 그 사람의 몫이어서 내가 조종할 수는 없다. 하지만 그들이 물들이지 않도록 차단하는 건, 내가 할 수 있는 거였다. 그리고 나에게는 타인의 마음을 바꿀 힘은 없었지만, 어떻게 바라보고 행동할지에 대한 선택권은 있었다.

아직도 미움을 태연하게 받아들이기란 어렵다. 이 부분

에 있어서는 도저히 마음이 두터워지지 않는다. 하지만 달라진 게 있다면, 그것들과 나를 구분 지을 수 있게 된 것이다. 그로 인해서 나의 가치가 하락하는 게 아니라는 걸, 애정해주는 사람들 덕분에 깨닫게 됐다.

그래서 소중한 사람들에게 꾸준히 따뜻한 온도의 말을 건네기 위해서 노력하곤 한다. 그들이 세상에 나가며 무방비 상태로 받게 된 미움과 비난으로 인한 상처들이 너무도 커서 당장은 사라지지 않을 수 있지만, 그래도 그보다도 더, 더 많이 들려주어서 결국에는 부정적인 것들이 보이지 않을 만큼 파묻히게 하고 싶다.

만약 상처가 바다만큼 크다면, 하늘만큼의 크기로 너는 소중한 존재라고 말하며.

상처
다이어트

　　토마토와는 서로에 대해서 모르는 게 거
의 없는 사이다. 몇 년도에 무슨 생각을 했고, 어떤 일이 있
었으며, 그때마다 했던 고민은 무엇인지, 어떤 이별이 가장
아팠는지도 다 알고 있다. 왜냐면 말로만 들은 게 아니라
같이 그 시절을 더듬고, 그러다 찔리기도 하며 지나왔으니
까. 타지에 살게 되면서 전만큼 자주 볼 수는 없지만, 본가
에 잠시 내려왔을 때도 토마토는 꼭 만나고 간다.
　새해를 맞이해서 본가에 갔을 때, 토마토와 나는 청사포

에 조개구이를 먹으러 가기로 했다. 만나고 보니 마치 짠 것처럼 둘 다 검은색 츄리닝에 흰 패딩을 입고 있었다. 몇 년 전까지만 해도 추위에 아랑곳하지 않으며 얇은 옷을 입고, 구두를 신고, 분위기 좋은 술집에 가서 사진도 찍곤 했는데…. 나는 예전의 우리 겉모습이 지금보다 더 어른처럼 느껴진다고 말하며 "벤자민 버튼이 된 것 같아."라고 했고, 토마토는 내 팔을 때리며 "미쳤냐구~"라고 하면서 웃었다. 풍성한 반응 덕에 표현력이 쑥쑥 자란다. 하지만 더 이상 우리에게 주민등록증 검사를 하지 않으니, 벤자민 버튼이 될 수는 없다. 내 시간은 순리대로 잘 흐르고 있다.

토마토와 만나면 할 이야기가 너무 많다. 함께 공유하고 있는 추억을 하나씩 읊기만 해도 몇 시간이 금방 지나는데, 밀린 이야기도 빠짐없이 해야 하니까 우리에겐 늘 시간이 부족하다. 코로나 전에는 헤어지려다가 아쉬워서 서로의 집 중간에 있는 24시 맥도날드에 들러서 밤새 이야기하고, 그 옆에 있는 김밥천국에서 아침까지 먹고 나서야 집으로 돌아갈 때도 있었다. 이미 수없이 했던 말들을 또 반복해도 지겹지가 않고, 조금씩 더 나이가 들 때마다 새로운 관점으로 보게 되는 걸 공유하는 것도 재밌다. 지우고 싶은 과거도 토마토와 이야기하면 웃긴 코미디 프로그램 같다.

요즘은 그런 생각이 든다. 토마토를 만나는 건, 단순히 사람만 만나는 게 아니라 추억을 만나고 오는 것과 같다고. 집에 오는 길이면 실체 없는 추억의 존재감과 힘을 느끼곤 한다.

각자에게 이제까지와 차원이 다른 힘든 일이 있었던 해가 있다. 토마토의 일을 티끌, 나의 일을 먼지라고 하겠다(그렇게 부피를 줄이고 싶다). 먼지에 대해서 알고 있는 사람은 거의 없다. 그리고 누군가에게 말할 때도 한 번의 고백에 그치지 계속 먼지 이야기를 꺼내진 않는다. 그럼에도 토마토에게는 몇 번을 이야기했으며, 가장 아무렇지 않았다. 그러니까 "이 조개구이 진짜 맛있다."와 같은 맥락인 셈이다. 토마토의 티끌도 마찬가지일 거다. 티끌을 알고 있는 친구는 (아마도) 내가 유일한데, 토마토 또한 아무렇지 않게 티끌을 꺼낸다. "그니까 진짜 맛있다."라고 하는 것처럼. 그러면서 우리에게 새겨진 상처가 조금씩 나아지고 있다고 나는 믿는다. 그렇게 하다 보면 그것들이 정말로 티끌과 먼지가 되는 날이 올지도.

마음의 상처에도 질량이 있다는 생각을 한다. 몸을 다이어트하기 위해서는 운동이 필요하다면, 상처를 다이어트하기 위해서는 표출하는 게 필요하다. 글로 쓰거나 누군가에게 말하는 것처럼. 그 밑바탕에는 외면하지 않고 상처를 인지하며 살펴보고 있다는 사실이 있다. 그런 날이 반복되면 상처의 크기 자체가 줄어들 수는 없어도, 전만큼 무겁지는 않을 거라고 생각한다. 처음에는 상처에 대해서 말하는 것도 힘들다가, 이후에는 말할 수 있지만 눈물이 나오다가, 더 나중에는 토마토와 나처럼 일상을 말하듯 아무렇지 않게 말할 수 있게 되고, 마침내는 그런 일도 있었지 하며 대수롭지 않게 여기게 될 수 있지 않을까.

그렇게 당신에게 새겨져 있는 무거운 상처가 티끌과 먼지만큼의 무게로 변해가면 좋겠다.

행복은
어디에 있을까

"이번 주 중에서 지금이 제일 행복해."

어느 주말에 크로플을 먹으며 너구리에게 한 말이다. 메이플 시럽과 3단 바닐라 아이스크림, 브라운 치즈를 곁들인 크로플이었다. 그런데 곧이어 조금 씁쓸한 마음이 들었다. 6,800원 크로플이 한 주의 유일한 행복이라니.

"근데 요즘 행복할 일이 별로 없지 않아?"

우리 중 한 사람이 말했고, 다른 사람은 끄덕였다.

너구리와 헤어진 뒤에 행복에 대해 오래도록 생각했다.

충만하게 행복했던 때가 언제인지를 떠올리다 보니 어디까지가 행복이고 행복이 아닌지를 판단하기 어려웠다. 그럴 수밖에. 행복에는 정확한 기준이 없으니까.

그동안의 나는 묵직하고 커다란 것들만 선택해서 '행복'이라는 이름표를 붙였다. 크로플을 먹은 것처럼 몇 분 뒤에 감정이 사라진다면 행복하다고 말했어도, 속으로는 진정한 행복으로 여기지 않았다. 불행은 조그마한 크기여도 간단하게 나를 무너뜨릴 것 같이 과대평가 되곤 하는데, 행복은 늘 과소평가 되는 것 같다. '소소한 행복', '작은 행복'이라는 말은 흔히 쓰지만, '소소한 불행', '작은 불행'이라는 말은 잘 사용하지 않으니까. 왜 우리는 행복에만 무게를 잴까.

불행을 과소평가, 행복을 과대평가하자고 다짐했다. 맛있는 디저트를 먹었을 때, 문득 하늘을 봤는데 구름이 예쁠 때, 길을 걷다가 고양이나 강아지를 만났을 때, 캔들이 은은한 향으로 방을 채울 때, 책을 읽다가 좋은 문장을 발견했을 때, 눈물이 나올 만큼 따스한 영상을 볼 때처럼 이제는 짧게 행복을 느낀 순간도 마음속에 넣어두는 거다.

놓치고 있었던 것까지 찬찬히 톺아보면서. 그렇다면 갈수록 행복에 대한 수천 가지 데이터가 쌓일 테고, 더 많은 종류의 행복이 새겨지겠지. 그때의 나는 크로플을 먹으며 "6,800원에 이 정도의 행복이라니. 가성비가 좋은데?"라고 말할 수 있을지도 모른다.

잘 살아가기 위해서 우리는 꾸준히 행복해야 한다. 그러기에 당신도 하루 중 언제 행복한지를 세심하게 살펴봤으면 좋겠다. 그게 아주 아주 사소해서 다른 사람의 눈에 띄지 않는 거여도 말이다. 그렇게 된다면 숨겨져 있던 당신의 수많은 행복이 발굴되고, 세분화되지 않을까.

이윽고 그것들이 늘 당신의 하루 속에 느닷없이 침투하기를 바란다. 그게 연결되고 연결되다 보면, 끝이 보이지 않는 기나긴 행복이 될 테니.

절대 지지 말자고 다독였던 날들이 있다.
이제는 그 생각을 느슨하게 풀어두고 싶다.
앞으로의 나날에 확신할 수 있는 게 없어서
매일 싸워야 하고, 그러다 보면
얼마든지 질 수 있다고.
대신 그날이 와도 너무 절망하지 않으려고 한다.
뒤이어 이길 날이 오고 있으니까.

무한한 선택의
궤도 속에서

삶에도 공략이 있다면 얼마나 좋을까. 매번 적합한 선택을 하고, 자신을 의심하지도 않고, 원하는 결말에만 닿을 수 있을 텐데.

언제부턴가 일기에 가장 많이 등장하는 단어 중 하나가 '선택'이다. 그 사람과의 관계를 그만둘지, 새로운 일을 해보는 게 좋을지 등등 삶이 무한한 선택의 궤도 속을 돌고, 돈다. 그러다 보니 이제는 선택이 마치 실체가 있는 것처럼 느껴져서 다가오면 "안녕하세요. 또 오셨네요." 인사하고, 끝난 뒤에는 "안녕히 가세요. 다음번엔 조금 천천히 오시면 안 될까요?"라고 말해야 할 것 같다. 최대한 늦게 찾아오기를 바라는 건, 선택은 버거울 때가 훨씬 더 많기 때문이다. 아무것도 잃고 싶지 않아서가 아니라 어떻게 해야 후회가 남지 않을지 미래를 알 수 없어서. 가끔은 눈을 뜨고 있어도 꾹 감은 것처럼 컴컴한 공간에서 사방을 더듬고 있는 기분이 든다.

선택이라는 건 반드시 하나 이상을 버려야 하는 성질이 있다. 그래서인지 어떤 선택은 아끼는 유리컵을 고의로 떨어뜨린 것 같다. 잡고 있던 손아귀의 힘을 풀면 유리컵은 추락하고, 바닥과 마찰해서 산산조각이 나고, 파편이 내 몸에 박히고, 피가 흐르고…. 유리컵은 다시 유리컵이 될 수 없고, 상처도 낫지 않아서 모든 게 본인의 탓으로 귀결되는 그런 선택.

하지만 선택의 또 다른 성질은 '반드시 얻는 것이 있다.'는 거다. 물론 시간이 흐르면서 포기한 것에 대해 미련이 차오르는 날이 올 수 있다. 하지만 그건 이제는 결말을 알기 때문에 드는 생각이다. 선택은 그와 달리 모든 걸 알 수 없는 상태에서 했다는 걸 기억해야 한다.

삶은 게임처럼 공략이 있는 게 아니기에, 선택지마다 어떤 결과가 도출될지는 알 수 없다. 그 상태에서 당시의 내가, 잘 되기 위한 최선의 선택을 한 것이다. 더 불행해지기 위해서가 아니라. 그 마음을 믿자.

선택에는 반드시 포기해야 할 것이 생기니까 아쉬운 마음이 드는 건 불가피하다. 때문에 어떤 걸 택했는지보다 중요한 건 이후의 마음이라고 생각한다. 어떤 태도와 자세로 받아들이는지에 따라 결과는 다른 모습으로 내게 다가오기에. 그러니 내게 박힌 파편보다 지금 손에 쥐어져 있는 걸 바라보자. "잘했어, 수고했어."라는 말을 잊지 않고 해 주자. 아쉬운 마음이 든다면, "다음에 더 잘하자."라고 하면 된다. 선택의 굴레 속에 있는 우리는 또 다른 기회와 선택을 계속해서 만나게 될 테니.

아직 과거에 머무르고 있는 마음이 있다면 데리러 갈까? 현재로 올 수 있도록. 그들과 같이 내가 믿는, 그 방향으로 전진하는 거야.

도전 앞에
있다면

　　　　세 번째로 문예창작학과 입시를 준비할
때, 호주행 비행기 표와 숙소를 예약했다. 만약 떨어진다
면 바로 정시 준비를 해야 했는데, '한 달만 더 해보자.'라
는 마음이 들지 않도록 2주간의 호주 여행을 계획했던 거
다. 이번에도 불합격한다면 다시 시도하지 않을 생각이었
기에. 당시에 저작권 고소와 가까웠던 친구와의 절연으로
마음이 지쳐 있기도 했지만, 그 때문은 아니었다. 더는 되
지 않는 것에 시간을 쓰고 싶지 않았다. 나 혼자 도태되는

느낌도 싫었다. 내 글이 그렇게 형편이 없을까라는 생각을 반복하며 자괴감에 빠지는 일도 그만하고 싶었다. 문예창작학과 입시는 실기를 보는 경우가 많은데, 시제를 받은 뒤 정해진 시간 안에 분량에 맞춰서 즉흥적으로 글을 쓰는 방식이다. 절대적인 합격 기준이 있는 게 아니라 교수님들의 주관적인 평가로 결정되다 보니까, 시험에 떨어지면 글이 거부당한 것만 같았다. 그게 가장 견디기 힘들었다. 어쨌든 이제는 정말 마지막이라는 생각으로 도전했고, 세 번째에 합격했다. 이때의 경험으로 배운 게 있다.

'하면 된다.', '될 때까지 해 보자.' 이런 식의 이야기는 절대 아니다. 나는 그런 긍정 주의자가 아니니. 오히려 안도 타다오가 한 말을 더 자주 새긴다. 안도 타다오는 건축계의 노벨상인 프리츠커상을 받은 세계적인 건축가로 원래는 복서였다고 한다. 그는 복서 시절에 지금은 세계 챔피언이 된 친구와 연습을 한 적이 있는데, 본인이 2라운드에 뻗었을 때 그 친구는 1분 쉬더니 바로 회복하는 걸 보고 '나는 안 되겠다'고 생각하며 꿈을 접었다고 한다. 그러면서 그는 이렇게 말한다. "포기하는 것도 중요하니까, 아닌 건 바로 관뒀어요." 이는 다큐멘터리 영화 〈안도 타다오〉에서 그가 직접 한 말이다. 이상하게도 영화가 끝난 뒤에 그의 건축물보다 내내 해오던 것을 깔끔하게 놓는 그 마음이 더 인상적이었다. 아이러니하지만, 잘 해내기 위해서는 잘 포기할 줄도 알아야 하는 것 같다.

어쨌든 그때 배운 건, 망설임 없이 도전하는 용기였다. 도전도 사람의 인연과 같다고 생각한다. 타이밍이 어긋나서 결국은 닿지 못했던 사람이나 이별한 사람과 다시 같은 곳에서 같은 마음으로 만나는 게 어려운 듯이 도전이라는 것도 그렇다. 지금 이 순간에만 할 수 있는 것이 있으니까.

실패가 두려운 건 여전하지만, 그로 인해 도전을 주저하지는 않게 됐다. 또, 하나의 실패는 그것만으로 종결되는 게 아니라는 걸 깨달았다. 두 번째로 불합격했을 때, 나는 곧장 출판사와 계약을 했다. 패배감을 지우고 싶어서 쉬지 않고 원고 작업에만 몰두했고, 그렇게 『실은 괜찮지 않았던 날들』이 탄생했다. 이 책은 이제껏 출간한 책 중에서 가장 많은 부수가 팔린 책이기도 하다. 만약 그때 합격을 했더라면, 같은 책은 나오지 못했을 거로 생각한다.

　도전의 힘을 믿고 있다. 실패하든 성공하든 무언가를 남겨줄 거라고. 누군가는 결국은 합격했으니까, 도전에 대해서 부정적인 마음을 비치지 않는 거라고 말할 수도 있다. 그런데 나는 문예창작학과에 진학하지 않았더라고 해도, 똑같은 마음이었을 거라 장담할 수 있다. 새로운 길을 찾았을 거고, 지난 시간을 통해서 도움받는 일도 생겼을 테니까. 오히려 시도조차 하지 않았더라면, 내내 마음에 남아서 후회했을 거다.

　이제 이 마음은 삶의 척도가 됐다. 할 수 있을 때 해보자. 오지 않을 순간이라면 붙잡자. 이렇게.

　우리는 본능적으로 마음의 저항이 적은, 익숙하고 안정적인 길을 택한다고 한다. 그럼에도 당신이 언젠가 새로운 도전 앞에 서 있을 때가 있다면, 그게 무엇이든지, 그 엄청난 용기를 향해 힘껏 응원하겠다.

잘될 거라는
믿음

아이스티는 고향 친구이다. 같은 시기에 같은 대학교에 다니게 되면서 우리는 두 번째로 동네 친구가 됐다. 다른 친구를 통해서 이를 알게 된 후에, 최대한 빨리 약속을 잡아서 우리는 4년 만에 만났다. 이야기의 소재는 다양했다. 어떻게 살고 있는지 근황을 나누고, 공유하는 추억들, 각자의 연애사, 결혼은 하고 싶은지, 창작하고 있는 것들과 그에 대한 가치관 등등…. 마지막으로 봤을 때와는 사뭇 다른 소재의 이야기였다.

나는 메일링을 하고 있고, 독립 출판을 준비 중이고, 소설도 쓰고 있다고 말하자 아이스티는 소설가가 되고 싶은 거냐고 물었다. "그렇긴 한데….'라고 하며 말끝을 흐렸다. 마음만으로 될 수 있는 게 아니라 자신이 없기 때문이었다.

소설가가 되는 대표적인 루트는 '등단'이다. 매년 신춘문예나 문예지에서 공모전을 열 때 투고하면 당선이 되는 방식인데, 경쟁률이 수백 대 1이다(드물게 2명을 뽑거나 아예 뽑지 않을 때도 있다). 사실 1년에 쓸 수 있는 소설의 수가 많지 않고, 그중에서 투고할 만한 소설을 고르면 더더욱 줄어드는데, 중복 투고가 되지 않기 때문에 많은 곳에 넣을 수도 없다. 요약하자면, 낼 소설도, 넣을 기회도 많지 않다는 거다(게다가 문예지는 보통 두 편을 내야 하니…). 나는 이 제도를 아이스티에게 설명하며 바늘구멍 같아서 자신이 없다고 말했다. 평소에 상상이나 공상을 많이 하는 편이지만, 등단할 거라는 희망 회로는 도저히 돌아가지 않았다. 그저 말이 되지 않는 비현실적인 이야기 같을 뿐이었다. 가만히 듣던 아이스티가 "너는 잘할 것 같은데?"라고 웃으며 말했고, 나는 곧바로 "아니 무슨."이라고 부정했다. 그런데 집에 와서도, 자기 전에도, 다음 날에 길을 걷다가도, 며칠이 지난 뒤에도 자꾸만 그 구절이 맴돌았다.

너는 잘할 것 같은데?······ 너는 잘할 것 같은데?······
너는 잘할 것 같은데?······ 너는 잘할 것 같은데?······
너는 잘할 것 같은데?······ 너는 잘할 것 같은데?······

그러다 깨달았다. 지금 이 말이 필요했다는걸.

얼마 전, 퇴직을 고민하던 친구가 "미래를 좀 보고 왔으면 좋겠다."라고 말했다.

공감이 갔다. 미래를 몰라서 자주 초조하고, 불안했으며 그러다 타로카드나 사주에서 답을 찾으려고 할 때도 많았다. 그러니까 미래를 생각하면 내가 있는 곳의 지층이 흔들리는 것 같아서, 어디에 발을 디뎌야 할지 모르겠는 막연함과 잘못 내디뎠다가 추락하게 될 것만 같은 두려움을 느꼈다. 하지만 아이스티의 말을 곱씹다 보니, 지금까지와는 다른 생각이 들었다. 이왕 어떻게 될지 모르는 거, 다 잘될 거로 생각하며 자신감을 지녀도 되지 않을까, 라는.

그건 스스로를 의심하지 않고 믿을 수 있는 힘을 주고, 혹여나 실패한다고 해도 패배감으로 이어지는 게 아니라 열심히 했으니 후회하지 않는다고 말할 수 있게 해줄 거다. 그렇게 현재의 나와 미래의 내가 모두 단단해질 거라는 생각이 들었다.

미래를 알 수 없다는 성질은 고정되어 있다. 현재의 내가 꾸준히 소설을 읽고, 쓰고, 투고할 거라는 사실도 바뀌지 않을 거다. 그러니 오지 않은 미래를 생각하며 위축되기보다는 잘될 거라는 믿음을 손에 쥐고 있기로 했다. 뜬구름 잡는 이야기 같더라도, 뭐 어때. 어차피 미래가 어떤 방향으로 흘러갈지 모르는 건 똑같은데.

그러니까 우리 다 잘될 거야.

나를 위한
이해

한때는 누군가와의 관계에서 문제가 생기면 내 탓이라고 여겼다. 상대가 잘못했다고 해도, 애초에 조그마한 거라도 내가 먼저 원인 제공을 했을 거라고 생각했다. 아무 말도 하지 않았다면, 아무 말도 하지 않은 것도 잘못이라고. 왜 그렇게 습관처럼 자책했을까? 지금은 그렇지 않다. 글이 그곳에서 빠져나올 수 있도록 도와줬다.

글을 애정하고 있다. 갈수록 더 많이. 내가 글을 쓰는 사람이어서만이 아니다. 지금까지 살아오면서 글이 나에게

준 것이 너무 많아서이다. 영상 매체를 보는 것과 독서가 다른 이유 중 하나는 사색이다. 영상은 인물, 음향, 배경, 대사 등등 동시다발적인 정보를 담고 있기 때문에 즉각적으로 떠오르는 생각만 할 수 있다. 재미있다든지, 감동이라든지. 더 깊이 생각하는 건, 관람이 끝난 뒤에 선택 사항이다. 하지만 글은 그와 다르다. 독자는 작가가 쓴 이야기를 상상해야, 원활하게 읽을 수 있기 때문에 장면과 감정을 자신의 목소리로 그려낼 수 있고, 문장과 문장 사이에서 어디든 멈출 수도 있다. 그러면서 사색은 마구 들어온다. 문득 나의 경험이 떠오르기도 하고, 누군가를 이해하게 되기도 하면서(영상 매체를 싫어한다는 말은 아니다. 다채로운 정보가 주는 것들을 감상하고 싶을 때도 있으니까).

나는 글을 통해서 타인을 이해하는 걸 배웠다. 사람은 어쩔 수 없이 자기중심적이라고 생각한다. 그래서 나의 관점으로 세상을 바라보기가 쉽다. 나는 최대한 상대의 입장을 생각해보고, 민폐가 되는 행동은 하지 않으려고 신경 쓰는 타입이어서, '나라면 그러지 않을 텐데.'라는 마음이 삶에서 많았다. 그러다 보면 어김없이 상처받곤 했다. 이런 식으로.

나라면 너에게 A 행동을 하지 않았을 텐데 → 너는
나에게 A 행동을 했네 → 네가 그만큼 나를 생각하지
않아서겠지 → 상처…

타인을 나처럼 생각했기 때문에 그 사람이 왜 A 행동을
했는지 이해하지 못하고, 쉽게 상처받을 수밖에 없었다.
우리는 같은 언어를 쓰고 있다고 해도, 각자만의 나라에서
살고 있다. 내 나라에서는 A 행동이 상처가 되지만, 너의
나라에서는 A 행동이 아무것도 아닐 수 있는 거다. 그리고
언제는 심리학책에서 이런 말을 읽은 적이 있다. 배우자나
애인이 바람을 피우면, 질려서 그런 거라며 본인을 탓하는
경우가 많다고 한다. 하지만 의사는 단호하게 말한다. 그
건 당신의 잘못이 아니라, 바람을 피운 그 사람에게 결핍
이나 문제가 있기 때문이라고. 그러니까 그 사람의 행동은
본인 고유의 것이다. 이를 읽으며 길고 길었던 자책하는
습관을 버릴 수 있었다.

그렇게 소설과 시의 화자를 통해, 타국의 정신과 의사를 통해, 만나본 적 없는 작가의 에세이를 통해, 내가 태어나기 전에 사망한 철학자와 심리학자를 통해, 나를 이해하고, 겹쳐지지 않는 상대의 세계 또한 이해하고 있다.

공감 능력과 이해가 많은 사람으로 살다 보면, 주변에서는 용서 또한 쉬울 거라고 생각한다. 절대 아니다. 오히려 나는 돌아선 뒤에 다시 뒤돌아보지 않는 편에 더 가깝다. 그럼에도 타인을 이해하기 위해서 그토록 노력하는 이유는, 내가 상처받지 않기 위해서다. 나의 가치관으로만 상대를 판단하며 마음을 넘겨짚지 않도록. 그리고 그 사람이 나에게 해를 가하려고 한 게 아니라, 그냥 그런 사람이었다는 걸 기억하도록. 이해하면서, 스스로를 보호하고 있는 거다.

나는 당신이 용서가 쉬운 너그러운 사람이 되는 것을 원하지 않는다. 당신이 그동안 사람에게서 무분별하게 받은 상처가 조금이나마 지워지며 앞으로 다가올 상처에도 굳건한 마음일 수 있게 되고, 그러면서 자신을 지킬 수 있기를 바란다.

상처받지 않기 위한
가정법

　　　　　　　언젠가 전 연인의 어머니를 만난 적이 있다.
　사랑하는 사람의 가까운 이를 만나는 건 누구에게나 긴
장이 되는 일이겠지만, 나는 과민대장증후군을 앓을 만큼
압박감을 느꼈다(걱정을 많이 하거나 스트레스를 과도하게 받
을 때 종종 그런다). 평소에는 글을 배우고 쓰는 일에 대해
서 자부심이 있지만, 그의 어머니를 만난다고 생각하니 걱
정이 앞섰다. 몇 살에는 어떤 걸 해야 한다는 사회에서 정
해둔 기준점을 굉장히 싫어하는데도, 그 순간에는 나를 그

안에 넣고 살펴봤다. 20대 후반인데 직장에 다니지 않고, 안정된 직업이 아니며, 아직 대학교에 다니고 있다는 점이 떳떳하게 느껴지지 않았다. 낯을 가리는 성격도 걱정이 됐다. 그러다 보니 만나기도 전에 어머니가 나를 마음에 들어 하시지 않을 거라고 거의 확신했다. 하지만 예상과는 다르게 그녀는 나의 직업과 방향성을 멋있다고 말씀하셨고, 좋은 사람으로 여기셨다.

집에 돌아와서 '왜 그렇게까지 극단적으로 걱정했을까…?'라고 생각을 곱씹다가, 언제부턴가 이런 방식으로 사람을 만났다는 걸 깨달았다.

새로운 사람을 만날 때 겁부터 먹게 된다. 마치 그 사람이 흉기를 쥐고 있는 것처럼. 그건 눈으로는 보이지 않지만, 언제든 마음의 정중앙을 손쉽게 찌를 수 있을 것만 같다. 일시적인 만남이 아니라, 중요하거나 지속적인 만남일 때가 그렇다. 그래서 보기 전부터 나를 좋아하지 않을 거라고 가정을 했다. 자신이 없어서라기보다는 혹여나 상대가 나를 거부했을 때 상처받지 않기 위함이었다.

나는 사소한 부분이라고 해도 바로 넘기지 못하고, 혼자서 어둡고 깊은 곳으로 잘 빠지며, 무해한 의도에도 쉽게 상처를 받기 때문에 늘 보호막이 필요하다고 여겼다. 그래서 '기대하지 말자', '바라지 말자'와 같이 마음을 참고, 틀어막고, 움켜쥐는 방식을 사용했다. 그렇게 해야 어떤 결과가 나타나도 의연할 수 있을 것 같았다. 기대감이 높이 올라갈수록, 곤두박질을 칠 확률이 더 높아지니까.

하지만 그날, 부정적인 상황을 미리 연습하는 것도 감정 소비라는 걸 알게 됐다. 어쩌면 영원히 일어나지 않을지도 모를 일에 스트레스를 받게 되기에. 그런 일이 일어난다면, 그제야 속상하면 되는 건데 왜 전부터 힘들어했던 걸까…. 그리고 낮게 잡은 기준치에도 미달한 결과가 나올 때는 절망감이 배가 되었다.

마음의 보폭이 커질수록 불안할 때가 많았다. 그래서 스스로 정해둔 범위 안에서만 마음이 움직이기를 바랐다. 기대가 엔도르핀을 생성되게 해서 하루를 더 행복하게 만들어주고, 무조건 바라는 대로 될 거라는 희망 회로가 자신감을 넣어준다는 걸 미처 생각하지 못하고.

누군가에게 기대하지 말 것.
준 만큼 받기를 바라지 말 것.

나를 위해서 알아야 할 말.

바라는 대로 되지 않을까봐 초조해하지 않고,
바라는 대로 되지 않았다고 실망하지 않도록.

나를 위해.

『내가 사랑스럽지 않은 날에』 중

책에 위의 글을 실은 적이 있다. 당시에는 삶을 잘 살아
가는 비법 하나를 알게 된 기분이어서 독자에게도 꼭 알려
주고 싶은 마음이었지만, 지금에 와서는 수정하고 싶다.
마음껏 기대할 것. 준 만큼 바랄 것. 바라는 대로 되지
않아서 초조하고, 실망도 해 볼 것. 그러니까, 상처받지 않
기 위해 마음에 자물쇠를 걸어두지 말 것. 나를 위해.

나를
믿을 때

시작은 일기였다. 하루에도 몇 번씩 아무 곳에나 썼던 짧고 긴 일기.

학창 시절에는 마음을 다룰 줄 몰랐다(지금도 잘하는 건 아니다). 마음 안에 마음이 너무도 많아서, 파고 파도 끊이지 않고 마음이 나와서, 수시로 하나씩 꺼내서 적어 내려가야 했다. 공책에, A4 용지에, 이면지에, 편지지에, 교과서에도 적었다. 그냥 종이가 있으면 어떻게든 활용해서 적고 또 적었던 것 같다. 더는 뱉을 말이 없을 때까지. 그러다가, 재밌게 보고 있는 드라마의 주인공이 어떤 감정을 느낄지를 생각하며 내레이션을 쓰기도 했고, 좋아하는 노래에 다른 가사를 붙이기도 했고, 주제를 정해서 시를 쓰기도 했다. 그게 모이고, 모이고, 모여서 나는 글을 쓰는 사람이 됐다. 주로 에세이와 소설, 가끔은 시와 서평을, 부족했지만 단편 영화 시나리오도 써보기도 했다. 또, 언젠가 기회가 된다면 드라마 각본도 배워보고 싶다.

그런데 글을 쓸수록 처음에 썼던 글과 데면데면하게 된다. 더 자세히 말해 보면 첫 소설과 시, 첫 책인『이 밤을 너에게』와 나 사이에 척력이 존재하고 있는 것 같다. 아무래도 부족함이 많이 느껴져서 외면하고 싶은 마음이 크기 때문일 거다. 하지만 그럼에도 그 처음들을 다른 글과 공평하게 좋아하고 있다고 말한다면, 모순으로 들릴까?

고백하자면, 나는 내가 쓴 모든 글을 좋아한다. 놀라운 이야기는 아닐 수도 있겠다. 동기들과 이야기해보면, 가족이나 친구에게 글을 보여주지 못하겠다는 경우가 많았다 (이유는 다양할 거다). 나는 그렇지 않다. 전단지를 돌리는 것처럼 가까운 이들에게 마음껏 보여준다. 그러고는 차분하게 후기를 기다린다. 특히나 애인이 생기면, 그가 누구보다도 꼼꼼하게 나의 모든 글을 읽어줬으면 하는 바람이 있다.

내가 쓴 글이 완벽하다고 여기기 때문에 자랑하고 싶어서 그러는 건 아니다. 오히려 원하는 만큼 써지지 않아서 속상하고, 낙담하고, 실망하고, 책망할 때가 비교도 되지 않을 만큼 더 많다. 하지만 그렇다고 한들 미워하고 싶지는 않다. 머릿속에서 나온 파편적인 단어와 문장을 수없이 잇고, 고쳐서 한 편의 글이 만들어진 거니까. 아무것도 배척하지 않고 모든 그것을 사랑하고 싶다.

친언니는 영상 일을 하고 있어서 이곳저곳에서 피드백을 받을 일이 많다. 언젠가 언니는 나에게 이런 말을 해준 적이 있다. 네가 어떤 걸 하든지 어차피 누군가는 비난할 거고, 누군가는 좋다고 말할 거라고. 그러니까 제일 중요한 건, 스스로 중심을 잃지 않는 거라고 말이다.

가린 계정에 글을 올린 뒤 좋아요와 댓글의 개수를 보면서, SNS에 올라온 나의 책 후기를 읽으면서, 소설과 시 합평을 들으면서, 교수님께 받은 점수를 보면서 좌지우지 될 때가 많았다. 하지만 내가 내 글을 더 많이 사랑하게 되자, 외부적인 시선에 의연해질 수가 있었다. 수용할 것과 아닌 것을 판단할 수 있는 기준점이 생겼다.

지금도 나의 중심이 가장 튼튼하기를 바란다. 견고하고, 단단하고, 굳건하고, 강력했으면 좋겠다. 앞으로 원하는 만큼 닿지 않는 날이 많을 거라는 걸 알고 있다. 그때 스스로 반성하고 잘못된 지점을 하나하나 짚어가며 비판하더라도, 한 번 더 노력하면 잘 해낼 수 있을 거라고 그렇게 자신을 믿어주고 싶다. 내게서 나온 것들을 남김없이 품은 채 사랑하고 싶다. 중심의 힘으로.

외로움에
대하여

아이가 옹알이를 시작하면, 어른들은 자신을 가리키며 호칭을 알려줍니다. "엄마 해 봐. 엄—마—." 라는 식으로요. 아이가 서투른 발음으로 "엄마"가 아니라 "어마"라고 해도 듣는 이들은 이제껏 만나보지 못한 감정을 발견합니다. 그들은 아이가 꼭꼭 씹어서 삼킬 수 있도록 발음을 분해하며 단어를 말해주고, 아이는 하나씩 터득해 나갑니다. 이후로는 주변에 있는 사물의 단어를 알게됩니다. 보고, 만지고, 때로는 입에 넣으면서요.

그렇다면 감정의 단어들은 언제 터득하게 되는 건지 궁금해집니다. 혹시 시야에 의자가 있나요? 그건 누가 봐도 의자일 겁니다. 아주 명백한 의자이지요. 하지만 감정은 이처럼 볼 수도 만질 수도 없는데, 어떻게 구분하고 단어로 공유하고 있는 걸까요. 누군가가 "자 이건 사랑이야."라고 알려주지 않아도, '이게 사랑이구나.'라고 마음으로 느꼈던 때가 언제인가요? 사랑의 최초 촉각, 시각, 청각, 후각, 미각은 어떤 거였나요?

저는 기억이 잘 나지 않습니다. 어떤 경험이 나를 통과했을 때 사랑, 증오, 질투, 행복과 같은 관념들이 안에 새겨진 건지 아무리 생각해도 떠오르지 않습니다.

그런데 감정보다 단어를 먼저 알게 된 날은 기억이 납니다. 그건 '외로움'이었습니다. 어린 저는 여섯 살 차이 나는 언니에게 "외로움이 뭐야?"라고 물었고, 언니는 "나중에 알게 돼."라고 말했었지요. 언니는 그때부터 이미 알고 있었던 걸까요. 어쨌거나 언니의 말대로 저는 언제부터인가 외로움을 알게 됐습니다. 자국도 없이 스며들더라고요.

요즘은 자주 외로움과 마주 보고 앉아 있습니다. 그 생김새를 내내 관찰하다가 얼마 전에는 이런 문장을 썼습니다.

　　외로움은 손등에 있는 실금 같다. 손바닥에 있는 실
　　금은 '손금'이라는 단어도 있고 해석도 하지만, 손등
　　의 실금은 누구도 들여다보지 않으니까. 같은 손에
　　존재하고 있는데.

　줄곧 혼자일 때 늘 괜찮은 사람이고 싶었기에, 외로움이
라는 감정을 인정하고 싶지 않았습니다. 하지만 함께일 때
도 외로울 수 있다는 걸 알게 된 후로 고정관념에서 벗어
나 다양한 외로움을 만날 용기가 생겼습니다.

　서로 사랑한다고 말해도, 그 사람의 '사랑'과 나의 '사
랑'이 비슷한 질감인지 알 수 없어서 외로워집니다. 내 마
음을 정확하게 설명할 수 없어서, 온전히 누군가를 이해시
킬 수 없어서 또 외로워지곤 하지요. 살아가면서 외로움은
더 다채로워지고, 그러면서 사람마다 고유의 외로움을 품
게 되는 것 같습니다.

　그리고 한 가지 더 알게 된 건, 외로움은 늘 이곳에 앉아

있었다는 거였습니다.

그렇다고 해서 떠나보낼 생각은 없습니다. 오히려 편안
하게 있을 수 있도록 도와주고 싶습니다. 행복하게 살아가
기 위해서 긍정적인 감정을 많이 느끼는 것도 필요하겠지
만, 외면하고 싶은 감정을 안에서 잘 녹여내는 것도 중요
하니까요. 그러기에 먼저 저의 외로움을 정의해볼까요. 정
확하지는 않을 수도 있습니다.

촉각: 물기가 있다

시각: 푸른 새벽 빛깔

청각: 바람이 불어서 갈대끼리 부딪치는 소리

후각: 숲 향

미각: 쌉싸름하다

이렇게 적어보니 왠지 외로움과 가까워진 것 같습니다.

외로움을 느낀다고 혼자 있을 수 없는 사람은 아닙니
다. 매 순간 수많은 불통과 마주하고 있으며, 그 대상이 때
로는 '나'이기도 하기에 언제든 얼마든 외로울 수 있지요.

저는 혼자여서, 혼자가 아니어서, 나조차도 나와 소통할 수 없어서, 자주 외로워지곤 한다고 고백하겠습니다.

저는 당신의 외로움을 모릅니다.

당신도 저의 외로움을 모르겠지요.

그렇지만. 여기까지 오는 동안 우리가 어딘가에서 만나, 손을 꼭 잡은 채 서로의 손등을 쓰다듬은 것만 같다고 느꼈습니다. 따뜻한 빛이 마주 잡고 있는 두 손의 안까지 새어 들어왔지요. 우리는 잡은 손을 앞뒤로 흔들며 한참 동안 그곳에 있었습니다.

서로의 손등을 잊지 않을 수 있을까요.

미래가 불확실해서 나는 자주 무섭고 불안했다.

원하는 방향으로 가고 있는 건지,

시간은 흐르고

나만 그 자리에 고여 있는 건 아닌지.

걱정은 출구 없이 맴돌았고

지금도 그런 마음이 존재한다.

하지만 그 속에서 유일하게 믿을 수 있는 건,
꾸준히 무언가를 하는 힘이었다.
누군가 알아주지 않아도
무엇이 됐든 내 안에 쌓이는 것이 있었다.
그러니 조금씩이라도 꾸준히
천천히라도 꾸준히 '하는 힘'을 믿기를.
어떻게든 내게 돌아올 테니까.

그런 나도 나라서

삶을 살아가면서 가장 잘 해내고 싶은 게 있다.

나를 이해하며 사랑하는 일이다.

당신이 이 글을 읽고 있는 순간에도 나는 어딘가에서 투쟁하고 있을지도 모르겠다. 이 책은 나를 펼친 뒤, 분해하고, 한참을 바라본, 기나긴 기록이다. 고백하자면 이제는 지나간 나도 있고, 직면하고 싶지 않은 나도 있다.

그렇지만 지우고 싶은 글일수록 이 공간에 싣기 위해서 노력했다. 나의 기록이 당신이 당신을 품을 수 있는 힘을 줄 수 있을까.

그런 기대를 해본다.

얼마 전 일기에 쓴 문장을 마지막 장에 남겨두고 싶다.

"앞으로의 나는 계속 변하겠지. 어쨌든 그런 나도 나일 거라서 기대된다."

모든 나를
품으며

초판 1쇄 발행 2023년 10월 17일
초판 2쇄 발행 2024년 6월 14일

지은이 가린(허윤정)
책임편집 조혜정
디자인 그별
펴낸이 남기성

펴낸곳 주식회사 자화상
인쇄,제작 데이타링크
출판사등록 신고번호 제 2016-000312호
주소 경기도 고양시 덕양구 꽃마을로 34, 1006호,1007호(향동동, DMC스타팰리스)
대표전화 (070) 7555-9653
이메일 sung0278@naver.com

ISBN 979-11-91200-61-4 03810

식스틴 마이 러브

sixteen my love

식스틴 마이 러브

sixteen my love

양호문 장편소설

ǀ주ǀ자음과모음

차례

—

작가의 말

—

제3교시

〈문제 15〉 다음 중 연인 관계로 옳게 짝지어지지 않은 것은?

① 줄리엣 ─ 로미오   ② 성춘향 ─ 이몽룡

③ 심순애 ─ 이수일   ④ 주논개 ─ 게야무라

⑤ 제니퍼 ─ 올리버

특이하고도 재미있는 문제였다. 그러나 헷갈렸다. 국어시간에 설명을 듣긴 들었는데 알쏭달쏭했다. 4번 아니면 5번 같았지만 확신이 서지 않았다. 정신을 집중하고 기억을 더듬었다. 그러자 한쪽 머리가 바늘로 찌르는 듯 쿡쿡 쑤셨다. 그냥 인터넷으로 검색해볼까 하다가 그만두었다. 시계를 보니 약속 시간이 다 되어가고 있었다. 세수를 하고 머리도 감으려면 서둘러야 했다.

방 밖으로 나가 목욕탕으로 들어가기 전에 체중계에 올라섰다. 야호-! 소현은 너무 기뻐 소리를 크게 질렀다. 지른 게 아니라 자기도 모르게 반사적으로 터져 나온 소리였다. 체중계에서 내려와 엄마, 나 살 빠졌다고 소리치며 한달음에 안방으로 달려갔다. 하지만 엄마는 시큰둥한 반응이었다. 시선을 텔레비전 화면에 꽂아둔 채 중얼거리듯 말했다.

"넌 뚱뚱하지도 않은데 뭘 그렇게 좋아해?"

"그래도 48킬로 넘으면 안 돼! 내 키에는 48킬로가 딱 맞대! 인터넷에서 찾아봤어. 앞으로 키가 한 5센티 더 크면 몰라도."

"얼마나 빠졌는데?"

"3킬로 빠져서 49.2킬로야. 아하하!"

2학기 들어 도보로 등하교를 해서 그런 것 같았다. 집에서 학교까지는 약 3킬로미터로 조금 먼 거리였다. 물론 힘도 들었다. 그러나 꾹 참고 꾸준히 걸었다. 혼자라면 일찌감치 포기했을 텐데, 친구가 함께 해줘서 가능한 일이었다.

"이럴 줄 알았으면 1학년 때부터 걸어 다닐걸! 그랬으면 47킬로로 딱인데."

엄마가 고개를 돌려 힐끔 쳐다보았다. 아래위로 소현을 두어 번 훑었다.

"지금이 좋아! 거기서 더 빠지면 보기 흉해!"

"아냐. 48 이하가 돼야 해. 안 그러면 나중에 걸 그룹 활동하는데 지장 있어!"

"걸 그룹? 아이고! 꿈도 참 야무지다. 누구랑 걸 그룹을 해? 노래 실력은 되고?"

엄마가 입술을 씰룩이며 비아냥거렸다. 은근히 열을 받아 목소리를 높여 대꾸했다.

"대학 가서 친구랑 하기로 했어. 노래 실력이야 지금부터 더 키우면 되지 뭐! 이름도 벌써 정해졌어. 드림걸즈, 라고."

저번에 친구들과 대충 이야기를 나눴던 걸 이참에 털어놓았다.

"뭐? 드림걸즈? 흥! 웃기지도 않네! 하여튼 저 텔레비전이 애들다 버린다니까."

"엄마는 그게 병이야! 남이 뭘 하겠다면 밀어주지는 않고 뒤로당겨 넘어뜨리려고만 하니. 완전 놀부 심보라고. 그거 고쳐, 좀!"

"가능한 일을 해야 밀어주지. 헛꿈을 꾸고 있는데 뭘 밀어줘? 네아빠랑 똑같네, 똑같아! 근데 한 달 만에 저절로 3킬로가 빠졌어? 넌 운동도 안 하고 다이어트도 안 하는데?"

"엄마, 뭘 모르는 소리 좀 하지 마! 걷기보다 좋은 운동이 없대. 살 빼는 덴 걷기가 최고래! 파워워킹, 못 들어봤어? 텔레비전에서도 소개했었어."

고개를 갸웃하는 엄마한테 소현은 다이어트 전문가인 양 설명을 해줬다. 학교에서 올바른 다이어트에 관한 동영상을 본 적도있었고, 또 그동안 여기저기서 주워들은 게 많아 어느 정도 지식이 있었다. 빨리 걷기 한 시간 하면 약 180킬로칼로리가 빠지고, 두 시간이면 360킬로칼로리, 360킬로칼로리면 밥 한 공기가 넘는 칼로리라고 계산까지 해주었다.

"그래? 그럼 엄마도 매일 걸어야겠다."

"맞아! 엄마도 아침저녁으로 우리 아파트 단지 두 바퀴씩 돌아. 그러면 아마 엄마도 처녀 적 몸매로 돌아올 거야."

"나, 처녀 적보다 겨우 4킬로밖에 안 쪘어! 이만하면 거의 그대로야. 지금도 짧은 치마에 하이힐 신고 시내 나가면, 새파란 총각들이 아가씨! 아가씨! 부르면서 열댓 명은 따라와."

그렇게 말해놓고 자신도 쑥스러운지 엄마가 히죽이 웃었다. 엄마의 과장된 말에 소현이도 빙그레 웃었다. 마주 보고 웃으면서 생각했다. 나도 엄마 나이가 되면 엄마처럼 되어 있을 거라고. 얼굴이며 체형이 아빠보다 엄마를 더 많이 닮았으니 그건 당연한 것이었다. 성격까지도 비슷했다.

"매일 하면 발목도 아프고 무릎도 아프니까 이틀에 한 번씩 해 보지 뭐!"

"이왕이면 아빠랑 같이 해. 부부가 둘이 조깅하는 사람들, 그럼 참 좋더라."

엄마 아빠의 관계는 변덕스런 봄 날씨 같았다. 흐렸다가 개었다가 바람이 불었다가 눈이 내렸다가 좀체 종잡을 수가 없었다. 이혼을 하겠다고 별거를 한 적이 벌써 두 번이나 됐다. 그러니 둘이 나란히 조깅을 한다는 건 거의 불가능에 가까운 일이었다. 말하자면 희망 사항일 뿐이었다. 소현은 아예 기대를 하지 않기로 했다.

"아빠가 시간이 있나 뭐! 미국 대통령보다 더 바쁜 양반인데. 매일매일 뭐가 그리 바쁜지 원!"

토요일인데도 아빠는 일찍 출근을 해 집에 없었다. 가을이 되자 더욱 바빠진 모양이었다. 서울로, 광주로, 목포로 출장도 잦았다. 아침 연속극이 끝나면 엄마도 곧 가게로 출근할 것이다. 학원에 6개월이나 다녀서 바리스타 자격증을 딴 후, 재작년에 빚을 내서 차린 커피숍 일로 엄마도 미국 대통령 부인만큼이나 바쁜 사람이었다. 정식 직원 두 명과 알바 대학생 두 명을 고용했지만 늘 일손이 달렸다. 첫해에는 손님이 별로 없어서 가게가 썰렁했었는데 작년 겨울부터 꾸준히 늘기 시작했다. 그러더니 올해에는 제법 북적거렸다. 엄마는 좋아서 싱글벙글했다. 3년 안에 투자금을 다 회수하겠다고 큰소리 뻥뻥 쳤다. 나중에 늙어서 은퇴를 하면 고스란히 물려주겠다는 말도 했다. 그러나 소현은 커피 가게를 하고 싶지는 않았다. 하루 종일 좁은 가게 안에 있어야 한다는 건 너무 답답해 보여서 싫었다.

욕실로 들어가서 샴푸로 머리부터 정성스레 감았다. 이어 세수를 하고 자기 방으로 가 드라이어로 머리를 말린 뒤 빗으로 가만가만 빗었다. 다른 손으로 부드러운 머릿결을 느껴가면서 머리에 공을 들였다. 기초화장을 마치고 시계를 보았다. 서둘러야 했다.

옷장을 열어 외출복을 챙겼다. 양쪽 앞주머니에 비즈로 하트 문양을 박아 넣은 스판 청바지와 연갈색 바탕에 흰 줄 체크무늬의 남방셔츠를 골랐다.

"나 어때, 엄마?"

안방 문 앞에 서서 물었다.

"어디 가려고?"

"시내에서 친구들 만나서 놀기로 했어. 얼른 가서 살 빠졌다고 자랑해야지!"

"공부는 안 하고 그렇게 놀러 다니기만 하면 어떡해?"

엄마가 목소리를 높였다. 하노라고 했는데도 노는 걸로 보았다니? 서운하기도 하고 화도 좀 났다. 눈을 가늘게 뜨고 즉시 반박을 했다. 목소리 톤이 저절로 높아졌다.

"놀러만 다니다니? 엄만 무슨 말을 그렇게 정 떨어지게 해? 나, 여태까지 공부하다 나온 거야. 수학 국어 예상문제 풀었어!"

"저번 주에도 시내 나갔었잖아?"

"그땐 놀러간 게 아니라 참고서 사러 잠깐 서점에 갔던 거야."

"하여튼 알아서 해, 너! 벌써 2학년 2학긴데."

'알아서 해!' 그건 엄마의 은근한 협박이었다. 그 말 뒤에는 늘 '나중에 나 원망하지 말고!'라는 말꼬리가 붙기 마련이었다. 그러나 오늘은 연속극에 빠져 잊은 모양이었다. 말꼬리가 들리지 않았다.

"어머! 저를 어째? 아호호호!"

연속극을 보던 엄마가 배꼽을 잡고 크게 웃었다. 남자 여자가 우연히 만나 연인이 됐는데, 알고 보니 서로 다른 애인을 숨겨두고 있어서 3각 4각으로 얽히고설킨 3류 잡종 막장 드라마였다. 그런 걸 뭐가 재밌다고 그리도 열심히 보는지 도통 이해가 되지 않았다. 차라리 만화영화 〈인어공주〉가 훨씬 나아 보였다.

"이번 한 번만 만나고 우리 공부하기로 했어. 중간고사 땐 성적 좀 올려볼게!"

"말로만? 매번 제자리면서. 나보다도 아빠가 너한테 기대가 크다는 거 알지? 네가 좋은 고등학교 좋은 대학 가서 아빠 체면 팍팍 세워주길 많이, 아주 많이 기대하고 있다고."

"알았어. 알았어! 이제 셧 더 마우스!"

엄마가 눈을 흘기고 바라보자 소현은 눈웃음을 살살 지으며 아양을 떨었다. 등 뒤에서 양손으로 엄마 어깨를 살짝 잡고서 목소리를 낮게 깔았다. 엄마가 감을 잡았는지 어깨를 움츠렸다. 약간 긴장한 기색이 뺨에 감돌았다.

"엄마! 내가 아빠보다 엄마를 더 좋아한다는 거 알고 있지?"

묵묵부답이었다. 못 들은 척 시치미를 잡아뗐다. 얄미웠다.

"근데 엄마, 주논개하고 게야무라가 연인 관계야? 아님 제니퍼하고 올리버가 연인 관계야?"

"뭔 개무라?"

제3교시 13

"개무라가 아니고 게야무라!"

엄마가 도리질을 치며 손을 내저었다. 모른다는 거였다. 어깨를 부드럽게 주물렀다. 그러면서 눈치를 살폈다. 아무래도 아부송을 한 곡 읊어야 할 것 같았다. 목청을 가다듬었다.

"가게일 하느라 많이 피곤하지? 근데 엄마, 오늘 참 지적으로 보인다. 분위기가 시인 같아. 단풍잎이 떨어지는 공원 나무 밑 벤치에 앉아 책 한 권 들고 있으면 완전 시인이야, 시인! 엄마 고등학교 때 시 좀 썼었다며?"

"계집애 아양은……. 얼마?"

"3만 원!"

아파트 단지를 빠져나온 소현은 휴대폰을 꺼내 들었다. 그리고 친구들에게 문자를 보내기 위해 검지로 자판을 찍었다. 전에 비해 자판 찍는 속도가 조금 느려진 느낌이었다. 손가락이 뻣뻣했다. 팔목도 좀 저렸다. ―가장 늦게 도착하는 사람이 떡볶이 쏘기다―보내자마자 부지런히 걸었다. 문구점 상가 모퉁이를 돌고 대운빌딩 앞에서 횡단보도를 건넜다. 저만치 약속 장소인 우체국이 보였다. 아직 아무도 도착하지 않은 것 같았다. 걸음 속도를 높였다. 어쩌면 저번처럼 또 이미 와서 옆 골목에 숨어 있다가 갑자기 도깨비처럼 튀어나올지도 모르는 일이었다. 여우같은 것들이니 대비해야만 했다. 주위를 살피면서 뛰다시피 걸었다. 곧 우체국 앞에 도착했다. 우선 흙먼지가 뽀얗게 내려앉은 우체통 머리에 손바닥

도장을 꽝 찍었다. 우체통에 손바닥 모양이 희미하게 나타났다. 자신이 우체통 주인인 것처럼 느껴져 기분이 좋았다.

"아하하! 오늘은 진짜 내가 1등이네!"

시계를 보았다. 아직 약속 시간이 되려면 십오 분이나 남아 있었다. 혼자 기다리기에는 긴 시간이었다. 너무 일찍 온 거였다. 우체국은 등교할 때 셋이서 만나 학교까지 걸어가는 출발 지점이었다. 반이 달라 하교 시에는 각자 따로따로 오지만 갈 때는 늘 함께 갔었다. 작년에는 같은 반이라 좋았는데 2학년이 되자 다 다른 반이 되어 많이 실망스러웠다. 잠시라도 헤어지고 싶지 않은 친구였기에 소현은 내년 3학년 때는 다시 한 반이 되게 해달라고 기도를 했다.

초등학교 동창이기도 한 두 친구를 기다리며 우체국 앞 인도에 세워져 있는 우체통을 살폈다. 전에는 무심코 지나쳤었는데 앞모습, 옆모습, 뒷모습을 꼼꼼히 살펴보았다. 사용하는 사람이 별로 없어서 그런지 조그만 했다. 높이가 허리춤을 약간 넘을 뿐이었다. 밑에 받침다리를 뺀다면 허리춤에도 못 미치는 키였다. 폭 또한 겨우 두 뼘이 조금 넘었다. 문득 비석 같다는 생각이 들었다. 전체적으로 직육면체의 모양에 위쪽 머리 부분만 둥그스름하게 만들어, 빨간색만 아니라면 화강암 비석과 흡사했다.

"빨간색 말고 노란색이라면 더 좋았을걸! 손글씨 편지를 써본 지가……!"

돌이켜보니 손글씨 편지를 써서 우체통에 넣어본 적이 거의 없었다. 세 번인가, 네 번인가? 다섯 손가락으로 꼽아도 한두 개가 남을 정도였다. 친구들과는 인터넷으로 이메일을 주고받거나 휴대폰으로 문자를 교환했을 뿐이었다. 학교 선생님들이 내주는 숙제마저도 이메일로 보내는 경우가 많았다. 그 때문인지는 몰라도 소현은 손으로 글씨를 쓰는 것을 그다지 좋아하지 않았다. 앞으로도 손글씨를 쓸 일이 없을 것 같았다.

　　손가락을 꼼지락거리면서 편지 투입구를 지그시 바라보았다. 혹시? 우체통 안에 미처 배달되지 못한 편지가 가득 차 있을 것만 같았다. 작고 예쁜 사연들이 우체통 안에서 소곤소곤 이야기를 나누는 소리가 들려왔다. 갑자기 무언가를 한 번 넣어보고 싶은 충동이 일었다. 주위를 두리번거리다가 가로수에서 은행잎을 하나 따 들었다. 앞부분이 이제 막 노랗게 물들기 시작한 것이었다. 그것을 편지라 여기고 오른손을 내뻗었다. 그리고 막 투입구로 집어넣는 순간,

　　"야! 너!"

　　누군가가 크게 소리쳤다. 깜짝 놀라 얼른 손을 접고 고개를 돌렸다.

　　친구 희정이었다. 희정이가 저만치서 헐레벌떡 뛰어오고 있었다. 42.195킬로미터를 달려온 마라톤 선수의 폼이었다. 지쳐 보였다.

　　"빨리 와! 나, 한참 기다렸단 말이야."

"한참? 웃기고 있네. 아직 약속 시간 되려면 칠 분이나 남았어!"

"내 문자 받았니?"

"받았지. 출발하면서 그런 문자를 보내는 게 어딨니? 어제 보내 든지 아니면 아침 일찍 보내야지."

희정이가 숨을 헐떡이며 눈을 허옇게 까뒤집고 흘겨보았다. 아예 검은 눈동자가 없는 사람처럼 양쪽 눈이 온통 흰자위뿐이었다. 희정이의 주특기였다.

"무서워! 눈 똑바로 떠! 너는 2등이니까 떡볶이 안 쏴도 되잖아?"

그제야 희정이는 눈동자를 제 색깔로 돌려놓았다. 숨도 차츰 제자리로 돌아왔다.

"근데, 너 무슨 바람이 불어서 이렇게 일찍 나온 거야? 맨날 꼴찌만 하더니."

"뭐 그냥! 야, 너는 선보러 나가니? 아주 눈화장까지 하고 옷도 야시럽고."

"너도 옷차림이 장난이 아닌데 뭐?"

소현이와 희정이가 서로의 옷차림에 대해 한창 수다를 떨고 있는 중에 선아가 나타났다. 희정이와는 반대로 인도 위를 터덜터덜 거북이걸음으로 기어오고 있었다. 게다가 자다 말고 뛰쳐나왔는지 머리카락이 부스스하고 얼굴색이 누리끼리했다. 옷차림도 외출복이 아니라 집에서 입는 후줄근한 것이었다. 신발도 뒤가 꺾인 낡은 운동화였다. 심지어 세수를 대충 하고 나와 입가에 침을 흘린 자국마저 남아 있었다. 거지도 완전 상거지 꼴이었다. 또 인터넷 하느라고 날밤 깐 거냐고 추궁하자 아니라고 딱 잡아뗐다.

"그럼?"

선아는 얼른 대답하지 않고 바람에 헝클어진 머리카락을 매만지면서 뜸을 들였다. 손가락을 갈퀴 모양으로 구부려서 옆머리 뒷머리를 긁어내렸다. 그 모양새가 꼭 원숭이 같아 소현과 희정은 키키킥 웃었다.

"악몽에 시달리느라고 잠을 제대로 못 잤어!"

"악몽? 무슨 악몽?"

"아이! 생각하기도 싫어!"

선아가 눈살을 잔뜩 찌푸리고 고개를 절레절레 흔들었다. 희정이가 한 발 뒤로 물러서며 핀잔을 줬다.

"비듬 떨어진다. 그만 좀 흔들고 빨리 말해봐!"

악몽이라는 말에 소현은 궁금증이 더욱 크게 일었다. 여태껏 소현은 악몽을 꾼 기억이 없었다. 기억나는 꿈이라고는 노란 꽃밭에 우두커니 서 있는 다소 생뚱스런 내용의 꿈뿐이었다. 바로 지난주에 꾼 꿈이었는데 아직도 기억에 생생했다. 별다른 사건이나 내용도 없이 그저 혼자 안개가 옅게 깔린 드넓은 꽃 벌판에 마냥 서 있다가 깨어났었다.

"무슨 꿈을 꿨는데 그렇게 무서웠어?"

다그치듯 물었다.

"버스 왔다. 얼른 타! 가면서 얘기해줄게."

토요일이라 버스 안은 한산했다. 승객이 채 열 명도 되지 않았다. 맨 뒷좌석으로 가 나란히 앉았다. 앉자마자 재촉했다.

"있잖아? 새들도 많고 과일도 엄청 많은, 어딘지 모를 환상적인 숲 속에서 아주아주 맛있는 과일을 따먹고 있는데."

"에덴동산이네!"

소현이가 말을 끊었다.

"아냐, 들어봐! 따먹고 있는데 글쎄, 뒤에서 갑자기 시커먼 무언가가 나타나서 나를 향해 달려오는 거야. 덩치가 이따만 한 게 으르렁거리면서."

"곰 아냐?"

이번에는 희정이가 말을 막았다.

"아냐, 곰! 나는 무서워서 막 뛰었지. 그랬더니 그것도 막 뛰어 쫓아오는 거야. 나는 더 빨리 뛰었지. 그것도 더 빨리 뛰고. 나는 더더 빨리 뛰었지. 그것도 더더 빨리 뛰어 쫓아오고. 뭐 그런 개 같은 게 다 있니? 와, 정말 등골이 오싹하더라니까. 무서워 죽는 줄 알았어!"

"그래서?"

표정을 보니 거짓말이 아닌 것 같았다. 잔뜩 겁먹은 표정이었다. 흉측한 좀비 떼라도 본 듯한 눈빛이었다.

"그래서 이 산 저 산 수십 개의 산을 넘어 죽어라 도망 다니다가, 우리 아파트 입구에 도착했어! 내 뒤를 바짝 쫓아온 그것이 시커먼 손을 내뻗어 내 머리카락을 막 움켜쥐려는 순간, 전봇대에 이마를 부딪치는 바람에 겨우 깨어났다니까. 지금까지도 머리가 해롱해롱 해. 말 마! 식은땀을 얼마나 많이 흘렸는지 전주천으로 떠내려갈 뻔했어. 거짓말 아냐!"

"누가 거짓말이래니?"

"거짓말 아니라고 그러니까 진짜 거짓말 같다."

소현이는 선아의 팔뚝을 꼬집는 척했다. 그러고서 선아의 이마를 장난스레 살펴보았다. 이마에 혹이 나 있지는 않았다. 선아가 뭘 이마까지 살펴보느냐며 입을 삐쭉 내밀었다.

"어린애들은 원래 그렇게 쫓기는 꿈 많이 꿔!"

"내가 어린애야? 너보다 석 달이나 먼저 태어났는데?"

희정이의 농담에 선아가 눈을 부라렸다. 희정이도 마주 부라리며 잠깐 동안 눈싸움을 벌였다. 선아가 졌다. 손등으로 눈을 방정스럽게 비비면서 눈에 먼지가 들어갔네 어쩌네 핑계를 댔다. 말도 안 되는 핑계를 대는 건 선아의 주특기였다.

"별 그지 같은 꿈을 다 꾸고. 덩치가 아주 큰 남자 같았는데, 얼굴이 흉측하다는 느낌만 들 뿐 자세히 보이지는 않았어. 와~ 그러니까 더 무섭더라고."

"그럼 그거 아냐?"

"뭐?"

희정이는 즉시 대답을 않고 선아의 몸을 전체적으로 훑었다. 소현은 가만히 희정이의 대답을 기다렸다. 선아도 궁금하다는 표정으로 희정이의 입에 시선을 주었다.

"슈렉."

희정이가 짤막하게 대답했다.

"아하하하! 맞아. 너 오늘 시내에서 슈렉 같은 남학생 만날지도 몰라."

"그러면 악몽이 아니라 길몽이네. 길몽! 축하해! 으크크크!"

"너희들 정말 놀릴래?"

소현이와 희정이는 배꼽을 잡고 웃었다. 웃음소리가 버스 안에 크게 울려 퍼졌다. 다른 승객들이 눈살을 찌푸렸으나 세 명 모두 알아채지 못했다. 오히려 수다에 가속도가 붙어 중앙시장 골목통보다 더 시끄러웠다.

"나는 슈렉 좋던데. 넌 싫어? 아하하하!"

"선아 너, 살 좀 더 쪄야겠다. 그래야 피오나 공주가 되어 슈렉이랑 어울리지! 으크크크!"

"이봐, 학생들! 조용히 못해? 이 버스를 전세 낸 거야?"

운전기사 아저씨가 백미러로 뒤를 보며 호통을 쳤다. 그 바람에 얼른 입을 다물기는 했지만 터져 나오는 웃음을 참기가 쉽지 않았다. 손바닥으로 입을 가리고도 한참이나 큭큭거렸다. 배가 다 아팠다.

"아참! 나, 살 3킬로 빠졌다. 한 달 만에."

"정말?"

"그래. 아까 집에서 몸무게 재봤어."

소현은 가슴을 펴고 배를 내보이며 자랑스럽게 말했다. 사실 2학기 들어서 도보로 등하교를 하자고 쉽게 합의를 한 것도 살을 빼려는 의도였었다. 늘씬하고 예쁜 걸 그룹들이 계속해서 인기를 끌자, 학교에서는 너도 나도 살빼기에 혈안이 되어 있었다. 아주 살빼기 전쟁이었다. 체중이 좀 나간다 싶으면 모두가 죄인 취급을 할 정도였다. 예순 살이 훌쩍 넘은 교장 선생님까지도 죽기 살기로 다이어트 중이라는 소문이 떠돌기도 했다. 교장 선생님 모습이 떠올라 소현은 속으로 슬며시 웃었다. 그러면서 1학기 초에 있었던 일을 회상하려는데, 희정이가 먼저 입을 열었다.

"좋겠다! 나는 그대론데, 씨!"

"나는 오히려 1.5킬로 쪘다, 쪘어!"

"야, 1.5킬로 정도는 평상시에도 그냥 늘었다 줄었다 하는 거야. 똥만 많이 싸도 1.5킬로는 빠져!"

희정이가 선아의 배를 손가락으로 찌르며 말했다. 선아가 놀라서 배를 쑥 집어넣었다. 그러고는 얼굴을 심하게 찌그러뜨리고 희정이를 잡아먹을 듯이 노려봤다. 굶주린 고양이가 생쥐를 잡으려는 눈빛이었다.

"내가 동물원 코끼리야, 똥을 1.5킬로나 싸게?"

"니네는 지금 뭐 먹으러 가는데 똥 얘길 하니? 더럽게."

"소현이 네가 떡볶이 쏴! 살 빠진 기념으로."

"1등인 내가? 그래 좋아! 내가 쏠게."

선아의 뾰로통한 표정에 소현은 흔쾌히 한턱내기로 했다.

시내 중심가에서 내려 떡볶이를 배불리 먹은 소현은 친구들과 본격적으로 거리 구경에 나섰다. 객사길 이 골목 저 골목 발길이 가는 대로 희정이, 선아와 걸으며 수다를 떨고 별것도 아닌 얘기에 까르르 웃기도 했다. 소현은 그렇게 친구들과 함께 다니는 것만으로도 마냥 신이 났다. 중심가에는 먹을거리 볼거리들이 참 많았다. 또래 아이들의 옷차림이나 머리 스타일을 구경하는 것 또한 흥미 있는 일이었다.

"한참 걸었더니 배가 출출하네."

리어카에서 파는 와플을 하나씩 사서 먹은 다음 또 사방팔방 돌아다녔다. 백화점에 들러 층층마다 다 구경을 하고 났더니 다리가 뻐근했다. 어디 앉아 좀 쉬고 싶었다. 그러나 앉을 만한 곳이 없었다.

"우리, 영화 볼래?"

영화를 본 지도 꽤 되어 소현이가 제안했다.

"영화? 무슨 영화?"

"시네마에 가면 볼만한 거 있겠지!"

기대를 안고 갔다. 하지만 볼만한 영화가 없었다. 딱 한 편, 코믹

영화가 있었으나 낮 시간대에는 표가 다 매진되고 남은 건 밤 시간대뿐이었다. 별수 없이 되돌아 나와 다시 길 잃은 산토끼처럼 천방지축 쏘다녔다. 고삐 풀린 망아지나 다름없었다.

다리가 아프기 시작했고 목도 말랐다. 햇볕이 따스해 이마에 땀방울도 맺혔다. 아이스크림을 하나씩 사서 핥으면서 지하상가 구경을 하기로 했다. 그리고 외출 기념으로 스티커 사진을 찍기로 했다.

"쟤들 뭐야?"

지하상가 입구에 불량스러워 보이는 남자애들 여러 명이 몰려 서서 시시덕거리고 있었다. 머리를 빡빡 깎고 손에 담배를 든 아이도 두어 명 눈에 띄었다. 기껏해야 고 1, 2 정도의 나이로 보였다. 예감이 좋지 않았다.

"쟤들 불량기가 철철 흐른다. 이쪽 길로 빠지자."

옆 골목으로 빠져 30여 미터 올라가자 큰길이 나왔다. 시청으로 이어지는 대동로였다. 혹시 그 애들이 따라오지 않을까 뒤돌아보면서 시청 쪽으로 얼마쯤 걸어갔을 때였다. 아! 소현은 짧게 비명을 지르며 걸음을 멈췄다. 그리고 손으로 머리를 짚었다. 마치 쇠못으로 찌르듯 머리가 쿡쿡 쑤셨다.

"왜 그래, 소현아!"

"머리가 아파서."

"많이 아파?"

희정이와 선아가 걱정스런 표정으로 물었다. 소현은 고개를 끄덕였다.

"그럼 약국에 가서 진통제 사먹자!"

"아니야! 이러다 좀 지나면 또 괜찮아져!"

다시 천천히 걸어 두 정거장이나 갔다. 하지만 두통은 좀체 가라앉지 않았다. 오히려 머리 전체로 퍼지는 느낌이었다. 눈앞이 노래지기도 했다. 희정이가 아직도 아프냐고 묻자 이제 괜찮아졌다고 대답했다. 자기 때문에 친구들이 걱정하는 걸 보고 싶지 않았다.

"그럼 우리 노래방에 가자! 오랜만에 나왔는데 노래방에 가서 스트레스도 풀고. 걸 그룹 연습도 하고."

"그래! 노래방 가자. 가서 1학기 기말고사 마지막 날처럼 한 시간만 신나게 놀자! 그날 우리 끝내줬었잖아?"

희정이와 선아가 노래방에 가서 더 놀자고 했으나 소현은 고개를 저었다. 소현이도 그날의 기억이 생생해 여느 때 같았으면 먼저 가자고 그랬을 텐데, 머리가 아파서 기분이 날 것 같지가 않았다.

"벌써 다섯 시가 다 됐어. 솔직히 나 오늘 한옥마을 구경하고 싶었어! 전주 시내로 이사 온 지 4년쨴데도 한 번 슬쩍 구경하다가 말았거든. 그것도 일부분만."

"그럼 지금 가자! 가서 비빔밥도 사 먹고."

희정이가 팔을 잡아끌었다. 선아도 거들었다. 몇 걸음 끌려가다가 아무래도 안 되겠다 싶어 슬그머니 팔을 뺐다.

"다음에. 나, 많이 걸었더니 피곤해. 머리도 약간 어지럽고."

"그래? 그러면 우리 내일 또 만나서 한옥마을도 가고 노래방도 가자!"

"안 돼! 내일은 엄마랑 성당에 가야 돼. 한옥마을하고 노래방은 중간고사 끝나고서 가자!"

사실 노래방 외에는 스트레스를 풀 마땅한 장소가 없었다. 시험이 끝나면 아이들이 앞 다퉈 몰려가는 곳이 바로 노래방이었다. 시험이 끝나는 날엔 학교 근처 노래방은 학생들로 미어터질 지경이었다. 몇몇 선생님은 가서 좀 놀라고 적극적으로 권장을 하기도 했다. 정말로 노래방에 가서 고래고래 소리를 지르고 미친 듯이 춤을 추며 땀을 빼고 나면 스트레스가 말끔히 풀렸다.

"좋아! 중간고사 끝나는 날."

그러기로 약속을 하고 집으로 돌아가는 시내버스에 올라탔다. 희정이와 선아는 앞좌석에 둘이 앉고 소현은 뒷좌석에 혼자 앉았다. 셋이 나란히 앉을 수 있는 맨 뒷좌석이 꽉 차 있어서였다.

"저기 쟤는 엠블랙의 미르 닮았다."

"와! 짱 훈남이네! 근데 걸음걸이가 나무늘보 같아!"

희정이와 선아는 인도로 걸어가는 사람들을 구경하면서 깔깔거렸다. 특히 또래 남학생이 나타날 때마다 생김새가 어떻고, 걸음걸이가 어떻고, 옷차림이 어떻고 평가를 해가며 연신 웃어댔다.

"어머! 쟤네는 뭐야? 둘이 커플 티까지 해 입고. 근데 영 안 어울린다."

"그러게. 여자가 더 크네. 더운데 손을 꼭 잡고 가는 꼴 좀 봐! 진짜 닭살스럽다. 키키!"

잠시도 가만히 있지 않고 떠들어대 소현은 다른 승객들과 운전기사의 눈치가 보였다. 그래도 친구들이 있어서 좋았다. 얼마 전 학교 벤치에 나란히 앉아 나중에 같은 고등학교, 같은 대학교를 가자고 손가락까지 걸며 약속하던 장면이 차창에 떠올랐다. 심지어 죽어도 함께 죽고 살아도 함께 살자는 맹세까지 했었다. 신호에 걸려 버스가 정지했다. 그때 옆 차선으로 트럭 한 대가 와서 멈췄다. 소현은 친구들의 수다를 들으며 무심코 트럭을 살펴보았다. 빛이 바랜 파란색 더블 캡 트럭이었다. 짐칸 옆면에 '태화○마○ 농○'이라고 쓰여 있었으나 진흙이 묻어 세 글자는 잘 읽을 수가 없었다. 무슨 글자인가 알아내려고 애를 쓰는 중, 운전석 뒤쪽 열려진 창틀에 팔이 한쪽 척 걸쳐졌다. 유난히 하얀 팔이었다. 손가락 또한 길고 하얬다. 눈높이가 달라 팔을 걸친 사람의 얼굴을 확인할 수는 없었다. 게다가 모자를 쓰고 있어서 턱만 조금 보일 뿐이었다. 하지만 피부색과 팔의 굵기로 보아 여자애 같았다.

"선아야, 저기 쟤 좀 봐! 꿈속에서 너를 쫓아왔다는 바로 그 괴물 아니니? 크크!"

"아니야. 쟤보다 덩치가 더 크고 얼굴도 시커맸어. 그 괴물에 비하면 쟤는 마린보이 박태환이다. 키키키!"

희정이와 선아가 호들갑떠는 소리에 모자 쓴 여자애가 고개를 들고 버스를 올려다보았다. 바로 그 순간 소현이와 눈길이 딱 마주쳤다. 모자챙 때문에 얼굴 전체에 그늘이 졌으나 한쪽 눈은 분명히 보였다. 신호가 바뀌어 트럭은 금세 가버렸다. 이 초가 될까 말까 한 아주 짧은 마주침이었다. 하지만 무언가를 호소하는 듯한 슬픈 빛의 눈동자였다. 소현은 집으로 돌아가는 내내 그 여자애의 눈동자에 깊숙이 빠져 헤어날 줄을 몰랐다.

3교시 수학시간이었다. 수학 선생님이 칠판에다 열심히 문제풀이를 해주고 있었다. 이번 중간고사 시험에 비슷하게 출제될지도 모른다는 미끼를 던졌기에 아이들은 신경을 곤두세웠다. 그리고 수학 선생님의 손 움직임을 뚫어져라 주시했다. 소현이도 정신을 집중해서 두 눈에 힘을 주고 두 귀를 활짝 열어놓았다. 영어는 그런대로 상위권을 유지하고 있는데 수학은 늘 중간에서 빙빙 돌았다. 학원도 다녀보고 그룹과외도 받아보았지만 별 소용이 없었다. 수학 하면 우선 골치부터 지끈지끈 아팠다.

"잘 봐! 여기서 너희들이 자꾸 틀리는데, 이걸 이리 옮기고 이걸 이리 옮겨야 하잖아? 일단 같은 항끼리 모아야 하니까. 근데 이걸 이 이퀄, 즉 다리를 건너 이리로 옮기면 뭐가 바뀌니? 그렇지! 부호가 바뀌잖아? 좌에서 우로 옮기든 우에서 좌로 옮기든 이 이퀄 다리만 건너면 무조건 부호는 마이너스가 플러스로 플러스가 마이너스로 바뀌는 거야."

교실 안은 쥐 죽은 듯 조용했다. 숨소리 하나 들리지 않았다. 눈을 끔뻑거리며 소현이도 열심히 듣기는 했으나 슬슬 지루해지기 시작했다. 하품도 나왔다.

"이렇게 정리를 해놓고 이제 같은 항끼리 계산을 해야지! x항은 x항끼리 y항은 y항끼리, 그리고 상수항은 상수항끼리. 끼리끼리 논다는 우리말도 있잖아? 그러고 나서 x의 계수로 양변을 나누고 나면 미지수 x의 값이 드디어 이렇게 구해지는 거잖아. 이제 이 미지수 x의 값 1을 위의 식 여기, 여기, 여기, 세 군데에 대입해서 푼 뒤 다시 계산하면 미지수 y의 값도 구해지잖아. y의 값이 얼마야? 1이지? 그러면 문제가 뭐였어? 최종적으로 x 플러스 y를 구하라고 그랬으니까, 1 플러스 1, 즉 2가 되잖아? 이 2가 바로 정답이지!"

뭔가 알듯 알듯 하면서도 아리송했다. 수학 선생님은 교과서에 있는 좀 더 어려운 문제를 풀어보겠다며 다시 칠판에 문제를 적기 시작했다. 계수가 분수라서 한 단계 더 복잡한 식이었다. 소현은 약간 현기증이 일어 고개를 숙였다. 눈앞이 흐려졌다. 수학 교과서가 희뿌옇게 보였다가 또렷하게 보였다가를 반복했다.

"자, 이번 한 번만 설명해준 뒤 앞으로 나와서 풀어보게 할 테니까, 정신 똑바로 차리고 봐!"

선생님의 그 말이 끝남과 거의 동시였다. 왼쪽 콧구멍이 서늘해지는가 싶더니 교과서 위로 코피가 한 방울 뚝 떨어졌다. 그것을 시초로 코피는 연이어서 방울방울 떨어져 내렸다. 하얀 교과서 위에 마치 빨간 홍매화가 무더기로 피어난 듯했다. 당황해서 어찌할 줄을 모르고 있는 사이 홍매화는 점점 더 많이, 점점 더 크게 피어나고 있었다.

"어? 소현아, 너 코피 나잖아?"

짝 지혜가 옆구리를 툭 쳤다.

하지만 소현은 간신히 응! 응! 그 대답만 하고 가만히 있었다. 머리가 어지럽고 몹시 아팠다. 시야도 더욱 흐려져 도저히 몸을 움직일 수가 없었다. 온몸의 힘이 일시에 다 빠져나가 그저 허깨비처럼 앉아 있을 뿐이었다.

"너, 요즘 시험공부 너무 열심히 하는 거 아냐? 매일 밤새우지?"

휴지를 건네며 비아냥거리는 지혜의 말이 먼 산의 메아리처럼 희미하게 들렸다. 그 순간 심하게 현기증이 일었다. 교과서 위에 핀 홍매화 꽃송이가 빙글빙글 돌았다. 그에 따라 책상도 돌고, 주변 아이들도 돌고, 급기야 교실 전체가 원을 그리며 빠른 속도로 맴돌았다. 정신을 차리려고 무진 애를 썼다. 하지만 소용없었다. 머릿속이 젤리처럼 물컹물컹한 물질로 꽉 채워지더니 어느 순간 삽시간에 증발되어 텅 비워졌다. 소현은 더 이상 버티지 못하고 홍매화 꽃 속으로 고개를 떨어뜨리고 말았다. 악~! 깜짝 놀라 내지른 지혜의 비명 소리가 조용한 교실을 뒤흔들었다. 비명 소리에 반 아이들 모두가 동시에 놀라 지혜를 바라보았다. 칠판 글씨를 쓰고 있던 선생님도 뒤돌아섰다.

"서, 선생님! 소, 소현이가, 소현이가······."

이집트 미라

119 구급차에 실려 가까운 중소병원으로 이송된 소현은 응급처치와 간단한 검사를 받았다. 그리고 5일 후 대형 종합병원으로 다시 옮겨졌다. 좀 더 정확한 검진과 전문적인 치료를 받기 위해서였다. 병원 측이 추천하는 특진을 선택한 후 각종 특수촬영과 온갖 검사를 받느라 소현은 매일매일 파김치가 되었다. 전 병원에서 이미 했던 X-RAY촬영을 또 하고, 거대한 기계 속에 들어가 몸을 360도 돌려가며 하는 자기공명영상촬영 MRI, 컴퓨터단층촬영 CT, 양전자단층촬영 PET, 그리고 혈액검사, 조직검사, 유전자검사 등등. 그러느라 2주가 순식간에 지나갔다.

진찰실 안은 무거운 침묵이 흘렀다. 담당의사는 아까부터 CT, MRI 촬영사진을 한참 동안이나 들여다보는 중이었다. 그러다 마침내 몸을 돌렸다. 얼굴 표정이 굳어 있어 마치 석고상 같았다. 소현이 엄마 아빠는 불길한 예감이 들었다.

"선생님, 도대체 우리 딸이 무슨 병인 거예요?"

"뭔 병이기에 건강하던 애가 갑자기 쓰러져서 혼수상태가 된 겁니까?"

초조하게 기다리던 소현이 엄마 아빠가 연달아 질문을 했다. 머리가 희끗희끗한 담당 의사가 무겁게 입을 열었다. 목소리가 약하게 떨렸다.

"확정적이진 않지만……, 수모세포종이 의심스럽습니다."

"수모세포종이라니요?"

엄마 아빠가 놀라 동시에 물었다. 처음 들어보는 병명이었다. 어안이 벙벙했다.

"뇌종양 중에서 뇌수막종에 속하는 병인데……."

"자세히 좀 설명해주십시오. 무슨 말씀인지 잘 모르겠습니다."

아빠의 요청에 담당 의사는 목청을 가다듬었다. 그러고 나서도 잠시 더 머뭇거리며 설명하기를 꺼려했다. 아빠가 헛기침을 한 번 해 들을 각오가 되어 있다는 신호를 주었다. 그제야 담당 의사가 입을 열었다.

"에~, 쉽게 말해 전이성 악성 뇌종양입니다."

"전이성 악성 뇌종양이라고요? 아아!"

청천벽력 같은 말을 듣고 옆으로 쓰러지는 엄마를 아빠가 얼른 붙잡았다.

"괜찮아?"

"그럼 우리 딸 소현이는 어떻게 되는 건가요?"

엄마는 아빠의 물음을 무시하고 몸을 일으키더니 담당 의사에게 바짝 다가앉았다.

"이 사진을 좀 보세요. 따님은 여기 이곳과 여기 이곳에 악성 종양이 자라고 있습니다. 좀 더 일찍 발견했으면 좋았을 텐데, 벌써 진행이 꽤 된 상태예요."

담당 의사가 지시봉으로 소현의 뇌 사진을 짚었다. 모두 두 군데로 한 곳은 밤톨만 한 크기였고 다른 곳은 대추알만 한 크기였다. 그 두 개가 소현의 뇌사진에 뚜렷이 나타나 있었다.

"외과 수술로 이 종양 두 개를 제거해야 되는데……."

의사는 뒷말을 얼버무렸다. 입을 닫고 한참 동안 아무 말이 없었다. 그 긴 침묵이 무엇을 의미하는지 엄마 아빠는 알고 있었다. 아빠가 근심 가득한 목소리로 물었다.

"위험하다는 말씀인가요?"

"그렇습니다. 여기 이 큰 종양은 소뇌에 자리를 잡고 있습니다. 이 부위에 생긴 종양은 오심, 구토, 균형감각 소실, 복시, 보행 장애, 운동 장애 등을 유발합니다. 더 위험한 건 이 작은 종양입니다. 하필이면 호흡중추를 관장하는 뇌간 부위에 깊숙이 자리를 잡고 있어서 이 작은 것은 수술로 제거하기가 극히 어렵습니다."

"그러면? 수술을 안 하고 그대로 두면요?"

아빠가 다시 조심스레 물었다. 목소리가 매우 떨렸다. 눈동자도 심하게 떨리고 있었다. 엄마의 눈동자 역시 불안스레 흔들렸다. 그런 눈으로 담당 의사를 바라보며 연신 마른침을 삼켰다.

"뇌간은 감각신경 신호와 운동신경 신호가 뇌로 가는 경로입니다. 뇌간에 생긴 종양은 안구운동, 운동마비, 감각마비 같은 뇌신경증후군을 일으킵니다. 덧붙여 뇌간은 심장박동, 호흡, 혈관운동 기능에도 관여합니다. 그대로 두면 생존 기간이 길어야 10개월이 될까 말까입니다."

"그만! 그만하세요, 선생님!"

엄마가 손을 내저어 담당 의사의 말을 가로막았다. 차마 더 들을 수가 없어서 고개를 돌려버렸다. 현실이 아니고 꿈이기를 간절히 바랐다.

"수술을 하면 완치가 될 수는 있습니까?"

"완치는 장담할 수가 없고 더 이상의 진행을 막을 가능성은 있습니다. 그것도 다른 곳으로 전이가 아직 안 됐다는 전제하에서요. 지금까지의 검사로는 알아내지 못한 암세포가 신체 각 장기에 이미 퍼져 있을 수도 있습니다."

엄마 아빠는 너무 절망적인 상황에 할 말을 잃었다. 멍한 표정으로 두 눈을 끔뻑이면서 연신 한숨만 토해냈다. 양쪽 눈에 눈물이 그렁거렸다. 딸이 이 지경이 되도록 아무것도 모르고 있었다는 자책감이 가슴을 짓이겼다. 이따금 소현이가 머리가 아프다고 그랬지만, 바쁘다는 핑계로 진통제 한 알 먹여놓고 지나치곤 했었다. 담당 의사는 얼른 큰 종양은 떼어내고 작은 종양은 방사선 치료, 항암 화학요법 등을 써 부작용을 최소화하면서 성장을 억제해야 한다고 추가설명을 했다. 그러면서 희망을 심어주었다.

"이 수모세포종은 악성이지만 절망하기엔 아직 이릅니다. 종종 회복된 환자도 있으니까요. 그리고 의학적으로 이해할 수 없는 기적이라는 것도 일어납니다."

하지만 뒤이어, 수술에 동의한다면 날짜를 잡겠다, 빨리 1차 수술을 해서 큰 종양부터 제거해야 한다, 그런 다음 작은 종양을 집중 치료하고, 여러 가지 항암치료를 병행하면서 다른 장기로의 전이가 일어났는지 초정밀 검사를 반복해야 한다, 급하다, 환자를 이대로 죽게 놔둘 수는 없다, 라는 말을 다급하게 함으로써 은근히 불안감을 부추기기도 했다. 아빠는 잠시 엄마와 눈빛을 교환했다. 그런 다음 심각한 표정으로 입을 열었다.

"네! 수술에 동의하겠습니다. 날짜를 잡아주십시오."

"선생님, 부탁드립니다. 우리 딸 꼭 살려주세요!"

"최선을 다하겠습니다."

담당 의사가 아빠에게 서류를 한 장 건넸다. 수술 중 환자가 사망하더라도 의료진에게 민형사상의 책임을 묻지 않겠다는 서류였다. 그 서류에 사인하며 아빠는 손가락을 심하게 떨었다. 옆에서 지켜보는 엄마도 두 주먹을 꼭 쥔 채 팔을 떨고 있었다. 엄마 아빠 얼굴에 그늘이 짙게 드리워졌다.

진찰실을 나온 소현 엄마와 아빠는 복도에서 서로를 부둥켜안 았다. 안은 자세로 오랫동안 눈물을 흘렸다. 사람들이 꽤 많이 있 었으나 개의치 않았다.

"왜 우리 소현이에게 그런 병이……."

"눈물을 닦고 병실로 가자고. 소현이가 많이 기다리고 있을 테니."

"가서 뭐라고 얘길 해요?"

아빠는 대답하지 않았다. 대답 대신 팔을 뻗어 엄마의 손을 잡았 다. 둘이 손을 붙잡고 병실 앞에까지 갔다. 그러나 좀체 문을 열지 못했다. 문 옆에 붙여 놓은 소현의 이름표를 보면서 한참 동안 망설 였다. 딸의 얼굴을 대하기가 이렇게 망설여진 적은 여태껏 없었다.

"얼굴 펴고 밝은 모습으로 들어가야 해."

"알았어요."

엄마가 눈물을 닦은 뒤 고개를 끄덕였다. 핸드백에서 손거울을 꺼내 들고 눈 화장도 고쳤다. 아빠가 살며시 병실 문을 열었다.

"소현아, 우리 왔다."

"혼자서 많이 심심했지?"

병실로 들어간 두 사람은 이제까지와는 180도 다른 표정으로 소현을 대했다. 마치 아무 일도 없었다는 듯 태연하게 행동하려 애썼다. 그게 너무 지나쳐 부자연스러웠으나 다행히 소현은 눈치채지 못했다.

"엄마, 아빠! 뭔 좋은 일 있어? 왜 실실 웃으면서 들어와?"

침대에 누워 있던 소현이 일어나 앉았다. 두 손을 모아 잡고 엄마 아빠의 얼굴을 찬찬히 살폈다. 엄마가 되물었다.

"좋은 일? 글쎄? 한번 맞춰봐!"

"나 이제 퇴원하는 거지? 그지? 와~!"

소현은 자기 추측을 확신하는 눈빛으로 깡충깡충 뛰었다. 양팔로 침대 시트를 두들기고 몸을 출렁이면서 어린애처럼 좋아했다. 지긋지긋한 병실을 한시라도 빨리 벗어나고 싶었다. 다시 친구들을 만나고 학교에 갈 수 있다는 게 너무 기뻤다.

"응! 퇴원을 하기는 할 건데……. 소현아!"

아빠가 소현의 어깨를 가볍게 잡았다. 그리고 잠시 소현이와 눈을 맞췄다. 소현이도 아빠의 눈을 마주 바라보았다. 엄마는 슬며시 고개를 돌려 창밖을 보며 억지로 울음을 참았다. 그러느라 눈살이 접히고 입술이 일그러졌다.

"이왕에 입원한 거, 종합 정밀검사를 좀 더 받아보고 퇴원하자!"

"종합 정밀검사? 검사를 뭘 또 받아? 그동안 받은 것만도 지겨워 죽겠는데."

"여자들은 미리미리 그런 걸 받아두는 게 좋대! 그렇지, 여보?"

아빠의 물음에 엄마가 황급히 표정을 바꾸고 대답했다. 무언가 이상했다.

"그래, 소현아! 엄마도 너만 할 때 받았어. 여자는 남자랑 몸이 다르니까 미리미리 받아두면 좋아!"

수술하기 하루 전날 아침이었다. 병실 안이 매우 소란스러웠다. 사람들이 북적이는 시장 골목처럼 시끄러웠다.

"싫어!"

"자꾸 싫다고 그러면 어떡해?

"싫은 걸 싫다고 그러지, 그럼 좋다고 그래?"

"싫어도 해야 하는 게 있는 거야. 자, 어서! 간호사 언니 기다리 잖아?

꽤 오래 버텨보았지만 결국 소현은 머리를 내주고 말았다. 엄마와 아빠가 애원에 가까운 설득을 하고, 간호사 두 명이 기다리고 서 있는 데야 어쩔 방도가 없었다. 사형수가 전기의자에 앉는 심정으로 휠체어에 앉았다. 곧 전동 삭발기 소리가 잉잉 들렸다. 그 소리가 마치 벌 떼 소리 같아 목이 더욱 움츠러들었다.

"움직이지 마! 금방이야."

홍 간호사가 한마디 했다. 그러나 소현은 듣지 않았다. 오히려 더욱 목을 집어넣어서 작업을 방해했다. 하지만 곧 기다란 머리카 락이 병실 바닥으로 뭉텅뭉텅 떨어져 내렸다. 잘려져 나가는 자신의 머리카락을 보자 소현은 굵은 눈물방울을 떨어뜨리기 시작했다. 난생처음 빡빡 깎는 머리였다. 그것도 자기가 원해서가 아니라

강제로 깎이는 것이었다. 머리카락은 이내 바닥에 수북해졌다. 그 것을 보니 한층 더 설움이 북받쳐 올라 좀체 눈물을 그칠 수가 없었다.

"아이구! 내 딸! 머리를 다 밀었는데도, 예쁘네! 예뻐! 그죠, 여보?"

"응! 마치 갓 출가한 어린 여승 같아!"

상황에 어울리지도 않게 엄마 아빠는 입가에 미소까지 띠고 호들갑을 떨었다.

"놀리지 마, 아빠!"

소현은 눈물을 듬뿍 머금은 눈으로 아빠를 흘겨보았다. 눈물에 가려 아빠 얼굴이 희미하게 보였다. 여태 한 번도 본 적이 없는 모르는 사람 같았다. 엄마도 그렇게 보였다.

"다 잘 될 거야, 소현아! 머리카락은 금방 또 자랄 텐데 뭐. 그러니까 아무 걱정 말고 마음 편히 먹어!"

"그래. 엄마 아빠가 이렇게 옆에 있잖아? 별거 아닌 일이라고."

다음 날 오전 소현은 환자 이송용 대형 카트에 실려 수술실로 향했다. 무서웠다. 두려웠다. 엄마 아빠가 옆에 붙어 따라왔으나 무서움은 사라지지 않았다. 말로는 별거 아니라고 그러면서 얼굴에는 불안해하는 기색이 뚜렷했다. 그 모습을 보니 오히려 수술에 대한 두려움이 배가되었다. 간단한 맹장수술도 아니고 뇌수술이라니? 생각만 해도 온몸이 떨렸다.

"소현아, 무서워할 거 없어! 힘내!"

"우리 딸, 파이팅!"

엄마가 외치는 파이팅 소리를 듣고 소현은 수술실로 들어갔다. 지나치게 밝은 불빛, 마스크로 얼굴을 가린 의료진들, 각종 수술 기구와 보조 장비들, 코를 찌르는 독특한 냄새, 싸늘한 분위기. 너무 낯선 장소라 소현은 자신도 모르게 몸이 쪼그라들었다. 살아서는 나가지 못할 것 같은 예감에 심장이 마구 뛰고 호흡이 가빠졌다. 곧 빡빡 깎은 머리 전체에 소독약이 듬뿍 발라졌다. 소독약이 체온을 일시에 빼앗아가 머리통이 서늘했다. 냉장고 속에 머리를 들이민 느낌이었다. 그 느낌이 사라지기도 전에 마취주사기가 팔뚝 혈관에 깊숙이 꽂혔다.

"눈을 감고 마음속으로 천천히 열까지 세어 봐요!"

의사의 지시에 소현은 속으로 숫자를 세었다. 일곱을 지나 여덟을 세고 나자 정신이 몽롱해졌다. 몸이 물속으로 서서히 가라앉는 듯한 느낌이 들었다. 하지만 그것도 잠시, 소현은 두개골 절단용 원형톱날이 굉음을 내며 돌아가는 소리를 어렴풋이 들으며 잠이 들었다.

"여보! 나, 여기서는 더 못 기다리겠어요."

수술실 밖에서 안절부절못하던 소현이 엄마가 아빠에게 말했다.

"그러면?"

"성당에 갔다 올게요."

짧게 대답을 한 엄마는 벌써 엘리베이터 쪽으로 종종걸음을 쳐

갔다. 1층 버튼을 누른 뒤 엘리베이터가 도착하기를 기다리면서도 발을 동동 굴렀다. 초조하고 불안하기는 아빠도 마찬가지였다. 한자리에 가만히 앉아 있지 못하고 수술실 앞을 서성거리다가 복도를 오가다를 반복했다. 심지어 밖으로 나가 나무 밑 벤치에 앉아 줄담배를 피우기도 했다. 담배는 금세 바닥이 났다. 그러면 담배를 사러 정문 건너편 편의점까지 여러 차례나 오갔다. 성당에 간 엄마는 기도에 전심을 다하고 있었다. 무릎을 꿇고 두 손을 모은 자세로 몇 시간이나 움직이지 않고 기도를 올렸다. 주님의 기도, 성모송, 영광송, 성호경, 십계명, 사도신경, 묵주기도를 수십 수백 번이나 반복 묵송을 했다.

일곱 시간에 가까운 수술이 끝나고 전신마취에서 회복되었을 때, 소현은 눈앞이 어질어질했다. 시야도 흐렸다. 물 먹인 스펀지를 집어넣은 듯 머릿속이 물컹물컹한 느낌도 들었다. 기분이 좋지 않았다. 힘을 주어 눈을 서너 번 깜박거렸다. 그러자 시야가 조금 맑아지며 엄마 아빠의 얼굴이 희미하게 보였다.

"여보! 우리 소현이 깨어났어요!"

"그래? 소현아, 힘들었지? 이제 됐어! 된 거야."

엄마 아빠는 소현의 손을 한쪽씩 잡고 주무르며 잠시도 눈을 떼지 못했다. 소현이가 죽었다 살아온 것처럼 기뻐했다. 소현이도 자기가 눈을 떴다는 사실이 기뻤다.

다시 입원실로 옮겨진 소현은 여전히 몽롱한 상태에 빠져 있었다. 의식도 불분명했고 신체 움직임도 부자연스러웠다. 말은 할 수 있었으나 발음이 어눌했다. 주사를 맞고 약을 먹는 것도 느낄 수는 있었지만, 혼자 힘으로 일어나 앉거나 몸을 돌려 눕지는 못했다. 물론 혼자서는 화장실 출입도 할 수 없었다. 그런 상태로 4일이 지난 후에야 의식이 회복되었고, 몸의 움직임도 자연스러워졌다.

"거봐! 엄마가 뭐랬어? 1차 수술은 잘됐대, 소현아!"

"1차? 그러면 앞으로 2차 수술도 있다는 말이야?"

"그럼! 완전히 나으려면 3차, 4차도 해야지!"

소현의 표정이 갑자기 굳어졌다. 눈살을 찌푸리고 엄마에게 싸늘한 눈빛을 뿜었다. 2차, 3차 수술까지 있다는 말이 도무지 이해가 되지 않았다.

"그러면 내가 도대체 무슨 병인 거야?"

엄마를 톡 쏘아붙였다.

"말해줬잖아? 그냥 뇌에 콩알만 한 물혹이 하나 생긴 거래!"

"콩알만 한 물혹인데, 뇌수술을 몇 번씩이나 해? 수도 없이 정밀 검사를 받고? 약을 한 번에 한 주먹이나 먹고? 왜 자꾸 숨기려고만 그래, 엄마?"

소현은 버럭 화를 내며 따져 물었다. 아무리 생각해봐도 보통 병이 아닌 게 확실했다. 그렇지 않고서야 장기입원을 해서 몇 차례나 수술을 받을 리가 없었다.

"별거 아니야, 소현아? 저번에 말했듯이 그냥 이왕 입원한 김에 다른 검사도 좀 해보고, 네 건강을 꼼꼼하게 체크해보려고 그래!"

"아빠! 아빤 지금 나를 바보로 알아? 내 상태를 내가 느끼고 있는데?"

"그게 아니라!"

"나가! 빨리 나가줘. 혼자 있고 싶어. 빨리!"

소현은 병실이 떠나가라 소리를 질렀다. 막무가내로 지르는 소리에 엄마 아빠는 나갈 수밖에 없었다.

엄마 아빠가 병실 밖으로 나가자 유리창에 비친 자신의 모습을 살폈다. 머리통을 완전히 돌려 감은 하얀 붕대가 제일 먼저 시야로 들어왔다. 마치 이집트 미라처럼 보였다. 생뚱한 모습이 너무 흉측하고 혐오스러웠다.

"아악!"

이번에는 반사적으로 비명을 내질렀다. 그러면서 두 손으로 머리통을 움켜잡고 울부짖었다. 문밖에 있던 엄마 아빠가 급히 뛰어들어왔다.

"왜 그래, 소현아?"

"머리가 아프니?"

대답도 않고 붕대를 잡아 뜯었다. 손등에 꽂혀 있는 링거 주삿바늘도 뽑아 던졌다.

"무슨 짓이야?"

아빠가 놀라 손을 잡았다. 엄마 역시 기겁을 하며 말렸다. 소현은 아빠 손을 뿌리치려고 거세게 몸부림을 쳤다. 성난 황소처럼 거칠게 버둥거렸다.

"붕대 싫어! 풀어줘! 풀어달라고."

더욱 크게 울부짖었다. 빡빡 깎은 머리에 감겨 있는 하얀 붕대가 뇌수를 파먹는 커다란 뱀처럼 보였다. 흉측하게 생긴 괴물 뱀의 입 속으로 머리부터 시작해 차츰차츰 온몸이 빨려 들어가고 있었다. 눈앞이 캄캄해지며 아무것도 보이지 않았다. 극도의 공포감에 심장이 멎을 것만 같았다. 식은땀이 비 오듯 흘러 속옷을 흥건히 적셨다. 목이 터져라 또다시 괴성을 질러댔다.

"꾸에! 꾸에!"

"여보, 빨리 가서 담당 간호사 오라고 해. 빨리!"

"알았어요."

잠시 후, 홍 간호사가 달려와 강제로 진정제 주사를 놓았다. 그제야 소현의 몸부림이 차츰차츰 약해지고 흥분도 가라앉았다. 그리고 마침내 잠이 들었다.

"우리 애가 갑자기 저 붕대를 잡아 뜯으며……."

울먹이느라 엄마는 말을 잇지 못했다. 눈물을 삼키면서 그저 물끄러미 잠든 소현을 내려다볼 뿐이었다. 홍 간호사가 헝클어진 붕대를 원래대로 정리한 뒤 입을 열었다. 차분한 목소리였다.

"이런 머리 모습은 누구나 싫어해요. 특히 사춘기 여학생은 더욱 심하죠.”

“예. 그렇겠죠.”

“앞으로 장기간 방사선 치료를 받고 독한 약 먹고 그러면 머리카락이 아예 듬성듬성 빠지기도 해요. 그러면 보기 아주 흉하죠.”

“그렇다고 들었어요.”

“그러니까 예쁜 털모자 하나 사다주세요. 어차피 나중에 붕대 풀면 씌워줘야 해요. 빡빡머리도 가릴 겸 머리 보호도 하고 보온도 하고 그래야 하니까요.”

홍 간호사가 나가자 엄마는 소현을 측은히 내려다보았다. 아빠도 바짝 다가와 소현의 모습을 살폈다. 두 사람은 얼마간 말없이 한숨 소리만 교환하며 서 있었다. 친부모라 해도 대신 아파주지 못한다는 사실이 한탄스러웠다.

“여보! 여기 있어. 내가 나가서 털모자 사올게!”

“아녜요. 내가 사올 테니 당신이 여기 있어요. 정문 밖 상가에 가면 있을 거예요! 예쁜 거 본 것 같아요.”

“그러면 아예 두 개를 사와! 번갈아 쓰고 그러게.”

엄마를 문밖까지 배웅하고 돌아온 아빠는 다시 소현의 침대로 다가가 보호자용 벤치에 앉았다. 그리고 소현의 얼굴을 하나하나 뜯어보았다. 눈, 코, 입, 귀는 물론 눈썹과 이마, 뺨과 턱까지 세세히 살폈다. 숨소리도 귀 기울여 들었다. 소현이가 그런 큰 병에 걸려 누워 있는 게 모두 자기 책임이라 여겨져 한숨이 연이어 새어

나왔다. 양쪽 눈에는 눈물이 그렁거렸다. 가슴이 찢어졌다. 눈물을 삼키며 소현의 손을 가만히 잡았다. 여리고 작은 손이었다. 게다가 차가운 느낌마저 들었다.

"미안해, 소현아! 이게 다 아빠 때문이야. 너에게 더 신경을 썼어야 했는데."

다음다음 날 담당 의사가 레지던트들과 인턴들, 그리고 간호사들을 이끌고 들어왔다. 인원이 열 명도 넘었다. 사람이 너무 많아 소현은 싫었다. 자기를 마치 실험용 원숭이 바라보듯 하는 젊은 의사들의 시선이 께름칙했다. 마치 과학시간에 봤던 모르모트가 된 기분이었다.

"자, 이 볼펜을 똑바로 봐요. 움직임을 따라가면서 보는 겁니다. 머리는 움직이지 말고 눈동자만 움직여서."

담당 의사가 볼펜을 손에 들고 좌측으로, 그리고 우측으로 천천히 이동시켰다. 소현은 눈동자만 움직이며 볼펜에 초점을 맞췄다. 그렇게 세 번을 반복했다.

"음! 그럼 이번에는 양쪽 손을 들어 손가락을 쫘악 펴봐요, 나처럼."

지시대로 손가락을 부챗살처럼 폈다.

"따라 해봐요."

의사는 검지부터 하나하나 손가락을 접더니 다시 하나하나 폈다. 소현이 그대로 따라 손가락을 접었다가 폈다. 역시 세 번 반복했다.

"음! 약간 부자연스럽기는 하지만 이상 소견은 보이지 않습니다. 눈동자 움직임도 그렇고요."

"수술이 성공적으로 된 건가요, 선생님?"

"예, 성공적입니다만 앞으로 계속 지켜봐야 합니다. 방심을 해서는 안 됩니다. 재발 가능성을 완전히 배제할 수는 없으니까요."

"감사합니다! 감사합니다!"

엄마는 허리를 몇 번씩 굽혀가며 감사를 표했다. 아빠도 머리 숙여 감사를 전했다. 그러나 소현은 무뚝뚝한 표정을 한 채 잠자코 있었다.

"체온 유지가 아주 중요합니다. 특히 감기 걸리지 않도록 각별한 주의가 필요합니다. 감기는 병을 악화시키니까요. 엄마, 아빠도 감기 조심하시고요. 소현이한테 옮길 수도 있으니까요. 그리고 전자파도 악영향을 주니까 전자기기 사용을 금지해주시고요. 휴대폰, 이어폰, 텔레비전, 하여튼 전자기기는 다 좋지 않습니다."

"네! 네! 그러겠습니다."

"지금으로서는 일반적인 항암치료를 하면서 경과를 지켜볼 수밖에 별다른 방법이 없습니다. 주기적으로 정밀검사를 반복해야 하고요. 악화와 호전을 거듭하겠지만 실망하지는 말아주십시오. 언제나 희망은 있는 것이니까요."

그 말을 남긴 담당 의사는 일행을 이끌고 우르르 몰려나갔다.

"왜 저렇게 떼거리로 들어와서 그래? 내가 실험용 동물이야?"

그들이 나가자 소현은 짜증을 부렸다. 항암치료를 하면서 경과를 지켜볼 수밖에 별다른 방법이 없다는 의사의 말이 가슴 깊숙이 꽂혔다. 언제나 희망이 있다는 말은 오히려 절망적이라는 말로 들렸다. 천장이 빙글빙글 어지럽게 돌았다.

"아니야. 원래 저렇게 하는 거야. 그래야 후배 의사들이 더 많이 배우지."

"그래도 난 싫어!"

아빠에게 소리를 지르고 등을 돌려 누웠다. 병실의 하얀 벽면이 마치 너른 눈벌판처럼 휑해 보였다. 찬 기운이 스며든 듯 가슴이 서늘했다. 대체 내가 왜 이런 꼴로 여기에 누워 있는 거야? 현실을 인정하고 싶지 않아 입술을 꽉 깨물었다. 왜 하필 내가? 언젠가 어느 영화에서 본 기억이 났다. 중병에 걸린 한 소녀가 고통 속에서 하루하루를 힘겹게 견디다가 결국은 죽고 마는 슬픈 영화였다. 그때는 그저 꾸며낸 이야기, 남의 이야기로만 여겼었는데. 그런데 내가 바로 그 주인공이 되나니? 눈을 질끈 감았다. 또다시 죽음에 대한 두려움이 몰려들었다. 자신도 곧 죽어 가족도, 친구도, 모든 것을 잃고 말 거라는 공포에 전신이 떨렸다.

"하느님, 제가 잘못했어요."

아마도 잘못을 많이 저질러서 중병이 든 것 같았다. 속으로 기도를 드렸다. 눈물을 흘리며 용서를 구하는 기도를 올렸다. 지난날에 저질렀던 잘못들이 머릿속에서 하나하나 되살아났다. 그동안 까맣게 잊고 있었던 세세한 것들까지도 거울을 보듯 확연히 떠올라 슬픔을 증폭시켰다. 숙제가 많다는 핑계로 성당 미사에 빠졌던 일, 참고서를 산다고 엄마한테 돈을 더 받아낸 일, 학교에서 친구와 별것도 아닌 일로 말다툼을 한 일, 수업을 빼먹고 땡땡이를 쳤던 일, 뒤에서 선생님 손가락질하며 험담했던 일, 길에서 2000원을 주워 그냥 가졌던 일, 반찬 투정을 하며 밥을 먹지 않았던 일 등등. 별의별 잘못들이 묵주 알처럼 끝도 없이 이어져 나왔다. 소현은 그 하나하나에 대해 진심으로 회개하고 용서를 빌었다. 병이 나서 퇴원을 하게 되면 성당의 모든 미사에 꼬박꼬박 참석하겠다고 약속했다. 눈이 오든 비가 오든 새벽기도에도 빠지지 않고 나가겠다고 맹세를 했다.

"하느님, 저를 죽이지 말아주세요. 살려주세요. 제발!"

소현은 지쳐 잠들 때까지 그 기도를 반복했다. 죽고 싶지 않았다. 살고 싶었다.

반짝이 시스터즈

환자에게 악영향을 준다는 이유로 모든 전자기기 사용이 금지되고, 외출과 면회가 철저히 통제된 특수병실에 갇혀 지낸 지도 벌써 석 달째였다. 감옥생활이나 다름없었다. 그 사이 계절도 바뀌고 해도 바뀌어 1월이었다. 겨울 석 달 중 가장 추운 달이었다. 여태까지 유례가 없던 한파가 서너 차례 몰아닥칠 거라는 일기예보를 기상청에서 이미 한 달 전에 내놓았다.

한 시간째 소현은 창문 밖을 내다보고 있었다. 링거 병이 꽂혀 있는 휠체어에 앉아 눈보라가 거세게 휘몰아치는 광경을 지켜보는 중이었다. 하늘이 찢어지는 듯한 소리가 연이어 들리고, 날카로운 칼바람에 쫓긴 눈발들이 어지럽게 휘날리며 유리창을 할퀴고 지나갔다. 세상을 산산조각 내버릴 것만 같은 무서운 눈보라였다.

"소현아, 이제 그만 침대에 누워. 무리하면 안 돼!"

엄마가 다가와 휠체어 손잡이를 잡았다.

"자, 어서!"

그러나 소현은 고개를 가로저으며 바퀴 브레이크를 채웠다.

"고집 부리지 말고 좀! 창밖에 뭘 볼 게 있다고. 차라리 소설책을 사다줄까?"

고개를 저었다. 이 판국에 소설책이라니? 어이가 없었다.

"재밌는 만화책은?"

또 고개를 저었다. 책? 생각만 해도 머리가 빠개질 것 같았다.

"그러면 인기 있는 걸 그룹들 나오는 잡지책은 어때?"

역시 대답하지 않았다. 소현의 굳게 다문 입은 녹슨 철문처럼 좀체 열리지 않았다. 머리에 털모자를 쓰고 창백한 얼굴로 창밖만 내다보았다. 볼트로 고정된 돌조각인 양 조금의 움직임조차 없었다.

"그러면 이거 하나 더 걸치자. 감기 걸리면 큰일 난댔어!"

소현의 고집을 꺾지 못한 엄마는 침대에 놓인 스웨터를 집어 들었다. 흰 장미꽃 문양이 입체적으로 수놓아진 인디핑크색 스웨터였다. 스웨터를 소현의 어깨에 걸쳐준 엄마가 소현의 눈치를 살피며 물었다.

"엄마 잠깐 나가서 전화 몇 통 하고 올게! 뭐 먹고 싶은 거 없어?"

소현은 한차례 고개를 끄덕였다. 아무것도 먹고 싶지 않았다. 먹을 기분이 아니었다. 억지로 먹는다고 해도 금세 다 토할 게 뻔했다.

"매점에서 에이스 사올까? 너, 그 과자 좋아했잖아?"

이번에도 고개를 가로저었다.

"말을 좀 해! 언제까지 이렇게 말 한마디 안 하고 있을 거야? 벌써 며칠째."

엄마가 목소리를 높였다. 그래도 입을 열지 않았다.

엄마가 나가자 마른침을 힘겹게 삼켰다. 단지 그뿐, 소현은 또다시 휘몰아치는 눈보라에 시선을 꽂은 채 하염없이 앉아 있었다.

머리가 묵직해지면서 현기증이 일었다. 관자놀이 부분이 쿡쿡 쑤시더니 시야가 흐릿해지고 팔도 약간 떨렸다. 창문 밖을 바라보던 시선을 거두고 휠체어 바퀴를 잡았다. 휠체어를 뒤로 돌려 이동을 시킨 뒤 침대로 올라가 누웠다. 눈을 감았다. 심호흡을 몇 차례 했다. 병실은 따뜻하고 포근한데 숨결은 차가웠다. 좀 전에 봤던 창문 밖 풍경이 머릿속에서 고스란히 재현되었다. 눈보라가 매섭게 휘몰아치는 허허 벌판에 홀로 누워 있는 듯한 느낌이 들었다. 으스스 몸이 떨렸다. 체온이 점점 낮아지며 그대로 얼어버릴 것만 같았다. 정신이 몽롱해졌다.

"어? 우리 딸 침대에 누웠네?"

막 잠이 들려는 참에 엄마가 들어왔다. 인상이 차가운 홍 간호사와 함께였다.

"소현아, 링거 갈고 혈압 좀 재보자."

담당인 홍 간호사는 능숙한 동작으로 링거 병을 갈고 혈압을 쟀

다. 지나치게 사무적인 동작이라 소현은 매번 불쾌감을 느꼈다. 자기를 마치 아무 감정이 없는 인형 보듯이 하는 그 눈길이 싫었다.

"어때요?"

"혈압은 별 이상 없어요."

"저번에 정밀 MRI 찍은 거 결과 나왔어요?"

"네. 주치의 선생님이 곧 부르실 거예요. 약 제 시간에 꼭 챙겨 먹이시고요. 환자가 스트레스 받지 않게 조심하시고요. 그럼!"

담당 간호사는 그동안 수없이 들어온 똑같은 말을 남기고 서둘러 나갔다. 지금도 자기에게 짧은 눈길 한 번 보낸 뒤 급히 가버리는 홍 간호사가 소현은 마음에 들지 않았다. 담당 간호사를 바꿔달라고 요청하리라 마음먹었다. 홍 간호사와 교대로 근무하는 신 간호사는 달랐다. 홍 간호사보다 나이는 어리지만 이것저것 물어도 보고 이마도 짚어보는 등 매우 상냥하고 다정했다.

"소현아, 이 과자 좀 먹어!"

엄마가 침대용 식탁을 펴고 과자를 올려놓았다. 에이스였다. 소현은 고개를 들어 엄마를 바라보았다. 먹어도 되는 거냐는 물음이 담긴 눈으로.

"괜찮아! 내가 물어봤더니, 많이 먹지 말고 조금 먹는 건 된댔어. 짜거나 단 과자가 아니니까. 자, 주스도 마시고."

엄마가 오렌지 주스 팩에 빨대를 꽂아 건넸지만 소현은 고개를 가로저었다.

"왜 그래? 말도 안 하고 먹지도 않고. 너 지금 몸무게가 43킬로야. 이러다가 정말 큰일 나."

목소리를 높이는 엄마를 외면하고 소현은 창문 밖으로 시선을 돌렸다. 밖에는 여전히 눈보라가 휘몰아치고 있었다. 아까보다 더욱 사나워져 병원 빌딩이라도 날릴 기세였다. 저 눈보라에 휩쓸려 어딘가로 멀리 날아갔으면! 문득 그런 생각이 들었다. 병원이 없는 곳으로 가고 싶었다.

"많이 먹고 기운을 차려야 병도 빨리 낫는 거야. 병원 밥도 매번 다 남기고. 굶어 죽을 작정이야, 응?"

대답하지 않았다.

"자, 요것만!"

엄마가 과자 한 개를 집어 입에 바짝 들이댔다. 소현은 고개를 돌리며 입을 더욱 꽉 다물었다. 다시는 벌리지 않을 것처럼 입술에 힘을 주었다.

엄마의 한숨 소리가 난 후 잠시 어색한 침묵이 흘렀다. 둘 다 말을 하지 않고 입을 다문 채 오 분여를 가만히 있었다. 유리창을 때려대는 세찬 바람 소리만 간간이 침묵을 깨뜨릴 뿐이었다. 엄마가 먼저 입을 열었다.

"엄마가 졌다! 엄마가 반대했던 건 다 네 건강 때문이지, 다른 이유가 있어서 그런 게 아니야. 그건 너도 잘 알잖아?"

"……!"

"면역력이 많이 떨어져 있으니까. 주치의 선생님이랑 상의를 해 본 뒤 내가 내일 전화할게. 확실히 전화해볼 테니까, 자, 이거 먹어! 자!"

그제야 소현은 입을 벌려 엄마가 주는 과자를 물었다. 담백하고 고소해서 예전에 즐겨 먹던 과자였다. 엄마의 눈치를 살피면서 아삭아삭 씹었다. 맛있었다.

"하나 더!"

"내가 먹을게."

"그래! 그래! 이 주스도 마시고."

소현이 입을 열자 엄마는 뛸 듯이 기뻐하며 식탁을 펼쳤다. 그런 다음 그 위에 과자, 음료, 과일 등을 잔뜩 올려놓았다. 냉장고 속에 쌓여 있던 음식들도 꺼내 아주 푸짐한 잔칫상을 차렸다.

"내일 꼭 전화해야 돼!"

"이미 약속했잖아. 꼭 할게."

"아빠는?"

일본으로 출장을 간 걸 알고 있으면서도 물었다. 아빠는 매일매일 엄마에게 국제전화를 해 자기 병세를 묻는다는 것도 소현은 눈치채고 있었다.

"돌아오시려면 며칠 더 걸릴 거야. 일도 보고, 또 네 병에 대해 여기저기 알아본댔으니까. 넌 틀림없이 나을 수 있어. 그러니 아무 걱정 말고 많이 먹고 힘을 키워! 알았지? 응?"

"알았어!"

"그래! 아유, 너무너무 예쁘고 사랑스런 내 딸!"

엄마가 껴안아주자 소현은 슬며시 미소를 지었다. 창밖의 눈보라는 점점 더 거세져갔다. 통유리 밑, 환기를 위해 안쪽으로 한 뼘쯤 열리게 돼 있는 작은 창이 심하게 덜컹거렸다. 악마의 노크 소리인 양 둔탁하고 불규칙했다.

소현은 아침부터 마음이 들떠 있었다. 침대에서 일어나 공연히 병실 안을 왔다 갔다 했다. 늦은 먹이를 기다리는 강아지 같았다. 초조하게 시간을 자꾸 확인하는가 하면 창가로 다가가 밖을 한참씩 내다보며 마음을 졸였다. 조바심이 나 도무지 가만히 앉자 있을 수가 없었다.

"침대에 가만히 누워서 기다려! 그렇게 어슬렁거리지 말고."

"엄마, 열한 시랬지?"

"응! 열한 시. 거기 서 있으려면 휠체어에 앉든지."

"괜찮아! 이 정도 서서 움직이는 건 문제 없어. 근데 왜 이렇게 안 와?"

눈에 힘을 주어 병원 정문 부근을 살폈다. 눈을 깜박이지도 않고 자세히 살폈다.

"아직 삼십오 분이나 남았는데 뭘 벌써 와? 누워서 기다리라니까."

"저기 오는 것 같기도 한데?"

엄마의 말을 무시하고 소현은 까치발을 한 자세로 목까지 길게 늘였다. 그 자세로 정문 쪽에 시선을 고정시켰다. 12층 병실인 데다가 거리가 멀고 각도도 맞지 않아 정문은 일부분만 보였다. 그러나 소현은 드나드는 많은 사람을 하나하나 주시하면서 혼잣말로 중얼거렸다.

"밖엔 꽤 추울 텐데. 옷 단단히 입고 와야 하는데."

그 소리를 엄마가 듣고 핀잔을 주었다.

"원 참 별 걱정을 다 한다. 너나 체온 유지 잘하세요."

"근데 엄마! 나, 이런 모습 좀 창피할 것 같아."

"그건 또 뭔 소리야? 환잔데 뭐가 창피해?"

"그래도. 사복으로 갈아입을까?"

유리창에 자신의 모습을 비춰보며 물었다. 머리에 쓴 털모자야 어쩔 수 없다고 하더라도 환자복은 영 눈에 거슬렸다. 엄마의 스웨터를 입어 윗옷은 그런대로 가렸지만 파자마 스타일의 환자복 바지는 훤히 드러난 상태였다. 추레했다.

"괜찮다니까."

"내 얼굴색은 어때? 색조 화장을 좀 할까?"

"아냐. 보기 좋아! 그 모습 그대로도 예뻐, 우리 딸은."

얼굴이 야위고 창백했으나 엄마는 그렇게 대답했다. 보기 좋다고. 예쁘다고.

열한 시 오 분 전, 드디어 병실 문이 열렸다.

"까악~!"

그 순간, 아까부터 병실 문을 뚫어져라 지켜보고 있던 소현은 자기도 모르게 괴성을 내질렀다. 상대방도 마찬가지였다. 세 명은 서로 얼싸안고 깡충깡충 뛰었다. 병실 바닥이 쿵쿵 울렸다.

"얘들아, 이러면 안 돼! 그만! 그만!"

너무 심하게 뛰자 엄마가 말리고 나섰다. 그제야 겨우 그쳤다.

"희정아! 선아야!"

"소현아!"

"이게 얼마 만이니? 너무너무 반갑다!"

"나도. 희정이는 하나도 안 변했네. 선아도 그렇고."

소현은 친구 희정이와 선아의 얼굴을 어루만지며 눈물을 글썽였다. 희정이와 선아도 양쪽 눈 가득히 눈물이 고였다. 잠시 그렇게 눈물이 어린 서로의 눈을 말없이 바라보았다. 너무 큰 감격에 말이 안 나와 그저 서로를 쳐다보고만 있었다.

"참! 지혜도 왔어. 네 짝이었던."

"어? 지혜야!"

"소현아, 잘 지냈어?"

"응! 반가워!"

짝이었던 지혜의 두 손을 맞잡고 흔들며 소현은 반가움을 표현했다. 전혀 예상하지 못했는데 함께 와주어 너무 고마웠다. 다 함께 또 한 번 얼싸안았다. 아, 만남이라는 게 이렇게 행복한 것이구나! 소현은 가슴이 벅찼다.

"이제 여기 앉아서들 얘기해! 앉아서. 자!"

소현을 중심으로 침대 주위에 나란히 앉았다. 엄마가 미리 마련해둔 과자와 과일, 음료수를 침대 식탁에 펼쳐놓았다. 마치 생일 파티 같았다. 소현은 흐뭇했다.

"이거 먹으면서 조용조용히! 너무 시끄럽게 하지 말고."

"알았어, 엄마! 잔소리 셧 더 마우스 해! 희정아, 선아야, 지혜야! 먹자. 먹으면서 우리 얘기 많이 하자."

소현은 친구들에게 과자를 하나하나 건네주었다. 그리고 자신도 한 개 집어 들었다. 하지만 서로의 얼굴을 살펴보느라 먹는 건 뒷전이었다. 예쁘고 향기로운 꽃이라도 보듯 보고 또 봤다.

"소현아, 이거 선물이야."

"엥? 웬 선물을 다 사왔어?"

"비싼 거 아냐. 너 심심할 때 낙서나 하라고 낙서 노트 한 권 샀어!"

"거기에 맞게 나는 컬러 볼펜 세트! 자, 받아!"

희정이와 선아가 황금빛 색지로 예쁘게 포장된 선물을 건네주었다. 그것을 펼쳐보며 소현은 또 한 번 훌쩍였다. 그냥 와주는 것만으로도 고마운데 선물까지. 코끝이 찡했다.

"너희들 더우면 코트 벗어라. 소현이는 체온 유지가 중요하니까 스웨터 그대로 입고 있고."

희정이와 선아는 두툼한 방한점퍼를 입고 있었다. 게다가 웬일로 머리에는 털모자까지 쓰고 있었다. 추위를 많이 타는 모양이었다. 소현이가 쓰고 있는 것과는 색만 달랐지 머리에 찰싹 들러붙는 형태는 똑같았다. 병실 안이 더운지 지혜가 먼저 패딩코트를 벗고 목도리도 풀었다. 희정이와 선아도 점퍼를 벗었다. 하지만 털모자는 벗지 않았다. 서로의 털모자를 힐끔거리면서 희정이와 선아는 수상한 눈빛까지 교환했다. 그것을 보고 소현이가 물었다.

"너네 뭐야? 털모잔 왜 안 벗어? 더울 텐데."

"이건 절대 못 벗어!"

소현의 질문에 희정이와 선아는 털모자를 양손으로 잡고 고개를 저었다.

"왜?"

"글쎄 안 돼!"

"아, 그러니까 더 궁금해지잖아! 너희 커트했구나?"

"아냐!"

희정이가 도리질을 쳤다. 선아도 따라 했다.

"그럼? 아, 염색했구나, 그치?"

"아니!"

"그러면 혹시 파마? 맞아?"

그 질문에는 둘 다 대답을 하지 않고 소리 없이 웃기만 했다. 호기심을 자극하려고 일부러 그러는 것 같았다. 파마라니? 그냥 넘어갈 수가 없는 충격적인 일이었다.

"너네 미쳤어! 정말 파마한 거야?"

같이 온 지혜도 눈을 크게 뜨고 물었다.

"중학생이 파마해도 돼? 아무리 방학 때라지만 너무했다."

엄마도 나서서 한마디 했다. 더욱 궁금해져 소현은 털모자를 벗어보라고 다시 요구했다. 파마를 한 머리를 꼭 보고 싶었다. 어떨지 상상이 갔지만 직접 확인하고 싶었다. 털모자를 안 벗으려고 하는 걸 보면 실패를 한 게 틀림없었다.

"대체 무슨 파마를 한 거야? 우리 엄마처럼 아줌마 파말 한 거야? 아님, 할머니 파마? 어디 보여줘 봐!"

"싫어!"

"잠깐만 보여줘! 딱 십 초 동안만. 보고 싶어 죽겠어!"

아주 애원을 하자 희정이와 선아는 마지못해 응해주었다. 그러나 조건을 붙였다.

"좋아! 그러면 소현이 너도 벗어! 하나, 둘, 셋 하면 우리 세 명이 동시에 벗는 거야. 어때?"

"나도? 나는 저……."

소현은 자기의 털모자를 벗기가 꺼려졌다. 아무리 친한 친구들 앞이라 해도 빡빡 깎은 모습을 보이기 싫었다. 머리카락도 듬성듬성 빠져 자신이 보기에도 흉했다. 뭐라 말을 못하고 망설이는데,

"그러면 우리도 싫어!"

얄밉게도 희정이가 고개를 저었다. 선아는 더 세게 저었다.

"알았어! 나는 벗기 싫지만, 너희 둘 파마머리가 너무 궁금해. 지혜야, 네가 하나 둘 셋 해."

"그래! 자, 준비! 하나! 둘! 셋!"

지혜의 구령이 끝나자마자 소현이, 희정이, 선아는 동시에 털모자를 벗었다. 그러자 지혜가 먼저 깜짝 놀랐다. 마치 못 볼 것을 보았다는 표정이었다. 엄마도 크게 놀라 눈동자가 주먹만 해졌다. 하지만 소현이는 눈물이 글썽이는 눈으로 아무 말 없이 희정이와 선아를 번갈아 바라보았다. 희정이와 선아 역시 눈물 고인 눈으로 소현이의 머리를 살폈다. 세 사람은 그렇게 잠시 서로의 머리를 바라보다 마침내 와락 부둥켜안고 울음을 터뜨렸다. 옆에서 지켜보던 엄마와 지혜의 눈가도 촉촉이 젖었다. 울음은 한참 동안 계속되었다.

희정이와 선아 둘 다 빡빡머리였다. 소현이까지 치면 세 명이 다 머리카락을 완전히 밀어 여승이나 다름없었다. 강가의 둥근 돌처럼 반질반질했고 보석처럼 은은한 빛이 나기도 했다.

"이제 그만 울음 그쳐. 울려고 만난 거 아니잖니?"

안았던 팔을 풀고 자세를 바로 했지만 세 명은 여전히 울먹였다.

"고맙다. 우리 소현이가 머리를 빡빡 밀어서 몹시 창피해한다고 그랬더니 너희도 머리를……."

엄마가 옷소매를 들어 눈물을 찍었다.

소현은 혹시 엄마가 그러라고 강제로 시킨 게 아닐까 의심스러웠다. 엄마를 싸늘한 시선으로 노려보았다. 엄마가 손사래를 치며 부정했다.

"아니야. 연출 아니야. 나, 아무 말도 안 했어! 정말이야. 그냥 머리 얘기하면 네가 예민해지니까, 머리 얘기는 하지 말라고만 했어. 물어봐!"

"우리 엄마 말 맞니?"

"응, 맞아! 네 얘기 듣고 우리도 깎자고 했어!"

셋은 또다시 부둥켜안고 오랫동안 울음을 터뜨렸다. 그 바람에 지혜도 눈물을 흘려 병실 안은 울음 경연장이 되어버렸다. 눈물바다나 다름없었다.

북받쳤던 감정이 가라앉자 다과를 먹으면서 이야기를 나눴다.

"소현아, 우리 이왕 이렇게 된 거 기념사진 한 장 찍자!"

"그래! 빡빡머리로 하나 찍자! 우리가 언제 또 이런 반짝이 머릴 깎아보겠냐? 절에 들어가 진짜 중이 되면 몰라도."

희정이와 선아의 제안에 소현이는 고개를 끄덕였다. 희정이가 휴대폰을 꺼내 들었다. 엄마가 말리고 나섰다. 딱 한 번만 찍겠다고 사정을 하자 엄마가 휴대폰을 넘겨받았다.

"내가 찍어줄 테니, 소현이를 중심으로 모여. 모여서 김치 해!"

"엄마, 잘 찍어야 돼!"

"걱정 마! 멋진 까까머리 작품 하나 만들 테니까."

사진촬영이 끝나고 본격적인 수다 떨기가 시작되었다. 그러잖아도 입이 근질거렸던 소현은 침을 튀겨가며 잠시도 입놀림을 멈추지 않았다. 희정이, 선아, 지혜도 마찬가지였다. 이제 병실은 수다 시합장으로 변했다.

"목소리가 너무 커. 조금 낮춰!"

엄마가 있어서 불편했다. 소현은 엄마에게 좀 나가달라고 부탁했다. 엄마가 눈을 크게 뜨고 쳐다보았다. 안 된다는 뜻이었다. 솔직히 말했다.

"엄마가 있으니까 분위기가 완전 다운되잖아? 우리끼리 자유롭게 얘기하게 삼십 분만 나가 있어. 응? 엄마가 그 정도도 못 해주면 그게 엄마야? 악마지!"

입술을 씰룩거리면서 엄마가 나갔다. 그러자마자 네 명은 방앗간에 몰려든 참새 떼처럼 신나게 재잘거렸다. 우리가 언제 눈물을 흘렸느냐는 듯 키득키득 웃으면서 입방아를 찧어댔다. 귀가 다 따가울 지경이었다.

"너네 이제 곧 3학년이 되는 거네? 그럼 바쁘겠다. 고입 준비 해야 하니까."

"약간 바빠지겠지. 야자도 해야 하고, 학원도 다녀야 하고."

소현은 건강한 친구들이 부러웠다. 그리고 그들에게 뒤처지는 게 안타까웠다. 뒤떨어지지 않고 친구들과 나란히 고등학교, 대학을 가 학창 시절을 즐겁게 보내고 싶었다. 그런데 병원에 입원을 해 언제 퇴원할지도 모르는 신세가 되다니. 처량했다.

"소현아, 지혜 얘 두 번째 남친 차버리고 지금 세 번째 남친 사귀는 중이래."

"뭐? 전에 학원에서 만났다는 그 애 차버렸어? 그렇게 자랑하더니 웬일이니? 왜 찬 거야?"

"뭐 그냥 싫증이 나더라고."

대수롭지 않다는 듯 시큰둥하게 대답하는 지혜를 소현은 잠시 멀뚱멀뚱 바라보았다. 그러다 세 번째는 누구냐고 물었다.

"학원 옮겼는데 거기서 만났어!"

"아, 뭐야? 나는 여태 남친 한 명 없는데 지혜 너는…… 아, 짱나! 너 혹시 공부하러 학원에 가는 게 아니라 남친 사귀려고 가는 거 아냐?"

선아가 뼈있는 질문을 던지자 지혜는 헤헤헤! 염소 웃음소리를 내며 음료수를 마셨다. 선아를 바라보는 눈빛이 조금 거만스러웠다. 깔보는 눈빛이었다.

"지혜 너는 얼굴도 예쁘고 몸매도 날씬해서 참 좋겠다. 남학생들에게 인기도 열라 많고."

희정이가 지혜를 살피며 칭찬을 늘어놓았다. 하지만 말투에 비아냥거림이 섞여 있었다. 그것을 눈치채지 못한 지혜는 흡족한 표정으로 음료수를 홀짝였다.

분위기가 어색해지려는 순간, 선아가 새로운 사실을 털어놓았다.

"참! 있잖아, 소현아! 지난 11월에 서울에서 전학 온 애가 한 명 있는데, 얼마나 진상인지 알아?"

"얼마나 진상이야?"

"말 마! 그 잡것이 그쪽 학교에서 짱을 먹었다는 애거든! 근데 노는 게 장난이 아냐. 여자로 성전환 수술한 조폭 같아."

희정이가 말을 받고 구체적으로 설명했다.

"교복치마 빠짝 올려 입고, 껌 딱딱 씹고, 침 찍찍 뱉고, 눈 꼬리가 이렇게 찢어지고 송곳니가 뾰족한 게. 와아~! 보기만 해도 살 떨리는 면상이야. 선아 애, 걔한테 한번 대들었다가 된통 당했잖아!"

"그래? 어떻게?"

"복도에서 어깨 좀 부딪혔다고 그게 쫙 째리잖아. 그래서 나도 같이 째렸지 뭐!"

"그랬더니 그게 선아 애 머리채를 잡고 선아도 그 애 머리채를 잡고 한바탕 타이틀전을 치렀다니까. 각 반 아이들이 다 뛰어나와 구경하느라 복도가 미어터질 지경이었어!"

흥미 있는 이야기였다. 누구보다 선아랑 붙었다는 게 호기심을 한껏 자극했다. 선아는 원래 덩치도 좋고 힘도 세 학교에서 한 싸움 하는 아이였다. 3학년 언니들도 함부로 건들지 못했다. 그러나 나쁜 짓은 하지 않는 정의의 귀염둥이였다.

"그래서? 선아가 맞았어?"

"밑에 깔려서 머리털 한 움큼 뽑히고 쌍코피 펑 터져서 피 줄줄 흘리고 눈텅이 퉁퉁 붓고…… 선아 애, 죽다 살아났어!"

"뭐? 그러는 동안 희정이 너는 뭐했어?"

"내가 기를 쓰고 뜯어말려서 그나마 살아난 거야. 그렇잖음 선아, 덤프트럭에 깔린 개밥그릇 꼬라지가 될 뻔했다고."

소현은 음료수를 한 모금 마신 다음 선아를 살폈다. 굳은 표정을 보니 거짓말이 아닌 것 같았다. 측은했다. 선아가 그 정도까지 당했다면 보통내기가 아님을 짐작하고도 남았다. 소현은 자기도 모르게 입술을 깨물었다. 1학기 초 질 나쁜 선배 몇이 시비를 걸어왔을 때 자기를 지켜주었던 선아였다.

"그 싸움 이후로 우리 학교 애들 다 쫄아가지고 개만 보면 깨갱하며 꼬랑지 즉시 내리고 오줌 질질 흘려!"

"오줌을? 아하하하! 너네, 걱정하지 마! 내가 퇴원하자마자 그 애 따끔한 맛을 보여줄 테니까."

소현은 주먹을 쥐고 흔들어 보이며 큰소리쳤다. 희정이가 살다 살다 별소릴 다 듣는다는 듯한 표정을 지었다. 선아는 아주 배꼽을 쥐고 허리를 꺾었다. 지혜도 실쭉실쭉 웃으며 불가능한 일이라는 눈빛으로 소현을 쳐다보았다.

"소현이 네가 그 잡것을? 으흐흐흐!"

"웃지 마! 혼낼 수 있어. 너희를 위해 내가 그 정도쯤 못하겠어?"

"선아 얘도 꼬랑지 내리고 슬슬 피하는데, 니가 걔를 어떻게 혼내? 세일러문 요술봉이라도 있는 거야?"

"아님, 슈퍼맨이나 스파이더맨 같은 힘센 남자친구가 있거나."

선아가 입술을 씰룩거렸다. 그 애 얘기만 해도 오금이 저리는지 완전히 주눅 든 표정이었다. 혼이 나도 아마 단단히 난 모양이었다. 더욱 측은해 보였다.

"힘센 남자친구? 있지, 있어! 아하하하!"

"있어도 그 깡호동은 못 당할걸! 성질이 완전 쥐약 먹은 개 같아!"

"깡호동?"

"이름이 강순향인데, 우리는 깡호동이라고 불러. 힘이 강호동보다도 더 세. 생긴 것도 비슷하고."

강호동이건 개호동이건 친구들을 위해 꼭 복수를 해주겠다고 다시 한 번 큰소리를 치려는데, 엄마가 들어왔다. 전쟁이라도 났는지 헐레벌떡 뛰어 들어와서 분위기를 깨버렸다.

"얘들아, 면회 시간이 이십 분이나 넘었어. 이제 그만해야지?"

"예! 그만 갈게요."

그제야 수다가 끝이 났다. 친구들이 말을 멈추고 일어나 겉옷을 챙겨 입었다. 그걸 보고 소현은 또 눈물을 글썽거렸다. 벌써 이별을 해야 하다니. 보내고 싶지 않았다.

"소현아, 치료 잘 받고 있어."

"다음에 또 올게."

"그래. 꼭 와줘야 해!"

포옹을 한 번씩 해주고 친구들이 머뭇머뭇 나갔다. 가지 말라고 붙잡고 싶은 마음이 굴뚝같았다. 양쪽 눈에 맺혀 있던 눈물이 뺨을 타고 흘러내렸다. 눈물은 식탁 위에 남은 과자 봉지로 방울방울 떨어졌다. 휑하니 비어버린 병실 안이 마치 황량한 겨울 사막처럼 느껴졌다. 가슴이 시렸다. 소현은 눈물도 닦지 않고 뒤로 벌렁 누웠다. 그러고는 이불을 머리끝까지 뒤집어썼다.

"꼭 다시 와줘야 해! 꼭!"

큰 소리로 몇 번이나 외쳤다. 하지만 그 말은 밖으로 빠져나가지 못하고 이불 속에서만 맴돌았다.

꿈속의 천사

반복되는 검사와 치료로 바쁘게 지내다 보니 어느새 2월 하순이었다. 그러나 날씨는 조금도 풀리지 않고 여전히 추워 한겨울이나 마찬가지였다. 이틀 걸러 한 번꼴로 매서운 바람이 병실 유리창을 할퀴고 지나갔다. 그런 날은 소현이도 엄마도 잠을 제대로 이루지 못해 밤새 뒤척였다. 깜빡 잠이 들었다 싶으면 괴기스럽기까지 한 바람 소리가 도로 깨워놓곤 했다.

"방금 잠들었는데 깨울까요, 선생님?"

"아닙니다. 그냥 두세요. 잠은 충분히 잘수록 좋습니다. 에~, 환자는 좀 어떻습니까? 여기 차트에 적힌 수치상으로는 조금 나아진 것도 같습니다만."

"지난달에 친구들이 문병을 왔다 가서 그런지 많이 안정됐어요."

담당 의사가 인턴과 레지던트 여러 명을 데리고 들어와서 엄마와 나누는 대화였다. 소현은 아까 아침밥을 먹고 다시 누워 눈을 감고 있었다. 하지만 잠이 든 게 아니라서 대화 소리가 고스란히 들렸다.

"전보다 밥도 더 먹고, 간혹 웃기도 하고요. 감사합니다, 선생님!"

"별말씀을요. 저한테 감사할 게 뭐……. 무엇보다 환자 본인이 병마와 싸워 이기겠다는 의지가 가장 중요합니다. 그러니 옆에서 항상 용기를 북돋아주어야 합니다."

"네! 친구들이 왔다 간 후로 그런 의지가 생긴 것 같아서 기뻐요."

엄마의 말에 소현은 이맛살을 살짝 찡그렸다. 그리고 입술을 깨물었다. 친구 희정이와 선아의 얼굴이 눈앞에 어른거렸다. 머리를 빡빡 깎고 병문안을 와주었던 친구들, 그들과 함께 학교생활을 할 수 없다는 게 너무 가슴이 아팠다. 그리고 억울했다. 당장이라도 침대를 박차고 뛰쳐나가고 싶었다. 기다란 한숨이 연거푸 새어나왔다. 땅이 꺼질 듯한 깊은 한숨을 그렇게 많이 쉬어보기는 난생처음이었다.

"일정대로 검사와 치료를 진행하면서 경과를 오래 지켜봐야 합니다. 제가 알려준 주의사항은 꼭 지켜주시고요."

"지키고 있습니다, 선생님!"

별다른 진찰도 없이 엄마와 몇 마디 말만 나눈 담당 의사는 인턴과 레지던트들을 이끌고 금세 가버렸다.

의사가 나가자 엄마는 흐뭇한 얼굴로 소현을 내려다보았다. 그러면서 손을 잡아 한참 동안이나 어루만졌다. 소현을 아주 대견스러워하는 표정이었다. 소현은 여전히 잠든 척 가만히 있었다.

"푹 자고 있어, 소현아! 엄마 집하고 가게에 가서 밀린 일 좀 하고 올 테니."

혼잣말을 하며 엄마는 그 말을 메모지에 적어놓고 나가버렸다. 절호의 기회였다. 하지만 소현은 두 시간이나 침대에 더 누워 있었다. 움직임 없이 반듯하게 누운 자세로 그동안 고민해왔던 생각을 정리했다. 그리고 결심했다.

눈을 떴다. 몸을 일으켰다. 어지러웠다. 빠른 회전목마라도 탄 것처럼 병실이 빙글빙글 돌았다. 손으로 이마를 짚은 채 가만히 있었다. 잠시 후 어지럼증이 사라지자 침대에서 내려와 휠체어에 앉았다. 아직 자유자재로 걷기에는 무리가 있어서였다. 목발을 짚고 걸을 수도 있었으나 휠체어가 편했다. 병실 문을 살며시 열고 복도로 나갔다. 서두르지 않고 천천히 엘리베이터로 향했다. 하지만 엘리베이터를 타지 않았다.

"어? 소현아, 왜 나왔어?"

안내 데스크에 앉아 있던 홍 간호사가 놀란 눈으로 물었다.

"그냥 병실이 답답해서 바람 좀 쐬려고요. 운동도 좀 하고요."

평소와 달리 최대한 상냥하게 대답했다. 자신의 속마음을 노련한 홍 간호사에게 들키지 않으려는 일종의 연막전술이었다. 단 한 번의 시도로 성공을 해야만 했다. 그렇지 않으면 재시도하기가 쉽지 않을 것이었다. 홍 간호사의 눈치를 슬금슬금 살피면서 조끔씩 이동했다.

"그러면 멀리 가지 말고 복도에서만 오가야 돼!"

자기 시야에서 벗어나면 안 된다는 말이었다. 다른 간호사들은 별말 없이 아는 척만 하는데 홍 간호사는 꼭 잔소리였다. 주제에 끝까지 밥맛이네! 꼴같잖은 게. 흥! 속으로는 욕설을 내뱉고 콧방귀를 뀌었다. 그러나 겉으로는 살짝 웃으면서 부드럽게 대답했다. 그러기 싫지만 그렇게 해야만 했다. 자기 계획의 성공을 위해서.

"알았어요, 언니!"

소현은 혼자 힘으로 휠체어를 밀고 복도를 느릿느릿 오갔다. 그러면서 일단 간호사들을 안심시켰다. 저녁 시간이 가까워지자 방문객들이 점점 많아졌다. 복도는 이내 오가는 사람들로 북적거렸다. 그에 따라 간호사들도 안내를 하고, 담당 병실을 돌고 하면서 분주히 움직였다. 마침내 홍 간호사도 자리에서 일어나 반대쪽 복도로 바삐 걸어갔다. 아마도 호출을 받은 모양이었다. 그 틈을 타 소현은 복도 끝으로 신속히 이동해 갔다. 아무도 소현의 움직임을 눈여겨보지 않았다. 곧 복도 끝 철문에 다다랐다. 비상계단으로 통하는 철문이었다. 망설임 없이 철문을 열고 밖으로 나갔다. 나가자마자 위쪽 계단과 아래쪽 계단을 조심스레 살폈다. 혹시 계단에 나와 담배를 피우는 사람이 있을까 해서였다. 아무도 없었다.

아래층으로 내려가는 계단을 물끄러미 바라보았다. 폭이 좁고 경사가 가파른 계단이었다. 눈앞이 또 어지러웠다. 하지만 소현은 이빨을 악물었다. 엄마 아빠를 위해 그리고 자기 자신을 위해서도 더 이상 미룰 수가 없었다. 그동안 수도 없이 고민에 고민을 거듭한 후에 택한 방법이었다.

"엄마! 아빠! 희정아! 선아야……!"

목이 메었다. 더 이상 말이 나오지 않았다. 두 눈에 눈물이 고였다. 눈물은 뺨을 타고 흘러내리다가 턱 끝에서 멈췄다. 턱 끝에서 아침이슬처럼 영롱하게 반짝였다. 삶에 대한 한 방울의 미련이 되어 떨어지지 않으려고 대롱거렸다. 입술을 깨물었다. 미미한 턱의 움직임에 위태롭게 매달려 있던 눈물방울은 제 무게를 이기지 못하고 끝내 무릎으로 똑 떨어졌다.

"안녕!"

그 한마디 말을 남기고서 소현은 양쪽 손으로 휠체어 바퀴를 움켜잡았다. 스테인리스 바퀴 링의 싸늘한 감촉이 손바닥에서부터 시작해 전신으로 빠르게 번져나갔다. 그것은 마치 어서 다른 세상으로 가버리라는 출발 신호 같았다. 두 눈을 감았다. 심호흡을 한 차례 했다. 이 세상에서 들이마시는 마지막 숨이었다. 그 숨을 다 내뱉기도 전에 바퀴 링을 힘껏 밀었다.

"안 돼!"

그 순간, 뒤에서 고막을 찢는 고함 소리가 들렸다. 그와 동시에 누군가가 휠체어를 붙잡았다.

"무슨 짓이니, 이게?"

"놔! 놔줘!"

홍 간호사였다. 홍 간호사가 휠체어를 뒤로 끌었다. 그러나 소현은 브레이크를 채워 움직이지 못하게 했다. 두 사람 간의 힘겨루기가 한동안 이어졌다. 소현은 안간힘을 썼다. 끌려가지 않으려고 있는 힘을 다해 버텼다. 하지만 역부족이었다. 조금씩 조금씩 뒤로 끌려가던 휠체어는 마침내 복도 안으로 반쯤 들어갔다.

"이이이!"

병실로는 절대 가고 싶지 않았다. 철문을 붙잡고 악을 썼다. 하루 종일 침대에 누워 죽을 날만 기다리는 짓은 더 이상 하고 싶지 않았다. 그건 죽음보다 더 끔찍한 일이었다. 철망에 갇힌 병든 강아지나 마찬가지였다. 너무 아프고 고통스러웠다. 간헐적으로 나타나던 극심한 통증이 이제는 시도 때도 없이 나타나 장시간 괴롭혔다. 진통제도 더 이상 효과를 발휘하지 못했다. 아무리 기도를 해도 소용없었다. 그리고 무엇보다 혼자라는 외로움이 매일매일 가슴을 후벼 팠다. 엄마가 있어도 아빠가 있어도 외로움은 사라지지 않았다. 이 세상 그 누구도 자기 대신 아파줄 수 없다는 사실을 알기에, 결국은 혼자서 쓸쓸히 죽을 거라는 생각에 몸서리가 쳐졌다. 소현은 차라리 하루라도 빨리 죽고 싶었다. 그러는 것이 자기 자신은 물론 모두를 위하는 일이라고 굳게 믿었다. 아픔과 절망과

고독으로부터 해방되는 길은 오직 그 길뿐이라고 확신했다. 친구 희정이와 선아가 병문안을 왔다 간 뒤 일주일 후쯤부터 그런 생각이 들기 시작했다. 그러더니 날이 갈수록 점차 확고해졌다. 병실 창문은 한 뼘밖에 안 열리는 안전창이라 고심 끝에 비상계단을 택한 것이었다.

"신 간호, 이 간호, 빨리 이리 와! 와서 좀 도와줘!"

홍 간호사의 외침에 안내 데스크에 있던 두 간호사가 황급히 달려왔다. 달려와 즉시 합세를 해 소현을 병실 쪽으로 끌고 갔다.

"놔! 놓으라고."

소현은 목이 터져라 소리를 지르며 버둥거렸다. 소용없었다. 웬 미친 여자인가, 그렇게 여기는 구경꾼들만 몰려들 뿐이었다. 기를 쓰고 버티자 세 명의 간호사는 아예 휠체어를 번쩍 들어 병실로 들어갔다.

"못된 것! 어떻게 그런 짓을 할 수가 있어?"

소현은 아무 대답도 하지 않았다. 반면에 엄마는 점점 더 흥분했다. 손수건으로 연신 눈물을 닦으면서 목소리를 높였다. 벌써 몇 시간째였다.

"엄마 아빠가 너를 얼마나 사랑하는데 그런 마음을 먹을 수 있는 거냐고?"

"소현 어머니, 이제 진정하세요. 어머니가 흥분하시면 환자에게 해로워요."

홍 간호사가 누차 말렸는데도 엄마는 그치지 않았다. 오히려 흥분으로 눈을 부라리고 더운 콧김을 내뿜었다. 성난 황소 같았다.

"소현이 너, 엄마가 분명히 말하는데, 잘 들어! 한 번만 더 그런 짓 하면 엄마가 먼저 죽어버릴 테니까 알아서 해. 내 말 결코 거짓말 아니야."

엄마는 울고불고 난리였다. 하지만 소현은 입가에 가느다란 미소를 지었다. 한마디도 귀에 들어오지 않았다.

"나부터 죽을 테니, 나 죽고 난 다음에 니 마음대로 하라고. 알았어?"

창문을 흔들 정도의 큰 호통 소리 역시 들리지 않았다. 그저 웅웅거리는 바람 소리 같을 뿐이었다. 엄마가 아무리 설득해도 한번 먹은 소현의 마음은 변하지 않았다. 앞으로 감시가 심해질 테니 기회를 봐서 적당한 때에 적당한 방법으로 다시 시도하자! 그런 생각을 하며 소현은 이불을 뒤집어쓰고 죽은 듯이 있었다.

"소현 어머니, 이제 소현이도 잘 알아들었을 거예요. 고정하세요. 끝까지 살펴보지 못한 제 불찰이 큽니다. 앞으로는 절대 이런 일이 없도록 하겠습니다."

"소현이 아빠한테는 말하지 말아주세요. 꼭 비밀로 해줘요."

"네! 그러겠습니다."

엄마는 홍 간호사에게 몇 번이나 신신당부를 했다. 홍 간호사가 그러겠다고 약속을 하는데도 반복해서 애원을 했다. 절대 비밀로 해달라고.

얼마간 침묵이 흘렀다. 엄마가 땅이 꺼져라 한숨을 내쉬었다. 몇 번을 그러다가 홍 간호사에게 물었다. 낮은 목소리였으나 근심이 깊게 배어 있었다.

"친구들이 문병을 와서 좋아하더니, 소현이가 왜 갑자기 그런 짓을 했을까요? 도무지 이해가 안 돼요."

"건강한 친구들이 면회를 왔다 가면 환자는 오히려 자신의 처지를 더 비관해요. 아무래도 자기하고 비교가 되니까요. 그리고 심리적 박탈감과 공허감에 심한 우울증이 걸리는 경우도 많고요."

"예?"

"그래서 극단적인 선택을 하는 경우가 종종 있어요."

홍 간호사는 자기가 겪었던 몇몇 사례들을 엄마에게 들려주었다. 엄마는 연신 혀를 끌끌 차며 귀를 기울였다. 어린 나이에 불치병에 걸려 안타깝게 죽어간 사연들이었으나 소현은 그저 무덤덤할 뿐이었다. 예전처럼 건강했을 때라면 많이 슬퍼했을 이야기인데도 자신이 그 처지가 되니 별 감동이 없었다.

"그러면 어, 어떻게 해야 하나요?"

"환자를 간호하면서 동시에 감시도 해야지요."

"물론 그렇게 하겠지만 24시간 내내 어떻게 감시를 해요? 차라리 2인용 병실로 옮기면 어떨까요? 그러면 병실에 늘 사람이 있게 되니까 자연스레 감시가 될 거고, 또 사실 처음엔 급한 마음에 병원에서 시키는 대로 했지만 이 특실이 경제적인 부담도 되고요."

"네. 제가 원무과에 알아볼게요, 2인실에 자리가 있나."

"알아봐줘요. 이 병실에 계속 있으면 좋겠지만……."

말꼬리를 자른 엄마는 고개를 돌려 소현을 내려다보았다. 이불로 얼굴을 덮고 있었으나 소현은 엄마의 시선을 느낄 수 있었다. 엄마는 보호자로, 소현은 환자로 벌써 7개월 남짓 병실에서 함께 지내다 보니까 서로에 대해 너무도 잘 알게 되었다. 눈으로 직접 확인을 하지 않아도 엄마가 어느 위치에 있는지, 무얼 하는지 훤했다. 엄마 역시도 그럴 것이라 생각하니 엄마가 보호자라기보다 감시자라 여겨졌다. 그러자 왠지 모를 거리감이 느껴졌다.

"환자 돌보는 게 보통 힘든 일이 아니더라고요. 피로가 쌓이니까 나도 모르게 짜증을 내게 되고 목소리를 높이고 혹시 나쁜 마음을 먹지 않나 조마조마하고."

"힘든 일이지요. 그러니까 환자 본인에게 살려고 하는 의지를 심어주는 게 가장 좋은 방법이에요. 삶의 희망을 불어넣는 거요. 그런데 그것도 쉬운 일이 아니지요."

엄마의 한숨 소리가 또 들렸다. 아까보다 훨씬 긴 한숨이었다. 하지만 이제는 하도 많이 들어 자장가쯤으로 들렸다. 소현 자신도 하루에 수백 번씩이나 내뱉는 한숨이었다. 자신이 할 수 있는 일이라고는 그저 그것뿐이었다. 그렇기에 더욱 슬프고 허무했다.

"앞으로 몇 차례 수술이 더 있을 거고, 정밀검사도 반복되고, 각종 전문 치료에다 주사 맞는 횟수와 투약량도 늘어나고……. 환자도 정말 견디기 힘든 일이지요. 그러니까 어머니께서 먼저 희망을 가지시고 용기를 잃지 않으셔야 합니다."

"그래야지요."

홍 간호사가 나가자 엄마는 이불을 걷어 소현의 얼굴이 드러나게 했다. 그래 놓고 한참이나 살펴보았다. 그 시선이 거북스러워 소현은 자꾸 좌우로 뒤척였다.

"왜 그래? 많이 아파?"

뒤척임을 고통 때문에 몸부림치는 것인 줄 알고 엄마가 어깨를 잡아 흔들었다. 엄마의 손길이 몸에 닿는 게 싫어 소현은 엄마 팔을 툭 쳐냈다. 예전에는 엄마와 떨어지기 싫어 엄마 침대에서 엄마를 꼭 껴안고 자기도 했었는데. 지금은 엄마의 손길이 송충이처럼 여겨져 몸이 오그라들고 팔뚝에 소름마저 돋았다.

홍 간호사가 2인용 병실에 자리가 없다는 말을 전하고 간 뒤, 엄마와 친하게 지내는 성당 아줌마 몇 명이 찾아왔다. 소현이도 잘 알고 있는 신자들로 모두 친절하고 온화했다. 그들은 소현의 완쾌를 비는 기도를 올리고 성가를 불렀다. 천주님과 성모 마리아의 가호로 반드시 완쾌될 거라면서 격려와 위로를 해주었다. 하지만 소현은 기도도 성가도 격려도 마음에 와 닿지 않았다. 모든 것이 귀찮을 뿐이었다. 완쾌기도를 해주려고 찾아오긴 했으나 자신을 꼼꼼히 살펴보는 그들의 시선이 괴로웠다. 꼭 거머리가 얼굴에 달라붙어 기어가는 것 같았다. 그들의 마음이야 그렇지 않겠지만 소현은 마치 자기가 죽기를 기다리고 있는 독수리의 시선처럼 느껴졌다.

성당 아줌마들이 돌아간 후 엄마와의 냉전은 더욱 악화되었다. 소현은 매사에 짜증을 부렸고 걸핏하면 소리를 질렀다. 자기의 감정을 도저히 통제할 수가 없었다. 하루 종일 말 한마디 않고 지내는 날도 있었다.

그러자 어느 날 엄마가 소리 없이 나갔다. 그런 뒤 약 한 시간 후, 병실 문을 열고 들어선 사람은 뜻밖에도 서울로 출장을 갔다던 아빠였다.

"소현아, 아빠 일주일간 휴가 냈다."

멀뚱히 아빠를 바라보았다. 그러면서 눈으로 물었다. 갑작스레 웬 휴가를? 정당 일로 늘 바쁜 아빠는 그동안 휴가가 거의 없었다. 아빠가 대답했다.

"오로지 우리 소현이의 간호에만 집중하기 위해서야."

병간호에 지친 엄마와 교대를 한 모양이었다. 부담이 되었다. 눈길을 거두고 입술을 삐죽거렸다. 이삼 일이라면 몰라도 일주일 동안이나 아빠와 함께 지내야 된다는 건 그다지 기분 좋은 일이 아니었다. 초등생도 아니고, 게다가 집도 아닌 병실에서. 엄마보다 훨씬 더 불편할 게 뻔했다. 이맛살을 접고 입술을 씰룩였다.

"부담 갖지 마."

"부담 갖지 말라면 부담이 안 돼?"

쌀쌀맞게 쏘아붙이고 고개를 돌렸다. 그러자 아빠가 잠시 무안
해하며 가까이 다가왔다. 소현은 몸을 아예 벽 쪽으로 완전히 돌
려 아빠를 외면했다. 그래서는 안 된다는 걸 알지만, 혼자 조용히
있고 싶었다.

"그동안 아빠가 바쁘다는 핑계로 너하고 함께 보낸 시간이 거의
없었잖아?"

맞는 말이었다. 초등학교 3학년이 지나자 아빠와 같이 보내는
시간이 급격히 줄어들었다. 더욱이 전주 시내로 이사를 온 이후에
는 아빠 얼굴 보기조차 힘이 들었다. 아빠의 선거 대비 활동 때문
이었다. 그러나 그때는 어렸을 때였고 지금은 달랐다. 나이도 더
먹고 철도 더 들어 한 달 정도 아빠를 못 봐도 별상관이 없었다.

"하나밖에 없는 내 딸인데, 그동안 건강은 어떤지, 학교생활은
잘하는지, 무슨 고민이 있는지, 제대로 신경을 써주지 못했어. 그
래서 아빠가 미안해서 그래!"

"미안해할 거 없어!"

"아니야. 침대에 힘없이 누워 있는 너를 볼 때마다 아빠는 죽을
죄인이 된 기분이야."

"괜찮대도."

소현은 얼굴을 잔뜩 찌푸렸다. 아빠와 그런 대화를 나눈다는 것
자체가 싫었다. 자기가 아픈 게 아빠 때문이라고 생각하지 않았다.

물론 엄마 때문도 아니었다. 저번 정밀검사에서 유전적 요인은 아니라는 것이 이미 밝혀졌다. 차라리 유전적인 게 원인이라면 엄마 아빠를 실컷 원망이나 할 텐데. 그게 아니라니 실망스럽기조차 했었다. 자신이 미처 기억하지 못한 어마어마한 죄를 지어 하느님이 천벌을 내린 것 같았기에 더욱더 두렵고 절망감 또한 컸다.

"오늘부터 네 전담 간병인 겸 충직한 머슴이 될 테니까, 무엇이든 막 시켜!"

엄마와 교대로 일거수일투족을 샅샅이 감시하려는 의도가 분명했다. 한층 더 거리감이 느껴졌다. 아빠의 모든 말이 진정성이 없는 입발림 말처럼 들렸다.

"나 졸려. 두 시간 정도 잘 거니까, 아빠 나갔다 와!"

즉시 아빠의 의중을 떠보았다.

"나가는 것만 빼고."

"저 봐! 그러면서 뭘 시키는 대로 다 해?"

목소리를 높이고 이불을 뒤집어썼다. 어떻게 해서든 아빠를 내보내고 혼자 있고 싶었다. 아빠든 엄마든 옆에 누가 있는 건 신경이 쓰이고 불쾌했다. 고통으로 괴로워하는 모습을 그 누구에게도 보이고 싶지 않았다. 죽더라도 혼자 조용히 죽고 싶었다. 아무도 지켜보지 않는 곳에서 잠을 자듯 고통 없이 죽고 싶었다. 소원이 있다면 오직 그것뿐이었다. 그러나 극심한 통증이 주기적으로 찾아왔다. 게다가 잠이 들면 생전 꾼 적이 없는 무시무시한 악몽에도 시달려야 했다. 밤새 악몽에 시달리다 깨어보면 온몸이 식은땀으로 흥건히 젖어 있곤 했다.

"그러면 네가 잠든 거 확인하고서 잠깐 나갔다 올게."

아빠에 대한 불만은 없었다. 원망도 없었다. 그런데 자꾸 짜증이 났다. 비좁고 답답한 병실에 이런 모습으로 아빠와 함께 있어야 하다니? 강한 거부감이 들었다. 엄마와 있을 때도 마찬가지였다. 생판 모르는 사람과 좁은 방 안에 있는 듯 몹시 어색하고 거북스러웠다. 차라리 혼자 있는 게 편했다. 자기 아닌 다른 사람의 시선이 몸에 와 닿는 게 소름이 돋도록 싫었다.

"아빠가 엄마랑 연애하던 때 얘기해줄까?"

뜬금없이 웬 연애 얘기? 너무 어이가 없어서 피식! 웃음이 새어 나왔다. 그런 줄도 모르고 아빠는 막무가내로 이야기를 꺼내놓았다. 귀를 틀어막을 수도 없고. 울며 겨자 먹기로 들을 수밖에 다른 방법이 없었다.

"아빠 엄마 연애 시절에 모악산으로 데이트를 갔었는데, 그때가 초겨울이었어. 아주 맑은 물소리를 내며 흐르는 개울이 있고 그 개울 건너 경치가 그렇게 멋질 수가 없었어! 마치 현실이 아닌 그림 속 풍경 같았어. 햐~!"

감탄사까지 내뿜으면서 아빠는 이야기에 열을 올렸다. 당시 상황을 회상하는 듯 눈을 지그시 감고 입을 헤벌린 채 추억에 젖기도 했다. 우스꽝스런 표정이었다.

"그래서 내가 개울을 건너자고 했어. 네 엄마는 그때 하이힐을 신고 있어서 내 등에 업히라고 그랬지! 내가 기사도를 발휘한 거지. 하여튼 안 업히겠다는 걸 아빠가 반강제로 업고서 조심조심 징검다리를 건너다가 중간쯤에서 그만 쭉 미끄러졌어. 둘이 개울 물에 풍덩 빠져버렸지!"

아무래도 꾸며낸 이야기 같았다. 엄마한테 들은 기억이 전혀 없었다. 극장에 가서 처음으로 손을 잡았다는 삼류영화 이야기는 엄마한테서 서너 번 들은 적이 있었다. 엄마는 대학교 2학년 초에 복학생이었던 아빠를 학교 앞 카페에서 만났다고 했다. 그때 아빠는 주방에서 설거지 알바를 하고 있었는데, 그 뒷모습이 너무 믿음직스러워 한눈에 반했다는 말이었다. 그 말을 듣고 소현은 배꼽이 빠지도록 웃었었다. 세상에! 앞치마를 입고 고무장갑을 끼고 설거지를 하는 남자의 뒷모습을 보고 반하는 여자도 있다니? 믿어지지 않았다. 그러나 아빠에게 확인해본 결과, 사실이었다.

"둘이서 흠뻑 젖어서 모습이 꼭 물에 빠진 생쥐 꼴이 되었지. 그 꼴로 버스길까지 걸어 나가는데 얼마나 추운지……. 몸을 잔뜩 움츠리고 이빨을 덜덜 떨면서……. 아, 지금 생각해도 끔찍했지. 끔찍했어! 하지만 그날 아빠가 엄마한테 프러포즈를 했지! 우리, 부부가 되어 험난한 인생길의 징검다리를 함께 건너자고."

건강했을 때라면 몰라도 병들어 누워 있는 지금은 흥미롭지 않았다. 유치하고 지루한 이야기일 뿐이었다. 그것도 모르고 아빠는 자신의 말에 취해 열심히 연애담을 토해놓았다. 지나친 과장과 비약으로 뻥을 튀겨가며 혼자만의 원맨쇼를 펼쳤다. 정치인이 선거 유세를 할 때 의식적으로 쓰는 계산된 제스처를 취하기도 했다.

"결혼을 한 뒤 시내 산부인과에서 엄마가 너를 무사히 낳기를 기다리며 줄담배를 피우고 있었지. 초조해서 말이야. 아마 그때 내가 평생 피울 담배를 다 피웠던 것 같아. 발밑에 담배꽁초가 수북하게 쌓였을 때, 드디어 분만실에서 애기 울음소리가 들렸어. 바로 소현이 네가 태어난 거지. 한밤중에 말이야."

이미 몇 번 들은 얘기였다. 이제부터는 우유병을 물리고 기저귀를 갈아 채우고 하는 육아일기를 거쳐, 유아원과 유치원 시절을 지나, 초등학교 입학할 때까지의 파란만장했던 일을 줄줄이 엮어낼 것이었다. 소현은 그 이야기 코스를 외워버린 지 벌써 오래였다.

"너 유치원 때 가장 기억에 남는 건……."

소현은 아빠가 유치원 재롱잔치 날 얘기를 꺼내놓기 시작하자 하품을 한차례 했다. 그만하라는 신호였다. 그래도 눈치 없는 아빠는 계속 말을 이었다.

"어때? 내 얘기 재미있지? 그날 너, 정말 귀엽고 깜찍했어! 그 많은 아이들 중에서 금방 눈에 띄더라니까. 너도 아빠가 무대 가까이서 사진 찍는 거 봤지?"

본 것 같기도 하고 못 본 것 같기도 하고, 너무 오래전 일이라 기억이 가물가물했다. 앨범을 찾아보면 사진이 있기는 있을 테지만 당장은 아무것도 생각나지 않았다. 생각해내려고 하면 할수록 기억은 더 깊숙이 숨어버리고 머릿속이 깜깜해졌다. 그러다 또 새까맣게 잊고 있던 기억이 봉숭아 씨처럼 툭 터져 나오기도 했다. 도무지 갈피를 잡을 수 없는 뒤죽박죽인 기억이었다.

"초등학교 입학식 날은 더 대단했지, 우리 딸! 소현이 네가 1학년 입학생들 중에서 제일 예뻤어! 네 얼굴에서 눈부신 광채가 나더라니까. 나는 하늘에서 웬 천사가 내려와 운동장에 서 있는 줄 알았다고. 진짜야!"

정치 지망생답게 아빠의 뻥과 아부는 점점 더 심해졌다. 천사? 소현은 성당에서 본 천사의 모습을 머릿속에 그리며 스르르 잠이 들었다. 그러자 정말 천사가 되어 하얀 날개를 우아하게 퍼덕이며 하늘로 오르는 꿈을 꾸었다. 그동안은 무엇에 쫓기거나 철장에 갇혀 괴롭힘을 받는 악몽에 시달렸었는데, 아주 오랜만에 꾼 기분 좋은 꿈이었다.

과자 도둑

4월도 벌써 하순으로 접어들었다. 유난히 추웠던 겨울이 완전히 물러간 화창한 봄날, 병원 담장을 따라 개나리꽃이 만발해 있었다. 가지가 휘어질 정도로 많이 피어 꽃 터널을 이룬 채 봄바람에 살랑살랑 손을 흔들었다. 거부할 수 없는 유혹의 손짓이었다. 이리 나오세요! 어서요! 소곤대는 그 소리가 귀에 들렸다. 소현은 창가에서 묵묵히 개나리꽃 터널을 바라보다 더 이상 참지 못하고 입을 열었다.

"엄마! 나, 밖에 나가고 싶어!"

"밖엘?"

"응! 나가서 햇볕 좀 쬐고 싶어! 저 꽃향기도 맡아보고."

엄마가 다가와 창밖을 살폈다. 그러더니 기다리라고 하고 병실 밖으로 나가 채 오 분도 지나지 않아 되돌아왔다. 홍 간호사한테 가서 허락을 받고 온 게 뻔했다.

점심을 먹고 난 후 나가기로 했다. 두 시경이 햇볕이 가장 따뜻할 때니까 그때 삼십 분 정도 나가도 된다는 것이었다. 소현은 마치 시험날이 닥치기라도 한 것처럼 가슴이 두근거렸다. 병실 밖으로 나가 꽃구경을 하고 향기를 맡을 생각에 자꾸 설레었다.

"혹시 응급 상황이 발생할지 모르니까 병원 경내에만 있어야 된대. 옷 단단히 입고 털모자 꼭 쓰고 마스크도 꼭 하고 나가래. 그리고 차량 매연도 좋지 않으니까 차 가까이 가지 말고. 전자파가 발생하는 곳이나 사람들이 몰려 있는 곳도 피하래."

"아이고! 그러면 나가지 말라는 소리네 뭐!"

"그러니까 얼른 들어와야지!"

"걸어서 나갈까?"

걷고 싶었다. 걸어본 지가 꽤 돼 다리가 뻣뻣했다. 발가락을 꼼지락거리고 무릎도 구부렸다 펴보았다. 목도 가만가만 돌려 몸의 움직임을 테스트했다. 큰 이상은 없었다. 생각 같아서는 2, 3킬로미터 조깅도 할 수 있을 것 같았다.

"안 돼! 꼼짝 못하고 누워 있다가 좀 나아진 지 얼마나 됐다고?"

"좀 걸어야 해! 이대로 있다간 다리가 아주 굳어버리겠어. 벌써 뻣뻣해졌어! 손도 뻣뻣하고."

"걷는 건 병실이나 복도에서 하고. 손 줘봐! 엄마가 좀 주물러줄게."

엄마가 손을 잡고 한참이나 주물렀다. 얼마쯤 그러자 손가락 움직임이 훨씬 나아졌다. 엄마에게서 손을 빼 혼자서 팔 운동을 하는데 점심밥이 배달되었다.

점심밥을 다 먹지 못하고 또 반 넘게 남겼다. 병원에서 해주는 것이라 입맛에 맞지도 않았지만, 식욕 자체가 생기지 않았다. 이름도 알 수 없는 각종 검사에 주사 맞는 회수와 알약 복용량이 늘어나 속이 늘 울렁거리면서 메스꺼웠다. 어떤 날은 먹은 것을 다 토하기도 했다. 그러고 나면 한참 동안 침대에 엎드려 숨을 헐떡거렸다. 고역이었다. 차라리 꿈이라면? 악몽을 꾸고 있는 거라면? 문득문득 그런 생각이 들었다. 하지만 꿈이 아니었다. 엄연한 현실이었다.

"다 먹어야 하는데."

"링거 계속 맞잖아?"

"링거는 링거고."

"과자 하나 사먹지 뭐!"

화장실로 들어가 칫솔을 잡기 전에 손가락 운동을 또 해봤다. 오므렸다 폈다가를 수십 차례 반복했다. 아까 엄마가 주물러줬을 때는 좀 더 나아진 듯하더니 시간이 지나자 움직임이 다시 부자연스러웠다. 양치질을 마치고 간단히 고양이 세수를 한 뒤 거울을 보았다. 밀가루를 바른 것처럼 창백한 얼굴이었다. 그동안 햇빛을 못 쬐어 그런지 핏기라고는 찾아볼 수가 없었다. 마치 연극을 위해

분장을 한 얼굴 같았다. 모르는 사람의 얼굴인 양 매우 낯설었다.

"엄마, 두 시다. 얼른 나가자!"

완전무장을 하고 휠체어에 앉아 병실을 나섰다. 엘리베이터를 타기 위해 복도 중간으로 향했다. 안내 데스크에 앉아 있던 홍 간호사가 불러 세웠다. 왜 또 세우는 거야? 소현은 싸늘한 표정으로 쏘아봤다.

"너무 오래 나가 있으면 안 돼요. 그리고 소현이 마스크 다시 꽉 매주세요. 코와 입에 완전히 밀착되도록요. 매연이나 담배연기 같은 나쁜 공기 마시면 해로워요."

엄마가 마스크 끈을 다시 꽉 졸라맸다. 양쪽 귀가 아프고 코가 답답했다. 마스크를 하면 숨을 쉬기가 매우 불편하고 골치도 아팠다. 이때 엄마 몰래 틈새를 조금 벌려놓기로 했다.

"저 홍 간호사 완전 밥맛이야!"

"왜 그래? 경험이 아주 많은 것 같던데. 이 병원에서 고참급이래."

"눈빛이 싸늘해! 말투도 딱딱하고."

소현은 담당인 홍 간호사에 대한 불평을 죽 늘어놓았다. 엄마 말고는 가장 자주 만나는 사람이었지만, 싫었다. 눈빛과 말투뿐만 아니라 왠지 정이 가지 않는 인상이었다. 그런데도 엄마는 안 그렇다고 홍 간호사를 두둔했다.

"신 간호사가 좋던데, 그 언니는 왜 다른 병원으로 갔대?"

"급료를 더 주거나 근무 조건이 더 좋으면 가는 거지. 그걸 뭐라

할 수 있니?"

신 간호사는 말투가 부드럽고 다정해서 좋았다. 이따금 자기 애인 얘기도 해주고 속마음도 털어놓아 거리감이 없었다. 그런데 그렇게 말 한마디 없이 가버리다니? 서운했다.

"내가 다른 간호사 언니한테 물어봤더니 급료 때문에 간 게 아니라 애인 때문에 간 거라고 그러던데?"

"애인 때문에?"

"응! 신 간호사 애인이 이 병원 원무과 직원이야. 3년이나 사귀었는데, 올 가을에 약혼하고 내년 봄에 결혼할 거랬어!"

네가 그걸 어떻게 아냐고, 엄마가 눈을 똥그랗게 뜨고 물었다. 별걸 다 알고 있다는 표정이었다. 소현은 자기가 엄마보다 많이 알고 있다고 뻐기는 태도로 대답해줬다.

"나한테 다 털어놨거든. 근데 둘이 싸웠대. 신 간호사가 몰래 다른 남자를 만났대. 자기보다 나이가 두 살이나 적은 레지던트를. 그래서 둘이 헤어지고 다른 병원으로 간 거래. 그러니까 신 간호사가 먼저 그 애인한테 배신을 때린 거지. 뺑 찬 거야. 그 언니 그렇게 안 봤는데."

"아이고! 어린 게 참 자세히도 안다. 간호사들 사생활을 아주 달달 외우고 있네."

"내가 왜 어려? 옛날 같으면 벌써 시집갔을 나이야. 춘향이는 열여섯 살에 이 도령을 만났고, 줄리엣은 열네 살, 우리 나이로는 열

다섯 살 때 로미오랑……."

"네, 공주님! 소인도 잘 알고 있사옵니다. 그만 셧 더 마우스 하세요. 유치한 이야기이옵니다."

국어 선생님한테 들은, 유명 문학작품 속의 어린 연인들 이야기를 다 늘어놓으려는데 엄마가 입을 막았다. 유치한 이야기라고 무시해버리는 엄마의 태도에 발끈해서 따져 물었다.

"로미오와 줄리엣이 왜 유치해?"

"그것뿐만 아니라 원래 남의 사랑 이야기는 유치하게 보이는 거야. 유치하기 때문에 진짜 사랑이고 아름다운 거라는 말도 있긴 하지만. 어, 엘리베이터 왔다."

먼저 도착한 엘리베이터에는 사람들이 너무 많아 그냥 보내야 했다. 그러고 나서 한참을 기다려 옆쪽 엘리베이터를 탔다. 문병을 왔다가 가는 사람들이 힐끔힐끔 쳐다보았다. 그들의 시선이 부담스러워 소현은 고개를 숙이고 죽은 듯이 있었다. 다른 사람들은 다 서 있는데 자기 혼자만 휠체어에 앉아 있다는 사실이 가슴을 짓눌렀다. 1층에 닿기까지의 짧은 시간이 아주 길게만 느껴졌다.

병원 건물 밖으로 나가자마자 해를 향해 얼굴을 들었다. 오랜만에 쬐어보는 햇살이었다. 따스하니 좋았다. 마스크 틈새를 조금 벌렸다가 아예 벗어버렸다. 엄마가 깜짝 놀라 토끼눈을 떴다.

"잠깐만! 햇볕 좀 쬐려고."

"안 되는데. 그럼 딱 오 분만!"

"십 분!"

"칠 분!"

"칠 분 삼십 초!"

흥정이 끝났다. 엄마와의 흥정은 대부분 중간에서 결정되었다.

마스크를 벗으니까 살 것 같았다. 호흡하기가 편해져 가슴이 뻥 뚫리는 기분이었다. 연거푸 심호흡을 했다. 콧속으로 꽃향기가 흘러들었다. 취할 듯 진한 향기였다.

엄마한테 개나리꽃 많이 있는 데로 가자고 했다. 엄마는 휠체어를 하도 많이 밀어봐서 이제 아주 부드럽고도 능숙하게 조종을 했다. 휠체어의 이동에서 오는 진동을 거의 못 느낄 정도였다. 그래도 소현은 휠체어에 앉아 이동하는 게 몸에 배지 않아 불편했다.

"와우! 끝내준다, 엄마! 그치?"

개나리꽃 터널은 황홀경 그 자체였다. 꽃멀미가 일 지경이었다. 노란 색깔과 향기에 매료돼 소현은 벌린 입을 다물지 못했다. 엄마도 마찬가지였다. 오히려 더 좋아했다. 마치 봄 소풍 온 유치원생 같았다.

"그렇구나. 사나웠던 지난겨울을 생각하면 꽃 한 송이 피어날 것 같지 않더니. 아유! 어쩜 이렇게 흐드러지게도 피었니?"

개나리꽃을 보니 소현이도 희망이 솟았다. 자기가 중환자라는 생각이 없어지고 정말 엄마와 봄 소풍을 나온 기분이었다. 마음이

상쾌했다. 기분이 더없이 좋았다.

"여기 있으니까, 별처럼 생긴 이 꽃들이 한꺼번에 떨어져내려 그 속에 묻혀버릴 것만 같아! 나는 노란색이 좋아!"

소현은 능수버들처럼 늘어진 가지를 잡고 꽃송이를 유심히 살폈다. 네 방향으로 뻗친 조그맣고 가냘픈 꽃잎이 정말 별 모양이었다. 너무 작아 시력을 집중하고 꼼꼼히 살펴보았다. 단순한 모양의 네 개의 꽃잎, 정 가운데 암술과 수술이 볼품없이 툭 불거져 나와 그리 예쁘지는 않은 꽃이었다. 그러나 한꺼번에 무더기로 피어 있는 자태와 원색의 노란 색깔이 주는 강렬한 인상이 몹시도 매혹적이었다. 다른 사람들은 그 점을 못 느끼는지 밖으로 나와 개나리꽃을 구경하는 사람은 없었다. 유난히도 매서웠던 지난겨울 추위에 마음이 꽁꽁 얼어 아직 녹지 않은 모양이었다. 시력을 집중해서 보다 보니 꽃잎이 이중 삼중으로 보였다. 그리고 조금 후에는 시야가 뿌옇게 흐려지더니 꽃잎의 형태만 희미하게 잡힐 뿐이었다. 손등으로 눈을 비비고 다시 봐도 나아지지 않았다. 엄마한테는 얘기하지 않았다.

"저 위쪽으로 가보자, 엄마!"

"그럴까? 참, 아빠한테 전화 해볼래?"

"내가 직접?"

"아니. 내가 하고, 너는 좀 떨어져서 들으면 되지! 확성폰으로."

굳이 그러고 싶지 않았다. 새한민주당 전북도당 사무국장인 아빠는 차기 전주 시장을 노리고 있어서 항상 눈코 뜰 새 없이 바빴다. 그러기에 이삼 분이라 해도 시간을 빼앗기가 꺼려졌다. 지난번에 아빠가 일주일이나 휴가를 내어 간호를 해주는 바람에 있는 얘기 없는 얘기 실컷 나눠 할 말도 없었다.

"됐어! 할 말도 없는데 뭐!"

"그래 그럼! 내일 또 오실 거니까."

"엄마! 옛날에 아빠랑 데이트하다가 시냇물에 빠진 적 있어?"

"시냇물에 빠져? 아니! 그런 적 없어."

엄마가 도리질을 쳤다. 지나치게 아니라고 그러니까 오히려 의심스러웠다. 눈을 가늘게 뜨고 엄마의 표정을 살피면서 다시 물었다.

"정말 없어? 아빠랑 모악산으로 데이트하러 갔을 때, 아빠가 엄마를 업고 징검다리를 건너다가 미끄러져서 개울물에 빠졌다는데? 그래서 둘이 덜덜덜 떨면서……."

"어머나! 아빠가 그 얘길 너한테 했단 말이야? 네 아빠 미쳤어! 미쳤어! 죽을 때까지 비밀로 하기로 약속했는데."

"그런 적 있었으면서 왜 없었다고 거짓말을 해?"

눈을 허옇게 흘기며 따지고 들었다.

"거짓말이 아니라……. 아유! 그때 생각하면 지금도 얼굴이 화끈거린다. 안 업히겠다는 걸 네 아빠가 강제로 업더니, 그렇게 물에 풍덩 빠뜨려놓지 뭐니! 그때 엄마는 흰색 면 블라우스에 빨간색 롱스커트를 입고 있었는데, 물에 빠져서 완전 미친년 꼴이 되었었다니까. 그 꼴로 버스를 타고 돌아오는데 사람들이 다 쳐다보는 거야! 나중엔 학교에도 소문이 쫙 퍼져서……. 아이구! 얼마나 쪽 팔리고 창피한지, 두 달 동안 네 아빠 안 만났었어!"

엄마 얼굴이 저녁노을처럼 빨개졌다. 그 당시 상황이 떠오르는지 눈을 질끈 감고 몸서리를 쳤다. 소현은 그 모습을 보고 씨익 웃은 뒤 또 물었다.

"물에 빠진 그날, 아빠가 엄마한테 프러포즈를 했다며?"

"그날 한 게 아니야. 한 달 뒤에 빨간 장미꽃 한 송이 들고 찾아와서 불쑥 내밀더니, 인생길이 어쩌구 징검다리가 저쩌구 함께 건너자느니 뭐니 하며 비 맞은 중처럼 중얼거리더라. 정중히 '저와 결혼해주십시오!' 한 것도 아니고."

"아하하하! '저와 결혼해주십시오'는 너무 직설적이잖아? 인생의 징검다리를 함께 건너자는 게 시적이고 낭만적이지! 그런데 엄마, 있잖아?"

소현은 문득 떠오르는 게 있어서 엄마를 불렀다. 밖에 나오니 머리가 맑아지고 혀가 부드러워져 말이 술술 나왔다.

"1학년 때 담임 샘이 말해줬는데, 스웨덴에서는 '나는 그대의 프라이팬에서 녹는 한 조각 버터가 되고 싶습니다'라고 프러포즈를 한대!"

"정말?"

"응! 그리고 나미비아에서는 '내가 아끼는 염소의 젖을 당신과 함께 영원히 짜고 싶소!' 이렇게 프러포즈를 한대!"

"염소의 젖? 무드 없게 웬 염소젖을 짜니? 차라리 양젖을 짜는
게 낫지! 아호호호!"

엄마가 배꼽을 잡고 웃었다. 그렇게 큰 소리로 웃는 엄마의 모습
을 본 지가 얼마 만인지 기억이 잘 나지 않았다. 나 때문에 엄마가
웃음을 잃고 지내는구나! 마음이 짠했다.

비록 짧은 시간이었지만 밖에 나와 햇볕을 쬐고 꽃구경을 했더
니 답답증이 다 사라졌다. 그래서 엄마가 그만 들어가자는 말에도
저항하지 않고 순순히 따랐다. 병원 본관 건물 출입구로 들어서자
마이크 소리가 들렸다. 구내매점 쪽이었다. 매점 옆 공간에 사람들
이 꽤 많이 몰려 있었다. 무슨 공연을 시작한다는 안내 방송이었다.

"엄마, 에이스 과자 하나 사자. 먹고 싶어!"

"여기 있을래? 내가 가서 사올게."

엄마가 매점으로 두어 걸음 갔을 때 엄마를 불렀다.

"같이 가, 엄마!"

"사람들 많이 몰려 있는데? 여기서 기다리지!"

"너무 그러지 좀 마! 나, 괜찮아. 마스크 꽉 맸잖아?"

인상을 쓰며 목소리를 높였다. 그러자 엄마가 입술을 씰룩이면
서 휠체어를 밀었다.

"대체 뭘 하려는 건지 잠깐만 구경하다 들어가자!"

엄마가 안 된다고 딱 잘라 반대했다. 십 분만! 오 분만! 하며 싸

우다가 또 그 중간인 칠 분 삼십 초로 합의를 봤다. 구경꾼들이 몰려 있는 뒤쪽으로 파고 들어갔다. 엉성하게 설치된 간이무대가 보이고 무대 한편에 '소아암 환자 위문 공연'이라 쓰인 현수막이 펄럭였다. 대학교 봉사동아리에서 어린이 암환자 위로 공연을 나온 것이었다. 그래서 그런지 휠체어를 탄 채 몰려든 어린 암환자들이 삼십여 명이나 되었다. 소현은 생각보다 많은 숫자에 놀라 어안이 벙벙했다. 겨우 5, 6세로 보이는 유난히 가녀린 몸에 창백한 얼굴의 꼬마도 있었다.

"자자! 어린이 여러분! 곧 배꼽 빠지게 웃기는 코믹 마술쇼를 시작하겠습니다. 배꼽 단단히 잡고 계셔야 합니다."

사회자가 호기심을 한껏 부추겼다.

소현은 답답한 병실로 돌아가기가 싫어 잠시 구경을 해보기로 했다. 과자 봉지를 뜯어 왼손에 펼쳐 들고 오른손으로 하나씩 집어먹으면서 무대를 주시했다. 곧 우스꽝스런 피에로 분장을 한 남녀 대학생 세 명이 나와 〈은하철도 999〉 노래로 오프닝 노래를 한 뒤 마술쇼가 시작되었다. 땅딸막한 남자 대학생이 검은색 마술사 복장으로 뒤뚱뒤뚱 걸어 나왔다. 그의 모습에 아이들이 한바탕 웃음을 터뜨렸다. 호흡을 가다듬은 마술사는 허리를 꼿꼿이 펴고 입을 크게 벌린 다음, 자기의 두 손을 입에 넣더니 오색 테이프를 길게 뽑아냈다. 그런 다음 뽑아낸 테이프를 둘둘 말아 둥지를 만들고는 엉덩이에서 달걀을 다섯 개나 낳아 둥지 속에 넣었다. 잠시 엎드려 배로 달걀을 품는 자세를 취하더니 천천히 일어났다. 둥지 속에는 샛노란 병아리 다섯 마리가 삐약! 삐약! 울고 있었다. 와아! 아이들이 환호성을 내질렀다. 손뼉을 치기도 했다. 아주 가냘픈 꼬마도 힘겹게 손뼉을 치며 좋아했다. 그러나 소현은 너무 초보적인 마술에 실망을 하고 말았다.

막간에 다시 피에로 세 명이 나와 〈달려라 하니〉를 불렀다. 그들의 힘찬 목소리에 아이들도 신이 나 함께 따라 불렀다. 그러자 피에로들은 입만 뻥긋대며 아이들에게 더 크게 부르라고 힘찬 손짓을 반복했다. 아이들의 노랫소리가 점점 높아지더니 나중에는 병원이 다 흔들릴 정도로 커졌다. 귀가 따가웠다. 아이들이 노래를 마치자 박수 소리가 또 한 번 귀청을 때렸다.

"다음은 조금 더 고차원적인 고급 마술을 보여드리겠습니다. 한국 마술계의 샛별 드림박 양을 소개합니다. 어린이 여러분! 뜨거운 박수로 환영해주십시오."

그냥 들어갈까 하다가 딱 한 코너만 더 보기로 하고 소현은 연신 과자를 집어 먹었다. 엄마도 흥미가 있는지 무대로 시선을 집중시키고 있었다. 그사이 구경꾼들은 점점 더 많이 몰려들어 무대 주변이 북적북적했다. 별관으로 가는 통로에도 구경꾼들이 많았다.

사회자의 소개를 받고 두 번째로 나온 마술사는 큰 키에 마른 체형의 여자 대학생이었다. 커다란 마술사 모자를 쓰고 지팡이를 들고 망토를 휘날리며 제법 그럴싸하게 등장했다. 그녀는 일단 검은색 주머니를 꺼내 들더니 그것을 홀랑 뒤집어 보였다. 그리고 탁탁 털었다. 속에 아무것도 들어 있지 않다는 시늉이었다. 주머니를 다시 원래대로 뒤집은 여대생 마술사는 한쪽 손을 공중으로 높이 치켜 올렸다. 그러고 나서 휘휘 젓는가 싶더니 무언가를 잡아 주머니 속에 넣는 동작을 세 번이나 반복했다. 마술사는 곡선을 그리는 느린 손놀림으로 아이들의 시선을 끌어 모은 뒤 주머니 속에 손을 깊이 집어넣었다. 한동안 그렇게 손을 넣고 있다가 기다란 속눈썹을 붙인 두 눈을 끔뻑이면서 천천히 손을 뺐다. 우와~! 아이들이 또 환호성을 질렀다. 그녀의 손에는 파란 자동차가 들려 있었다. 그녀는 그것을 앞에 앉아 있는 어린이 환자에게 우아한 폼으로 건네주었다. 이후 검은 주머니에서는 소형 장난감과 인형들이 줄줄이 이어져 나왔다. 어디서 본 듯한 아마추어 마술에 불과했다. 차라리 신나는 노래, 춤, 연주와 코믹한 연극을 하는 게 낫겠다는 생각이 들었다. 하지만 바쁜 시간을 쪼개 아픈 아이들을 찾아와 보수도 없이 공연을 해주는 게 고마웠다. 소현은 병이 다 나아 나중에 대학에 가면 병원 봉사동아리 활동을 해보리라 마음먹었다. 누구보다 환자들의 심정을 잘 알기에 한 달에 한 번만이라도 멋진 위문공연을 펼쳐 보이기로 결심했다. 희정이하고 선아와 함께라면 더욱 좋을 것 같았다. 1학년 가을 소풍 때 반 대항 장기자랑에서 그 애들이 보여줬던 즉석 콤비 춤은 아이들은 물론 선생님들까지도 모조리 기절시켰던 핵폭탄급 개그 공연이었다. 당연 1등을 해 문화상품권 열 장을 차지했었다.

　어설픈 마술에 입맛을 쩝쩝 다신 소현은 과자를 집으려고 다시 오른손을 뻗었다. 그러다 깜짝 놀라 동작을 멈췄다. 누군가가 자기 과자를 집어 먹고 있었다. 거미처럼 기다란 손가락으로 과자를 아주 자연스럽게 집어가 입에 넣고 오물오물 씹어 먹었다. 이 사람 뭐야? 벌써 몇 번을 집어 먹었는지 과자는 겨우 대여섯 개만 남아 있을 뿐이었다. 아까 분명 열 개 넘게 남았었는데? 황당했다. 소현은 자기 왼손에 든 과자 봉지를 치울까, 생각하다가 가만히 지켜보기로 했다. 아무리 도둑놈이라도 하나는 남겨두겠지! 옆모습을 꼼꼼히 살피면서 모르는 척하고 있었다. 환자복을 입고 휠체어에 앉아 있는 걸로 보아 같은 병원 환자가 분명했다. 머리에 털모자도 쓰고 있었다. 키는 그리 커 보이지 않았고 체격 또한 작은 편이었다. 나이는 대략 19세에서 21세 정도로 추정되었다. 과자 도둑은 대학생 마술사의 서툰 마술에 빠져 히죽히죽 웃어댔다. 그러면서 계속 과자를 집어가 자기 입에 넣었다. 옆으로는 시선을 돌리지도 않고, 오로지 무대에만 고정시킨 채 과자를 집는 기계적인 손동작을 반복했다. 마술에 푹 빠져 주변 상황을 전혀 인식하지 못했다. 이제 과자는 두 개밖에 남지 않았다. 설마 더 이상은 안 가져가겠지! 그러나 그 기대는 금세 깨지고 말았다. 과자 도둑은 두 개를 한꺼번에 가져가 입을 크게 벌린 뒤 쏙 집어넣고 말았다. 와! 어이가 없네! 그러나 그게 끝이 아니었다. 도둑은 또다시 과자 봉지에 손을 뻗었다. 그러고는 과자를 찾아 기다란 손가락을 왕거미처럼 더듬거렸다. 아주 싹쓸이를 하려고 하는군! 몇 번이나 더듬거리다가 과자는 없고 부스러기만 남았음을 알아챈 도둑은 그제야 과자 봉지를 내려다보았다. 그 즉시 자기 과자가 아니었다는 사실을 깨달은 도둑은 화들짝 놀랐다. 도둑이 고개를 천천히 들어 올렸다. 어느 정도 들어 올리다가 멈추고 눈동자를 옆으로 살며시 돌렸다. 그러다 소현이와 눈길이 딱 마주쳤다. 도둑은 두 눈을 휘둥그렇게 뜨고 입을 헤벌린 채 말을 하지 못했다. 얼굴이 벌게지며 이마에 식은땀이 맺히는 게 몹시 당혹스러워하고 있었다. 그 모습에 소현은 큭큭! 속으로는 웃었지만 겉으로는 기분 나쁘다는 표정을 지어보였다.

"아! 이, 이거 미, 미안합니다. 제 건 줄 알고 그만……."

소현은 입을 꾹 다물고 도둑의 두 눈을 똑바로 바라보며 잠자코 있었다.

"제, 제가 사, 사드릴게요."

"아니에요!"

쌀쌀맞게 딱 끊어서 말했다. 그리고 엄마 옆구리를 톡톡 쳤다. 이제 그만 가자는 의사 표현이었다.

"재밌는데, 가려고?"

마술에 빠져 있던 엄마는 조금만 더 보고 가자는 표정을 지었다.

"응! 피곤해!"

"그래? 그럼 얼른 가자!"

병실로 돌아온 소현은 곰곰이 생각하고 또 생각했다. 하지만 기억이 나지 않았다. 분명히 모르는 얼굴이었다. 그러나 딱 한 가지는 예외였다. 바로 눈빛이었다. 틀림없이 어디선가 보았던 눈빛이었다. 어딘지는 알 수가 없었다. 머릿속에서 가물가물 맴돌기만 할 뿐 좀체 떠오르지가 않았다.

"참, 이상하네!"

"뭐가?"

"기억이 날 듯 날 듯 하면서 끝내 안 나. 엄마, 나 어떡하지? 머리도 점점 나빠지나 봐!"

겁이 덜컥 났다. 죽더라도 제정신으로 고이 죽고 싶었다. 언젠가 텔레비전에서 보았던 치매 환자처럼 모든 기억을 상실한 추한 모습으로 죽고 싶지 않았다.

"일시적인 현상일 뿐이야. 엄마도 가끔 그러는데 뭐!"

"엄마는 나이가 있으니까 그럴 수도 있지만, 나는 아직 어리잖아? 엄마! 나, 구구단 좀 외워볼게 틀리나 잘 들어봐!"

소현은 구구단을 외우기 시작했다. 2단부터 시작해 3단, 4단, 5단까지는 별무리가 없었다. 그런데 6단으로 들어서서 중반을 넘어가자 조금씩 헷갈리기 시작했다. 더듬더듬 7단을 넘고 8단으로 들어섰다.

"팔 일은 팔, 팔 이 십륙, 팔 삼, 팔 삼, 팔 삼 뭐지, 엄마?"

"이십사!"

"팔 삼 이십사. 팔 사, 팔 사는?"

"너 장난하는 거지?"

"장난 아냐! 생각이 안 나. 정말이야."

엄마가 놀라 손을 잡았다. 손을 잡은 채 큰 소리로 물었다.

"우리 아파트가 몇 동 몇 호야?"

"103동 1108호!"

"집 전화번호는?"

"집 전화번호는, 집 전화번호는…… 안 나! 생각 안 나!"

"잘 생각해봐!"

생각나지 않았다. 기억해내려 아무리 애를 써도 떠오르지가 않았다.

"안 난다니까. 생각해내려고 하면 머리가 쿡쿡 쑤시고 혼란스러워! 아, 나 어지러워, 엄마!"

"침대에 가만히 누워 있어! 내가 직접 가서 의사 선생님 모셔올게."

엄마는 문도 닫지 않고 병실 밖으로 황급히 뛰어갔다. 소현은 눈앞이 어두워졌다. 아무것도 안 보이고 캄캄했다. 복도를 뛰어가는 엄마의 구둣발 소리만 들렸다. 점점 멀어져 가는 엄마의 구둣발 소리를 듣다가 소현은 그대로 기절하고 말았다.

개나리꽃은 벌써 다 지고 가로수의 은행잎들이 제법 커서 짙은

녹색을 띠기 시작한 6월 초순이었다. 그동안 소현은 산소호흡기까지 착용했던 위급 상황을 넘기고 안정을 되찾았다. 병세에 큰 차도는 없었으나 극심한 통증이 나타나는 횟수는 좀 줄어든 편이었다. 어제 그제 이틀간 흐릿하던 하늘이 오늘은 맑게 개어 기분이 상쾌했다. 말도 잘 듣고 식사량도 늘고 또 대화도 많이 나눠서 그런지 엄마는 소현이가 저번처럼 극단적인 행동은 하지 않을 거라 확신하는 눈치였다. 아까 엄마는 아빠 사무실에 들렀다가 또 엄마 가게인 커피숍에도 들러 밀린 일을 보고 온다며 나갔다. 소현은 희정이가 선물로 주고 간 낙서 노트를 꺼내 들었다. 무언가 써 보려는 의도였다. 우선 '희정아, 선아야, 고마워! 소중하게 간직할게!'라는 말과 그 애들 휴대폰 번호 두 개를 썼다. 그다음에는 생각이 나지 않았다. 창밖 하늘을 보기도 하고, 거리를 살피기도 하고, 병실을 빙글빙글 돌기도 하며 무엇을 쓸까, 고민을 했으나 결국 한 글자도 더 쓰지 못하고 도로 침대 맡에 내려놓고 말았다.

멍하니 서 있다가 출입문으로 다가갔다. 문을 한 뼘쯤 열고 복도를 살폈다. 홍 간호사가 다른 병실에 들어간 틈을 타 밖으로 나가려는 계획이었다. 그러나 좀체 기회가 오지 않았다.

"무슨 여자가 화장실도 안 가냐? 줄곧 책상에만 앉아 있네."

혹시 조는 게 아닐까 해서 두 걸음이나 나간 다음 다시 안내 데스크 쪽을 살폈다. 다른 간호사들은 보이지 않는데 홍 간호사는 여전히 자기 자리를 지키고 있었다.

"계단으로 내려갈 수는 없고. 어떻게 들키지 않고 엘리베이터를 타지?"

방도가 없었다. 홍 간호사가 자리를 비울 때까지 기다리는 수밖에. 홍 간호사만 없으면 다른 간호사들은 그리 까다롭게 굴지 않으니까, 잠깐의 외출은 허락해줄 가능성이 높았다. 보호자가 없다는 게 좀 걸렸지만 둘러대면 될 것도 같았다.

거의 한 시간이 지나서야 기회가 왔다. 홍 간호사가 차트를 들고 복도 끝 다른 병실로 들어가는 게 포착되었다. 야호! 소현은 쾌재를 부르며 서둘러 복도로 나갔다. 부지런히 바퀴를 돌려 엘리베이터 앞까지 갔다. 그리고 버튼부터 눌렀다.

"소현아!"

어느 병실에서 나오던 간호사가 크게 불렀다. 안면이 있는 간호사였다.

"함부로 나오면 어떡하니? 어디 가려고?"

예상했던 일이라 침착하게 대답했다.

"매점에 좀 잠깐 내려갔다 오려고요."

"매점엘 왜?"

얼른 갔다 오라고 그럴 줄 알았는데, 왜라는 물음을 들으니 말문이 턱 막혔다. 우물쭈물하다가 대충 둘러댔다.

"그게 저…… 생, 생리대 사려고요."

"그래? 그럼 내가 사다줄게!"

"아, 아니에요! 창피하게 어떻게 그래요. 내가 얼른 갔다 올 거 예요."

엘리베이터가 내려와 멈추고 문이 열리자마자 잽싸게 올라탔다.

하늘은 맑았으나 바람이 약하게 불고 있었다. 그래도 이왕 나온 거 목표 달성을 하고 싶었다. 1층 현관을 나서서 담장 쪽으로 갔다. 전에 엄마와 개나리꽃을 구경하던 곳이었다. 천천히 바퀴를 굴려 별관 방향으로 20여 미터 더 이동했다. 담장 밖에 서 있는 은행나무 가지가 병원 안쪽으로 뻗어 있는 지점에서 멈췄다. 휠체어 브레이크를 채우고 일어났다. 그리고 팔을 들었으나 손이 가지에 닿지 않았다. 까치발을 해봐도 약 5센티 정도가 모자랐다. 저걸 어떻게 따지? 휠체어에 올라선다면 모를까 아무래도 힘들 것 같았다. 그냥 포기하려는데, 저쪽 장례식장 주차장에 세워져 있던 차문이 열리더니 누군가가 밖으로 나왔다. 검은 정장 차림의 머리칼이 허옇게 센 할아버지였다. 장례식장에 온 문상객 같았다. 돌아가신 친할아버지 생각이 났다. 초등학교 2학년, 소현은 그때 너무 어린 나이라 죽음의 의미를 알지 못했다. 그러나 병원에 입원한 이후는 죽음이 늘 자기 곁에 머물러 있다는 걸 느꼈다. 자기 곁뿐만 아니라 종합병원이라는 곳엔 항상 죽음의 그림자가 서성이고 있음을 알아챘다. 종합병원 내에 있는 장례식장, 당연한 듯이 보이면서도 왠지 모르게 어울리지 않는 광경이었다. 하루라도 빨리 벗어나고 싶은 곳이었다.

"그거 따려고? 내가 따주마."

가까이 다가온 할아버지가 은행잎을 하나 따서 건네주었다.

"감사합니다."

소현은 부채 모양의 은행잎을 찬찬히 들여다보았다. 올봄에 새로 돋아나 벌써 크기가 아기 손바닥만 하고 색깔도 짙어져 진녹색에 가까웠다. 희정이가 선물로 준 낙서 노트 갈피에 꽂아둘 생각이었다. 여태 하얀 백지로 남아 있는 노트가 왠지 쓸쓸해 보여서였다. 특별히 낙서할 것도 없고, 그렇다고 글을 쓸 것도 아니고, 또 쓴다고 해도 손이 자꾸 떨리고 손가락 움직임이 부자연스러워 잘 될 것 같지가 않았다. 그냥 은행잎이나 한 개 따다가 넣어야겠다는 생각을 했었다. 은행잎은 소현에게 특별한 추억이 담겨 있기에 더욱 그랬다.

은행잎을 들고 현관으로 들어가 매점을 향해 휠체어를 몰았다. 과자나 한 개 사들고 병실로 갈 심산이었다. 크기가 생리대와 비슷하니 봉투에 넣어가지고 올라가면 혹 홍 간호사와 맞닥뜨린다 해도 추궁을 덜 받을 것이었다. 다른 간호사들만 있으면 그냥 통과하는 거고, 홍 간호사에게 들키면 생리대라고 둘러대면 지가 어떡하겠어? 혼잣말을 중얼거리면서 움직여 매점을 3, 4미터 남겨놓았을 때였다.

"저기……."

좌측에서 누군가가 다가왔다. 휠체어를 타고 머리에 쑥색 털모자를 쓰고 입에 마스크를 한 남자였다. 남자가 바짝 다가와서 멈추더니 마스크를 벗었다. 어? 바로 그 과자 도둑이었다.

"이거 받으세요."

무언가 하고 보니 길쭉한 사각기둥 형태로 포장이 된 과자를 들고 있었다. 소현이가 사려던 바로 그것이었다. 받지 않고 남자의 눈을 바라보았다. 낯익은 눈빛이었다.

"지난번엔 정말 미안했어요. 받으세요."

선뜻 받기가 뭐해 머뭇거렸다. 남자가 다시 입을 열었다.

"거의 매일 와서 기다렸어요. 엄마한테는 화장실 간다고 그러고서."

"어머! 한 달이 넘었는데, 이깟 과자 하나 때문에 매일 몇 시간씩이나요?"

믿어지지 않아 질문을 해놓고도 물끄러미 바라보았다. 남자가 뒤통수를 긁적였다.

"몇 시간씩은 아니고, 한 시간 정도씩이요. 못 오는 날도 있었고요."

"그래요? 나는 재검사니, 정밀검사니 온갖 검사를 다 받느라 한동안 병실에서 나오지 못했어요. 컨디션도 나빴었고요."

"그랬군요. 나도 며칠 그랬었는데……."

계속 과자를 내밀고 있는 게 미안해 받아들었다. 받지 않으면 하루 종일이라도 그러고 있을 표정이었다. 꾹 다문 입술이 은근히 고집이 있어 보였다.

"그쪽도 이 과자 좋아하나 보죠?"

"아니 뭐, 좋아한다기보다……."

"저는 병원에 입원한 이후로 이 과자만 먹어요. 다른 것도 먹고 싶기는 하지만, 이건 짜지도 달지도 맵지도 않고 양도 많지 않고 그래서. 간식으로 딱이에요."

"아, 그래요?"

"저기 저쪽으로 가서 함께 먹어요!"

매점 옆에 마련된 휴게소로 갔다. 벤치를 가운데 두고 서로 마주 보게 휠체어를 멈췄다. 과자 봉지를 뜯어 벤치 위에 펼쳤다. 얄팍한 정사각형의 과자들이 서로 밀착되어 가지런히 배열되어 있었다. 가운데에서 한 개를 뽑아 남자에게 건넸다. 남자가 수줍어하면서 기다란 손가락으로 받아들었다. 소현이도 마스크를 벗고 과자한 개를 빼내 입에 넣었다. 그리고 남자의 두 눈을 똑바로 바라보았다. 분명 낯이 익은 눈빛이었다. 하지만 생각이 나지 않았다.

"근데 그쪽은 어디가 아파서 입원한 거예요? 병명이 뭐예요?"

"척수 쪽에 이상이 좀……. 뭐 별로 심하지 않아요. 걷는 것도 가능하고요. 아마 다음달에 퇴원할지도 몰라요."

거짓말 같았다. 말하는 내내 남자의 눈빛이 심하게 흔들렸다. 밝히기 싫은 모양이었다. 소현은 남자의 병에 대해서는 더 묻지 않기로 했다. 남자도 소현의 병에 대해 묻지 않았다.

한동안 말없이 과자만 집어 먹었다. 분위기가 어색해져 거북스러웠다. 그렇다고 마냥 말을 안 하고 돼지새끼들처럼 과자만 집어

먹을 수도 없고. 실례를 무릅쓰고 조그마한 목소리로 물었다.

"근데 죄송하지만…… 대학생이에요?"

"아니에요."

뜻밖이었다. 나이가 좀 들어 보이는데 아니라니? 그러면 휴학생? 백수? 진짜 도둑놈? 얼굴만 보고는 도저히 예측할 수가 없었다.

"고등학교 1학년이에요."

"어머! 그래요? 그렇게 안 봤는데. 그럼 내 또래네요."

반갑기도 하고 쑥스럽기도 했다.

"그럼 학교 다니다가 온 거겠네요?"

과자를 한 개 건네면서 다시 물었다.

"예! 고등학교 1학년 입학하고서 좀 다니다……."

"저는 작년에, 중2 2학기 때 입원해서 여태까지 있는 거예요. 어디서 왔어요? 억양이 약간 다른 것 같아요."

"김천에서 왔어요. 경상도 김천."

경상도라는 소리에 소현은 자기도 모르게 눈살을 살짝 찡그렸다. 엄마 아빠와 친척들, 심지어 학교 선생님들한테 들은 게 있어서였다. 주변 사람들 거의가 그쪽 지역 사람들을 좋지 않게 생각하고 있었다. 그게 은연중 몸에 배어버린 것이었다. 다른 친구들도 대부분 비슷했다.

"거기 병원에 두 달가량 있다가 이 병원으로 옮겼어요. 5월 중순에요. 아버지는 경상도 사람이 왜 전라도로 가느냐며 대구로 가자고 했는데, 이곳 전주에 사시는 작은어머니가 어머니와 교대로 병간호를 해준다며 이리로 오라고 해서…….”

남자는 또 말끝을 흐렸다. 아마도 습관인 것 같았다.

“작은아버지가 한국전력 전주지사에 근무하시거든요. 그래서…….”

“그랬군요. 근데 이름이 뭐예요? 제 이름은 임소현이에요.”

“손민혁!”

이름을 듣는 순간 이상한 느낌이 들며 기억이 번쩍 떠올랐다. 작년 9월 친구들과 시내 나갔다가 버스 안에서 본 소형 트럭 속 그 여자애의 눈빛이었다. 슬픔이 서려 있는 깊은 눈동자, 틀림없었다. 세상에 이런 인연도 있다니? 믿어지지가 않았다. 그날 본 사람은 여자애였는데? 내가 잘못 본 건가? 아니겠지, 아니겠지 하면서도 소현은 뚫어져라 민혁의 눈을 바라보았다. 남자의 눈이라고 할 수 없을 정도로 잔잔하면서도 맑았다. 소현은 민혁의 눈동자에서 시선을 뗄 수가 없었다. 민혁의 눈동자 깊숙이에는 자신이 담겨 있었다. 민혁이도 소현의 두 눈을 똑바로 바라보며 소현의 눈동자 속에 박혀 있는 자신의 모습을 확인했다.

작년 9월에 소형 트럭을 타고 전주에 온 적이 있느냐, 물어보려는데

“야, 소현아! 너 거기서 뭐하는 거니?”

뒤에서 엄마의 앙칼진 목소리가 들려왔다. 깜짝 놀라 뒤를 돌아다보았다. 엄마가 빠른 걸음으로 다가왔다. 다가와 눈을 부라리며 다그쳤다.

"여기서 뭐하는 거야, 대체?"

"과자 먹고 싶어서 과자 사려고 내려왔어. 지금 막 올라가려는 참이었어!"

"그럼 어서 가자!"

엄마가 휠체어를 급하게 미는 바람에 민혁이와 인사도 못 나누고 헤어졌다. 가다가 소현은 딱 한 번 뒤를 돌아다보았다. 엘리베이터를 타기 직전이었다. 민혁은 여전히 그 자리에 있었다. 민혁이 이쪽을 바라보며 손을 치켜들었다. 왠지 쓸쓸해 보이는 모습이었다. 같이 손을 들어 보이려는 순간 다른 사람들에 가려지고 말았다.

슬리퍼 데이트

자기가 한턱 크게 쏘겠다며 나갔던 희정이가 달랑 음료수 캔 네 개를 들고 들어왔다. 그것을 하나씩 나눠주며 호들갑스레 자기 자랑을 했다.

"한 시간 신청했는데, 손님이 없는 낮 시간이니까 내가 삼십 분 더 달랬어. 그랬더니 아줌마가 더 준대."

"그럼 실컷 놀아도 되겠네?"

"그럼! 오늘 스트레스 완전히 풀어버리고 새처럼 가볍게 날아가는 거지!"

소현은 캔을 따 우선 목부터 축였다. 옆에 앉은 민혁이도 캔을 땄다. 그러나 마시지는 않았다. 민혁이는 자꾸 희정이와 선아의 눈치를 보며 몸을 움츠렸다. 서리 맞은 호박잎처럼 영 기를 펴지 못했다. 그 모습이 우스워 희정이와 선아는 번갈아서 민혁을 놀려 댔다. 순진한 산토끼를 만난 굶주린 이리들 같았다. 마구 물어뜯 었다.

"노래방 처음이에요? 그쪽 경상도 동네는 노래방도 없나 보죠? 강원도 첩첩 산골 면소재지에도 최소 세 개는 있다는 게 노래방 인데."

"이제 보니 경상도 머스마 별거 아니네. 전라도 싸나이만 못하 네. 크크!"

심지어 지역감정을 자극하는 발언까지 내뱉었다. 가장 친한 친 구들이라서 인사를 시켜준 건데, 얄미웠다.

"겁먹지 말고 음료수부터 마시세요. 안 잡아먹을 테니까요."

그럴수록 민혁은 더욱 주눅이 들어 몸이 점점 짜부라졌다. 수줍 음 때문에 양쪽 볼이 잘 익은 홍시처럼 빨개졌다. 그 모습이 꼭 갓 시집온 새색시였다.

내가 공연한 짓을 했구나! 소현은 친구들에게 민혁을 소개시켜 준 걸 후회했다. 그리고 안 오겠다는 걸 억지로 끌고 온 것도 후회 스러웠다. 하지만 이미 엎질러진 물이었다. 깨어진 접시였다. 후회 스럽다고 해서 되돌릴 수 있는 일이 아니었다.

"자, 이제 가위바위보로 순서를 정해서 본격적으로 놀아보자!"

"좋아! 좋아! 본전 뽑자고."

"함께 가위바위보 해요."

소현의 말에 민혁은 고개를 가로저었다. 희정이가 보고 핀잔을 주었다.

"아니! 노래방에 와서 노래를 안 하면 대체 뭘 하겠다는 거예요? 축구를 해요? 복싱을 해요? 아님 수영을 해요?"

"아는 노래 없어요?"

"예! 별로……."

희정이가 억양을 높여 질문하자 민혁이 모깃소리로 대답했다. 선아가 이맛살을 찌푸렸다. 희정이는 아주 대놓고 눈을 흘겼다. 자기 주특기인, 양쪽 눈을 온통 흰자위로 만들어 겁을 주었다.

"그럼 춤이라도 춰서 분위기 살려요. 우리 오랜만에 왔는데 분위기 죽이지 말고."

"춤은……, 더 못해요."

선아가 타박을 하자 민혁은 하루살이 목소리로 겨우 대답했다. 희정이와 선아의 얼굴에 실망하는 기색이 역력했다. 자꾸 뒤로 빼는 민혁이가 소현이도 실망스러웠다. 잘하든 못하든 남자가 한번 해보지도 않고 미리 겁을 먹는 모양이 좋지 않게 보였다. 친구들에게 눈치가 보였다. 그래도 차마 가라고 할 수는 없어 그냥 놔두고 셋이서만 놀기로 했다.

"야, 우리끼리 우선 하자. 아까운 시간 다 흘러간다."

소현의 말에 가위바위보가 시작되었다. 세 번 만에 순위가 결정되어 선아, 희정이, 소현이 순이었다.

"그럼 내가 오프닝 뮤직을 한 곡 신나게 때리겠습니다. 박수! 박수!"

앞으로 나간 선아는 마이크를 잡고 박수까지 유도하더니 목청을 가다듬었다. 그리고 곧 그럴듯한 폼으로 최신 유행곡을 부르기 시작했다. 빠른 반주에 따라 몸의 율동을 만들면서 다소 큰 목소리로 불렀다. 하지만 영 아니었다. 박자도 음정도 맞지 않았고 가사도 종종 틀렸다. 웃음이 절로 터져 나왔다. 점수도 낮았다.

"아~씨! 아직 목이 안 풀렸어!"

선아가 핑계를 대며 자기 자리로 돌아왔다.

"내가 분위기 띄워보지!"

두 번째로 희정이가 나가서 마이크를 잡았다. 소현은 두 개의 탬버린 중 하나를 잡고 다른 하나는 민혁에게 주었다. 꿔다놓은 보릿자루처럼 앉자 있지 말고 탬버린이라도 흔들며 함께 놀자는 의미였다. 민혁이 마지못해 받아들였다. 주저하다 받아들고서 희정이의 노래에 맞춰 건성건성 흔들었다. 희정이도 노래가 별로였다. 랩송을 중얼중얼 염불처럼 외우다가 그대로 끝이 나고 말았다. 맥빠지는 노래였다. 그런데도 본인은 싱글싱글 흡족한 표정이었다.

"어때? 괜찮았지?"

"괜찮기는 뭐가 괜찮아? 분위기 띄우기는커녕 꽁꽁 얼었다, 얼었어!"

"차라리 다른 노래를 부르지 그랬어? 이러다 우리 드림걸즈 완전 해체되겠다."

희정이는 선아보다 노래를 훨씬 잘하는 편인데 어째 실력 발휘를 못했다. 안타까웠다. 본인도 그것을 아는지 핑계를 댔다.

"첫 곡이라 그냥 목 푼 거야. 다음 곡은 내 십팔번을 불러야지."

"그래! 처음 곡은 목을 푸는 곡으로 하고 두 번째 곡부터는 잘하는 노랠 하자!"

"이제 소현이 네 차례야."

소현이가 앞으로 나가 마이크를 잡았다. 민혁이가 있어서 조금 꺼려지기는 했지만 한 곡 부르기로 했다. 시끄럽고 요란한 댄스 음악보다 차분하고 서정적인 발라드 곡을 선택했다. 예전에 엄마 아빠랑 노래방에 갔을 때 엄마가 불렀던 곡이었다. 희정이와 선아가 손뼉을 치며 박자를 맞춰주었다. 민혁이도 탬버린을 흔들면서 친구들과 보조를 맞췄다. 그러나 예상대로 소현은 고음 처리 부분에서 소리만 고래고래 지르다 말았다. 너무 크게 질러 목이 다 아팠다. 무슨 이유인지 노래가 생각대로 잘 되지 않았다. 창피해서 얼굴이 새빨개졌다.

선아가 다시 노래를 불렀다. 아까보다 약간 나아지기는 했으나, 그게 그거였다. 희정이와 소현이도 다시 한 곡씩을 더 불렀다. 그러나 민혁이가 끼어 있어서 분위기가 좀체 뜨지 않았다. 세 명 모두 은근히 민혁을 의식하고 있었다. 그 때문에 셋이서만 놀 때와는 분위기가 달라도 너무 달랐다. 하얀 백로들 틈에 시커먼 까마귀가 한 마리 앉아 있는 격이었다. 어울리지 않았다.

"야! 우리 그냥 막 놀자. 이런 식으로 스트레스 풀리겠니? 되레 쌓인다, 쌓여!"

"그럴까? 소현아, 노래 한 곡 빠른 걸로 때려!"

소현의 엉터리 노래에 맞춰 희정이와 선아는 춤을 추기 시작했다. 그냥 생각나는 대로 머리, 몸통, 팔다리를 마구 흔들어대는 막춤이었다. 그러다 둘이 손을 잡고 좌로 우로 빙글빙글 돌면서 꺄오! 꺄오! 소리를 질러댔다. 그 모습이 우스워 소현은 노래를 하면서도 킥킥 웃었다. 민혁이도 아까보다 탬버린을 빠르게 흔들고 머리를 끄덕여 박자를 타기도 했다.

"둘이서 그렇게 추니까 신난다, 신나!"

"막춤이라면 우리도 한 춤 하거든!"

"분위기 산다. 한 곡 더 때려! 더 빠른 곡으로."

"오케이! 이번에는 내가 제일 좋아하는 〈러브데이〉를 부를게."

소현은 가장 자신 있는 곡을 선택했다. 〈Love Day〉라는 인기곡으로 남녀 커플이 부르는 경쾌하고 발랄한 듀엣 곡이었다.

"참 많이 궁금해~ 전부 다 궁금해~ 왜 잠이 안 오고 니 얼굴만 보여~."

목이 풀려 아까보다 훨씬 나았다. 희정이와 선아는 듬성듬성 노래를 따라 부르면서 별별 해괴한 동작을 다 해보였다. 골반댄스를 추다가 어깨털기 춤으로 바꾸고 이어서 어설픈 웨이브 춤을 거쳐 서로 등을 맞대고 왔다리 갔다리 하는가 하면, 다리 한쪽씩을 들어서 걸고 깨금발로 콩! 콩! 콩! 홍콩강시처럼 뛰기도 했다. 그리고 이마를 찰싹 붙인 채 서로의 눈을 들여다보면서 블루스 춤 흉내도 냈다. 엉덩이를 과도하게 씰룩이며 올라! 올라! 짱구 춤도 추고, 무릎을 구부린 엉거주춤한 자세로 한 손으로는 턱을 잡아 늘이고 다른 손은 머리 위로 올려 흔들면서 끼! 끼! 끼! 원숭이 춤도 췄다. 즉흥적으로 고안해낸 개 춤에, 소 춤을 거쳐 나중에는 식칼을 든 미친 무당처럼 얼쑤! 얼쑤! 굿판 춤까지 창안해냈다. 한마디로 오두발광 잡춤 모둠이었다. 사전에 연습을 한 것도 아닌데 신기하게도 희정이와 선아는 손발이 척척 맞았다. 소현이도 흥이 올라 얼굴이 벌게지도록 열창을 했다.

그렇게 한참을 놀았다더니 온몸에 땀이 줄줄 흘렀다. 그리고 뼈마디가 풀려 문어처럼 흐느적거렸다. 힘이 다 빠져 더 놀 수가 없었다.

"아고! 좀 쉬었다 하자."

소파에 앉아 음료수로 건배를 했다.

"자, 장차 전 세계를 휘어잡을 우리 드림걸즈의 영원한 우정을 위하여!"

"위하여!"

민혁이도 캔을 맞대고 입을 뱅긋했다. 캔을 내려놓자마자 선아가 갑자기 민혁이가 갖고 있던 탬버린을 집어들었다. 그러더니 서너 차례 흔들었다. 챙! 챙! 챙! 맑고 투명한 탬버린 소리가 룸에 울려 퍼졌다. 탬버린을 점점 빠르게 흔들면서 민혁이를 다그쳤다.

"경상도 대표로 한 곡 불러봐요. 여태 우리가 노는 거 구경했으니까 구경 값을 내야죠!"

"맞아! 세상에 공짜가 어딨어요? 봤으면 보여줘야죠! 공짜 좋아하면 대머리 된다는 거 몰라요?"

선아의 말에 희정이가 맞장구를 쳤다.

"노래가 병 치료에도 도움이 된대요. 그러니까 딱 한 곡만 해봐요. 못 불러도 좋으니까요! 솔직히 잘 부르는 것보다 못 부르는 게 훨 재밌어요."

"그래요. 나가서 아무렇게나 불러봐요. 그러면 그동안 쌓인 스트레스 다 풀려요. 어서요!"

소현이도 거들었다. 그러면서 어깨를 밀었다. 손민혁! 손민혁! 희정이와 선아는 아주 민혁의 이름을 크게 부르면서 손뼉을 쳐댔다. 무슨 마라톤 선수 응원이라도 하는 듯 목이 터져라 외쳤다. 노래방이 들썩거렸다.

민혁은 더 이상 거부하지 못하고 느릿느릿 일어나 앞으로 나갔다. 노래책을 뒤적여 선곡을 한 다음 반주기계에 곡 번호를 입력했다. 그 모습을 지켜보는 소현은 불안해서 손바닥에 땀이 다 흘렀다. 친구들 앞에서 개망신을 당하면 어떡하나? 너무 걱정이 돼 심장이 터질 지경이었다.

"저기여. 환자니까 너무 무리하진 마요."

"누나들 앞에서 재롱쇼한다고 생각하고 편히 불러요, 편히!"

마이크를 잡고 약간 몸을 돌린 자세로 서 있는 민혁을 보며 희정이와 선아가 농담을 던졌다. 반주가 흘러나왔다. 민혁이가 노래를 시작했다. 첫 소절을 듣고 소현, 희정, 선아는 어안이 벙벙한 표정을 지었다. 자기들이 이제까지 부른 노래들과 완전히 다른 노래였다. 실력 또한 달랐다. 전혀 기대하지 않았는데, 그게 아니었다. 목소리하며 제스처하며 가벼운 율동에 진지한 표정까지, 너무 완벽하게 불러 소현은 그만 넋을 놓고 말았다. 희정이와 선아도 크게 놀라서 할 말을 잊었다. 노래가 끝났는데도 한동안 두 눈을 끔벅이며 입맛만 쩝쩝! 다셨다.

"와! 어린 남자가 트로트를? 아주 대단한 실력이네요. 한 곡 더요!"

"트로트 신동들도 많은데 뭐! 앙콜~!"

소현이와 친구들은 앙코르를 신청한 뒤 시선을 민혁의 입에 모으고 조용히 기다렸다. 잠시 뒤 민혁의 입에서 다시 노랫소리가 흘러나왔다. 기가 막혔다. 민혁의 목소리에 그대로 빨려 들어가는 느낌이었다. 평소의 목소리보다 가느다랗게 발성을 해 마치 여자 목소리 같은 착각을 불러일으켰다. 첫 곡과는 또 다른 매력이 있었다.

"아, 뭐예요? 여태 우린 번데기 앞에서 주름잡은 거였잖아요?"

희정이가 또 자기의 주특기인 눈 까뒤집기를 하고서 민혁을 흘겨보았다. 선아는 한술 더 떠 음료수 캔을 집어던지려는 동작까지 취했다.

"그러게! 완전 사기네, 사기! 아, 쪽팔려 죽겠네! 사과하는 뜻으로 한 곡 더 해요. 빨리요."

선아와 희정이가 또 한 곡을 요청했다. 소현이도 고개를 끄덕였다. 민혁이 살짝 미소를 지었다. 앙코르 곡이 다시 이어졌다. 두 눈을 지그시 내려 감고 고개를 살짝살짝 흔들며 노래하는 모양새가 전문 가수와 조금도 다르지 않았다. 오히려 더 나아 보였다. 희정이와 선아는 아래턱이 빠진 채 넋 나간 표정으로 민혁에게서 눈을 떼지 못했다. 그러다 한참만에야 겨우 턱을 붙이고 말을 꺼냈다.

"와우! 우리 드림걸즈 멤버에 끼워줘야겠다. 앙콜! 또 앙콜! 무조건 앙콜!"

"가수 뺨치네요. 정말 진짜 가수 아니에요?"

"아니에요. 내가 가수는 무슨?"

민혁이 두 손을 내밀어 크게 손사래를 쳤다.

"경상도에는 맨 노래방만 있는 거 아니에요? 수상한데요. 한 곡만! 딱 한 곡만 더 해봐요!"

묘한 감정에 사로잡혀 소현이도 한 곡만 더 들어보고 싶었다. 꼭 그래야 할 것만 같은 예감이 들었다. 민혁을 똑바로 바라보며 눈빛으로 졸랐다. 민혁이 고개를 살짝 끄덕거렸다.

"그럼 딱 한 곡만! 이번 곡은 약간 경쾌한 트로트로 부를게요!"

준비 시간이 조금 길었다. 음료수를 두어 모금 마시고, 목청을 가다듬고, 마이크 테스트도 몇 번 했다. 그러고 나서 감정을 잡았다. 모두 직감적으로 민혁의 대표곡임을 알아챘다. 소현은 알 수 없는 긴장감을 느끼며 귀로 온 신경을 집중시켰다. 드디어 민혁의 마지막 노래가 시작되었다.

"날 찾아오신 내 님 어서 오세요~ 당신을 기다렸어요~ 라이라이야~ 어서 오세요~ 당신의 꽃이 될래요~ 어디서 무엇 하다 이제 왔나요~ 당신을 기다렸어요~ (……) 당신은 나의 나무가 되고~ 라이라이라이라야~ 나는 당신의 꽃이 될래요~ 나는 당신의 별이 될래요~."

탬버린을 흔드는 것도 잊고, 박수로 박자를 맞추는 것도 잊고 모두 그저 멍하니 민혁의 노래에 빠져들었다. 신기하게도 호소력이 있었고 심금을 울렸다. 아슬아슬 넘어가는 간드러지는 곡조에 소현은 혼을 빼앗기고 애간장이 녹았다. 마지막 소절, '별이 될래요'를 부를 때 민혁은 소현을 똑바로 바라보았다. 민혁의 두 눈에 눈물이 촉촉이 맺혀 진짜 별처럼 반짝였다. 민혁이 손으로 소현을 가리키며 앞으로 나오라는 손짓을 했다. 소현은 고압전선에 감전된 듯 온몸에 경련이 일고 숨이 턱 막혔다. 심장에 총이라도 맞은 느낌이었다. 아무리 진정하려 해도 되지 않았다. 초강력 자석에 이끌리듯 몸이 저절로 일어나 민혁에게로 향했다. 소현은 한 발 한 발 다가가 그대로 민혁의 눈동자 속으로 빨려 들어가고 말았다.

그 순간 소현은 눈을 번쩍 떴다. 꿈이었다. 작년 2학년 1학기 기

말고사를 마치고 희정이와 선아랑 함께 노래방에 가서 놀았던 광경이 나타난 것이었다. 그 당시와 똑같이 나타난 게 아니었지만. 민혁이라는 남학생이 끼어들어 뒤죽박죽이 되어 나타나다니? 별일이었다. 민혁의 노랫소리가 여전히 귀에 생생하게 들렸다. 천장을 바라보며 민혁의 마지막 모습을 그렸다. 그러다 기척을 느껴 고개를 돌렸다. 엄마가 보였다. 병간호에 지친 엄마가 옆에서 꾸벅꾸벅 졸고 있었다. 그동안 살이 빠져 볼이 홀쭉했다. 잔주름도 많이 늘어 있었다. 가슴이 아렸다. 그러고 보니 조금 전 꿈속에서 민혁이가 부른 두 번째와 세 번째 곡은 엄마가 좋아하는 노래였다. 잠시 엄마를 살펴보다가 팔을 뻗었다. 엄마 손을 살며시 잡았다. 엄마가 눈을 떴다. 눈동자가 충혈되어 불그스름했다.

바쁘게 일주일이 지났다. 요 며칠 이른 무더위가 기승을 부리더니 조금 수그러든 것 같았다. 하지만 창밖엔 여전히 7월의 따가운 햇살이 쨍쨍했다. 바깥 기온과는 상관없이 병실 안은 늘 후텁지근한 편이었다. 감기에 걸릴까 봐 에어컨을 세게 틀어놓지 못했고 가습기를 작동시켜 오히려 더 더운 느낌이었다. 밖으로 나가고 싶었다. 민혁이가 1층 현관 매점 옆 벤치에 앉아 기다리고 있을 것만 같았다. 손을 들어주던 마지막 모습이 자꾸 눈에 어른거렸다. 어떻게 나가지? 궁리를 했다. 궁리 끝에 엄마부터 내보내야 한다는 결론을 내렸다. 유심히 엄마를 살폈다.

"엄마, 덥지?"

"조금 덥다."

"집에 가서 샤워하고 와, 엄마! 샤워한 지 꽤 됐잖아?"

"뭘 집에까지 가. 여기 화장실에서 대충하면 되지!"

먹혀들지 않았다. 그러나 물러설 수는 없었다. 밀어붙이기로 했다.

"비좁은 데서 어떻게 샤워까지 해? 넓은 집에 가서 머리도 감고 미장원도 갔다 와! 내 걱정 말고."

"미장원?"

"그래! 명색이 커피숍 사장이라는 사람이 머리가 그게 뭐야? 부스스하니 꼭 돼지우리 같잖아?"

병원에 있느라 머리를 가꾸지 않아 엄마 머리는 정말 시골에서 김매기 하다가 온 60대 할머니 같았다. 마구 헝클어지고 짓눌리고, 버려진 까치집처럼 진짜 웃겼다.

"뭐? 돼지우리? 비유도 하필이면 돼지우리가 뭐니? 엄마 기분 나쁘게!"

"그러니까 가서 머리 좀 다시 해! 보기 정말 싫어!"

"그럴까?"

엄마가 창가로 가 창에 비친 자기 모습을 살폈다. 그러면서 머리를 매만졌다. 반은 성공한 것이나 다름없었다. 소현은 속으로 환호성을 내질렀다. 쐐기를 박기로 했다.

"내 걱정은 조금도 하지 마! 나, 이제 많이 좋아졌잖아? 내 병은 내가 잘 안다고. 답답한 병실에 있는 것보다 밖에 나가 걷기 운동을 꾸준히 하면 더욱 좋아질 텐데."

"너, 그럼 복도에서만 왔다 갔다 해! 아래로 내려가지 말고."

"당연하지! 밖에는 엄마하고만 나갈게. 어서 갔다가 와! 나, 혼자 있어도 다시는 엉뚱한 짓 안 한다고 저번에 약속했잖아?"

"그래! 그래야지. 엄마 아빠 가슴에 못을 박으면 안 돼! 그럼 이번에는 디지털펌이나 러블리펌으로 해볼까?"

"운전 조심해서 해!"

엄마 차가 병원 정문을 통과하는 것을 확인한 소현은 즉시 병실을 나섰다. 얄팍한 엄마의 여름 겉옷만 환자복 위에 걸친 채였다. 기장이 길어 거의 무릎까지 닿는 옷이었기에 몸을 많이 가릴 수 있어 좋았다. 급한 마음에 신발은 갈아 신지 못하고 병실용 슬리퍼 그대로였다. 양말도 신지 않은 맨발이었다. 다행히 안내 데스크에는 모르는 간호사 한 명뿐이었다. 홍 간호사는 점심 먹으러 가서 아직 안 돌아온 게 확실했다. 교대로 점심을 먹으러 간다는 사실은 미리 파악해두고 있었다. 엘리베이터에서 내려 매점 옆 휴게실 벤치로 한 발 한 발 다가갔다. 가슴이 뛰었다. 호흡이 가빠졌다. 여태 한 번도 경험해보지 못한 이상야릇한 느낌이었다. 사랑은 느닷없이 온다더니, 이게 바로 사랑이라는 건가? 생각하며 마른침을 연거푸 삼켰다. 스무 명은 족히 앉을 수 있는 여섯 개나 되는 벤치는 사람들이 다 차지해 빈자리가 하나도 안 보였다. 한 명 한 명을 일일이 살폈다. 없었다. 아무리 둘러보아도 민혁의 모습은 눈에 띄지 않았다. 휠체어에 앉아 있는 사람들이 매점 주변에 몇 명 있었으나 민혁은 아니었다. 실망감에 기분이 침울해졌다. 좋아하는 과자나 하나 사가지고 올라가려고 매점 창구로 다가갔다. 서너 명이 줄을 이뤄 차례를 기다리는 중이었다. 맨 뒤에 붙어 섰다. 맨 앞 사람이 물건을 사가지고 가버려 한 명이 줄어들었을 때였다.

"이거 또 사려고요?"

누군가 옆에서 손을 쑥 내밀었다. 사려던 과자가 들려 있는 민혁의 손이었다.

"어? 어쩐 일이에요?"

시치미를 뚝 잡아떼고 천연덕스럽게 물었다.

"별관 엘리베이터까지 갔다가 돌아왔어요. 두 번씩이나."

"어머! 그래요?"

줄에서 한 발 비켜서며 놀란 표정으로 민혁을 살폈다. 내심으론 무척 반가우면서도 겉으로는 표현하지 않았다. 속마음을 들키고 싶지 않아서였다.

"많이 좋아졌나 봐요? 휠체어도 안 타고."

"예, 조금! 그쪽도 걸어왔네요?"

"나도 좀 좋아졌어요. 우리, 저쪽 통로 의자로 가서 이거 먹어요."

"좀 전에 점심을 먹어서 별로 먹고 싶지 않은데……."

끝말을 흐리고 민혁의 뒤를 따랐다. 따르면서 생각했다. 어떻게 이렇게 마음이 통할 수가 있을까? 만나자고 약속을 한 것도 아닌데? 정말 이상한 일이었다. 믿어지지가 않았다. 보이지 않는 운명의 끈으로 연결되어 있는 게 확실하다고 생각했다. 그렇게 생각하니 마음이 흐뭇했다.

"이번에도 매일 내려와서 나를 기다린 거예요?"

"네! 이번에는 매일 기다렸어요!"

민혁의 대답에 소현은 기분이 몹시 좋았다. 누군가가 자기를 매일 기다렸다는 사실이 기쁘고 가슴을 설레게 했다. 나도 늘 그쪽 생각을 했어요! 머릿속에 깊이 새겨져 지워지지 않더라고요! 그 말이 입속에서 맴돌았다. 하지만 입 밖으로 나오지 못하고 목구멍으로 넘어가고 말았다. 원무과 쪽 통로는 냉방이 너무 잘 돼 시원하다기보다는 오히려 추웠다.

"추워요. 밖으로 나가는 게 낫겠어요. 나무 그늘로."

"그래요. 나가요."

병원 건물 밖으로 나서자 햇빛에 눈이 부셨다. 작은 정원 나무 그늘에 마련된 빈 벤치를 찾았다. 그러나 없었다. 벤치마다 사람들이 두세 명씩 앉아 담배를 피우거나 잡담을 나누고 있었다.

"아예 병원 밖으로 나가볼래요?"

"병원 밖으로요?"

놀라는 민혁을 보니 더 나가보고 싶었다.

"예! 여기서 멀지 않은 곳에 덕진공원이라고 아주 큰 공원이 있는데, 우리 거기까지 걸어갔다 와요. 운동 삼아서."

민혁은 잠시 머뭇거렸다. 그러다 결국 좋다고 말했다.

소현은 민혁과 함께 병원 정문을 통과해 가로수 그늘 밑을 나란히 걸었다. 입원을 한 후 약 9개월 만에 처음으로 병원 밖으로 나가는 것이었다. 병이 다 나아서 퇴원을 하는 거라면 얼마나 좋을까? 그 생각이 잠깐 들었다. 하지만 그렇지 않더라도 감개가 무량했다. 감옥에 장시간 갇혀 있다가 석방된 죄수의 기분이었다. 보폭을 크게 잡아 성큼성큼 걸었다. 거리가 조금 먼 듯했다. 아무리 가도 덕진공원이 나오지 않았다. 게다가 하필이면 가장 뜨거운 오후한 시경의 땡볕 속을 걷느라 땀이 흐르고 목이 말랐다.

"생각보다 머네요!"

"이제 거의 다 왔을 거예요. 안내 이정표 저기 보이잖아요."

"그럼 빨리 가요. 가서 나무 그늘에서 쉬어요. 물도 마시고요."

이번에는 민혁이가 한 발 앞서갔다.

덕진공원은 상상 이상으로 넓었다. 안으로 들어가자마자 민혁은 눈이 휘둥그레졌다. 드넓은 연못에 연꽃이 가득했다. 우선 정문옆 쉼터로 가서 물을 마셨다. 그리고 나무 그늘 밑 벤치에 앉아 쉬었다. 한낮이라 그런지 사람은 그리 많지 않았다. 한가해서 오히려 좋았다.

"와! 억수로 넓네요!"

"허벌나게 넓죠? 하하! 공원의 4분의 3이 연못이에요. 여기서 좀 쉬었다가 연꽃 구경해요, 아주 예뻐요!"

햇빛은 점점 더 뜨거워지고 있었다. 양지쪽의 시멘트 인도 블록이 달궈져 공기 자체가 뜨거웠다. 그늘이라 해도 후끈한 열기를 피할 수가 없었다. 그나마 매미들의 우렁찬 합창 소리가 더위를 조금 식혀주었다. 잠시 대화가 끊기고 어색한 침묵이 흘렀다. 더위 때문에 민혁은 자꾸 털모자를 매만졌다. 소현이도 귓바퀴에 닿은 털모자 끝을 조금 벌려 공기가 통하게 했다. 그러나 덥기는 매한가지였다. 뒷목덜미는 땀이 나서 축축했다. 모자를 확 벗어버릴 수도 없고, 답답하기가 그지없었다.

"아 참! 물어볼 게 있어요."

"뭐요?"

"저, 혹시 노래 잘해요?"

"노래요? 못해요."

민혁이 고개를 절레절레 흔들었다.

"그러면 그 노래는 알아요?"

"무슨 노래요?"

"〈별이 될래요〉. 여자 가수가 부르는 좀 빠른 트로트요."

"〈별이 될래요〉? 모르는데요."

소현은 꿈속에서 민혁이가 마지막으로 불렀던 노래를 떠올렸다. 그리고 민혁의 눈을 똑바로 쳐다보았다. 하지만 민혁은 쑥스러워하며 고개를 연못 쪽으로 돌렸다.

"그럼 혹시 여자 목소리 흉내 낼 줄 알아요?"

"여자 목소리요? 아니요!"

민혁의 목소리는 변성기가 지나 중저음에 속했다. 여자 목소리와는 판이하게 다른 전형적인 남자 목소리였다. 그런데 꿈속에서는 그렇게 간드러지는 여자 목소리로 노래를 하다니? 참, 알다가도 모를 일이었다. 독한 약을 먹어 앞으로 목소리가 바뀔 거라는 예지몽인가? 그렇다면 나는 남자 목소리로 바뀐다는 말인가? 소현은 큼! 큼! 헛기침을 두 번 하고 목을 쓰다듬었다. 그런데 곰곰이 생각해보니, 민혁이가 불렀던 트로트 노래들은 광주 외갓집에 갔을 때 외할머니가 듣고 있었던 것 같기도 했다. 외할머니의 가요 테이프에 수록되어 있던 곡들이 거의 틀림없었다. 그때는 그냥 흘려들었었는데 한 번 배워보고 싶은 마음이 들었다. 가사가 좋고 리듬이 경쾌해 자꾸 머릿속에서 맴돌았다.

속으로 그 노래의 리듬을 따라 흥얼거리다 쉼터 구석에 있는 공중전화 부스를 발견했다. 꿈속에 나타났던 친구 희정이와 선아가 떠올랐다. 보고 싶었다. 전화를 해볼까 하다가 그만두었다. 고등학교 진학 준비로 학교에서 보충수업을 받고 있거나 입시학원에 가 있을 게 뻔했다. 내년 2월 희정이와 선아의 중학교 졸업식 때 건강한 몸으로 예쁜 꽃다발을 사들고 찾아가기로 마음먹었다.

"친구들은 많아요? 나는 친한 친구 두 명 정도 있는데."

희정이와 선아를 생각하며 넌지시 물었다.

"많아요. 어떻게 보면 전교생이 다 친구라고 할 수 있어요."

"전교생이 다요? 그게 무슨 말이에요?"

뚱딴지같은 대답에 소현은 고개를 갸웃했다.

"그게 저……."

민혁은 잠시 머뭇거렸다. 그러다가 몹시 궁금해하는 소현의 눈빛을 보고 가만히 입을 열었다.

"중학교 2학년 1학기 때도 병원에 입원한 적이 있었는데, 그때 반 친구들이 나를 위해 단체로 헌혈을 해준 적이 있었어요. 그 일이 알려져서 옆 반 애들도 그리고 또 그 옆 반 애들도 해줬어요. 그러다 나중에는 3학년 선배들과 1학년 후배들까지도 헌혈에 참가를 했어요."

"와! 어떻게 그런 일이……! 진짜 짱 멋진 친구들이네요."

정말 감동적인 일이었다. 구체적인 설명은 안 했어도 학생들이 헌혈을 위해 길게 줄을 서 있는 광경이 선명하게 그려졌다.

"혈액형이 뭔데요?"

소현은 약간 흥분한 목소리로 물었다.

"B형이요."

"그래요? 나는 AB형인데. 내 친구들은요."

소현이도 민혁에게 친구들 얘기를 했다. 희정이와 선아가 머리를 **빡빡** 깎고 면회를 왔던 일을 자랑스레 들려주었다.

"예에? 정말 여자 친구들이 머릴 완전히 밀고 왔어요?"

민혁은 도무지 믿지 못하겠다는 표정을 지었다. 그러면서 연신 고개를 갸우뚱거렸다. 소현이 목소리를 높였다.

"정말이라니까요. 나중에 내 친구 희정이하고 선아 인사시켜줄 테니까 물어봐요. 자, 이제 우리 연꽃 구경해요!"

십오 분 정도 쉰 다음 소현이 앞장섰다. 슬리퍼를 끌고 연못으로 다가갔다. 감탄사가 절로 튀어나왔다. 연못에는 진녹색 연들이 빼곡해 빈틈이 없었다. 연잎 위로 쑥쑥 솟아올라 탐스럽게 핀 연꽃들은 색깔이 은은하니 아름다웠다. 분홍 연꽃과 흰 연꽃이 섞여 있어 신비롭기조차 했다. 가마솥 뚜껑만 한 연잎에는 물방울이 동글동글 맺혀서 수정 구슬처럼 반짝였다. 그리고 연꽃 밑 물속에는 큼직큼직한 비단잉어들이 자유롭게 오가며 먹이를 찾고 있었다. 소현과 민혁은 연꽃의 우아한 자태와 아름다움에 빠져 어느새 더위도 잊어버렸다.

"어때요? 여기 오길 잘했죠?"

"네! 아, 정말 멋지네요. 이렇게 많은 연꽃은 처음 봐요. 홍련 백련도 섞여 있고."

"연꽃에 대해 알아요?"

"알긴 알죠. 엄마 따라서 절에 몇 번 갔었는데, 거기 조그마한 연못에도 연꽃이 있었어요."

절이라는 말에 소현은 눈을 조금 크게 떴다. 절에는 가본 적이 없었다. 성당에도 엄마를 따라 일요일에나 나갔을 뿐이었다. 아빠는 무종교였다. 그러나 돌아가신 할아버지는 불교 신자로 종종 절에 가서 불공을 드리곤 했었다.

"절에 다녀요? 나는 성당에 다니는데."

"자주는 못 가지만, 엄마가 다니니까 일 년에 두 번 정도는 가요. 이 연꽃이 원래 불교를 상징하는 꽃이잖아요."

"맞아요. 선생님한테 들은 기억이 나요. 인당수에 빠졌던 심청이가 용왕님의 배려로 연꽃을 타고 떠올랐다나 어쨌다나?"

『심청전』의 끝 부분이 그랬던 것 같은데 기억이 확실하지 않았다. 기억이 오락가락하는 게 다른 고전소설이랑 헷갈리기도 했다. 머리 뒤쪽이 또 쿡쿡 쑤셨다.

"이리 와요! 우리, 저쪽으로 가봐요."

소현이 가드레일을 따라 다시 서너 걸음 앞서갔다. 다소 빠른 걸음이었다.

일이 터진 것은 늙은 버드나무를 5미터 정도 앞둔 지점에서였다.

"어, 이런!"

소현이 갑자기 걸음을 멈추고 자기 발을 내려다보았다. 민혁이 다가와 물었다.

"왜요?"

"슬리퍼 끈이 완전히 끊어졌어요. 아까부터 조금씩 끊어지는 것 같더니."

애초에 병원에서부터 덕진공원까지 얄팍한 병실 슬리퍼를 신고 온 것이 실수였다. 시멘트 길을 걸어오느라 바닥도 많이 달아 더욱 얄팍해져 있었다. 게다가 흙먼지 때가 끼어 지저분했고 심지어 발도 새까맸다. 창피해서 얼굴이 벌게졌다. 신데렐라 유리 구두도 아니고 싸구려 헝겊 슬리퍼를……. 끈 떨어진 슬리퍼를 쳐다보며 후회를 했지만 이미 엎질러진 물이었다. 민혁이가 앉아서 살폈다. 발등을 덮는 폭넓은 헝겊 띠의 한쪽 끝부분이 밑창에서 분리되어 벌렁거렸다. 본드로 접착한 부분이 떨어진 것이었다.

"끊어진 게 아니라 떨어져 나온 거네요."

"어쩌지요?"

소현은 흙먼지 때로 까매진 발을 들어 다른 발 뒤에 감추고 물었다. 발 냄새가 나지 않을까 조마조마했다.

"가만있어요. 내가 넣어볼게요!"

민혁이 떨어져 나온 부분을 틈새에 조심조심 쑤셔 넣었다.

"신고서 한번 걸어 봐요!"

주저주저하다가 소현은 슬리퍼에 발을 뀄다. 그리고 서너 걸음 걸었다. 그러나 끈은 금세 또 빠지고 말았다. 몇 번을 다시 해봐도 마찬가지였다. 절뚝절뚝 걷는 걸음새도 이상할 뿐만 아니라, 슬리퍼가 오히려 더 많이 망가지고 있었다. 반대편 슬리퍼마저도 위험했다.

"안 되겠어요. 이건 본드가 있어야 붙이겠는데요."

"여기 본드가 어딨어요? 아이 참!"

걸어갈 수도 없고 서 있을 수도 없고 진퇴양난이었다. 소현은 눈살을 찌푸리며 발을 동동 굴렀다. 민혁이도 난감해했다. 생각 같아서는 등에 업고서 공원 구경을 마저 하고 싶었으나 그렇게 할 수도 없는 노릇이었다.

"벗어요!"

"예? 벗으라고요?"

"벗고서 맨발로라도 걸어야지요. 여기 이렇게 하루 종일 서 있을 거예요?"

소현은 망설였다. 오가는 사람들을 의식해서 선뜻 벗으려 하지 않았다.

"자! 나도 벗을게요."

민혁이가 자기 운동화를 벗어서 양쪽 손에 나눠 들었다. 그제야 소현이도 슬리퍼를 벗었다.

"이제 마저 구경해요."

민혁은 운동화를 소현은 슬리퍼를 양쪽 손에 한 짝씩 들고 가드레일을 따라 걸었다. 울퉁불퉁, 표면이 고르지 못한 흙길이라 이따금 굵은 모래가 발바닥을 아프게 자극했다. 하지만 참을 만했다. 나무 그늘에서 쉬고 있던 사람들이 손가락으로 가리키며 킥킥거렸다. 정신병원을 탈출한 환자로 여기는 눈치였다. 모르는 척 지나갔다. 그러나 반대 방향에서 사람이 나타나 다가오면 가드레일에 바짝 붙어 서서 꼼짝 않고 있었다. 부끄러워서 얼굴이 화끈거리기도 했다. 그렇게 사람들의 시선을 피하고, 또 쓰레기통이 나타나면 혹 누가 버리고 간 신발이 있지 않을까 살피느라, 연꽃 구경은 제대로 하지도 못했다.

"우리, 저 현수교로 걸어서 중간에 있는 저 연화정에 올라가요."

흙길을 얼마쯤 걸어갔을 때 소현이 제안했다.

"저 3층 건물요?"

"예! 저기 올라가면 땡볕에 걸어 다니는 고생을 하지 않고, 이 연못을 한눈에 다 내려다볼 수 있어요."

현수교는 커다란 연못 중간을 가로지르는 긴 다리였다. 강철 줄에 매단 폭이 좁은 다리라 사람이 걸으면 출렁출렁했다. 흔들리는 다리를 건너는 게 재미있을 것도 같았다.

"그럼 얼른 가요."

소현과 민혁은 나란히 현수교를 향해 걸어갔다. 발바닥에 연신 모래가 밟혀 아팠으나 멈추지 않았다. 곧 현수교 초입에 도착했다. 연화정 쪽에서 노란 옷에 노란 모자를 쓴 유치원생들이 한 줄로 걸어오고 있었다. 현수교가 약하게 흔들렸다. 언뜻 보니 현수교는 바닥이 평평해, 울퉁불퉁하고 뾰족한 모래가 있는 흙길보다 맨발로 걷기에 훨씬 편하리라는 생각이 들었다.

소현과 민혁은 동시에 현수교로 성큼 올라섰다. 올라서자마자 입에서 비명 소리가 터져 나왔다. 땡볕에 달궈진 현수교 철판은 그야말로 가스 불에 과열된 프라이팬이었다. 소현과 민혁은 양쪽 다리를 가슴 높이로 번갈아 들어가며 마치 예수 도마뱀처럼 내달렸다. 뒤쪽이 아니라 앞쪽 연화정을 향해서였다. 달릴수록 발바닥이 점점 더 뜨거워졌다. 아아아! 으으으! 타잔보다 더 크게 소리치며 달리느라 현수교가 출렁출렁 심하게 흔들렸다. 금방이라도 끊어져 내릴 것만 같았다. 앞에서 오던 유치원생들이 안전줄을 잡고 한꺼번에 비명을 내질렀다. 그 소리가 공원 전체에 울려 퍼졌다. 옆으로 지나가며 보니, 노란 병아리 차림의 아이들 모두 겁에 질려 얼굴이 새파랬다. 여기서 뛰어오면 어떡하느냐? 미쳤느냐? 인솔교사 두 명이 삿대질을 하며 소리쳤다. 그러거나 말거나 연화정으로 후다닥 뛰어들었다. 살이 익는 냄새가 연못에 진동을 했다. 후후~! 발바닥에 입김을 십 분 넘게 불고 나서야 뜨거움이 조금 가라앉았다. 절뚝절뚝 3층으로 올라갔다. 정말 연못이 한눈에 내려다보였다. 위에서 내려다보는 경치는 또 다른 느낌이었다. 사방 팔방이 온통 짙푸른 연이었다. 마치 연꽃무늬의 양탄자 수천수만 장을 덧대어 깔아놓은 것 같았다. 잘 그린 수채화 속에 서 있는 기분이었다. 민혁은 벌어진 입을 다물지 못했다. 카메라가 없는 게 한이었다. 넋을 놓고 구경하느라 시간이 흐르는 줄도 몰랐다.

소현은 거듭거듭 감탄을 하는 민혁이 보기 좋았다. 데리고 온 보람을 느꼈다. 앞으로 자기가 알고 있는 멋진 곳을 하나하나 구경시켜 주기로 했다.

"좋지요? 오길 잘했죠?"

"진짜 진짜 좋네요. 내가 환자라는 것을 싹 잊었어요."

"앞으로 좋은 데 많이 구경시켜 줄게요. 전주에 멋진 곳 많아요."

그 말을 한 뒤 머릿속에 제일 먼저 떠오른 곳이 한옥마을이었다. 꼭 함께 가보리라 마음먹었다.

"정말요? 고마워요. 전주에 세 번이나 왔었는데 구경은 못했어요."

"어? 왜요? 작은아버지가 여기 사신다면서요?"

"그렇기는 하지만 주로 오후에 왔다가 다음 날 아침 일찍 돌아갔거든요."

"아, 그랬군요. 이제 가요. 엄마가 돌아오기 전에 병실에 들어가 있어야 해요."

시간이 많이 지났기 때문에 서둘러야 했다. 그러나 가는 게 문제였다.

"갈 때도 맨발로 가야 하나요? 어떡하죠?"

"그, 글쎄요!"

소현은 끈이 끊어진 슬리퍼를 요리조리 살폈다. 난감했다. 공원 안에서는 그렇다 쳐도, 공원 밖으로 나가 병원까지 맨발로 걸어갈 수는 없었다.

"난 죽어도 맨발로는 못 걸어가요. 사람들이 미쳤다고 손가락질 할 텐데."

소현은 울상이 되어 어쩔 줄을 몰라 했다.

"아, 택시!"

주머니를 뒤졌으나 달랑 천 원짜리 한 장과 백 원짜리 동전 두 개뿐이었다. 기본요금도 되지 않았다. 민혁은 병원 매점에서 과자 사느라 다 써버려 땡전 한 푼 없었다. 시내버스를 떠올렸다. 역시 두 사람 차비가 되지 않았다.

"내 신발 신고 갈래요? 나는 맨발로 갈게요."

"에이! 그렇게는 못하죠!"

"그럼 내 등에 업힐래요?"

"거기까지요? 그건 더 안 되죠! 이래봬도 나, 몸무게 많이 나가요. 아마 그쪽보다 몇 킬로 더 나갈걸요."

입원 후 체중이 많이 줄었으나 뻥을 좀 쳤다. 민혁은 믿지 않는 눈치였다. 입가에 미소를 띠고 자꾸 곁눈질을 했다. 혹시 몸무게를 물어보면 어쩌나 걱정스러웠다. 다행히 묻지 않고 넘어갔다.

아무리 머리를 쥐어짜봐도 답이 나오지 않았다. 아주 어려운 수학문제 같았다. 시간은 점점 흐르고, 큰일이었다. 민혁이도 별 뾰족한 수가 없었다. 자기 운동화를 내려다보면서 한숨만 푹푹 내쉬었다. 운동화를 한 쪽씩 나눠 신고 갈 수도 없고. 머리가 지끈지끈 아팠다.

"아, 그래!"

그러다 민혁은 번득 떠오르는 생각이 있었다.

"뭐 좋은 수가 있어요?"

"예! 일단 슬리퍼 신어봐요!"

소현은 의아해하면서 슬리퍼를 신었다. 민혁이 자기 운동화 끈을 풀었다. 그리고 두 개를 기다랗게 이었다.

"이 끈으로 발하고 슬리퍼를 칭칭 돌려 묶는 거예요."

"아아! 좋은 아이디어네요."

민혁은 곧 끈 떨어진 슬리퍼와 소현의 발을 운동화 끈으로 여러 번을 돌려 감아 단단히 묶었다. 모양이 꼭 거지발싸개 같아 우스웠다. 하지만 임시방편이니 모양을 따질 처지가 아니었다.

"걸어봐요!"

"될까요?"

소현이 조심조심 몇 걸음 걸었다. 걷는 자세가 약간 부자연스러웠으나 병원까지 가기에 별 무리는 없을 것 같았다.

"와! 됐어요, 됐어! 어떻게 이런 생각을 했죠? 천재네요, 오빠!"

자신도 모르게 오빠라는 말이 툭 튀어나왔다. 그 말을 듣고 민혁이 빙그레 웃었다.

"앞으로 오빠라고 부를게요. 그쪽이라고 부르니까 내가 꼭 40대 아줌마 같아요."

인심 크게 써서 오빠라고 부르기로 했다. 예기치 못하게 불쑥불쑥 나타나는 민혁의 엉뚱한 구석이 매력적이라 느껴졌다. 오빠라고 불러도 괜찮을 것 같았다.

"말도 놓고 지내요, 우리!"

"그럼 그러죠 뭐! 까짓 거, 아하하!"

즐거운 마음으로 동의하고 소현은 크게 웃었다. 민혁이도 따라 웃었다. 두 사람의 웃음소리가 더위에 지친 연꽃을 살랑살랑 흔들었다. 덕진공원을 나선 소현과 민혁은 아까 왔던 길을 걸어 병원으로 향했다. 은행나무 그늘에서 몇 번씩 쉬기도 하고, 우체통에 은행나무 잎을 서너 개씩 따 넣기도 했다. 그리고 편지 이야기를 나누며 나란히 걸었다. 엄마가 돌아와 있으면 어쩌지? 불안감이 들기는 했으나 민혁에게 내색하지 않았다. 민혁 역시 엄마에게 꾸중을 들을 게 뻔해 걱정이 되었다. 그러나 얼굴에 나타내진 않았다.

병원 출입문으로 들어가 매점 앞에 섰다.

"오빠, 이 운동화 끈 풀어서 줘야지?"

"아니야! 여기까지 오느라고 거의 다 끊어졌는데 뭐! 그걸 받아서 어디다 써?"

"어머! 정말! 어쩌지?"

발을 들어 살펴보니 운동화 끈 가닥들이 다 닳아서 끊어질랑 말랑 했다. 멀쩡하던 다른 쪽 슬리퍼도 발등 띠가 반 넘게 찢어져 있었다.

"다음에 내가 시내 구경 시켜주면서 운동화 한 켤레 사줄게, 좋은 걸로!"

다음에 만나기로 한 두 사람은 아쉬운 작별인사를 나누고 돌아섰다. 서로가 치료 일정이 달라 구체적으로 언제 만나자는 약속을 하지는 못했다. 하지만 소현은 다시 만날 수 있다고 확신하며

12층으로 올랐다. 홍 간호사가 놀란 표정으로 바라보았다. 설명을 하려다가 빠른 걸음으로 그냥 지나쳤다. 죄를 지은 사람처럼 조마조마한 심정으로 병실 문을 열었다. 엄마의 호된 꾸지람을 각오하고 발을 들여놓았다. 하지만 운 좋게도 엄마는 아직 돌아오지 않았다. 다리도 아프고 피곤하기도 해 침대로 가 털썩 엎드렸다. 그 순간 슬리퍼를 감고 있던 민혁의 운동화 끈이 끊어지며 바닥으로 떨어졌다.

할리웃 염소

마침내 비가 그쳤다. 3일간이나 빗물에 샤워를 하고 난 은행나무 가로수들은 새 교복을 깔끔하게 차려입은 신입생들 같았다. 보기에 깨끗하고 시원스러워 참 좋았다. 아이 손바닥만 한 진녹색 잎들마다에는 빗방울이 달려 8월의 햇빛을 경쟁적으로 튕겨내고 있었다. 대대적인 물청소를 한 것처럼 거리도 번쩍번쩍 빛이 났다. 시내버스에서 내린 소현은 뒤따르는 민혁을 돌아보았다.

"우리 떡볶이 먹자, 오빠!"

"아깐 짜장면 먹는다고 그래놓고?"

"맘이 바뀌었어. 생각해보니까 떡볶이가 제일 먹고 싶어. 그다음이 짜장면, 그다음이 피자, 또 그다음이…….."

소현은 그동안 먹고 싶었던 것들은 하나하나 나열했다. 대부분

담당 의사가 절대 먹지 말라고 한 것들이었다. 그래서 더 먹고 싶었다.

"그러다 배 터져 죽겠다."

"그러니까 오늘은 떡볶이 먹고 다음에는 짜장면 먹고 그래야지. 따라와, 오빠! 거리 구경하면서 저 위쪽으로 가면 돼."

소현은 앞장서서 민혁을 이끌었다. 작년 9월 말 친구 희정이와 선아랑 셋이서 다녔던 코스를 따라 번화가를 구경했다. 사람들로 북적거리는 거리는 활기가 넘쳐흘렀다. 그런 모습에 소현은 덩달아 신이 나 발걸음이 가벼웠다. 그동안 비좁고 답답한 병실에 갇혀 있었던 고통을 보상받으려는 듯 보폭을 넓게 잡아 씩씩하게 걸었다. 민혁이도 소현이와 걸음 보조를 맞춰가며 거리 구경을 하느라 정신이 없었다.

"나오니까 참 좋다! 오빠?"

"나도 그래. 답답함이 확 풀려!"

"그치? 그치? 그러니까 자주 땡땡이치자, 우리!"

그 말을 하며 소현은 입술을 과장되게 늘려 익살스레 웃었다.

"땡땡이? 좋아! 누가 더 잘 치나 시합하자."

흔쾌히 대답한 민혁이는 아예 한 발 더 나가 시합을 하자고 제안했다. 그러고 나서 소현이와 똑같이 웃어댔다.

국민은행에서 우측 골목으로 꺾어 들었다. 음식점 골목이었다.

"저기 저 집이야. 맛 끝내줘!"

가게 안으로 들어가자 서빙 아주머니 두 명이 힐끔힐끔 쳐다보았다. 철에 맞지 않는 털모자를 쓰고 겉옷 사이로 빠져나온 환자복이 이상한 모양이었다. 쳐다보거나 말거나 소현은 자리를 잡자마자 큰 소리로 주문을 했다.

"아줌마! 여기 순대떡볶이 2인분이요. 아니, 3인분이요, 3인분!"

"3인분이나?"

"응! 많이 먹어야지. 아줌마, 맵게 해주세요."

"맵게?"

민혁이 자신 없다는 표정을 지었다. 소현은 그 모습이 우스워 싱긋 웃었다.

"그럼! 떡볶이는 맵게 먹어야 제 맛이야."

"그런데 병원에선……."

"그건 병원 얘기고. 오빠도 매운 거, 짠 거, 단 거 절대 먹지 말라고 그랬지? 기름진 음식과 고기도 피하고 채식 위주로 먹고."

그렇다고, 순진하게 고개를 끄덕이는 민혁을 보며 소현은 민혁이가 오빠가 아니라 어린 남동생 같다는 생각이 들었다. 꼼꼼히 챙겨주고 보살펴주고 싶은 보호본능이 발동했다.

"어때? 그렇게 먹으니까 맛이 있어?"

"아니."

"거봐. 우리가 뭐 토끼야? 풀만 먹게. 그러니까 오늘은 그런 말 신경 쓰지 말고 먹고 싶은 거 맘껏 먹는 거야. 먹고 나서 내가 운동화 한 켤레 사줄게! 전에 약속했잖아."

민혁에게 어울리는 유명 브랜드의 멋진 운동화를 사줄 생각이었다. 아까 번화가에서 남학생들이 신고 있는 운동화를 유심히 살펴보았었다. 하지만 마음에 드는 게 없었다. 좀 비싸더라도 나이키, 리복, 스니커즈 중에서 고를 예정이었다.

"첫 데이트 때 피해야 할 음식, 오빠 알아?"

"피해야 할 음식?"

"웅! 남친이랑 같이 먹으면 안 되는 음식!"

짜장면, 칼국수, 수제비, 꽁보리밥, 비빔밥, 콩밥, 카레, 팥죽, 냉면……. 민혁은 생각나는 대로 아무거나 죽 늘어놓았다. 그러나 다 아니었다. 소현은 계속 고개를 가로저었다.

"중1 때 서른세 살 노처녀 담임 샘이 말해준 적이 있는데, 얼마나 웃겼는지 몰라! 본인이 직접 경험한 거라나 뭐라나! 대학 때 미팅을 딱 다섯 번 해서 밥을 먹었는데 다섯 명 다 나중에 전화 한 통 없더래. 그 음식이 뭔지 내가 알려줄 테니 잘 들어봐!"

민혁은 잔뜩 기대를 하고 귀를 기울였다. 소현은 잘 되지도 않는 목소리와 표정까지 흉내를 내가며 실감나게 얘기했다.

"첫 번째가 쫄면이었대!"

"쫄면? 쫄면이 왜?"

"쫄면을 잘 비벼서 젓가락으로 들어 입에 넣었다는 거야. 그런데 면발이 어찌나 질긴지 앞 이빨로 아무리 끊으려 해도 끊어지지가 않더래. 찰고무 줄보다 더 질기더래. 이건 뭐 그냥 삼킬 수도 없고 도로 뱉을 수도 없고. 그래서 한참 동안 면발을 입에 주렁주렁 매달고 낑낑거렸대. 그랬더니 입술과 그 주위에 시뻘건 양념장이 잔뜩 묻고 고명으로 뿌린 깨알까지도 덤으로 덕지덕지 들러붙어서……. 아하하하!"

그 장면이 머릿속에 그려져 소현은 말을 다 마치지 못한 채 배꼽을 잡고 웃었다. 민혁이도 따라서 크게 웃었다. 서빙 아줌마 둘이 또 고개를 갸웃거리며 쳐다보았다.

"그리고 두 번째로 미팅한 남자하고는 쌈밥집에 갔었대. 꽤 이름이 알려진 집이라 쌈채소가 여러 가지 푸짐하게 나오더래. 싱싱하고 맛도 좋아 보여 주섬주섬 챙겨서 쌈을 쌌대. 그리고 그걸 입에 넣긴 넣었는데, 너무 크게 싸가지고 쌈이 입에 꽉 차서 도무지 턱을 움직일 수가 없더라는 거야. 턱이 움직여야 어금니로 씹을 거 아냐? 어떻게든 씹어보려고 입을 조금 벌리고 겨우 몇 번 씹었더니, 채소 조각들이 입 밖으로 번지점프를 하고 밥알들이 삼천궁녀처럼 고공낙하를 하고……. 얼른 입을 꽉 다물었대. 그러고는 이러지도 저러지도 못해 묵묵히 앉아 있었대. 그랬더니 그 남학생이 이러더래!"

"뭐라고 했대?"

"여자 분이 말씀이 참 없으시네요."

소현과 민혁은 동시에 무릎을 치며 또 웃었다. 이번에는 서빙 아줌마는 물론 주방 사람들도 뭔 일인가 하고 의아스레 바라보았다.

"그 얘기 듣고 우리 다 죽는 줄 알았어! 책상을 꽝꽝 내려치고 교실 바닥에 데굴데굴 구르고…… 숨이 넘어간 애들도 몇 명 있었다니까. 그 샘 개그우먼 했으면 크게 성공했을 텐데."

소현은 햄버거, 낙지볶음, 짜장면까지도 말해주었다. 말솜씨가 없는데도 귀 기울여 들어주고 함께 웃어주는 민혁이가 고마웠다.

"그때 그 담임 샘 남원중학교로 전근 가셨는데 문득문득 생각나. 솔직하고 이해심도 많고…… 참 좋은 선생님이셨어! 놀러 오랬는데, 언제 우리 기차 타고 남원에 가자. 그 선생님도 만나보고 광한루 가서 그네도 타보고. 거기 안 가봤지?"

"안 가봤어! 한번 가보자! 내년 봄에."

내년 봄 개나리, 진달래가 피어날 때 가보기로 했다.

떡볶이가 나왔다. 3인분이라 그런지 아주 푸짐했다. 전골냄비에 하나 가득이었다. 반질반질 윤기가 흐르는 빨간 소스에 대파와 홍당무를 잘게 채를 썰어서 고명으로 얹고, 거기에 또 참깨까지 솔솔 뿌려놓아 군침이 돌게 했다. 밑에는 라면도 들어 있었다.

"와! 정말 맛있겠다. 자, 이 접시에 덜어 먹으면 돼!"

민혁에게 접시를 건네준 소현은 자기 접시에다 떡볶이를 양껏 옮겨 담았다. 너무 오랜만에 먹는 것이라 걸신들린 사람처럼 먹기 시작했다.

"바로 이 맛이야. 얼마나 먹고 싶었는지 몰라. 근데 약간 덜 맵다."

물끄러미 소현을 바라보던 민혁이도 떡볶이 한 개를 집어 입에 넣었다. 좀 맵기는 했어도 맛은 괜찮았다.

"진짜 맛있네."

"거봐! 많이 먹어, 오빠! 이 순대도 먹고."

소현은 순대에 소스를 듬뿍 발라 민혁의 접시에 놓아주었다. 민혁이 그것을 집어 한입에 먹어버렸다. 곧바로 얼굴이 일그러졌다.

"아, 맵다, 매워!"

"인생은 원래 매운 거야. 매우니까 더 멋진 거고. 자, 물 마셔!"

소현과 민혁은 땀을 뻘뻘 흘리고 냉수를 연신 들이켜면서 떡볶이 냄비 바닥을 싹싹 긁었다. 3인분을 순식간에 먹어치운 것이었다. 서빙 아줌마가 보고 놀라 혀를 내둘렀다.

"아! 이렇게 맛있게 먹어보긴 생전 처음이야. 나, 배터질 것 같아."

"나도."

"오빠! 그럼 나가서 운동화 사자. 운동화 사 신고 걷자, 소화되게."

소현은 다시 번화가로 나가 신발가게를 찾았다. 그러나 민혁은 신고 있는 운동화가 아직 멀쩡하다며 한사코 사양했다. 별수 없이 끈만 하나 사고 나와야 했다. 나와서 생각하니 안 사주길 잘한 것 같았다. 신발을 선물하면 그 신발을 신고 도망을 간다는 말이 떠올라서였다. 인터넷에선가, 학교 도서관 잡지책에선가 틀림없이 본 기억이 났다. 소현은 그 생각을 하며 슬며시 웃었다. 내용도 모르고 민혁이도 따라 웃었다. 소현은 민혁에게 시내 중심가 이곳저

곳을 구경시켜주었다. 자기가 관광 가이드라도 되는 양 설명까지 곁들여가면서 민혁을 인도했다. 얼마나 돌아다녔는지 목이 말랐다. 편의점에서 음료수 캔 두 개를 사서 한 개를 민혁에게 건네주었다. 그러면서 민혁과 눈을 맞췄다. 변함없이 깊고 잔잔한 눈빛이었다. 민혁의 눈을 보고 있노라니 문득 떠오르는 것이 있었다.

"작년 9월에 혹시 전주에 오지 않았어?"

"작년 9월? 왔었어! 9월에 작은아버지 생일이 있거든! 엄마하고 아버지는 매년 오시고 나는 어쩌다 끼어서 오고."

민혁의 대답에 소현은 두 눈이 똥그랗게 커졌다.

"무슨 차 타고 왔어?"

"차? 아버지 차 타고 왔지!"

"승용차?"

민혁이가 고개를 갸웃했다. 아닌 모양이었다. 그때는 더블 캡 트럭이었는데. 맞아! 아니야! 그날 본 그 애는 여자애였어! 아쉬움이 컸다. 그런데 어쩌면 그렇게 눈빛이 똑같은지, 알 수 없는 일이었다.

"작은 아버지는 전주에 사신 지 오래됐어?"

"한 5년. 대전지사에 근무하셨는데 여기로 발령이 나신 거야. 오시자마자 구미지사나 대구지사로 옮기려고 애를 많이 쓰시는 모양인데 잘 안 되나 봐!"

"왜 옮겨?"

오자마자 옮기려고 한다는 게 이해가 잘 되지 않아 물었다.

"어른들이 하는 말 들어보니 여기 사람들과 잘 어울리지 못하시는 것 같았어. 작은엄마도 그렇고."

"여기가 전라도라서?"

"뭐 꼭 그렇다기보다……. 아무튼 이곳 사람들이 눈치를 주며 멀리하는 느낌이 들더래. 그래서 회사 내에서도 경상도는 경상도 끼리 전라도는 전라도끼리 모이는 경향이 있대. 아파트에서는 이웃들이 노골적으로 멀리한대. 말도 안 하고 인사도 안 받고."

소현은 그럴 수도 있겠다 싶었다. 그쪽 사람들을 은근히 따돌림하거나 싫어하는 경우를 종종 목격했었다. 우선 엄마 아빠도 뚜렷한 이유 없이 그쪽 지방에 대해 거리감을 갖고 있었다. 엄마보다아빠가 더 심한 편이었다. 경상도에서도 전라도를 배척하기는 마찬가지라며 열을 올렸다. 전라도는 전라도 사람끼리 더욱 똘똘 뭉쳐야 한다는 게 전주 시장이 되려는 아버지의 지론이었다.

"저, 소현아! 이제 병원으로 돌아가자."

"벌써?"

"나온 지 두 시간 넘었어."

"좀 더 있다가 가도 돼! 아차! 우리 거기 갈까?"

약간 피곤하기는 했다. 하지만 소현은 어렵게 나왔으니 조금 더있고 싶었다. 자유롭게 다니면서 잠시나마 병원을 잊고 싶었다. 아무 제약도 받지 않고 마음대로 가고 싶은 곳을 가고, 보고 싶은 곳을 보고, 또 먹고 싶은 것을 먹는다는 게 그처럼 소중한 것인지 예전엔 미처 느끼지 못했었다.

"또 어디?"

"여기 전주를 대표할 만한 곳이야."

"전주를 대표할 만한 곳?"

민혁이 호기심을 나타냈다. 그러나 선뜻 가자고 하지는 않았다. 소현은 민혁의 옷소매를 잡고 살짝 끌었다.

"전에 엄마 아빠랑 조금 돌아보긴 했었는데, 오늘 자세히 보고 싶어! 그때는 내가 다리가 아파서 중간에 집에 가자고 졸랐었거든. 여기서 택시 타면 금방이야."

택시에서 내린 곳은 전통 한옥마을이었다. 멋들어진 옛날 기와집들이 즐비했다. 타임머신을 타고 마치 옛날 조선시대로 들어간 느낌이었다. 규모가 꽤 커서 어디가 끝인지도 모를 정도였다. 민혁의 입에서 감탄사가 저절로 터져 나왔다.

"어때? 좋지, 오빠?"

"응! 도시 한가운데에 옛날식 집들이 이렇게 많다니, 믿어지지 않아!"

"거봐! 그냥 병원으로 돌아갔으면 여기 구경 못 할 뻔했잖아? 이쪽 길로 빙 돌면서 구경하자!"

경기전, 최명희 문학관, 목우헌, 공예품 전시관을 구경하고 벤치에 앉았다.

"오빠! 이제 좀 쉬었다가 저기 오목대에 올라가 보자!"

"그래! 저기 올라가면 사방이 다 내려다보이겠다."

오목대는 야트막한 언덕 위에 자리 잡은 누각이었다. 숲 가운데 우뚝 솟은 모양새가 주변 경관과 조화를 이뤄 고풍스런 풍취를 한껏 풍겼다. 나무 계단을 하나하나 밟으면서 천천히 올랐다. 아래에서 볼 때와는 달리 의외로 오목대 터는 널찍하고 평평했다. 이미 땅거미가 져 어둑어둑해서 그런지 관광객들은 없었다.

"여기서도 한옥마을이 다 내려다보이네."

"정말 멋지다."

"오빠, 내가 이 오목대에 대해서 설명해줄 테니 잘 들어봐!"

"잘 알아?"

민혁의 물음에 소현은 대답도 않고 오목대 누각 앞으로 걸어갔다. 민혁이 바짝 뒤쫓았다.

"오목대는 고려 우왕 6년 운봉 황산에서 왜구를 크게 무찌른 이성계가 개선 길에 잠시 머물렀던 곳이다."

"후후! 엉터리! 그럼 그다음은 내가 설명해줄게!"

"해줘 봐!"

"이를 기념하기 위해 대한제국 광무 4년에 비석을 건립했는데, 태조가 잠시 머물렀다는 뜻의 '태조고황제주필유지'라는 비문은 고종황제가 직접 쓴 친필을 새긴 것이다."

"오우! 오빠 이제 보니 박사다, 박사! 아하하하!"

소현이 배꼽을 잡고 웃었다.

"너도 박사던데 뭐! 후후후!"

"저기 올라가 보자! 저기서는 한옥마을이 더 훤히 보여."

오목대의 유래를 설명하는 안내 팻말을 대충 읽어보고 누각으로 오르기 위해 몸을 돌렸다.

바로 그때였다. 누각 밑 으슥한 곳에서 여러 명의 남자들이 어슬렁어슬렁 걸어 나왔다. 하지만 관광객들이 아니었다. 그들은 각각 담배를 피워 물고, 껌을 씹고, 머리 염색을 하고, 한쪽 손에만 가죽 장갑을 끼고 있었다. 모두 네 명으로 한눈에 봐도 불량기가 철철 넘쳐흘렀다. 소현은 가슴이 철렁 내려앉았다. 민혁은 얼굴이 새파랗게 질렸다.

"아이구! 이게 웬 떡이야!"

그들이 앞길을 막았다.

"크크! 호박이 넝쿨째 굴러들어왔군!"

"차림이 좀 이상하긴 해도, 꽤 예쁘장하네!"

"야야! 남자애 너는 옆으로 좀 찌그러져 있그라. 여자애 너는 나쪼깨 봐야긋다."

가죽장갑이 소현의 팔목을 잡았다. 소현이 손을 빼내려 팔을 틀었다. 소용없었다.

"얌전히 따라오면 다치진 않을 거여!"

가죽장갑은 더욱 세게 소현의 손목을 움켜잡고 거칠게 끌었다. 민혁은 가슴이 터질 듯이 뛰었다. 등줄기로 식은땀이 흘렀다. 주위를 둘러보았다. 도움을 청할 사람이 전혀 없었다. 속이 바짝바짝 타들어갔다.

"놔주세요! 저는 환자란 말이에요!"

소현이 울면서 애원했다. 통하지 않았다.

"환자? 환자가 이 높은 델 올라와서 경치 구경을 즐기냐? 아까 봉께 큰 소리로 웃기도 허든데?"

가죽장갑의 말에 염색머리가 크크크 웃었다. 다른 두 명도 음흉한 눈으로 소현을 바라보며 키득거렸다.

소현은 이미 4, 5미터나 끌려간 상태였다. 도저히 벗어날 길이 없었다. 절체절명의 순간이었다. 민혁은 눈을 질끈 감았다. 입술을 깨물었다. 주먹을 움켜쥐었다. 하지만 그뿐, 뭐를 어떻게 해야 할지 몰랐다. 돌비석처럼 그대로 서 있을 수밖에 다른 방도가 없었다.

"제발 놔주세요."

소현이 애원하는 소리가 들렸다. 가슴이 미어졌다. 무엇이든 해야만 했다.

"말을 잘 들으면 금방 놔줄 거잉께. 겁먹지 말드라고!"

"민혁 오빠, 빨리 도망가!"

탈출하기가 불가능하다고 판단한 소현은 민혁에게 도망가라고 외쳤다. 민혁이만이라도 그들의 해코지에서 벗어나게 해주고 싶었다.

"한 번 더 소리를 지르면 아가리에 양말을 물린다."

가죽장갑이 험악한 인상으로 경고를 했다. 염색머리가 자기 양말 한 짝을 벗어 들고 흔들었다. 소현이의 몸을 아래위로 음흉스레 훑어보면서였다.

"그놈 도망 못 가게 꽉 붙잡고 있어. 주머니 뒤져보고. 누가 올라오나 망 잘 봐!"

"어서 도망가!"

소현의 두 번째 외침에 민혁은 눈을 번쩍 떴다. 그 즉시 쏜살같이 내달렸다. 방향을 잡고 온 힘을 발휘해 죽기 살기로 달렸다.

"놔요, 이거!"

달려가 소현을 낚아챘다. 자기에게 그런 힘이 나오리라고는 전혀 예상치 못한 일이었다. 오로지 소현을 구해야겠다는 일념으로 달려든 것이었다.

"어쭈! 이 새끼가?"

소현의 손목을 놓친 가죽장갑이 소리를 질렀다. 그와 동시에 주먹을 날렸다. 가죽장갑의 주먹이 민혁의 배에 깊숙이 꽂혔다. 으헉! 민혁은 배를 움켜잡고 그 자리에 주저앉았다. 앞이 노래지며 점차 어두워졌다.

"이 자식이 죽으려고 환장을 했나?"

염색머리가 구둣발로 옆구리를 걷어찼다. 민혁은 비명을 지르며 옆으로 푹 고꾸라졌다. 숨을 쉴 수가 없었다. 죽을 것만 같았다. 두어 바퀴 굴렀다. 하늘을 보고 똑바로 누운 자세가 되었다. 두 다리가 곧게 뻗어졌다. 양쪽 팔도 마찬가지였다. 팔다리에 경련이 일더니 점차 뻣뻣하게 굳어져 갔다. 두 눈이 허옇게 뒤집어지고 입이 벌어졌다. 곧 모든 움직임이 멎었다.

"민혁 오빠!"

소현이 울면서 흔들었으나 아무 반응이 없었다. 좀 더 세게 흔들면서 민혁을 불렀다. 그 바람에 민혁의 머리가 흔들려 털모자가 벗겨졌다. 머리카락이 듬성듬성 빠진 빡빡머리가 드러났다. 불량배들이 놀라 흠칫했다.

"어? 이 자식, 이거 왜 이래?"

"주, 죽었나 봐!"

"튀자!"

겁에 질린 불량배들이 후다닥 도망갔다.

한옥마을에 하나둘 방범등이 켜지기 시작했다. 그러나 그리 밝지 않았다.

"민혁 오빠! 민혁 오빠!"

소현은 계속 민혁을 흔들었다. 눈물이 비 오듯 흘렀다. 눈물방울이 민혁의 얼굴로 연속해서 떨어져 내렸다. 소현의 울음소리가 한옥마을에 목탁 소리처럼 퍼져나갔다.

"나, 괜찮아!"

한참 만에 민혁이 가만히 눈을 떴다.

"엉? 오빠?"

깜짝 놀란 소현이 눈물이 고인 눈으로 민혁을 살폈다.

"괜찮다니까."

"정말 괜찮은 거야?"

"응! 아무렇지도 않아! 후후후!"

민혁이 천천히 일어나서 옷에 묻은 흙을 털었다. 그리고 털모자를 주워 다시 썼다. 겉보기엔 멀쩡했다. 그래도 소현은 다시 물었다.

"정말 괜찮은 거지? 다친 데 없는 거지?"

"그렇다니까. 조금 아프지만 견딜 만해! 이판사판이라 판단하고 염소 흉내 한 번 내본 거야!"

"염소 흉내?"

"응! 위급 시에 죽은 척해서 적을 쫓는 염소가 있어. 동물의 왕국에서 봤어. 할리웃 염소라는 별명이 붙은 염소야. 미국의 쇼트트랙 선수 안톤 오노처럼 거짓 액션을 쓰는 거지! 병실에서 하루 종일 텔레비전만 봤었거든. 두꺼비나 주머니쥐도 그렇게 한대."

민혁이 적을 만났을 때 죽은 척하는 염소에 대해 자세히 설명을 해줬다. 그제야 소현은 안심을 하며 민혁의 어깨를 살짝 때렸다.

"내가 얼마나 놀랐는지 알아? 그냥 도망가지 그게 무슨 무모한 짓이야? 그러다 정말 녀석들한테 큰일을 당하면 어쩌려고?"

"내가 죽더라도 너를 지켜주고 싶었어! 어서 가자! 놈들이 눈치 채고 또 올지도 모르니까."

"그래! 저쪽 길로 빨리 내려가자. 불량배들이 이런 유명 관광지에서 판을 치게 놔두다니? 경찰은 대체 뭐하는 거야?"

내려가면서 소현은 계단 손잡이를 쾅쾅 쳐 화풀이를 했다. 민혁이도 따라 했다. 얼마간 그랬더니 화가 좀 풀렸다. 하지만 불량배들에게 당했던 나쁜 기억은 오랫동안 사라지지 않을 것 같았다.

한옥마을을 빠져나와 큰길에 이르자마자 민혁이가 택시를 불러 세웠다.

"이번 택시비는 내가 낼게. 내가 내게 해줘."

"알았어! 기회를 주지."

택시 안에서 창밖을 바라보며 머뭇거리던 소현은 살며시 민혁의 손을 잡았다. 불량배들에게 봉변을 당한 게 자기 때문이라 생각하니 미안함이 컸다. 그리고 막판에 몸을 날려 자기를 구해준 민혁이 고맙기도 해서였다. 슈퍼맨이나 스파이더맨보다 더 듬직하고 믿음직스러웠다. 민혁의 손은 의외로 따뜻했다. 게다가 매끄러웠다. 햇볕에 적당히 달궈진 조약돌 같았다. 소현이 이성의 감정을 가지고 남자 손을 잡아보기는 생전 처음이었다. 오랫동안 놓고 싶지 않은 손이었다. 하지만 민혁은 몹시 수줍어하며 슬그머니 손을 뺐다.

병원 정문을 통과하고 택시 승강장에서 내렸다. 둘이 나란히 걸어 현관문을 열고 안으로 들어갔다. 그때였다.

"너, 어딜 돌아다니다가 이제 오는 거야?"

밖을 내다보고 있었는지 엄마가 크게 소리치며 달려왔다. 소현은 너무 놀라 그 자리에 얼어붙었다. 엄마의 눈빛이 예사롭지 않았다.

"온 병원을 다 찾아다니고. 얼마나 걱정했는지 알아? 대체 이게 무슨 짓이야?"

"그냥 저……."

"이 애랑 같이 나갔다 온 거야?"

민혁을 가리키는 엄마의 눈길이 몹시 싸늘했다. 뺨이라도 때리려는 기세였다.

"너, 이리 좀 따라와!"

소현이가 끼어들어 변명을 하기도 전에 엄마는 민혁을 매점 옆으로 데리고 갔다. 조마조마한 심정으로 소현이도 뒤를 따랐다.

"너, 아픈 애를 데리고 나가서 무슨 짓을 하다 온 거니?"

"죄송합니다."

엄마가 매섭게 다그치는데도 민혁은 죄송하다는 한마디뿐이었다. 그 점이 엄마를 더욱 화나게 했다.

"죄송하다면 다야? 엉?"

"엄마! 왜 그래? 그냥 시내에 잠깐 나갔다 온 거야."

소현이 끼어들었다. 엄마가 민혁에게 나쁜 말을 퍼붓게 그냥 놔
둘 수는 없었다. 막아야 했다. 불량배 취급을 하는 걸 뒤에서 지켜
보고 서 있을 수는 없었다.

"뭐? 잠깐? 다섯 시간이 훨씬 넘었는데 잠깐이야?"

"그럼 나는 병실에만 갇혀 있다가 죽어야 해?"

엄마에게 따지며 대들었다. 그러는 소현의 모습에 민혁은 더욱
죄스러워하면서 어쩔 줄을 몰라 했다. 얼굴색이 홍당무로 변한 채
두 눈만 끔뻑거리며 장승처럼 서 있었다.

"말도 안 하고 몰래 아무나 따라 나갔다가 큰일이라도 당하면
어쩌려고 그래?"

"큰일은 무슨 큰일? 이렇게 돌아왔잖아?"

"엄마 속 좀 그만 썩이고, 이젠 병실 밖엔 일절 나가지 마!"

소현은 대답하지 않았다. 엄마 명령에 따르지 않겠다는 무언의
반항이었다. 엄마가 다시 민혁을 노려보았다. 여전히 싸늘하고 날
카로운 눈빛이었다.

"그리고 너, 누군지 모르겠지만 앞으로 조심해! 알았어?"

"네, 죄송합니다."

"엄만 왜 자꾸 이 오빠한테 뭐라 그래? 내가 나가자고 그런 거
야. 내가."

신경질을 부리며 엄마 팔을 잡아끌었다. 그 순간, 별관 통로 쪽
에서 한 아주머니가 종종걸음으로 다가왔다. 흰 머리카락이 섞인

짧은 파머머리에 허름한 옷차림의 시골 아주머니였다. 얼굴에 잔주름이 많고 허리가 약간 굽어 50대 중반쯤으로 보였다. 소현은 직감적으로 민혁이 엄마임을 알아차렸다.

"민혁아! 어데 갔었노? 엄마가 사방팔방 층층이 다 찾아다녔고마!"

"밖에서 바람 좀 쐬고 왔어!"

"어서 들어가자!"

아주머니와 민혁이가 몸을 돌려 두어 발짝 갔을 때, 갑자기 엄마가 민혁이 엄마를 불러 세웠다. 민혁이 엄마가 멈춰 서서 뒤돌아봤다. 엄마가 그리로 다가갔다. 미처 붙잡을 새도 없었다.

"이 애가 아들인가요?"

엄마가 퉁명스레 물었다. 다분히 시비조였다.

"예, 그런데예."

"아들 교육 좀 똑바로 시키세요!"

무슨 영문인지 몰라 민혁 엄마는 어안이 벙벙한 표정이었다. 그런 표정으로 소현 엄마에게 물었다.

"뭐라꼬예? 우리 민혁이가 뭘 잘못이라도 했능교?"

"댁의 아들이 중환자인 내 딸을 꼬드겨서 여태 시내를 싸돌아다니다가 온 거예요. 우리 애가 아주 큰일 날 뻔했다고요."

엄마의 일방적인 억측이었다. 소현이 다시 끼어들었다.

"엄마! 그게 아니라고 했잖아? 내가 먼저 나가자고 한 거라고."

민혁이 엄마가 소현을 멀뚱멀뚱 바라보았다. 하지만 소현은 계속 자기가 먼저 나가자고 한 거라고 솔직히 말했다.

"너는 입 다물고 조용히 있어! 앞으로 한 번만 더 이런 일이 발생하면 가만히 있지 않겠어요."

엄마는 거의 협박에 가까운 목소리로 경고를 했다. 민혁이 엄마가 눈을 치켜떴다. 이맛살이 꿈틀거렸다.

"으마야! 가만히 있지 않겠다모 우얄 낀데예? 내 들어보이께네 댁의 따님이 먼저 나가자고 그런 것 같고마. 그카모 그쪽에서 먼저 사과를 혀야 허는 거 아닝교?"

"뭐예요? 사과라뇨?"

"맞제! 잘못헌 사람이 사과를 해야제! 젊은 아지매가 우예 그런 것도 모르능교?"

"잘못은 우리 애가 무슨 잘못을 했다는 거예요? 나 참 기가 막혀서. 적반하장도 유분수지."

"우리 애도 중환잔데, 중환자를 델꼬 병원 밖에까지 나가 놀다 왔으이께네 잘못이제, 와 잘못이 아닝교? 그래 놓고 우리 애한테 뒤집어씌우고. 심보가 어째 그리 문딩이처럼……."

흥분을 한 민혁이 엄마도 눈을 부라리며 침을 튀겼다. 감정이 격해진 두 엄마는 언성을 높이면서 삿대질을 해댔다. 여차하면 머리채라도 휘어잡을 태세였다. 사람들이 무슨 일인가 하고 몰려들었다. 금세 수십 명이 불어나 간이공연장을 방불케 했다.

"엄마! 그만해!"

"그만두고 가, 엄마! 창피하게 왜 이래?"

소현이와 민혁은 억지로 엄마들을 떼어냈다. 엄마들의 팔을 잡고 각자 다른 방향으로 끌고 갔다. 하지만 열이 식지 않은 두 엄마는 끌려가면서도 소리를 마구 질렀다.

"아들 단속 똑바로 해요!"

"당신이나 딸 단속 잘 좀 하이소! 순진한 우리 아들 여시처럼 꼬셔내지 말고."

"뭐에요? 여시처럼 꼬시다니?"

엄마가 걸음을 멈추고 소현의 손을 뿌리쳤다. 몸을 돌려 민혁 엄마에게 뛰어가려 했다. 소현은 기겁을 해서 엄마의 다리를 잡고 늘어졌다. 놓치면 큰일이 벌어질 게 분명했다. 원래 다소 다혈질의 성격인 데다 오랜 병간호로 스트레스가 쌓인 터라 무슨 짓을 할지 몰랐다.

"너, 이거 못 놔? 저 여편네 혼을 내줘야 돼. 어디서 말을 함부로 하고 있어! 경상도 무식쟁이 같으니라고. 빨리 놔!"

"안 돼! 그러지 마, 제발!"

엘리베이터 앞에서 소현은 엄마와 한참 동안이나 실랑이를 벌였다. 수많은 사람이 오가며 눈살을 찌푸렸다. 하지만 아랑곳하지 않았다. 삼십 분이 넘자 소현이도 지치고 엄마도 지쳐버렸다. 결국 두 사람은 가까운 플라스틱 벤치에 주저앉았다. 거리를 두고 나란히 앉아 말없이 통로 바닥을 내려다보았다. 떨어져 앉은 거리만큼 엄마가 멀게 느껴졌다. 잘 닦여진 대리석 바닥은 유리판 같아서 얼굴이 훤히 비쳤다. 소현은 자신의 얼굴을 꼼꼼히 살폈다. 눈, 코, 입, 귀. 생전 처음 보는 사람처럼 아주 낯설어 보였다. 엄마도 마찬가지였다. 원래의 엄마 얼굴이 아닌 것 같았다. 소현은 눈을 질끈 감았다.

첫 키스

아침저녁으로 서늘한 바람이 부는 9월이 되었다. 무더운 여름이 다 가버려 서운한지 이따금 들리는 매미 울음소리가 처량하게 들렸다. 하지만 귀뚜라미들은 가을이 오기를 기다렸다는 듯 경쾌한 목소리로 떼 지어 노래를 불러댔다. 병원 담장 개나리 나무들이 군락을 이루고 있는 곳에서 특히 크게 들려왔다. 어느 날은 환기를 하려고 조금 열어놓은 작은 창을 통해 밤새 들려오기도 했다. 소현은 그 귀뚜라미 노랫소리를 민혁이도 같이 듣고 있을 거라는 생각에 잠도 잊은 채 더욱 귀를 기울였다. 짧고 단순한 마찰음의 반복이었지만 잔물결처럼 끊임없이 가슴에 와 닿아 쉽게 잠들지 못하게 했다. 엎치락뒤치락 자반뒤집기를 하며 잠을 청했으나 소용없었다. 귀뚜라미 합창 소리 사이로 엄마의 코고는 소리가 끼어들었다. 언젠가 희정이와 선아가 집에 놀러와 함께 잠을 잤던 날, 밤새 코를 심하게 골던 선아 생각이 났다. 희정이와 둘이 손가락으로 선아 코를 꽉 잡아도 보고, 귀이개로 콧구멍을 간질여 보기도 했지만 소용이 없었다.

준비가 끝나자 소현은 목청을 가다듬었다. 조금 떨렸다. 하지만 용기를 냈다.

"야!"

큰 소리로 불렀다. 그러자 잡것이 힐끔 뒤돌아보더니 다시 껌을 질경질경 씹으면서 제 갈 길을 갔다. 소현이 정도는 자기 안중에도 없다는 듯 완전 무시하는 행동이었다. 소현은 열이 올랐다.

"야! 거기 서!"

더 크게 불렀다. 그제야 잡것이 자기를 부르는 소리임을 알아듣고 걸음을 멈췄다. 껌 씹기도 멈췄다. 잠시 멈춘 자세로 있다가 천천히 뒤돌아섰다. 잡것은 이미 인상이 심하게 찌그러져 코끼리가 밟아놓은 호박덩이였다. 눈빛도 사나웠다.

"너, 이리 와봐!"

같이 노려보며 손가락을 까딱거렸다. 그와 동시에 한쪽 다리를 덜덜 떨었다. 떨면서 껌을 한 개 꺼내 입에 넣고 딱딱 씹었다. 겁이 났으나 전혀 겁먹고 있지 않다는 걸 잡것에게 보여주었다.

잡것이 껌을 질경질경 씹으면서 느릿느릿 다가와 두 걸음 앞에서 멈췄다. 소현은 몸을 약간 틀어서 왼쪽 뺨에 길쭉하게 난 칼자국을 잡것이 보도록 했다. 그리고 왼손 옷소매를 둘둘 걷어 올렸다. 팔뚝에 새긴 문신 글자가 나타났다. '의리'라고 쓴 시퍼런 글자였다. 칼자국과 문신을 보여줌으로써 잡것의 기를 죽이려는 의도였다. 그러나 잡것은 기가 죽지 않았다. 오히려 가소롭다는 듯 노려보며 입가에 비웃음을 짓고 있었다. 그 표정으로 잡것이 바닥에 침을 찍 뱉었다. 어? 잡것이 겁을 먹어야 되는데! 소현은 속으로 뜨끔했다. 하지만 불러 세워놓고 물러설 수는 없었다. 이판사판, 밀어붙이기로 했다. 소현은 똑같은 눈빛으로 잡것을 노려보다가 똑같이 바닥에 침을 퉤 뱉었다.

"하! 니가 날 부른 거 맞냐?"

"맞다!"

짧게 대답하고 담배를 한 개비 꺼내 입에 물었다. 라이터로 불을 붙인 뒤 서부영화 속의 장고처럼 폼을 잡았다. 선아와 희정이는 물론 다른 아이들이 빙 둘러서서 조마조마 지켜보고 있었다.

"왜 부른 건데?"

"니가 서울에서 온 깡호동이니?"

"그래! 그게 뭐? 꼽냐?"

잡것이 한 걸음 더 다가왔다. 덩치가 커 턱을 들고 올려다봐야 했다. 담배연기를 깊게 들이마셨다가 잡것의 면상에 훅 뿜었다. 그래 놓고 한쪽 다리를 더 빨리 떨면서 낮고 허스키한 남자 목소리로 물었다.

"너, 전에 내 친구 선아 머리털을 잡아 뽑고, 쌍코피까지 터트렸다면서?"

"하! 요 삐룩이 코딱지만 한 게······! 그래! 너도 머리털 뽑히고 코피 좀 흘려보고 싶냐? 키키키!"

어이가 없다는 의미가 듬뿍 담긴 웃음이었다. 잡것을 따르는 무리 예닐곱 명도 비슷한 웃음을 흘렸다. 소현이도 입을 길쭉이 늘려 소리 없이 씨익 웃었다.

"내가 아니고, 오늘은 니 차례라고나 할까. 아하하하!"

그 말을 한 뒤 소현은 입에 물고 있던 담배개비를 바닥에 내팽개치고 잡것보다 더 크게 웃었다. 그와 동시에 잡것의 앞 머리채를 움켜잡았다. 잡자마자 앞으로 세게 당기면서 이마로 잡것의 코를 있는 힘껏 들이받았다. 잡것이 뒤로 넘어져 바닥에 벌렁 나자빠졌다. 큰대 자로 뻗은 자세로 코를 쥐고 신음 소리를 내뱉었다. 쌍코피가 터져 양쪽 콧구멍에서 검붉은 피가 콸콸 솟아났다. 코피가 금세 바닥에 흥건히 고였다. 게다가 머리카락이 한 움큼이나 뽑혀 앞이마가 훤한 대머리 꼴로 변해버렸다.

"아하하하!"

그 모양의 잡것을 내려다보면서 또 한 번 큰 소리로 웃었다. 희정이와 선아도 따라 웃었다.

얼른 웃음을 멈췄다. 웃음소리에 엄마가 몸을 뒤척였기 때문이었다. 이불을 뒤집어쓰고 계속 킥킥거렸다. 상상만으로도 신나고

통쾌한 일이었다. 가짜 흉터와 가짜 문신을 만들고 불량소녀처럼 자신을 꾸며서 진짜로 시도해보고 싶기도 했다. 민혁이가 썼던 트릭 기법과는 좀 다르지만 어쩌면 성공할 것도 같았다. 그저께 희정이와 선아는 엄마 휴대폰으로 안부 문자를 보내왔다. 자기들은 학교에 잘 다니고 공부도 열심히 하고 있다면서 빨리 병이 나아 돌아오라는 내용이었다. 깡호동에게 매일 시달림을 받고 있다고 와서 구해달라는 농담도 덧붙였다. 지난겨울에 문병 왔을 때 병실에서 기념으로 찍은 빡빡머리 사진도 전송을 해줬다. 엄마가 깡호동이 도대체 무슨 과목 선생인데 그렇게 무섭냐고 물었지만 소현은 그냥 슬쩍 웃고 말았었다. 지혜에 대한 소식도 있었다. '추신: 지혜차임울불난리장결중'이라고 암호 문자처럼 보내왔다. 엄마는 전혀 이해할 수 없는 문자였다. 지혜가 세 번째 남자친구한테 차여서 울고불고 난리를 피우더니 학교에 장기 결석 중이라는 말이었다.

"희정아, 선아야, 내가 정말 그 깡호동 혼내줄 테니 조금만 기다려!"

소현은 그렇게 친구 선아를 위해 깡호동이라는 여자애를 혼내주는 상상을 하다가 먼동이 틀 무렵에야 잠이 들었다.

위험을 무릅쓰고 소현과 민혁은 다시 만났다. 역시 병원 매점 앞에서였다.

"오늘을 얼마나 기다렸는지 알아, 오빠?"

"나도 많이 기다렸어! 비상계단으로 네가 있는 12층까지 몇 번이나 올라가 보기도 했었고."

"아, 그랬구나! 나, 이것저것 여러 가지 검사를 받느라 매일 바빴어!"

소현은 보고 싶었다는 말을 하고 싶었다. 그러나 혀끝에 걸려 입 밖으로 나오지 않았다. 민혁이도 마찬가지였다. 쑥스럽기도 하고 창피하기도 해 용기가 나지 않았다.

"힘들었겠다. 나는 그냥 하루에 약 세 번 먹고, 주사 한 방 맞으면 돼! 어쩌다 이상한 검사도 하고 방사선도 하지만."

"약만 세 번에 주사 한 방? 와 좋겠다. 그거 완전 누워서 떡 먹기잖아?"

"너에 비하면 그렇지! 근데 주사약 값이 너무 비싸서……. 먹는 약은 그나마 조금 싼 편인데."

쓸데없는 말을 하는 것 같아 민혁은 얼른 입을 다물었다. 약 얘기를 꺼내다니, 후회가 되었다. 그것을 눈치채지 못한 소현이 뒷말을 이었다.

"비싸 봤자 얼마나 하겠어? 나는 검사 받고, 치료 받고, 주사 맞고, 약 먹고, 또 검사 받고, 치료 받고, 주사 맞고, 약 먹고. 특히 방사선 치료는 정말 정말 싫어! 지루한 검사와 치료 한 번 받고 나면 한 이틀 푹 쉬어야 해. 너무 아프고 피곤하고. 지난번엔 이틀을 꼬박 잠만 잤어. 글쎄, 깨어나 보니까 이틀이 지나 있는 거 있지?"

"나도 방사선 치료 가끔 받아. 받고 나면 머리가 몽롱하고 밥맛도 없고. 꼭 술 취한 사람 같았어!"

비슷한 경험을 했다는 민혁의 말에 소현은 흐뭇이 웃었다. 일체감이 느껴져 기분 또한 좋았다. 민혁이도 마찬가지였다. 다른 그 누구도 아닌 소현이와 같은 병원에서 같은 경험을 하며 지낸다는 게 기뻤다. 그 때문에 아픈 치료 과정과 힘든 병원생활을 견뎌내고 있었다.

"그치? 그치? 그런데 왜 그렇게 똑같은 검사를 자꾸 반복하는지 모르겠어. 비용이 만만찮다고 하던데? 아무튼 밥 싹싹 긁어먹어! 체력이 있어야 힘든 치료를 견뎌낼 수 있거든."

"후후! 꼭 의사 선생님처럼 말하네!"

"흉내 한 번 내봤어! 오빠, 내 꿈이 뭔지 알아?"

나무젓가락으로 노란 단무지를 집으면서 소현이 물었다. 알아맞히면 자신의 황갈색 털모자를 선물로 줄 생각이었다. 민혁이 쓰고 있는 쑥색 털모자는 색깔이 칙칙해서 싫었다.

"꿈? 혹시 의사?"

"아냐!"

"그럼 간호사?"

"에이! 그것도 아니야."

아무래도 모자 선물은 다음에 해야 할 것 같았다. 소현은 다음에 똑같은 색깔로 두 개를 사기로 했다. 그래서 커플 모자삼아 둘이 함께 쓰고 다니기로 마음을 굳혔다.

"내 꿈은 바로 조각가야. 나중에 미술대학에 가서 조각을 전공할 거야. 그리고 한 대여섯 명이 걸 그룹을 결성해서 활동하고. 벌써 이름도 정해됐어, 드림걸즈라고. 소녀시대나 원더걸즈를 능가하는 세계적인 스타가 될지도 모르니까 나한테 잘 보여!"

꿈을 밝히는 순간, 이상하게 갑자기 손가락이 뻣뻣해져 단무지가 잘 집어지지 않았다. 날씨가 싸늘해서 그러려니 생각하며 젓가락을 놓고 손가락 운동을 몇 차례 했다. 그리고 다시 시도해봤다. 아까보다 좀 나아졌다. 위태위태하게 겨우 한 개를 집어 들었다. 동그란 단무지를 민혁에게 보이고 입에 넣었다. 민혁이가 바라보고 빙그레 웃었다.

"걸 그룹? 조각가?"

"웅! 조각가가 제1의 꿈이야. 그것도 돌 조각가. 화강암을 정으로 조금씩 조금씩 쪼아가지고 만드는 그거 있잖아?"

"알아!"

"중1 가을에 담임 샘하고 몇몇 아이들이랑 드림랜드에서 열린 조각 전시회 구경을 갔었거든. 거기서 돌조각 작품을 보고 나, 완전 빠졌었어!"

단무지를 씹느라 소현의 발음이 좋지 않았다. 그래도 소현은 쉬지 않고 말을 했다. 자꾸 말을 하고 싶은 충동이 일어 가만히 있을 수가 없었다.

"남자아이가 오른쪽 팔을 몸에 붙여 아래로 늘어뜨리고, 왼쪽 팔을 허리 뒤로 니은자 형태로 구부려 오른팔을 붙잡고 서서 하늘을 바라보는 전신상이었어!"

"좀 특이한 포즈네?"

"응! 근데 그 자세가 좋아 보이더라니까. 내가 나중에 미대 가면 첫 작품으로 오빠 돌조각 만들어볼게. 실력이 없어 전신상은 못할 거고 오빠 두상은 할 수 있을 거야. 오빠는 정면 얼굴보다 옆얼굴이 약간 더 나! 눈이 깊고 콧날이 똑바른 게, 작품이 나올 것 같아."

"그래 고마워! 꼭 해줘. 그리고 앞으로는 내 옆모습만 봐!"

그 말을 하고 민혁은 고개를 옆으로 약간 돌려 소현에게 자신의 옆얼굴을 보였다. 소현이 웃었다. 소현의 맑은 웃음소리가 가슴으로 깊이 들어와 메아리쳤다.

"알았어. 옆모습만 볼게. 그 샘처럼 나도 미술 선생님이 될까 하는 생각도 해봤는데, 나는 공부를 그다지 잘하지 못해서. 주제 파악 일찍 한 거지 뭐! 근데 오빤 꿈이 뭐야?"

"아직 뭐 뚜렷하게 꿈이라고 할 건 없고. 농업 분야에 관심이 있어서 그쪽으로 나가볼 생각이야. 할아버지가 농사꾼이셨고, 아버지도 현재 농사를 지으시고. 비닐하우스에서 방울토마토 농장 하셔. 동네 아줌마들 세 명 일꾼으로 쓰면서."

"토마토 농장? 혹시 농장 이름이 태화토마토농장 아니야?"

"맞아! 어떻게 알았어?"

민혁이 너무 놀라 황소 눈을 떴다. 진흙이 묻어 보이지 않던 트럭 옆 세 글자는 토, 토, 장, 이었다. 그 세 글자를 넣으니 태화토마토농장이었다.

"색이 바랜 파란색 더블 캡 트럭 있어?"

"있어! 그건 또 어떻게 안 거야?"

민혁은 어안이 벙벙해져 무슨 점술사를 보듯 소현을 바라보았다. 황당하다는 표정이었다. 너무 놀란 표정이라 우스꽝스러웠다.

"그러면 작년 9월에 그 트럭 타고 전주에 왔을 텐데? 승용차가 아니라."

"그래, 그래! 그 트럭 타고 왔어. 생각해보니 승용차가 아니었어. 내 정신이 가끔 오락가락해서……."

"그러면 그날 우리 스쳐 지나간 거 맞아! 나, 오빠가 창틀에 팔 걸치고 있는 거 시내버스에서 내려다보고 있었어. 눈도 잠깐 마주 쳤었고."

틀림없었다. 그때 본 그 하얀 팔의 주인이었다. 생각할수록 정말로 묘한 인연이었다. 전생에서부터 예정된 운명적인 만남이 있다더니, 바로 그거인 모양이었다. 무척 놀라우면서도 매우 기뻤다.

"나는 오빠가 여자앤 줄 알았어. 팔이 가늘고 피부가 하얘서."

"햇볕을 많이 못 쬐어서 그런 거야. 아무튼 우리 집은 방울토마토 농장을 해. 오래됐어. 방울토마토 알아?"

"방울토마토 알지. 나, 토마토 좋아하는데, 나중에 먹으러 가야겠다.”

“그래! 꼭 와! 참, 우리 토마토 농장에 하루 두 번 두 시간 정도 씩 노래를 틀어주거든! 트로트 노래.”

토마토에 웬 노래를? 처음 듣는 소리였다. 호기심이 생겼다.

“트로트 노래? 토마토한테 노래를 들려줘? 그러면 토마토가 따라 부르나? 아님, 춤을 추나? 아하하!”

“그래. 그러면 토마토가 더 잘 자라고 더 잘 익는대. 어느 과학자가 실험을 해봤대. 하여튼 농장에서 네가 저번에 물어본 그 노래 들어본 것도 같아.”

“아아! 꽃이 될래욘가 별이 될래욘가 그거? 가서 확인해보면 알 겠지. 진짜 꼭 가보고 싶다.”

빈말이 아니었다. 정말 가보고 싶었다. 가서 민혁이가 어떤 도 시, 어떤 마을, 어떤 집에서, 어떤 식구들과 살았는지, 모든 것을 알 고 싶었다. 하나에서부터 열까지가 다 궁금했다.

“우리 오늘은 어디 갈까, 오빠? 어디 가고 싶은 데 없어? 모처럼만 에 땡땡이를 쳤는데, 금방 돌아갈 수는 없잖아? 자유를 즐겨야지!”

“자유? 그거 좋지! 그런데 내가 전주를 아나? 모르지. 네가 가고 싶은 데 가자!”

“그럼 오늘은 시내로 가지 말고 교외로 나가자. 오빠랑 가보고 싶은 데가 딱 한 군데 있어!”

지난번 한옥마을 오목대에서 불량배들을 만났던 기억이 떠올랐다. 저절로 인상이 찌그러졌다. 시내 쪽은 다시는 가고 싶지 않았다. 대신 오래전부터 꼭 한 번 가보고 싶었던 장소를 떠올렸다. 입원 이후 가끔씩 꿈에 보이기도 했던 곳이었다.

"교외로? 그런데 너네 엄마……."

"울 엄마? 걱정 마. 지금 없어."

민혁은 소현이 엄마를 본 적이 있기에 의아스러웠다. 소현이를 혼자 두고 쉽게 병실을 비울 사람으로 여겨지지 않았다. 고개를 갸웃거렸다.

"가게에 일이 생겨서 거기 갔어. 아마 밤늦게나 올 거야. 아빠는 광주에 동창모임이 있어서 거기 가셨고."

"음! 우리 엄마는 작은 엄마랑 절에 가셨어."

"아, 그랬구나. 기다리면 이렇게 기회가 오는 법이야. 나, 그동안 찍소리 안 하고 말 잘 듣고, 검사 얌전히 다 받고, 병원 밥 남김없이 싹싹 비우고 그랬어!"

자랑하듯 털어놓자 민혁이 눈을 크게 떴다. 못 믿겠다는 의미가 담긴 눈빛이었다. 그 눈빛을 보며 소현은 목소리를 높여 강조를 했다.

"진짜 그랬다니까. 그랬더니 엄마가 좋아 죽겠대. 그래서 안심하고 나간 거야."

"담당 간호사는 어떻게 따돌리고 나온 거야?"

"내가 뭐 한두 달짜리 초보 환잔가? 다 나오는 수가 있어. 근데 비밀이야. 자, 어서 가자. 얼른!"

중국 음식점에서 짜장면을 먹고 나온 소현과 민혁은 인도를 따라 걷다가 버스정류장에서 멈췄다. 민혁이와 함께 버스를 타고 어딘가로 간다는 생각을 하니 소현은 마음이 설렜다. 함께 있다는 사실만으로도 즐겁고 행복했다. '함께'라는 단어가 머릿속에 나타나서 사라지지 않았다. 민혁이도 즐거운 표정이었다.

"여기서 시내버스를 타고 전주역 앞에까지 가서, 거기서 한 번 갈아타면 돼!"

"갈아타고 또 가? 아주 멀어?"

"아니야. 내 기억엔 사십 분 정도 가면 돼! 택시 타면 빠르지만 오늘은 엄마 카드를 못 가지고 나왔어. 돈도 달랑 7,400원이 전부야."

"나한테도 5,000이나 6,000원 정도 있어!"

전주역 앞에서 내렸다. 하지만 버스가 금방 이어지지 않아 정류장 벤치에 앉았다. 나란히 앉아 오가는 차량들도 구경하고 건너편 상가도 살폈다. 그러면서 소현은 좋아하는 노래를 콧소리로 흥얼거렸다. 콧노래를 불러 자기 마음을 간접적으로 표현하는 것이었다. 그러나 민혁은 그걸 알아채지 못하고 버스가 오기만을 기다리는 눈치였다. 시선을 이리저리 옮기다 보니 길 건너 저쪽에 스티커 사진 찍는 가게가 보였다. 소현은 민혁이와 찍은 기념사진을 한 장 갖고 싶었다. 기념사진을 희정이가 준 낙서 노트 맨 앞장에 붙여놓고 수시로 펼쳐보고 싶었다.

"오빠, 우리 땡땡이 친 기념으로 저기 가서 사진 한 방 찍을까?"

"어휴, 저기까지 건너갔다가 언제 또 건너와? 8차선인데. 그 사이에 버스 오면 어떡해?"

"그런가? 그럼 다음에 꼭 찍자! 근데 괜찮아, 오빠? 얼굴이 창백해 보여. 그냥 돌아갈까?"

"아니야. 괜찮아. 나도 어딘지 가보고 싶어! 모처럼만에 땡땡이를 쳤는데, 금방 돌아갈 수는 없잖아? 자유를 즐겨야지. 후후!"

민혁은 아까 중국 음식점에서 소현이가 했던 말을 그대로 흉내 내었다. 그 소리에 소현은 살며시 웃으면서 민혁을 바라보았다. 부드러운 시선으로 얼마간 바라보다 넌지시 물었다.

"오빠, 학교 다닐 때 진짜 땡땡이친 적 있어? 없지? 없을 것 같아! 나는 몇 번 있어! 2학년 1학기 때는 희정이하고 선아랑 땡땡이치다가 선생님한테 걸리기도 했었어!"

"그래?"

"응! 학교에 있기가 왠지 답답하고 짜증스럽고 그런 날 있잖아? 공부도 안 되고. 그날도 그래서 땡땡이치기로 했지. 4교시 끝나고 점심시간이 되자마자 학교 뒷담으로 갔어. 거기 뒷담에 선배들이 뚫어놓은 개구멍이 있었거든! 그리로 차례차례 빠져나갔어. 그런데 밖에 선생님이 회초리를 들고 서 있지 뭐야. 간이 떨어졌었다니까. 근데 그 선생님이 무슨 선생님이었는지 알아? 바로 교장 샘이었어!"

"뭐? 교장 선생님?"

민혁은 속으로 학생지도부 선생님 아니면 체육 선생님이라고 생각했다. 그런데 엉뚱하게도 교장 선생님이라는 소리에 어리둥절한 표정을 지었다.

"응! 60세가 넘은 뚱뚱한 여자 교장 샘이 거기 딱 지키고 서 있지 뭐야!"

"그래서?"

전혀 예상하지 못했던 선생님이라 민혁은 큰 목소리로 물었다. 교장 선생님한테 잡혔다는 말은 금시초문이었다.

"그래서 꼼짝없이 잡혀가 손바닥 열 대씩 맞고, 반성문 쓰고, 교장실 청소 일주일간 하고 그랬지 뭐! 담임한테 별도로 또 혼나고 화장실 청소도 하고. 오빠는? 오빠는 땡땡이친 적 한 번도 없어? 있음 말해줘 봐! 나 혼자 떠드니까 입이 아프네."

"중3 때 딱 한 번!"

"한 번? 왜? 뭐 때문에?

딱 한 번이라니까 더욱 궁금증이 일었다. 바짝 다가앉으며 물었다.

"숙제 때문에."

"숙제? 무슨 숙제?"

"도덕 숙제. 도덕 수행평가였어. 가치 있는 삶을 산 인물에 대한 영화나 텔레비전 프로그램을 보고 감상문을 써오래! A4 세 장 분

량으로. 한 장도 쓰기 힘든데 세 장을 어떻게 써? 너무 어려워서 못 해갔지 뭐. 그 선생님이 억수로 무서운 선생이었어. 엎드려뻗쳐를 시켜놓고 몽둥이로 사정없이 때리는 그런……. 맞을까 봐 겁이 나서 친구랑 둘이 도망을 갔지."

"어디로 도망을 가?"

무슨 강도짓을 한 것도 아니고 숙제 안 해갔다고 도망을 가다니? 이해가 잘 되지 않는 남자들의 행동이었다. 그러나 한편으로 호기심이 일기도 했다.

"그냥 나가서 직지사천 강변공원에 둘이 앉아 있었지! 해가 질 때까지."

"그래서 그다음 시간에 안 맞았어?"

"맞았지! 다섯 대 더 추가해서 열 대."

소현은 배를 잡고 웃었다. 본전도 못 뽑을 짓을 하다니. 학교를 안 다니려면 모를까 그건 도망간다고 해결될 문제가 아닌 것 같았다. 정말 엉뚱한 구석이 있는 민혁이었다.

"그럼 애초에 왜 도망을 가? 그냥 다섯 대 맞고 끝내지."

"그러게 말이야. 그때는 우선 도망가고 싶더라고. 맞는 게 무서웠으니까. 그 친구 이름이 권대옥인데 제일 친한 친구야."

"권대옥? 여자야?"

무의식적으로 소현은 목소리를 높여 물었다. 그리고 민혁의 눈빛을 살폈다.

"아니야. 여자 이름 같지만 남자야. 세상을 밝게 비추는 큰 구슬이라는 뜻이래! 초등학교는 다른 초등학교 나오고, 중학교 1학년 때 짝이었어. 그랬다가 2학년 때는 다른 반이 됐었고, 3학년 때 다시 같은 반이 된 거였지. 근데 그 친구 노래를 참 잘해! 통기타를 치면서 부르거든. 아주 듣기 좋아! 가끔씩 그 친구 노래를 듣고 싶기도 해."

소현이가 자기도 한번 들어보고 싶다고 말하자 민혁은 나중에 소개시켜주겠다고 약속했다.

갈아탄 시내버스는 시 외곽 길로 빠져나갔다. 차창 밖으로 너른 농촌 풍경이 펼쳐졌다. 시야가 아무 막힘도 없이 먼 산까지 내뻗었다. 가슴이 탁 트였다. 길가에는 색색의 코스모스 꽃들이 줄을 이뤄 손을 흔들고 있었다. 나무들은 울긋불긋 단풍이 들기 시작했고 이미 꽤 많이 여문 농작물들은 황금색으로 변해가는 중이었다. 하늘 또한 맑았다. 솜사탕을 뜯어 붙인 듯한 하얀 구름이 새파란 하늘에 드문드문 떠 있었다. 소현은 민혁에게 엄마 아빠의 연애 시절 이야기를 들려주었다. 아빠가 엄마를 데리고 모악산 계곡으로 야외 데이트를 갔을 때, 엄마를 업고 징검다리를 건너다가 미끄러져 둘 다 물에 빠진 생쥐 꼴이 되었다는 그 이야기였다. 이야기를 들은 민혁은 큰 소리로 웃었다.

"오빠도 나를 업고 징검다리 한번 건너볼래?"

"그러지 뭐! 나, 징검다리 잘 건너. 김천 직지사천 상류에 큰 돌이 여덟 갠가 아홉 개 놓인 징검다리가 있는데, 초등학교 때 학교 친구들이랑 건너기 시합 많이 했었어. 그러다 물에 빠진 적도 있었고."

구체적으로 말을 하는 걸 보면 분명 거짓말이 아니었다. 민혁의 등에 업혀 징검다리를 건너다가 물에 빠지는 그림이 눈앞에 그려졌다. 그러자 엄마 아빠 생각이 떠올라 웃음이 새어나왔다. 민혁이 건강한 모습으로 빨간 장미꽃을 한 송이 들고 찾아와 프러포즈를 하는 장면도 나타났다.

"그러면 우리, 언제 거기 한번 건너보자. 어? 저기! 바로 저 마을이 내가 태어난 고향 마을이야. 초등학교 4학년 때까지 저 마을에 살았었어. 그러다 5학년 때 전주 시내로 이사를 갔지."

마을 입구에서 내렸다. 30여 호가 올망졸망 모여 있는 마을은 크게 변한 게 없었다. 새로 지은 집들이 몇 채 보였고 없어진 집들도 더러 있는 것 같았지만 전체적으로는 예전과 비슷했다. 소현은 옛날에 살던 집을 찾아보았다. 그러나 눈에 띄지 않았다. 마을 우측 커다란 목련나무 부근의 기역자형 기와집이었는데, 없었다. 그 자리에 웬 단층짜리 슬래브 양옥이 자리하고 있었다. 아마도 새 주인이 헌 한옥을 헐고 새로 양옥을 지은 모양이었다. 엄마, 아빠, 할아버지와 함께 살았던 옛날 그 기와집이 눈에 선해 아쉬움이 컸다. 천천히 마을 앞길을 걸어가다 농로로 꺾어 들었다. 흙냄새가 물씬 풍기는 농로는 200여 미터가량 되었다. 그리고 그 끝에 야트막하니 길쭉한 둔덕이 있었다. 두 그루의 은행나무가 둔덕 위에 나란히 서서 맞아주었다.

"다 왔어. 바로 여기야!"

"여기? 저 마을이 아니고?"

"마을도 마을이지만 최종 목적지는 여기였어!"

"여기 뭐…….'

민혁은 주위를 둘러보며 실망스럽다는 표정을 지었다. 전혀 뜻밖의 장소라 어리벙벙한 모양이었다. 소현이 웃으면서 설명을 해 줬다.

"뭐 볼 게 있느냐 그 말이지? 이 은행나무, 우리 증조할아버지가 심으신 거래! 할아버지 혼례 기념으로."

"할아버지 혼례 기념으로 증조할아버지가?"

그제야 민혁이 눈을 왕방울만 하게 떴다. 그런 눈으로 아름드리 은행나무를 올려다보았다. 양쪽 나무를 번갈아 보며 놀랍다는 표정을 지었다.

"응! 할아버지가 열일곱 살, 할머니가 열여섯 살 때 결혼을 시켰는데, 그때 둘이 자식들 많이 낳고 백년천년 행복하게 살라고 이 은행나무 두 그루를 심으셨대."

"아아! 그래서 할아버지 할머니 오래 사셨어? 자식들도 많이 낳았고?"

"할아버지는 여든한 살에 돌아가셨어! 할머니는 그보다 일찍 일흔셋에 돌아가시고. 할아버지는 선산에 먼저 묻힌 할머니를 모셔와 이 은행나무 사이에 합장해달라고 유언을 하셨어. 여기 묻히면 마을도 빤히 보이고 집도 잘 보여서 좋을 거라고 나한테도 그러셨어. 근데 아빠가 그냥 선산으로 모셨어!"

"왜?"

"자세히는 모르고. 할아버지는 아빠가 정치하는 거 반대 많이 하셨거든! 그래서 두 분이 사이가 좋지 않았어!"

때때로 할아버지와 아빠가 의견이 대립되어 큰 소리로 말다툼을 하던 광경이 떠올랐다. 대기업 계열사에 다니던 아빠가 갑자기 정치인이 되겠다고 사표를 낸 후부터였다. 회사를 그만둔 아빠는 곧바로 정당에 가입해서 열성적인 당원 활동을 했었다. 고등학교 선배인 지역구 국회의원 밑에서였다.

"할아버지 할머니 산소에 가본 지도 오래됐네. 저 찻길을 따라 여기서 한참 가야 돼! 가다 보면 소패령이라는 높은 고개가 나오고 휴게소가 있는데 그 부근이야."

"소패령? 그러고 보니 전주에 올 때마다 저기 저 찻길로 왔던 것 같아. 오다가 그 휴게소에서 쉬었던 것 같아. 작년에 작은아버지 생일날에도 오다가 거기서 쉬었었고."

"어머! 그래?"

"응! 멀리 마이산도 보이고 경치가 아주 좋더라!"

그 고개에 있는 휴게소를 알고 있다니. 소현은 민혁이와 더 한층 가까워진 기분이었다. 말을 나눠볼수록 자기와 겹쳐지는 부분이 점점 많아져 전생에 혹시 특별한 관계가 아니었나 하는 생각마저 들었다. 희한한 일이었다.

"맞아! 맞아! 거기야. 마이산에도 한번 올라가보고 싶어. 우리 나중에 대학 가서 같이 가보자!"

"그거 좋지! 아무튼 저 길로 쭉 가면 진안 나오고, 무주 나오고, 영동 나오고, 그다음이 김천이야. 구불구불 꽤 멀어. 고개도 많고. 차로 두 시간 반 정도 걸려."

"걸어서 가면?"

"걸어서? 걸어서는 못 가지. 굳이 간다면 한 삼사 일 걸릴걸! 뛰어가면 하루 반이나 이틀 정도 걸릴 거고. 자전거로 가면 열두 시간 정도?"

장난으로 물은 말에 민혁은 자세히도 설명을 해줬다. 함께 나란히 걸어간다면 못 갈 것도 없을 것 같았다. 가다가 쉬고, 또 가다가 쉬고, 전국 일주라도 할 자신이 있었다.

"우리 할아버지 할머니는 자식들은 진짜 많이 낳으셔서 모두 일곱 명이야. 딸, 딸, 딸, 아들, 딸, 딸, 아들. 우리 아빠가 넷째이면서 장남이야. 그런데 결혼하고서는 나 하나만 낳았지. 그래서 할아버지는 엄마 아빠한테 더욱 서운해하셨고."

"나는 형 하나, 누나 하나야. 형은 군대에 가 있고 나보다 네 살 많은 누나는 서울에서 대학 다녀!"

새롭게 알게 된 민혁의 가족관계였다. 형도 있고 누나도 있어서 민혁은 외롭게 크지는 않았으리라 생각하니 조금 부럽기도 했다. 민혁의 형과 누나에 대해 좀 더 자세히 물어보려고 하다가 그만두었다. 형과 누나뿐 아니라 엄마 아빠에 대해서도 스스로 말을 해 줄 때까지 기다리기로 했다.

"할머니 돌아가시고 나서 할아버지는 거의 매일 이 은행나무 밑에 앉아 계시곤 했어. 그 모습이 아직도 눈에 선해!"

혼자 쓸쓸히 앉아 노을이 지는 서편하늘을 오래오래 바라보던 할아버지의 뒷모습이 어른거려 콧등이 시큰했다. 어느 날은 아침 일찍 할머니 무덤에 찾아갔다가 저녁 늦게 돌아오는 경우도 있었다.

"아빠가 전주 시장에 출마한다고 집하고 논밭을 다 팔았어. 한 번 출마해서 떨어졌었는데 될 때까지 도전한대. 그런데 엄마가 이 은행나무가 있는 요 작은 밭은 절대 팔지 말라고 우겨서 남겨둔 거야. 사람 일이란 나중에 어떻게 될지 모르니까, 움막집이라도 지을 수 있게 비상용으로 남기자고 해서. 이게 암나무고 이게 수나무야."

"그걸 어떻게 구별을 해?"

양쪽 나무를 꼼꼼히 살피면서 민혁이 또 물었다. 알고 있으면서 일부러 모르는 척하는 것도 같았다.

"쉽지! 은행이 열리는 저 나무가 암나무고 안 열리는 이쪽 나무가 수나무지!"

"아, 그렇지! 초딩 때 배운 것 같은데 기억이……."

"나도 어떤 땐 기억이 가물가물해. 그러다 또 멀쩡해지고. 이 나무 단풍이 완전히 들려면 한 달쯤은 더 있어야겠네. 오빠, 이 많은 은행잎이 샛노랗게 물들면 얼마나 아름다운지 알아?"

"멋있겠다!"

민혁의 짤막한 대답에 소현은 입술을 삐죽이 내밀었다. 같이 맞장구를 쳐주기를 바랐는데 싱거운 반응을 보이다니? 눈도 한번 흘겼다. 그러고서 다시 설명을 해줬다.

"멋있는 정도가 아니야. 은행잎이 노랑나비처럼 막 떨어져 내려서 이 잔디밭에 수북이 쌓이는데, 아주 환상적이라니까. 그러면 은행잎 위를 막 뒹굴고 한 아름씩 모아 공중에 뿌리고 또 바닥에 한 움큼씩 연결해서 크고 예쁜 하트 모양도 만들고. 하루 종일 시간 가는 줄도 모르고 놀았다니까."

소현은 입에 침이 마르도록 어렸을 적 추억을 민혁에게 들려주었다. 그 많은 추억을 그렇게 상세히 기억하고 있다는 게 신기했다. 자기도 놀랄 정도였다. 구구단도 다 못 외우고 심지어 집 전화번호도 잊어먹었었는데. 대체 자기 머리가 어떻게 돌아가는지 의아스러웠다.

"동네 친구들은 없어? 고향 친구들 말이야!"

민혁이가 마을을 바라보며 물었다.

"몇 명 있었는데 뿔뿔이 흩어졌지! 친했던 친구들은 대전이나 서울로 이사를 갔고. 남아 있는 애도 찾으면 한두 명 정도 있을 거야."

그동안 서로 연락도 없었고 만나지도 못해 잊고 지낸 지 오래였다. 이제 와 만난다고 해도 서먹서먹할 것 같았다.

"오빠, 저번에 남자친구들은 많다고 했잖아? 근데 혹시 여자친구는 없어?"

소현은 조심스레 물어놓고 민혁의 대답을 기다렸다. 있다고 해도 놀라지 않기로 마음을 달래며 민혁의 눈동자를 똑바로 바라보았다. 민혁은 얼른 대답을 안 하고 뜸을 들였다. 은근히 긴장이 되었다.

"없어!"

민혁이 고개를 저으면서 대답했다.

"그럼, 그 남자친구들 전주까지 병문안 온 적 있어?"

"멀어서 못 오지! 김천의료원에 있을 때는 두 번 찾아왔었어. 담임선생님이랑 한 번, 친구들끼리 한 번. 너도 알다시피 면회 잘 안시켜주잖아?"

면회가 철저히 통제되어 화가 날 때가 한두 번이 아니었다. 환자 보호를 위해서 그런다지만 너무하다 싶었다. 독방에 감금된 죄수 취급을 당하는 기분이었다.

"근데 오빠, 생일이 언제야?"

"생일? 1월 24일. 양력으로."

"1월이었어? 나는 7월인데!"

지난 7월 15일 생일날이 기억났다. 민혁이와 덕진공원에서 슬리퍼 데이트를 하고 온 그다음 주 수요일이었다. 아빠가 목포 출장을 갔다가 밤에 케이크를 사가지고 돌아왔다. 조그마한 생크림 케이크로 윗부분에 딸기, 키위, 토마토 등 생과일로 테두리를 두른 것이었다. 그리고 가운데에는 색크림으로 만든 꽃장식과 함께 '축생일! 완쾌 기원!'이라는 초콜릿 글씨가 쓰여 있었다. 아빠가 10년을 상징하는 좀 굵은 초 한 개를 꽂았다. 그리고 엄마가 6년을 나타내는 가느다란 초 여섯 개를 빙 둘러 꽂았다. 예년과는 달리 친구들도 초대하지 못한 세 식구만의 초라한 생일 파티였다. 엄마가 형광등 불을 끄자 아빠가 양초에 성냥불을 붙였다. 일곱 개의 촛불이 개나리 꽃봉오리처럼 귀엽게 타올랐다. 생일 노래는 생략하고 그냥 촛불을 끄기로 했다. 소현은 휘파람을 불 듯 입을 오므려서 후후~ 바람을 뿜었다. 여섯 개의 작은 촛불은 순식간에 꺼졌다. 그러나 가운데 큰 거 하나는 펄렁펄렁하면서도 좀체 꺼지지 않았다. 몇 초 동안이나 그렇게 버티다가 마침내 파르르 떨며 꺼졌을 때 엄마 아빠는 박수를 치고 환호성을 지르며 좋아했다. 케이크에 꽂힌 촛불이 단번에 꺼져야 소원이 이루어지고 악귀로부터 보호를 받는다는 것이었다. 하지만 소현은 힘겹게 버티다가 꺼져버린 마지막 촛불이 몹시도 안타까웠다. 엄마 아빠와는 달리 내심 꺼지지 않기를 바랐었다. 그런 줄도 모르고 엄마 아빠는 퇴원하고 나가면 내년에 성대하게 파티를 해주겠다고 약속했다.

"그럼 오빠 혹시 나랑 같은 해에 태어난 거 아냐? 몇 년도야?"

추궁하듯 물었다. 잠시 머뭇거리던 민혁이 출생년도를 말해줬다. 소현의 예상이 맞아떨어졌다. 소현은 무슨 대단한 발견이라도 한 듯 목소리를 높였다.

"아, 뭐야? 나랑 동갑이었잖아? 아, 억울해! 겨우 6개월 차이인 것도 모르고 여태 오빠라고 불렀으니."

"그래도 내가 학교는 1년 선배잖아?"

"그건 학교 얘기지. 왜 진작 말하지 않았어? 내가 손해 많이 봤잖아? 나, 이젠 오빠라고 안 그러고 이름 부를 거야. 동갑인데 오빠라고 부른다는 것은 개가 웃을 일이야. 친척이라면 또 몰라도."

"이름? 그래, 좋아! 나도 사실 오빠라는 소리 듣기 좀 그랬어."

반 억지를 부려 서로 이름을 부르기로 한 소현은 마음이 흐뭇했다. 장난으로 한 말인데 민혁이 선뜻 수락해주어 고맙기도 했다.

"우리, 단풍이 들어 이 은행잎들이 다 떨어져 쌓이면 그때 다시 오자!"

"그래!"

"진짜야? 약속했어?"

"응! 약속했어!"

소현과 민혁은 구불구불한 논두렁길을 걸으면서 산과 들, 논과 밭을 구경하고 각양각색의 들꽃들도 관찰했다. 토끼풀밭에 쪼그려 앉아 행운의 네잎클로버를 찾기도 했다. 얼마간 그러다 다시 처음의 그 자리로 돌아와 두 그루의 은행나무 사이에 나란히 섰다.

"어렸을 때 친구들이랑 거의 매일 이 은행나무 밑에서 어울려 놀았어. 재밌게 놀다가 이 밑가지에 이렇게 매달리곤 했었지."

소현이 왼쪽 은행나무의 수평으로 뻗은 가지를 두 손을 들어 움켜잡았다. 까치발을 하고서도 키가 모자라 껑충 뛰어서였다. 잡자마자 갑자기 몸을 솟구치는가 싶더니 두 다리를 나뭇가지에 턱 걸쳤다. 두 다리의 오금을 가지에 걸쳐 머리와 등을 밑으로 향하게 한 자세였다. 소현의 돌발행동에 민혁이 놀라서 바짝 다가갔다.

"어어! 위험해! 그러지 마!"

"괜찮아. 내가 이거 친구들 중에서 제일 잘했어. 사실 이거 해보고 싶어서 이리로 온 거야!"

그 말을 마침과 동시에 소현은 아예 나뭇가지를 잡은 두 손을 놓아버렸다. 그리고 머리와 등을 쭉 펴고 두 손까지 직선으로 내렸다. 이제 오금만 이용해 거꾸로 매달린 자세가 되었다. 민혁이 기겁을 해 더 가까이 다가갔다. 소현을 잡으려고 두 팔을 쭉 펼쳤다.

"아냐! 그대로 둬! 이렇게 거꾸로 세상을 보면 세상이 다 뒤집어져 보여. 마치 이 세상이 아닌 다른 세상 같아. 오빠도 나처럼 해봐!"

"나는 못해!"

"이렇게 흔들흔들하면서 보면 더 재미있어! 저 산들이 가까워졌다 멀어졌다 그러거든. 그리고 한참 이러고 있으면 자신의 미래를 볼 수도 있다고 그랬어, 예전에 동네 언니들이. 그래서 우린 더욱 세게 흔들곤 했었지. 하하!"

소현은 거꾸로 매달린 자세로 몸을 흔들기까지 했다. 민혁은 너무 조마조마해서 간이 콩알만 해졌다. 그것도 모르고 소현은 더 세게 몸을 흔들었다.

"안 돼!"

떨어질까 겁이 난 민혁은 반사적으로 소현의 어깨를 붙잡았다. 그 순간 둘의 눈길이 정확하게 마주쳤다. 눈길은 한 뼘밖에 안 되는 아주 가까운 거리였다. 잠시 서로의 눈동자를 뚫어져라 바라보며 아무 말도 하지 않았다. 소현과 민혁의 눈동자 속에는 잔잔한 호수가 드넓게 펼쳐져 있었다. 아주 깊고도 맑은 호수였다. 너무 맑아 눈이 부셨다. 소현은 스르르 눈을 감았다. 민혁이도 살며시 눈을 감았다. 눈을 감은 채 서로의 호수를 향해 조금씩 조금씩 다가갔다. 숨소리가 나지막이 들렸다. 곧 부드럽고 따스한 입술이 살짝 맞닿았다. 마치 자목련 꽃잎이 입술에 떨어져 내린 듯한 느낌이었다. 소현과 민혁의 입맞춤을 축복하려는 듯 멀리 서편하늘에 저녁놀이 피어나기 시작했다. 고운 분홍빛이었다. 은행잎 하나가 공중을 날아 땅에 떨어지자 소현이도 나뭇가지를 놓고 땅으로 내려와 바르게 섰다. 손가락 끝으로 입술을 살며시 만져보았다. 노을 속에서 자연스럽게 이루어진 첫 키스였다. 오 초가 될까 말까 한 짧은 입맞춤이었다. 꽃잎에 스쳐간 봄바람 같았다. 조금 창피했다.

얼굴이 화끈거렸다. 세상에! 원숭이처럼 나뭇가지에 거꾸로 매달려 첫 키스를 하다니? 완전 몽키 키스였네! 엄마 아빠는 함박눈이 내리는 겨울 날 나무 벤치에 앉아 로맨틱한 첫 키스를 나눴다는데. 돌아보니 너무나도 황당하고 우스웠다. 하지만 싫지 않았다.

쑥스러워서 잠시 서로를 멋쩍게 바라보던 소현과 민혁은 한 걸음 떨어져 앉았다. 별것도 아닌 일로 토라진 연인들처럼 거리를 두고 앉아 반대 방향으로 고개를 돌리고 딴전을 피웠다. 소현은 풀잎을 하나 뜯어 질겅질겅 씹었고 민혁은 조그마한 들꽃을 하나 꺾어 향기를 맡았다. 오랫동안 그 동작만 반복하며 말없이 앉아 있었다.

"참, 과자 먹을래?"

한참 만에 소현이가 먼저 입을 열었다.

"과자?"

"응! 처음에 오빠가 훔쳐 먹던 그 과자!"

"오빠? 후후!"

"벌써 입에 배서 이름 부르는 게 잘 안 되네. 차차 부르지 뭐!"

소현은 주머니에서 과자를 꺼내 잔디 위에 놓고 포장을 뜯었다.

"급하게 여성용품 살 게 있다고 해서 초보 간호사를 속이고 나온 거야. 그래서 이 과자를 사가지고 별관 쪽으로 가다가 오빨 만난 거고."

병원에 매점이 하나라 그 주위를 몇 번 서성거리다 보면 만날 확률이 상당히 높았다. 그런데도 소현은 민혁과의 만남에 특별한 의미를 부여하며 흡족해했다. 오직 둘만이 통하는 필연적인 이끌림에 의해 만나게 되는 거라고 확신했다. 민혁이도 마찬가지였다. 둘만이 통하는 텔레파시가 있다고 확신했다. 해가 지자 기온이 급격히 떨어져 으스스했다. 잔잔하던 바람도 거세졌다.

"이제 가자."

"응! 계획보다 늦었어."

마을길을 걸어 찻길로 나갔다. 찻길 가장자리 간이 정류장에 들어가 버스를 기다렸다. 그러나 버스는 좀체 오지 않았다.

"지나간 지 얼마 안 됐나? 왜 이렇게 안 오는 거야."

"그런가 보다. 시 외곽이라 자주 다니지 않을걸!"

소현은 어깨를 움츠리고 있다가 흙먼지가 뽀얗게 낀 정류장 칸막이를 살폈다. 드문드문 아이들이 써놓은 낙서가 보였다. 조잡한 것들뿐이었다. 소현은 무심코 손가락을 뻗어 하트 모양을 그렸다. 칸막이 위쪽에 손바닥만 한 크기로 예쁘게 그린 다음 한가운데에 사인을 했다. 그러자 민혁이도 바로 옆에 같은 크기 같은 모양으로 하트를 그린 뒤 사인을 했다. 일부가 조금 겹쳐진 두 하트 그림을 보며 소현과 민혁은 수줍게 웃었다.

"저기 버스 온다."

한참을 기다린 끝에 버스를 타기는 탔으나 시내로 진입하는 차량들이 밀려 시간이 많이 늦어졌다. 게다가 전주역을 두어 정거장

남겨두고서는 길이 완전히 막혀 버스가 삼십 분 넘게 제자리에 서 있었다. 화가 난 운전기사가 휴대폰을 꺼내 여기저기 전화를 걸었다. 그러더니 큰 소리로 투덜거렸다. 오후 여섯 시부터 전주시 회사택시들이 임금 인상을 요구하며 연합시위를 벌이고 있다는 말이었다. 그 때문에 양쪽으로 두 개 차선씩 모두 네 개 차선이 차단되어 극심한 병목현상을 빚고 있다고 울화통을 터트렸다.

허둥지둥 병원 앞에 도착하니 여덟 시가 넘어 있었다. 세 시간만 나갔다 오려 한 게 여섯 시간이나 지난 것이었다. 큰일이었다.

"어? 저기 우리 엄마 있어."

병원으로 들어가려던 소현이 걸음을 멈췄다. 엄마가 현관문 안쪽에서 바깥을 살펴보고 있었다.

"우리 엄마도 그 옆쪽에 서 있네. 작은 엄마도 있고."

민혁이가 나무 뒤로 소현을 끌어 몸을 숨겼다.

"오빠, 어떡하지? 두 분이 또 우리 때문에 싸우셨나 봐. 서로 바라보며 뭐라 뭐라 말을 해."

이따금 삿대질을 하는 걸로 보아 말다툼을 하고 있는 게 틀림없었다.

"현관문으로는 안 되겠다. 저쪽으로 돌아서 후문으로 들어가자. 따라와! 빨리!"

디귿자로 빙 돌아서 후문으로 들어갔다. 지체 없이 별관과 연결된 긴 복도를 통과해 본관 좌측 비상계단으로 올랐다.

"내가 12층까지 바래다줄게."

"힘들 텐데?"

"힘드니까 바래다준다는 거지! 내 손 잡아."

소현은 민혁이 내미는 손을 잡았다. 손을 잡고 한 층 한 층 위로
올랐다. 오를수록 걸음 속도가 느려졌다. 숨이 차고 이마에 땀이
흘렀다.

"힘들어. 좀 쉬었다 가자!"

7층 컴컴한 계단에 나란히 앉아 가쁜 숨을 몰아쉬었다. 그러나
잡은 손을 놓지 않았다. 손바닥에 땀이 배어 미끄러웠지만 소현이
도 민혁이도 손을 놓고 싶지 않았다. 놓으면 다시는 못 잡을 것만
같았다. 더욱 꽉 움켜잡았다.

"민혁 오빠, 우리 여기서 이대로 밤새울까?"

"여기서? 안 돼! 너 감기 들리면 위험하잖아?"

"치! 그건 오빠도 마찬가지지 뭐!"

다시 층계를 올랐다. 12층이 가까워지자 소현은 일부러 더욱 힘
든 척했다. 민혁이와 조금이라도 더 함께 있고 싶어서였다. 그러나
아쉽게도 생각보다 빨리 12층에 다다르고 말았다.

"어서 들어가!"

"응! 오빠, 조심해서 가."

"너 들어가는 거 보고 갈게."

놓기 싫은 손을 억지로 놓고 소현은 12층 복도로 통하는 철문을 조금 열었다. 그러다 깜짝 놀라 얼른 문을 닫았다. 민혁이가 눈을 동그랗게 뜨고 왜 그러냐고 물었다.

"아빠가 있어. 아빠가 저기 병실 앞 복도에서 서성이고 있어."

"그럼 어쩌지?"

당황한 민혁은 몇 번씩이나 마른침을 삼켰다. 소현은 불안스레 눈동자를 굴렸다.

"지금 홍 간호사에게 거칠게 항의를 하고 있어. 어어! 담배 갑을 꺼내 들고 이쪽으로 오고 있어. 다시 내려가야 해, 오빠!"

소현은 몸을 돌려 민혁의 손을 잡고 다시 아래로 내려갔다.

"끊었던 담배를 다시 피우는 걸 보면 화가 많이 났나 봐. 우리 아빤 화를 잘 안 내는데, 한번 화가 났다 하면 엄청 무서워! 물불 안 가려. 빨리 와. 빨리!"

종종걸음으로 아래로 내려간 소현과 민혁은 아예 지하 1층을 거쳐 지하 2층까지 내려갔다. 지하 2층은 사람들의 왕래가 거의 없는 듯 어둡고 음침했다. 그래서 오히려 몸을 숨기기에는 안성맞춤이었다. 좌로 꺾고 우로 돌아 가장 구석진 곳으로 가서 멈췄다. 막다른 통로였다. 더 이상 갈 곳이 없었다.

"여기 들어가서 잠시 동안 숨어 있자. 경비원들이 순찰을 돌지 모르니까."

이것저것 살펴볼 겨를도 없이 마지막 방의 문을 열고 무작정 안으로 들어갔다. 온기가 느껴지지 않는 싸늘한 방이었다. 뭔지 모를 잡동사니들이 가득 차 있어서 깊게 들어갈 수도 없었다. 희미한 통로 불빛이 들이비치는 출입문 옆에 엉거주춤 서 있었다. 시간이 지날수록 추위를 느껴 소현과 민혁은 자연스레 몸을 밀착시켰다. 소현은 은행나무에 거꾸로 매달려 짧은 입맞춤을 나눴던 기억이 입술에 되살아났다. 야릇한 느낌이 들었다. 민혁이도 마찬가지였다. 바짝 붙어 서 있던 두 사람은 누가 먼저랄 것도 없이 서로를 꼭 껴안았다. 체온이 교류되어 금세 몸이 뜨거워지기 시작했다. 심장의 진동까지도 고스란히 전달되었다. 가까이에 스테인리스 상판이 보였다. 그리로 함께 움직여 갔다. 서로 아무 말도 하지 않았다. 말이 필요 없었다. 뭐라 말을 하고 싶어도 입이 열리지 않았다.

시간이 흐르는 것도 잊고 추위가 스며드는 것도 잊고 두 사람은 오랫동안 껴안고 있었다. 몸이 떨렸다. 피로가 몰려들었다.

"오빠! 새벽인가 봐."

"벌써?"

"이제 나가야 할 것 같아."

출입문을 열고 통로로 나간 뒤 조심조심 움직여 지상 1층으로 올랐다. 손을 꼭 잡은 채였다.

"오빠! 잠깐!"

막 2층으로 올라가려는 순간 소현이 걸음을 멈췄다.

"왜? 내가 바래다주려고 하는데."

"아니야. 현관 쪽으로 가서 엘리베이터 탈래."

"엘리베이터?"

"응! 나나 오빠나 12층까지 또 걸어서 오르는 건 무리야!"

저녁도 안 먹은 상태라 민혁이도 지쳐 있었다. 하지만 소현을 혼자 보내고 싶지는 않았다. 잠깐만이라도 함께 더 있고 싶었다.

"그래도 계단으로 바래다주고 싶어!"

"아니야. 오빠 지금 얼굴이 너무 창백해! 다음 주 화요일 우리 아까 거기서 다시 만나."

"좋아! 몇 시에?"

민혁의 물음에 소현은 잠시 머리를 굴렸다. 이것저것 세밀히 따져 가장 안전한 시간을 택해야 했다. 혹 엄마나 홍 간호사에게 들키기라도 하면 일을 망치는 거였다.

"새벽 두 시! 그 시간엔 사람들이 다 잠들거든. 간호사들도 거의 다 자."

"알았어, 화요일 새벽 두 시!"

시간을 정하고 잡은 손을 놓았다. 그러나 차마 돌아서지 못했다. 발걸음이 떨어지지 않았다. 서로를 바라보며 머뭇거렸다.

"민혁 오빠! 내 가장 뜨거운 곳에 오빠를 담아둘게!"

"어디?"

소현은 대답하지 않았다. 대답 대신 민혁의 눈동자를 똑바로 바라보며 천천히 오른손을 내뻗었다. 민혁의 왼쪽 손목을 가만히 잡아 들고 자신의 왼쪽 가슴에 가져다 댔다.

"여기!"

민혁의 눈동자가 한차례 반짝였다. 마른침을 삼킨 민혁이 입술을 뗐다.

"나도 너를……."

뒷말을 자르고 왼쪽 손을 뻗어 소현의 오른쪽 손목을 잡았다. 그리고 천천히 들어 자신의 왼쪽 가슴에 댔다.

"여기에 담아둘 거야, 영원히!"

입가에 행복한 미소를 짓고 둘은 동시에 고개를 끄덕였다. 서로를 가슴에 영원히 담아두겠다는 약속의 확인이었다.

"어서 가, 오빠!"

"그래! 치료 열심히 받아! 힘내고."

"알았어. 오빠도 약 꼭꼭 챙겨 먹어! 다음 주 화요일 새벽 두 시 잊지 말고."

소현과 민혁은 몇 번씩이나 뒤돌아보며 반대 방향으로 걸음을 옮겼다. 통로가 꺾여 뒷모습이 보이지 않자, 상대의 발자국 소리가 들리지 않을 때까지 온 신경을 귀에 모으고 천천히 걸었다.

너에게로 가는 길

"너, 정신이 있는 거니? 없는 거니?"

"나, 정신 말짱해, 엄마!"

"낮 열두 시에 몰래 나가서 밤 열두 시가 넘어 들어오는 게 말짱한 거야? 몸도 성치 않은 중환자가?"

엄마의 목소리가 점점 높아져갔다. 아빠도 심각한 얼굴로 한숨을 내뿜었다. 상황이 좋지 않았다. 소현은 가능한 한 가만히 있기로 했다.

"또 그놈이랑 나갔던 거지? 그놈이랑 대체 어디를 싸돌아다니다 온 거야?"

"극장에 가서 영화 봤어. 미안해, 엄마!"

우선 그렇게 둘러댔다. 그리고 저번과는 달리 작전을 바꿔 고분 고분 응대하기로 했다. 엄마가 아무리 호된 꾸중을 해도 묵묵히 견뎌내기로 마음먹었다. 같이 맞상대를 했다가는 엄마의 화를 돋워 오히려 사태를 악화시킬 수도 있다는 생각에서였다.

"영화? 무슨 영화를 봤다는 거야? 말해봐!"

엄마는 믿어주지 않고 더욱 화를 냈다.

"이렇게 무사히 돌아왔잖아. 화내지 마!"

"네가 나라면 화 안 나겠어? 엄마가 자리를 비우기만 하면 이때다 하고 미꾸라지처럼 쏙쏙 빠져나가니."

"……."

"너 때문에 엄마 가게도 내놓고 집도 저당……."

"여보, 그만해! 애한테 왜 그런 얘기를 해? 애 부담되게."

아빠가 급하게 엄마 말을 막았지만 소현은 이미 무슨 말인지 알아들었다. 자기 치료비 때문에 커피숍을 내놓았고 아파트까지 은행에 저당 잡혔다는 소리였다. 치료비가 상당할 거라고 추측하고 있었으나 그 정도까지일 줄은 몰랐었다. 고개가 숙여졌다. 정말 미안한 마음이 들었다.

"정말 미안해, 엄마!"

"미안하면 그런 짓을 하지 말아야지. 이게 벌써 두 번째잖아? 안 되겠다. 내가 그놈한테 가서 단단히 혼을 내주고 와야겠다."

엄마가 몸을 돌려 병실 문으로 다가갔다. 아무래도 무슨 일을 낼 것만 같았다.

"안 돼!"

소현이 크게 소리쳤다. 그것만은 막아야 했다. 두 손을 모으고 애원했다.

"그러지 마, 엄마! 제발!"

"그러면 너, 나하고 약속해!"

엄마가 다시 침대로 다가왔다.

"다시는 그놈 안 만나고 치료에만 전념한다고 약속해!"

소현의 손을 잡은 엄마의 두 눈에 눈물이 글썽였다. 이번에는 엄마가 소현에게 애원했다.

"어서 약속해줘! 제발! 응?"

엄마의 마음을 모르는 게 아니었으나 소현은 선뜻 대답하지 못했다. 거짓약속이라도 할까 말까, 속에서 갈등이 일었다. 왜 만나지 말아야 하는지 그 이유를 따져 물을까 하다가 그만두었다. 머리가 아팠다.

"빨리! 그래야지 내가 조금이나마 안심할 수 있을 것 같아. 안 그러면 불안해 미치겠어! 어서 약속하라고."

"그게…… 새, 생각해볼게, 엄마!"

거짓약속을 하고 싶은 마음이 없진 않았다. 하지만 그러고 싶지 않았다.

"생각? 뭐를 생각해보겠다는 거야? 대체 뭐를?"

엄마가 또 흥분하기 시작했다. 소현의 손을 흔들고 눈물을 흘리며 다그쳐 물었다. 대답하지 않았다. 입을 열면 좋지 않은 말이 나올 것 같았다. 입을 다물고 있으려니 돌멩이를 삼킨 듯 명치 부근이 묵직했다. 머리가 더 지끈거렸다.

"여보! 늦은 시간이야. 소현이 자게 그만둬. 할 얘기 있으면 아침에 하고. 오전에 CT촬영 또 있잖아?"

"나 졸려, 엄마!"

아빠의 개입으로 상황이 마무리되었으나 기분이 개운하지 않았다. 가슴이 답답하고 머리가 어지러웠다. 물 먹은 솜이불처럼 몸이 축축 처졌다. 땅속으로 자꾸 가라앉는 느낌이었다.

"그래! 어서 푹 자라. 아침에 얘기하자."

말은 그렇게 했으나 가시가 돋친 목소리였다. 눈빛도 차가웠다. 단단히 화가 나 쉽게 풀어질 것 같지 않았다. 아빠도 매우 굳은 표정이었다.

오전에 CT촬영을 했다. 그리고 오후에 담당 의사 진료실에 엄마 아빠랑 다 같이 갔다. 엄마 아빠는 초조한 표정이었다. 그러나 소현은 담담했다. 담당 의사가 화면을 가리키며 설명을 해줬다.

"더 이상 악화되고 있지는 않고 있습니다. 이 뇌간 부위의 종양이 더 커지지 않고 있어요. 치료가 먹혀들고 있다는 아주 좋은 징조입니다."

의사의 말에 엄마 아빠의 얼굴이 환하게 바뀌었다. 오랜 장마 끝에 햇볕을 받은 해바라기 같았다.

"이 상태로라면 위험한 뇌수술을 또 할 필요는 없겠습니다. 이 제부터는 여기 이 부분을 집중적으로 치료해서 종양의 크기를 줄여나가야 합니다. 힘든 치료 과정을 환자가 잘만 버텨준다면 호전될 수도 있다고 봅니다."

"선생님, 감사합니다. 감사합니다."

"제가 뭐……. 환자 본인의 의지가 많이 작용한 것 같습니다. 계속 긍정적인 마음을 심어주십시오."

"네! 네! 그러고 말고요."

엄마는 너무 기뻐서 깡충깡충 뛰었다. 아빠도 좋아하며 입 꼬리를 길쭉이 늘였다. 소현 역시 흐뭇한 얼굴로 자신의 뇌를 찍은 사진을 바라보았다.

"거봐, 엄마가 나을 거라고 했잖아? 아이고! 이쁜 내 딸!"

"우리 소현이 장하다, 장해!"

"앞으로는 더 열심히 치료를 받아야 돼. 딴 생각은 절대 하지 말고 오로지 병을 이겨내겠다는 생각만 해."

밤새 심각한 표정으로 한숨만 내뿜던 엄마는 언제 그랬느냐는 듯 연신 싱글벙글댔다. 아빠도 입가에 웃음을 주렁주렁 매달았다. 모처럼만에 셋이서 활짝 웃었다. 그러나 곧 각종 정밀검사와 항암 치료를 받느라 바쁘게 하루하루가 지났다. 소현은 적극적으로 검사와 치료에 응하면서 화요일이 되기만을 기다렸다. 머릿속에는 온통 민혁 생각뿐이었다. 하루에도 몇 번씩 입술을 만져보며 첫 키스의 느낌을 되새겼다. 그리고 온몸으로 느꼈던 민혁의 체온을 회상했다. 미대생이 되어 민혁의 얼굴을 조각하는 상상도 했다. 가슴이 벅찼다.

일요일 새벽 소현은 잠결에 눈을 번쩍 떴다. 앰뷸런스의 사이렌 소리 때문이었다. 병실 시곗바늘은 세 시 십오 분을 막 지나고 있었다. 새벽 시간이라서 사이렌 소리가 크게 들렸던 모양이었다. 하지만 엄마는 못 들었는지 곤히 자고 있었다. 모든 소음이 그친 아주 고요한 시간, 소현은 생각에 잠겨 다시 잠들지 못하고 아침을 맞았다. 엄마를 흔들어 깨웠다.

"엄마, 일어나! 일어나!"

"너, 웬일로 이렇게 일찍 일어난 거야? 아직 일곱 시도 안 됐잖아?"

"배고파! 먹을 것 좀 줘!"

엄마가 놀라서 벌떡 일어났다.

"그래? 그럼 얼른 잣죽 데워줄게."

"응! 잣죽도 주고 과일도 주고 그래."

"너, 이제 입맛이 완전히 돌아왔나 보다. 병이 완전히 나은 거야. 많이 먹고 살을 찌워야 돼. 그래야 너는 더 예쁘게 보여!"

월요일 밤, 소현은 다른 날보다 한 시간 정도 일찍 잠자리에 들었다. 그러나 잠을 이루지 못했다. 잠이 든 척 숨을 죽인 채 시간이 흐르기를 기다렸다. 아니, 정확히는 엄마가 깊이 잠들기를 기다리고 있었다. 그동안 주의 깊게 관찰을 해보니까 엄마는 밤 열두 시경에 잠이 들어 아침 일곱 시경에 눈을 떴다. 새벽 네 시쯤에 잠깐 잠이 깨 화장실에 가는 날도 있었지만 대개는 그러지 않았다. 소현은 하루 종일 엄마 기분을 맞춰주며 시간을 보냈다. 무뚝뚝한 홍 간호사가 들어왔을 때도 먼저 웃으면서 상냥하게 대했다. 지루하게 느껴졌던 월요일이 끝났다.

날짜가 바뀌어 화요일 새벽이 되었다. 손꼽아 기다리던 날이었다. 엄마의 숨소리에 귀를 기울이고 움직임 없이 있기를 몇 시간, 드디어 민혁과의 약속 시간이 가까워졌다. 새벽 한 시 삼십 분! 약속 장소까지 아무에게도 들키지 않고 가려면 늦어도 이십 분 전에는 출발을 해야만 했다. 덮고 있던 이불을 가만히 걷고서 최대한 조심스럽게 몸을 일으켰다. 그리고 미끄러지듯 소리 없이 병실 바닥으로 내려섰다. 환자복 차림 그대로에 스웨터만 하나 걸쳤다. 숨을 멈추고 까치발로 느릿느릿 출입문으로 향했다. 손잡이를 살짝 잡고 살며시 돌렸다. 출입문을 최대한 조금만 열고 몸을 옆으로 해서 간신히 빠져나갔다. 예상대로 복도에는 아무도 없었다. 당직 간호사들도 다 잠이 든 듯 안내 데스크도 잠잠했다. 발소리를 더욱 죽여 안내 데스크로 접근한 다음 자세를 낮췄다. 그리고 토끼 걸음으로 가만가만 움직여 무사히 통과했다. 복도 끝으로 가서 계단으로 나섰다. 나서자마자 아래쪽에서 찬바람이 불어 올라와 몸을 덮쳤다. 몸이 으스스 떨렸다. 스웨터를 여미고 한 계단 한 계단

아래로 향했다. 11층, 10층, 9층, 8층, 7층, 6층. 마음은 급한데 발동작은 점점 느려졌다. 힘도 들뿐더러 통로가 컴컴해 발을 빨리 옮길 수가 없었다. 한참만에 지상 1층을 통과하고 지하 1층을 지나 지하 2층에 당도했다.

지하 2층은 더욱 컴컴했다. 복도에 드문드문 불이 켜져 있었으나 거미줄과 먼지로 인해 그리 밝지 못했다. 미로 같은 통로를 이리저리 돌자 마침내 약속 장소가 저만치 보였다. 일단 통로 중간쯤에 있는 화장실로 먼저 가서 세수를 했다. 귀퉁이가 3분의 1이나 깨지고 먼지 때가 뿌옇게 낀 거울을 보며 얼굴을 매만졌다. 그러고 나서 주위를 살펴본 뒤 통로로 나와 빠른 걸음으로 약속 장소로 다가갔다. 출입문 앞에 서자 두근두근, 가슴이 뛰었다. '폐자재실' 다급해서 첫날에는 미처 못 봤던 문 위 팻말이 보이고, 문에 붙여놓은 '출입 금지' 경고판도 눈에 띄었다. 마른침을 한번 꿀꺽 삼킨 소현은 조심조심 안으로 들어갔다. 폐자재실 안은 불빛이 없어 통로보다 한층 더 어두웠다.

"오빠! 민혁 오빠!"

낮은 목소리로 불렀다. 아무 대답이 없었다.

"나 왔어, 오빠! 민혁 오빠!"

좀 더 큰 목소리로 불렀다. 그러나 그 어떤 대답 소리도 들리지 않았다. 두꺼운 어둠 속에는 오싹하리만치 고요한 정적만이 흘렀다.

"여기가 아닌가? 맞는데?"

장소는 틀림없었다. 어둠에 조금 익숙해지자 저번에 함께 누웠던 스테인리스 상판대가 희미하게 비쳤다.

"내가 너무 일찍 온 거야. 민혁 오빠는 별관 8층이니까 여기까지 오려면 시간이 좀 더 걸리겠지!"

스테인리스 상판대로 가 살펴보았다. 가로 90센티, 세로 200센티, 높이 110센티 정도 크기의 단순한 탁상 형태였다. 환자 운반용 카트 같기도 했고 야채 적재용 주방용품 같기도 했다. 민혁이와 하나가 되었던 순간을 떠올리며 소현은 스테인리스 상판을 쓰다듬었다. 그러자 철판의 싸늘한 한기가 손가락을 타고 팔뚝으로 오르는가 싶더니 금세 전신으로 번져나갔다. 등줄기가 서늘해지며 온몸이 부르르 떨렸다. 문득 무덤 속에 든 것 같은 느낌이 들었다. 팔뚝에 소름이 쏴르르 돋았다. 천천히 주위를 둘러보았다. 교실만 한 넓이의 공간에 이름과 용도를 알 수 없는 철판 제품들이 아무렇게나 쌓여 마치 고물상 같았다. 문 옆에 쪼그리고 앉아 통로에 귀를 기울였다. 민혁의 발자국 소리를 듣기 위해서였다. 하지만 싸늘한 한기만 몸속으로 파고들 뿐, 오랫동안 아무 소리도 들리지 않았다. 그래도 더 기다렸다. 틀림없이 올 거라는 확신을 갖고 추위에 떨면서 조각상처럼 앉아 있었다. 그러나 민혁은 오지 않았다.

"날짜를 잘못 기억하고 있는 게 아닐까? 아니면 시간을?"

별별 생각이 다 들자 초조하고 불안해졌다. 무섬증도 일었다. 뒤에서 무슨 소리가 들렸다. 귀가 쫑긋 섰다. 가만히 뒤를 돌아보았다. 어두컴컴한 한쪽 구석에 검은 물체가 서 있었다. 등골이 오싹했다.

"민혁 오빠?"

용기를 내어 물었다. 아무 대답이 없었다. 움직임도 없었다. 길쭉한 폐 의료 기구를 잘못 본 것 같았다. 맥이 탁 빠졌다. 한 시간을 넘게 기다린 소현은 통로로 나가 병실로 향했다. 왔던 길을 되돌아가면서도 못내 아쉬워 몇 번이나 뒤돌아보았다.

하루 종일을 걱정 속에서 보낸 소현은 다음 날 새벽 다시 그곳에 가보았다. 역시 민혁은 나타나지 않았다. 차가운 새벽 한기와 각종 폐기물들만 가득했다. 온몸이 뻣뻣하게 굳을 때까지 스테인리스 상판대에 걸터앉아 있다가 터벅터벅 병실로 되돌아왔다.

"무슨 생각을 그렇게 해? 밥 먹다 말고 멍하니."

"응? 아, 아니야. 아무것도."

"어서 마저 먹어. 밥 먹고 이 약도 먹고. 이따 열 시에 방사선치료 받아야지!"

엄마가 옆에서 지켜보고 있어서 밥을 떠 입에 넣기는 했다. 하지만 밥맛을 전혀 느낄 수가 없었다. 약속을 잊을 리가 없는데? 대체 무슨 일이 생긴 거야? 불안감에 아무 일도 손에 잡히지 않았다. 잠도 이룰 수가 없었다. 그렇게 4일이 지났다. 엄마가 잠시 나간 사이 소현은 침대에서 일어나 창가로 갔다. 서쪽하늘 멀리에 주황색

저녁노을이 비단자락처럼 펼쳐져 있었다. 주황색 노을은 붉게 변하다 차츰차츰 보라색을 띠더니 어느 순간 검은빛이 섞여 들며 점점 어두워져갔다. 시선을 내려 병원 정문 쪽을 바라다보았다. 많은 사람이 드나들고 있었다. 유리창에 바짝 다가서서 한 사람 한 사람을 유심히 살폈다. 거리가 멀고 시야가 흐려 잘 보이지는 않지만 그래도 혹시나 하는 마음에서였다. 그러나 유리창에 입김이 서려 시야가 완전히 차단되고 말았다.

검지손가락을 펴 유리창에 댔다. 가만가만 움직여 글씨를 썼다. 아직은 예전보다 손가락 움직임이 부자연스러웠으나 정성을 다해 세 글자를 만들었다. 손민혁, 세 글자가 유리창에 투명하게 나타났다. 글자를 보며 나지막이 또박또박 발음해보았다. 그때 글자의 각획 끝에서 물방울이 형성되어 유리창을 타고 아래로 흘러내렸다. 그러자 글자 획순 사이로 정문이 다시 보였다.

"어? 오빠다! 민혁 오빠!"

소현은 자기도 모르게 크게 소리쳤다. 그와 동시에 병실 밖으로 뛰어나갔다. 빠르게 엘리베이터로 달려갔다. 민혁을 만나야 한다는 생각 외에 다른 생각은 일절 나지 않았다. 오로지 민혁 생각뿐이었다.

"소현아!"

데스크에 앉아서 문병객 안내를 하던 홍 간호사가 불렀다.

"어디 가려고?"

"언니! 나, 꼭 만나야 할 사람이 있어."

엘리베이터는 14층을 지나 꼭대기 층인 15층에 서 있었다.

"빨리! 빨리 좀 내려와!"

초조해서 발을 동동 굴렀다. 하지만 엘리베이터는 좀체 내려오지 않았다. 홍 간호사가 일어나 다가왔다.

"소현아! 어디 가는 거야?"

복도 저쪽에서 엄마도 소리를 지르며 뛰어왔다. 엄마에게 잡히기 전에 엘리베이터가 내려와야 하는데, 큰일이었다. 심장이 터질 것 같았다. 숨이 막혔다.

가까스로 엘리베이터에 올라탄 소현은 안도의 숨을 내쉬었다. 하지만 엘리베이터는 층층마다 다 멈춰서며 느리게 움직였다. 1층에 내렸을 때는 이미 민혁은 사라지고 없었다. 매점 부근을 서성거렸으나 역시 보이지 않았다.

"가보자."

엄마가 내려와서 끌고 가기 전에 민혁의 병실로 직접 찾아가 보기로 했다. 걸음을 서둘러 별관 쪽으로 향했다. 엄마가 따라올까봐 뒤를 힐끔거리면서 뛰듯이 걸었다. 별관으로 통하는 복도는 의외로 멀었다. 별관 엘리베이터를 타고 올라 8층에서 내렸다. 우측 병실부터 차례차례 확인을 해나갔다. 심장이 뛰고 호흡이 가빠졌다. 좌측 병실까지 다 살펴보았다. 그러나 그 어디에도 민혁은 없었다. 30개가 넘는 병실 명패에 손민혁이라는 이름은 눈에 띄지 않았다. 한 바퀴를 더 돌아보았다. 마찬가지였다.

8층 안내 데스크로 달려갔다.

"저, 언니! 언니!"

차트 정리를 하고 있는 간호사를 불렀다. 간호사가 고개를 들었다. 얼굴이 유난히 동그란 여자였다.

"물어볼 게 있어서요."

"예! 무얼 도와드릴까요?"

"여기 8층에 손민혁이라는 환자 어딨어요?"

"예? 누구요?"

다급한 마음에 말이 빨리 나왔다. 그 때문에 못 알아들은 모양이었다. 다시 또박또박 정확하게 말했다.

"손,민,혁 환자요. 키는 이만 하고, 몸은 좀 마르고. 남학생 환자요."

"손민혁!"

간호사가 컴퓨터 화면에서 명단을 찾았다. 고개를 갸웃거렸다. 곧 상체를 돌려 안쪽에 있는 다른 간호사에게 물었다. 은테 안경을 낀 나이가 좀 들어 보이는 여자였다.

"언니, 손민혁이라는 환자 언니가 담당이었지?"

"손민혁? 응!"

"여긴 간단한 기록밖에 없네. 이 여학생이 찾아왔는데."

은테 안경 간호사가 일어나 다가왔다. 다가와서 소현을 한번 쭈욱 살펴보더니 물었다. 다소 굳은 표정이었다.

"학생이 손민혁 환자를 찾아왔다고?"

"예! 손민혁이요."

"어떤 관곈데?"

전혀 예상치 못한 질문에 소현은 당황했다. 뭐라고 대답할지 잠시 머뭇거렸다.

"예? 저, 그, 그냥 치, 친구요!"

겨우 더듬더듬 대답했다.

"그 환자 여기 없어!"

"예에?"

가슴이 철렁 내려앉았다. 없다니? 분명히 별관 8층에 입원 중이라고 그랬는데. 도저히 믿을 수가 없는 말이었다. 은테 안경을 물끄러미 쳐다보았다.

"지난 일요일 새벽에 급히 이송되어 갔어."

"이송이라뇨?"

"원래 그 환자가 김천의료원에서 온 환잔데, 다시 그리로 갔어."

지난 일요일이라면 새벽에 갑자기 눈이 떠졌을 때 바로 그날이 틀림없었다. 그날 새벽에 들었던 앰뷸런스의 사이렌 소리가 귓가에 크게 메아리쳤다.

"혹시 메모 남긴 거 없나요?"

"그런 거 없어!"

"근데 왜 갑자기 이송되어 간 거죠?"

"음! 그게……."

은테 안경 간호사가 막 대답을 하려는 순간이었다. 뒤쪽에서 엘리베이터가 멈추는 종소리가 들렸다. 문이 열렸다. 고함 소리가 귀청을 때렸다.

"소현아!"

엄마였다. 엄마가 홍 간호사와 함께 달려온 것이었다.

"빨리 가자!"

엄마가 팔을 움켜잡고 우악스레 끌었다. 엄마에게 끌려가면서 소현은 은테 안경 간호사와 홍 간호사를 번갈아 쳐다보았다. 도와달라는 눈빛을 보냈다. 둘 다 측은하다는 표정을 짓기는 했으나 와서 도와주지는 않았다. 서로 아는 사이인지 조용조용 이야기를 나눌 뿐이었다.

"나한테 말 한마디 않고 다른 병원으로 가버리다니?"

민혁에 대한 배신감이 가슴을 후벼 팠다. 소금을 뿌린 듯 심장이 쓰리고 아팠다. 소현은 음식을 거의 먹지 않았다. 침대에 꼼짝 않고 누워 멍하니 창밖 먼 하늘만 바라보았다. 엄마 아빠와는 물론 의사, 간호사와도 눈을 맞추거나 말을 하지도 않았다. 모든 검사와 치료를 거부했다. 침대 맡에 링거 병이 주렁주렁 걸리고 팔뚝에는 주삿바늘이 서너 개나 꽂혔다. 엄마는 온갖 감언이설로 회유를 하고 때론 협박을 하기도 했다. 아빠도 화난 표정으로 엄하게 꾸짖었다. 그러나 소현은 꿈쩍도 하지 않았다.

"이것아, 그런 감정은 한때 잠깐 스쳐 지나가는 바람 같은 거야. 금방 잊어버린다고. 사람 마음은 다 변하게 마련이야."

"맞아! 아무 의미 없는 장난일 뿐이야. 그냥 잊도록 해!"

"바람이라고? 장난이라고? 아니야, 절대 아니야!"

소현은 고함을 꽥 지르고 이불을 뒤집어썼다. 더 이상 엄마 아빠를 상대하고 싶지 않았다. 보기조차 싫었다.

"너, 그럼 이 자리에서 택해! 엄마야, 그놈이야? 빨리 택해!"

"굳이 택하라면 그 오빠를 택하겠어!"

"뭐? 이런 싸가지 없는 것! 좋아, 네 마음대로 해봐! 마음대로 해보라고. 이 못된 계집애야! 가요, 여보! 죽든 살든 내버려두고."

화가 머리 꼭대기까지 난 엄마가 소리를 버럭 지르고 나가버렸다. 아빠도 무거운 한숨을 한차례 내뿜고서 엄마 뒤를 따랐다.

홍 간호사가 링거 병을 갈려고 들어왔다. 소현은 홍 간호사를 똑바로 쳐다보았다. 그리고 애원했다.

"언니! 사실을 정확히 말해주세요. 제발!"

"나는 그쪽 병동이 아니라서 잘 몰라. 그러지 말고 소현아, 어서 밥 잘 먹고 치료도 받자! 엄마 아빠가 그렇게 걱정하시는데."

"싫어요. 사실을 정확히 알기 전에는 아무것도 안 할래요."

자기 의사를 분명히 밝혔다. 소용없었다.

며칠 동안 곰곰이 생각을 거듭해봐도 자기를 배반할 민혁이가 절대 아니었다. 분명 무슨 사연이 있는 게 틀림없었다. 왜 갑자기 이송을 간 건지, 가서는 어떻게 되었는지, 궁금해서 미칠 것 같았다. 엄마의 요청으로 병원 측은 강하게 나왔다. 소현은 강제로 끌려가 항암치료를 받고 주사를 맞고 약을 투약 받았다. 부모의 동의가 있었다면서 남자 간호사까지 동원해서 행해졌다. 매번 침대 파이프를 붙잡고 버텼으나 역부족이었다.

"언니, 제발 부탁해요. 사실을 알려주세요."

홍 간호사가 올 때마다 소현은 눈물을 흘리며 매달렸다. 며칠째나 간절히 빌고 또 빌었다. 마침내 홍 간호사가 고개를 가볍게 끄덕였다. 그러더니 밖으로 나가 삼십 분쯤 후에 돌아왔다.

"소현아, 걱정하지 않아도 돼! 민혁이 건강하게 잘 있대! 치료도 잘 받고."

말투와 눈빛이 수상스러웠다. 믿을 수가 없었다.

"그러면 주소를 알아서 알려주세요. 전화번호도요."

사실이라면 전화도 하고 편지도 쓰고 싶었다. 밤을 새워서라도 길고 긴 편지를 써서 자신의 마음을 전하고 싶었다.

"그, 그건 좀……."

홍 간호사의 얼굴에 당황하는 기색이 뚜렷했다. 눈을 맞추지 못하고 자꾸 시선을 피했다. 분명히 무언가를 숨기고 있었다.

"언니, 거짓말하지 말고 진실을 말해줘요. 안 그러면 다른 사람을 통해서 꼭 알아내고 말 거예요."

"소현아!"

낮은 목소리로 부른 뒤, 홍 간호사가 다가와 손을 잡았다. 소현이도 함께 잡았다.

"너, 괜찮겠니?"

"예! 괜찮아요. 말해주세요."

소현은 홍 간호사의 입이 열리기를 바라며 조마조마하게 기다렸다. 그러나 홍 간호사는 괴로운 표정을 잠시 짓다가 손을 놓고 나가버렸다. 엄마의 지시가 있었음이 분명했다. 불길한 예감이 들었다.

다음 날 아침, 아침밥을 받았으나 소현은 일어나지 않았다. 엄마가 강제로 일으켰다. 일으켜 앉혀 수저를 내 손에 들려주려 했다. 손가락을 오므려서 수저를 받지 않았다. 그러자 엄마가 직접 밥을 떠 입으로 가져왔다. 어금니를 깨물고 입을 벌리지 않았다.

"너, 정말 이럴래?"

"……."

"오늘은 두 가지 치료가 있잖아? 어서 먹어! 밥을 먹어야 약도 먹지."

"……."

"너, 이러다 죽어, 이것아!"

입을 꾹 다물고 아무 대답도 하지 않았다. 아예 고개를 좌측으로 돌려 엄마를 외면했다. 창밖으로 시선을 돌렸다. 텅텅 빈 하늘이 유난히 파랗고 높아 보였다. 이름 모를 몇 마리 새들이 허공에서 원을 그리며 날고 있었다. 소현이도 할 수만 있다면 날아서라도 민혁에게 가고 싶었다.

"왜 하필이면 그런 녀석이니? 중병을 앓는 환자에, 게다가 경상도 치를……."

엄마의 그 말에 소현은 어금니를 깨물었다. 천천히 고개를 돌려 엄마를 노려보았다. 두 눈에 시퍼런 불길이 일었다. 분노의 불길이었다. 불길은 전신으로 퍼져나가며 온몸을 불살랐다. 끓어오르는 분노로 양쪽 팔이 부들부들 떨렸다. 엄마로 보이지 않았다. 엄마라면서 그런 말을 할 수는 없었다. 중병을 앓고 있는 건 오히려 엄마야! 어떻게 그런 말을 할 수가 있어? 고함을 질렀다. 하지만 그 말은 입 안에서만 맴돌 뿐 밖으로 나오지 않았다.

"왜? 내 말이 틀렸어? 내 말이 틀렸냐고? 틀렸다면 틀렸다고 말해봐! 어서!"

입이 열리지 않아 두 눈에 더욱 힘을 주고 분노의 불길을 키웠다.

"좋아! 내가 다 말해줄게. 똑바로 들어!"

엄마가 수저를 내려놓았다. 혀를 내밀어 입술을 축인 뒤 목청을 가다듬었다. 그리고 말문을 열었다.

"그 녀석 병은 외국에서 수입하는 고가의 약이 꼭 필요하대! 그 약이 없으면 한 달을 버티기가 힘들대! 그런데 제약회사가 이윤이 얼마 남지 않고 환자 수가 적다고 지지난 달에 수입을 중단했단다. 그래서 국내에 약 공급이 끊겼단다. 병원에서 미리 구입해놨던 약은 3주일 전에 바닥이 났고. 그때부터 그 녀석 병세가 급격히 악화되어 혼수상태에 빠졌다더라."

소현은 자기도 모르는 새에 입이 크게 벌어지고 두 눈에서는 눈물이 흘러내렸다. 초점을 잃은 눈동자가 가늘게 흔들렸다. 입술도 파르르 떨렸다.

"그 약을 구하기 위해 다른 여러 병원에 연락을 해봤지만 결국 못 구했대. 사흘 뒤 의사들이 가망이 없다고 말하자, 걔 부모님이 죽더라도 고향에 가서 죽게 해야 한다며 그리로 이송해달라고 강력히 요구해서 갔대."

정말이야? 정말이냐고? 소현은 눈물을 머금은 눈으로 엄마에게 물었다. 엄마는 아무런 감정도 없는 사람처럼 메마른 눈빛으로 대답했다.

"홍 간호사에게 전해 들은 말이야. 그쪽 병동 홍 간호사 친구가 자세히 알려주었대. 십중팔구 죽었을 거라더라. 그러니 깨끗이 잊어! 잊고서 네 병 치료에나 신경 써! 그렇지 않으면 엄마도 더 이상 너한테 신경 쓰지 않을 거야. 엄마의 마지막 경고야. 엄마라고 무조건 너를 위한다는 생각 말아. 너는 너고 나는 나야. 너에게 무조건적인 희생을 하기 싫어!"

엄마의 말은 너무 충격적이었다. 쇠망치로 정수리를 강타당한 것 같았다. 엄청난 충격파가 전신을 뒤흔들었다. 가슴에 하늘만 한 구멍이 뚫렸다. 머릿속에 바다 같은 공간이 생겨났다. 전신의 모든 뼈마디가 하나하나 잘려져 나가는 듯한 고통이 파도처럼 이어졌다. 여태까지 겪었던 그 어떤 아픔보다 몇백 배나 더 심한 고통이었다. 소현은 덜덜 떨리는 손으로 이불을 끌어당겨 머리끝까지 뒤집어썼다. 주체할 수 없도록 눈물이 흘러 베개를 흥건히 적셨다. 그럴 리가 없어! 사실이 아닐 거야! 엄마의 트릭이 분명해! 수천수만 번 부정을 해보았지만 시간이 흐를수록 모든 정황은 엄마의 말을 뒷받침해주었다. 가슴이 너무 쓰리고 아파 미칠 것만 같았다. 아니, 죽을 것만 같았다.

소현은 징검다리 두 개도 건너지 못하고 그렇게 먼저 간 민혁을 가슴을 쥐어뜯으며 원망했다. 그러다 나중에 홍 간호사가 병실에 들렀을 때 울며불며 따지고 들었다. 홍 간호사 외에는 하소연할 사람이 없었다.

"언니, 약이 있는데도 수입을 안 해 사람이 죽을 수도 있는 거예요? 이게 말이 돼요?"

"제약회사도 기업이니까 이윤을 먼저 추구하잖아? 수입을 해서 팔든 만들어서 팔든 이익을 얻으려는 장사꾼인 거지! 약을 많이 팔아 더 많은 수익을 올리려고 질병 마케팅도 벌이는 걸 뭐. 글로벌 제약회사뿐만 아니라 국내 제약사들도 돈이 별로 안 남는다고 일방적으로 약 생산을 중단하는 경우도 있어. 이익 추구에 눈이 멀어 인간 생명을 경시하게 되는 거야. 그러면 희귀병 환자들은 혼자 힘으로 구하든지 아님 꼼짝없이 죽어야 해!"

"그건 살인이잖아?"

소현은 주먹을 움켜쥐고 크게 소리쳤다. 성난 황소처럼 울부짖었다. 두 주먹으로 침대를 내려치며 고함을 내질렀다.

"몹시 안타깝고 슬픈 일이지! 그런데 그런 일이 종종 있어. 의료보험이 적용되지 않는 고가의 수입 약품이라 환자 부담이 너무 크기도 하고. 많게는 한 달에 수백만 원씩이니, 엄청난 부자라면 몰라도……."

한 번이 아니라 소현은 매번 그랬다. 목이 터져라 소리를 지르고 발버둥을 치고 벽을 차기도 했다. 아무도 제어할 수 없을 정도로 난폭하게 굴었다.

"그렇다고 퇴원을 시켜요? 퇴원하면 죽을 걸 뻔히 알면서? 어떻게 그런 일이 있을 수가 있어요? 다른 곳도 아닌 대형 병원에서. 병원은 사람을 살리라고 있는 거잖아?"

"그렇기는 하지만, 솔직히 잡고 있으면 뭐해? 그 약이 없으면 절대 안 되는 병인데. 아무 도움도 안 되는 일반 주사나 맞히고 링거나 꽂고 혈압이나 재고 환자식이나 주는 게 전분데. 그리고 비싼 입원비가 매일매일 불어나잖아? 병원 측에서야 내심 퇴원 안 하길 바라지! 큰 병에 걸린 사람이 수익률이 높으니까."

홍 간호사는 그동안 보고 겪은 일들에 대해 솔직하게 말했다. 너무 어이가 없어서 소현은 말문이 막혀버렸다. 입을 벌렸으나 말이 나오지 않았다.

"이런 말 너한테 하기가 좀 꺼려지지만, 대형 병원들도 탐욕스런 짓 많이들 해! 불필요한 검사와 과잉진료를 하거나, 특진을 선택하도록 꼼수를 부려 특진비만 챙기고. 병원 수입을 올리려고 그렇게 양심 없는 장사꾼처럼……. 사실 나도 이제 이 직업에 회의를 느껴. 고통스럽게 죽어가는 환자들을 보는 게 싫어졌어. 물론 환자 본인도 괴롭겠지만 지켜보는 나도 괴로워 미치겠어! 곧 사표를 쓸 생각이야."

사표를 쓰겠다는 말까지 하는 홍 간호사를 소현은 믿을 수가 없었다. 다 한통속인 것 같았다. 화가 끓어올랐다. 주먹으로 침대를 반복해서 내려쳤다.

"결국은 정부에서 적극적으로 나서서 공공의료를 강화해야 하는데 아직은 너무 부족해. 돈이 없어서 죽어가는 사람들 아주 많아. 질병 코드조차 없는 극희귀 질환자들은 이중삼중으로 고통을 겪다 죽어야 해. 지난달에는 여섯 살짜리 꼬마애가……. 혹시 또 모르지. 내년에 대통령이 새로 뽑히고 정부가 바뀌면 조금 나아질지도."

"그때 나아지면 무슨 소용이 있어? 이미 늦었는데."

소현은 극도로 흥분해서 베개를 집어던지고 이불을 잡아 찢었다. 입에 담지 못할 심한 욕설을 퍼붓기도 했다. 마치 홍 간호가 민혁을 죽이기라도 한 것처럼 볼 때마다 괴롭혔다. 엄마 아빠가 말려도 소용없었다.

하루하루 날짜가 지나 9월 말이 되었다. 병원 밖 은행나무 가로수 잎들은 반이 넘게 노란색으로 바뀌어 있었다. 반면에 눈물로 짓물러진 소현의 눈가는 검은색이 감돌기 시작했다. 소현은 친구 희정이가 선물로 준 낙서 노트와 선아가 준 컬러 볼펜 세트를 꺼냈다. 그리고 낙서 노트에 볼펜으로 무언가를 적기 시작했다. 손가락이 떨리고 시야가 희미해 잘 되지 않았다. 하지만 이를 악물고 한 글자 한 글자 정성을 들여 써나갔다. 덕진공원 현수교 철판 위를 맨발로 예수 도마뱀처럼 뛰던 일, 한옥마을 오목대에서 불량배에게 맞고 죽은 척해서 자기를 구해줬던 일, 은행나무 가지에 원숭이 모양으로 거꾸로 매달린 채 첫 키스를 나눴던 일, 병원 지하 2층 폐자재실 스테인리스 철판 위에서 둘이 꼭 껴안고 오들오들 떨었던 일 등등을 회상하면서 미처 전해주지 못했던 말을 적고 또 적었다.

"그래! 아무 글이나 자꾸 쓰고 그림도 그리며 손가락 운동을 해!"

"보지 마!"

"안 봐! 안 볼 테니까, 어서 써!"

오랜만에 엄마가 좋아하며 살며시 웃었다. 소현이도 바짝 메마른 입술에 보일락 말락 한 미소를 잠깐 지었다. 쓸쓸한 웃음이었다.

겨우 한 페이지를 채워놓고 멈췄다. 손가락이 아프고 힘이 빠져 더 이상 쓸 수가 없었다. 엄마는 창가에 우두커니 서서 하늘을 바라보고 있었다. 손가락 끝으로 묵주를 돌리며 기도를 하는 중이었다.

"엄마!"

엄마를 불렀다. 목이 메어 소리가 작게 나왔다. 못 들었는지 엄마는 그 자세 그대로 서 있었다.

"엄마!"

좀 더 크게 불렀다. 엄마가 천천히 돌아섰다.

"미안해! 아빠한테도 미안하고."

"미안하다니? 그게 무슨 소리야? 네가 미안할 게 뭐가 있어? 그런 소리 하지 말고 어서 자꾸 써!"

힘이 없는 목소리로 엄마가 말했다. 엄마도 소현의 상태가 절망적임을 알고 있어서였다. 눈이 마주치는 걸 자꾸 피했다.

"아빠랑 싸우지 말고 사이좋게 살아! 나 초등 3학년 때하고 6학년 말에 엄마 아빠 이혼한다고 난리 부렸었잖아? 아빠 두 달 동안 집에 안 들어오고. 엄마도 외갓집에 가서 안 오고."

"그게 나 때문이니? 다 네 아빠가 정친지 뭔지 한다고 헛꿈을 꿔서 그런 거지!"

"엄마 아빤 성격이 비슷해서 자꾸 충돌을 해! 아마 내가 병원에 입원 안 했으면 올해도 이혼을 하네 마네 하며 또 대판 싸웠을걸?"

"그랬을지도 모르지!"

엄마는 다시 몸을 돌려 창밖 먼 하늘을 보았다. 아까와 똑같은 자세였다. 그러나 손에 든 묵주를 돌리는 속도는 훨씬 더 빨랐다. 나직이 성모송도 읊고 있었다.

찬바람이 불고 낙엽이 하나둘 떨어지기 시작했다. 그에 맞춰 날짜도 하루하루 떨어져 바람에 날아갔다. 20여 일이 빠르게 흘러갔다. 소현은 몸도 마음도 더욱 앙상해져 마치 겨울바람에 마른 개나리 가지 같았다.

"병세가 급격히 악화되고 있습니다. 종양이 2밀리 정도 자랐고 암세포가 폐로 전이된 소견이 보입니다. 이거 참!"

이미 보름 전에 담당 의사로부터 그 말을 들은 엄마 아빠는 더욱더 소현에게 매달렸다. 그러나 소현은 모든 게 귀찮았다. 그 말을 직접 듣지는 않았지만 자신의 병세를 잘 알고 있었다.

"소현아, 주사 한 대만 맞자!"

홍 간호사가 들어와서 살갑게 굴었다.

"얼굴색이 많이 좋아졌네!"

거짓말이었다. 누런색을 띠던 소현의 얼굴은 창백함을 지나 푸르스름한 빛이 감돌았다. 눈 주변에만 번져 있던 검은색은 이제 입 주변에도 나타나고 있었다. 경험 많은 홍 간호사가 그걸 모를 리 없었다. 그런데도 홍 간호사는 매번 그런 말로 소현을 위로하려 들었다. 통하지 않았다.

"일기는 다 썼어?"

베개 밑에 있는 낙서 노트를 보고 홍 간호사 물었다.

"일기 아니에요!"

안 보이도록 베개로 완전히 덮은 뒤 대답했다.

"그럼 뭐야?"

"그냥 혼자 쓰는 낙서예요. 참, 언니! 미안해요!"

미안하다는 말에 홍 간호사가 주사를 놓으려다 말고 멈췄다.

"왜 갑자기 그런 말을 해?"

"그동안 내가 언니에게 많이 못되게 굴었어요. 사과할게요!"

"아니야. 환자니까 그럴 수도 있지 뭐. 다 이해해! 자, 이제 주사 놨으니까 한잠 푹 자. 그러고 나면 머릿속이 개운해지고 기분도 좋아질 거야."

"나는 민혁 오빠를 만나려고 이런 불치병에 걸린 것 같아요. 민혁 오빠도 나를 만나려고 그런 병에 걸렸던 거고요."

"정해진 운명이 있다면 그럴지도 모르지!"

잠이 들려고 정신이 가물가물 해질 때 엄마 아빠가 동시에 들어왔다. 아빠는 서울에 갔다 오는 거였고, 엄마는 원무과에 내려갔다 오는 거였다. 아빠가 다가와 손을 잡았다.

"소현아, 곧 서울 제일 큰 병원으로 옮길 거야. 거긴 우리나라 최고 의료진이 있는 병원이야. 힘내! 수속 마치는 대로 갈 거니까 조금만 참아!"

말소리는 들렸으나 대답을 할 수는 없었다. 입술이 떨어지지 않았다. 몸이 자꾸 어딘가로 빨려 들어가는 느낌이었다.

소현의 병세는 급격히 악화되어갔다. 강제치료를 하기는 했으나 별 효과가 없었다. 살고자 하는 의욕이 전혀 없었다. 홍 간호사는 하루하루 죽어가는 소현을 그저 안타깝게 지켜볼밖에 별 도리가 없었다. 그야말로 속수무책이었다.

"소현아, 힘을 내! 너는 나을 수 있어. 살 수 있어! 3년, 5년, 10년, 계속!"

"그래! 제발 마음을 굳게 먹고 희망을 버리지 마! 담당 의사 사인이 떨어지면 즉시 서울 큰 병원으로 갈 거야."

엄마 아빠는 소현의 손을 잡고 매일 눈물을 흘렸다. 그런 엄마 아빠를 소현이가 달랬다. 잘 나오지도 않는 목소리로 웃으면서 더듬더듬 말했다.

"엄마! 아빠! 울지 마! 몇 년 더 살아 뭐해? 그냥 날 편히 보내줘!"

소현은 알고 있었다. 거액의 치료비 때문에 엄마 가게가 벌써 다른 사람한테 넘어갔다는 것을. 그리고 아파트 저당으로도 모자라 아빠가 친척들에게 많은 빚을 지고 있다는 것을 눈치채고 있었다.

"가서도 엄마 아빠 잊지 않을게!"

소현은 이제 마음의 준비가 되었다. 아무 미련 없이 떠나기로 했다. 어차피 가야 할 길이라면 조금 일찍 떠난다 해도 크게 억울할 건 없었다. 먼저 가서 자기를 기다리고 있는 민혁이가 있기에 오히려 기쁘고 행복했다.

비가 내렸다. 바람도 불었다. 사방이 캄캄해 아무것도 보이지 않았다. 하지만 소현은 계속 걸었다. 벌써 얼마나 걸었는지 발목이 뻐근하고 무릎이 아팠다. 게다가 빗방울은 점점 굵어지고 바람은 세졌다. 그러나 포기할 수 없었다. 찻길을 따라 김천 쪽으로 무작정 걷고 또 걸었다. 신발이 벗겨져 맨발이 되었으나 멈추지 않았다. 다리를 건너고 고개를 넘기를 수십 번, 어느 높은 고갯마루에 올라서자 더 이상 걸을 힘이 없었다. 발바닥이 찢기고 갈라져 피가 흘렀다. 그대로 땅바닥에 주저앉고 말았다. 두 팔로 땅을 짚고 거친 숨을 몰아쉬었다. 빗물에 흠뻑 젖어 체온이 저하되며 턱이 덜덜 떨렸다. 입에서 허연 입김이 새어나오고 팔뚝에 소름이 돋았다. 정신마저 가물가물해지는가 싶더니 눈이 자꾸 감겼다. 그때였다. 반대편 길에서 무슨 소리가 들렸다. 빗소리에 섞여 희미했으나 귀에 익은 발소리였다. 귀가 쫑긋 서고 눈이 번쩍 뜨였다. 모든 신경을 두 눈으로 집중시켰다. 그러자 저쪽 어둠 속에서 누군가가 다가오고 있는 모습이 희미하게 보였다. 몹시 지친 걸음걸이였다. 금방이라도 쓰러질 듯 위태위태했다. 키와 체형으로 보아 민혁이가 분명했다. 반가운 마음에 소현은 벌떡 일어났다. 그리고 "민혁 오빠!" 크게 부르며 빠르게 뛰어갔다.

식스틴 마이 러브

새파랬다. 너무도 맑고 투명한 파란색이라 비현실적으로 느껴질 정도였다. 구름 한 점 없었다. 목화솜을 뜯어놓은 것처럼 드문드문 흰 구름이 박혀 있을 듯도 싶은데 전혀 그렇지 않았다. 어찌 보면 푸른 바닷물 같기도 했고 또 달리 보면 얇은 청색 비단이나 청색 유리를 끝없이 펼쳐놓은 것처럼도 보였다. 마음을 설레게 하는 참으로 묘한 하늘색이었다. 하지만 땅은 온통 노란색 일색이었다. 들판 전체가 노란빛으로 일렁였다. 순하게 생긴 동산도, 야트막한 언덕도, 조각보처럼 이어진 논과 밭들도 하나의 색으로 통일되어 있었다. 아무리 가을이 무르익은 10월 말이라고 해도 이상하리만치 눈부신 황금빛이었다. 희정은 시선을 돌려 두 그루의 키 큰 은행나무를 살폈다. 두 나무는 농로와 이어진 잔디밭 끄트머리

평평한 둔덕에 나란히 서 있었다. 나무 사이의 간격은 대략 5, 6미터. 오른쪽 나무는 하늘을 향해 쭉쭉 거침없이 솟은 모양인 반면 왼쪽 나무는 약간 옆으로 씨진 모습이었다. 그러나 키 차이가 그리 많이 나지는 않았다. 특이한 점은 왼쪽 나무에는 지면과 거의 수평을 이룬 채 옆으로 뻗은 돌출 가지가 있다는 것이었다. 맨 아래 곁가지에서 갈라져 나온 2차 곁가지로 지면에서 수평으로 난 가지까지의 높이는 약 2미터 정도였고 굵기는 어른의 팔뚝 굵기만 했다. 그 뻗은 모양새가 마치 오른쪽 나무를 향해 손을 내밀고 있는 형상이었다. 두 그루의 나무는 새파란 하늘과 황금빛 땅을 이어주고 있는 사다리 같았다. 분명 땅에서 하늘로 오르는 커다란 사다리였다. 나무 사이로 바람이 약하게 불었다. 그러자 가지에 달려 있던 수십 개의 은행잎들이 잔디밭으로 팔랑팔랑 날아 내렸다. 잔디밭에는 이미 먼저 떨어져 내린 은행잎이 빈틈없이 쌓여 수북했다. 마치 수백수천 마리의 나비 떼 같았다. 바람이 불 때마다 노란 나비들은 반복해서 날아와 쌓이곤 했다. 그러면 따사로운 가을 햇살이 부드럽게 그들을 쓰다듬고 지나갔다. 좋은 날씨였다.

마을길에서 방향을 틀어 농로로 들어선 트럭 두 대가 잔디밭에 도착했다. 한 대는 예식장을 꾸밀 자재를 실은 트럭이었고 다른 한 대는 간이 뷔페 식단을 차릴 기다란 식탁들이 실린 트럭이었다. 농로로 식품업체의 냉동탑차도 들어오고 있었다. 트럭에서 일꾼들이 내려 분주히 움직였다. 두 은행나무 사이에 간이 연단을 만들고 연설대를 옮겨놓고 마이크를 설치했다. 연설대 좌우측에는 대형 촛대도 놓여졌다. 파란 양초와 빨간 양초가 꽂혀 있는 황동 촛대였다. 흰색 국화가 탐스럽게 핀 화분도 양쪽에 두 개씩 놓여 제법 예식장 분위기를 자아냈다. 간이 연단이 꾸며지는 사이 다른 일꾼들은 트럭에서 의자를 내려 잔디밭에 배열하기 시작했다. 그들은 능숙한 동작으로 채 십 분도 안 돼 모든 의자 배치를 끝냈다. 가로로 다섯 개씩 놓인 의자는 세로로 열 줄, 모두 50개였다. 연설대를 중심으로 좌측 50개 우측 50개이니 정확하게는 100개였다. 의자 배치가 완료되자 은행잎이 소복이 쌓인 잔디밭에 반듯한 통로가 생겨났다. 양쪽으로 대칭 배열된 각 50개씩의 플라스틱 의자로 인해 만들어진 통로였다. 곧 통로 입구에 하얀 아치문이 세워졌다. 엄지손가락 굵기의 쇠파이프 두 개를 사다리처럼 이어서 구부린 것이었다. 아치문에는 하얀 국화꽃과 색색의 고무풍선이 탐스럽게 장식되어 있었다. 마지막으로 도우미 아가씨 두 명이 아치문에서부터 연설대까지 색동비단을 길게 펼쳤다. 색동비단은 통로보다 폭이 좁아 밑에 깔린 노란 은행잎들이 자연스럽게 기다란 띠 역할을 해줬다. 그 때문에 색동비단길은 더욱 도드라져 보였다. 잠시 후면 신랑 신부가 함께 걸어가야 할 비단길이었다. 그 비단길 위로도 은행잎들은 계속해서 날아 내렸다. 꽃을 보고 날아오는 봄 나비처럼 바람을 따라 사뿐사뿐 내려와 앉았다.

예식장 꾸미기가 완료되었다. 주변에 흩어져 있던 하객들이 하나둘씩 의자로 가 앉았다. 교복을 깔끔하게 차려입은 여학생 사십 여 명이 좌측 신부 측 하객석 앞쪽에 자리를 잡고, 그 뒤쪽에는 어른들이 앉아 신부 측 하객석은 금세 다 차버렸다. 좌석이 없는 사람들은 그대로 밖에 서 있어야 했다. 하지만 우측의 신랑 측 하객석은 대여섯 명만 앉아 있을 뿐 텅텅 비어 썰렁했다. 다른 하객들이 드문드문 도착하고는 있었다. 그리고 승용차도 몇 대 농로를 따라 들어오는 게 보였다. 그러나 100개의 좌석을 다 채울 것 같지는 않았다. 약 200여 미터 떨어진 마을길에는 더 이상 하객으로 보이는 사람이 나타나지 않았다. 승용차 역시 눈에 띄지 않았다. 하객들은 소곤소곤 이야기를 나누며 예식이 시작되기를 기다렸다. 자리를 벗어나 걸어 다니거나 큰 소리로 떠드는 사람은 한 명도 없었다. 다소 경직된 표정들이었고 어딘지 모르게 엄숙한 분위기가 감돌았다. 특히 여학생들은 대부분 입을 꾹 다문 채 은행나무 꼭대기에 시선을 두고 있었다. 모두 태양의 움직임을 지켜보는 자세였다. 태양은 이제 우측 은행나무 쪽으로 3분의 2쯤 다가간 위치에 떠 있었다.

"곧 예식을 시작하겠습니다. 두 분 주례 선생님께서는 연단에 마련된 자리에 착석해주시기 바랍니다."

사회자가 신호를 하자 두 사람이 연단으로 올라갔다. 두 사람은 서로를 보며 가볍게 목례를 한 후 악수를 나눴다. 그렇지만 어딘지 모르게 어색한 인사였다. 하객들을 의식해서 하는 억지스러움이 감지되었다. 두 사람은 준비된 의자에 각자 앉았다. 연설대 뒤에 나란히 놓인 의자였고 간격은 채 2미터가 되지 않았다. 자세를 바르게 해 정면의 하객들을 바라보는 두 사람의 표정에도 역시 엄숙한 기운이 서려 있었다.

"예식을 두 번 올릴 모양이죠?"

"그렇게 하기로 합의를 봤대요. 별일이에요 참!"

사정을 모르는 몇몇 하객이 귀엣말을 주고받았다. 그러면서 연단에 앉아 있는 두 사람을 유심히 살폈다. 그도 그럴 것이 연단 위의 두 사람은 외모부터가 판이하게 달랐다. 좌측에 앉아 있는 사람은 훤칠한 키에 갸름한 얼굴이었고 우측에 앉아 있는 사람은 작은 키에 둥그스름한 얼굴이었다. 두 사람의 신분을 단적으로 나타내는 옷차림 또한 사뭇 달랐다. 좌측 사람은 검은색 롱 드레스를 입고 목에는 십자가를 걸고 손에는 성경을 든 모습이었다. 반면에 우측 사람은 회색 장삼을 걸치고 목에는 108 염주를 걸고 손에는 목탁을 들고 있었다. 외모 상으로 나타난 나이 차이도 뚜렷했다. 가톨릭 사제인 좌측 사람은 50대 초반으로 60대 후반의 불교 승려보다 한참 젊어 보였다. 그 나이차만큼이나 승려는 짧은 머리카락이 거의 다 세어 있었고 얼굴에 잔주름도 많았다.

"저분이 전동성당 주임신부님이라지요?"

"그렇게 들었어요."

"이쪽 분은?"

"직지사 주지스님이라지요, 아마."

하객들은 신부 측 주례인 사제와 신랑 측 주례인 승려에 대해 이야기를 주고받으면서 식이 시작되기를 기다렸다. 하지만 식은 좀체 시작되지 않았다.

"아직 신랑이 도착하지 않아서 예식이 잠시 지연되겠습니다."

사회자의 안내 방송에 하객들이 술렁거렸다. 신랑이 늦는 것에 대해 옆 사람과 추측성 이야기를 나누었다. 기다리기가 지루한지 자리에서 일어나 잔디밭 가장자리로 나오는 사람도 더러 있었다.

"신부는 벌써 와 기다리고 있는디, 신랑은 대체 워디서 오는디 여태 안 온다요?"

"김천에서 온대요, 경북 김천."

"겡북? 으메! 징헌 것! 여그 남정네도 쌔고 쌨는디 와 하필 겡상도다요?"

신랑이 오고 있는 중이라고 사회자가 다시 안내를 했다. 그러나 십 분이 지나고 이십 분이 지나도 신랑이 타고 있을 것 같은 승용차는 나타나지 않았다. 벌써 태양은 오른쪽 은행나무의 머리 부분을 살짝 넘어가 있는 상태였다. 정해진 시간보다 무려 한 시간이나 지나 있었다. 하객들의 얼굴에 불안해하는 기색이 엿보였다.

"혹시 오지 않는 건 아닐까요?"

"그럴지도 모르죠. 반대가 심했다는데."

"끝내 신랑이 안 오면 어떻게 되는 거예요?"

"파혼이지요 뭐!"

"그라믄 으째야 쓰까, 응? 내는 차라리 없던 일루 허는 게 나슬 것 겉은디?"

파머머리 아주머니의 호들갑스런 말이 막 끝났을 때였다.

"어? 저기……."

앞쪽에 앉아 있던 여학생들 중 누군가가 크게 소리쳤다. 모두 여학생이 가리키는 쪽으로 시선을 돌렸다. 국도에서 방향을 튼 흰색 소형 승용차 한 대가 마을길로 들어서고 있었다. 하객들은 흰색 승용차의 이동을 따라 함께 시선을 움직였다. 그만큼 기다림에 지쳐 있었고 또한 기대감이 커서였다. 하지만 흰색 승용차가 반드시 신랑을 태우고 오는 차라고 확신할 수는 없었다. 윗마을로 가는 차량일 가능성도 있기 때문이었다. 흰색 승용차가 마을길 중간쯤에 이르렀을 때 국도에서 버스도 한 대 마을길로 들어섰다.

"저 버스에 다 타고 오는가 봐요."

"그런 것 같네요."

이윽고 흰색 승용차는 차창으로 햇빛을 번쩍번쩍 반사시키면서 마을길을 다 통과했다. 그리고 윗마을로 가는 길과 농로가 갈라지는 지점에 다다랐다. 속도를 조금 늦춘 흰색 승용차는 다행히 윗마을로 가지 않고 농로로 들어섰다. 비포장 농로라 승용차는 아주 천천히 식장으로 다가왔다. 그제야 하객들 사이에서 안도의 한숨소리가 새어나왔다.

"신랑 맞아!"

"그래! 분명히 신랑이야."

모두들 신랑임을 확신하는 눈치였다. 그러나 늦게 도착하는 하객일 가능성을 배제할 수는 없었다. 신랑을 태우고 오는 차량이라고 하기엔 너무 작고 초라했다. 게다가 세차를 하지 않아 지저분한 상태였다. 색깔까지도 변색돼 보닛과 지붕 일부가 누르스름했다.

바람이 또 한차례 불었다. 부드럽고 순한 바람이었다. 그 바람을 타고 은행잎들이 허공에서 나풀나풀 춤을 추었다. 노란 나비 떼의 군무를 연상케 하는 은행잎들의 환영을 받으며 승용차는 잔디밭 입구에 멈췄다. 신랑을 태우고 온 차가 맞았다. 버스도 뒤따라와 임시 주차장인 식장 옆 빈 논에 멈춰 섰다. 그곳에는 이미 하객들이 타고 온 승용차들이 가득했다. 버스 문이 열리고 하객들이 내렸다. 단정한 교복 차림의 남학생들이었다. 악기를 든 학생들도 있었다. 몇몇 안면이 있는 학생이 손을 들어 인사를 했다. 희정이도 답례로 손을 흔들어주었다. 학생들과 함께 온 인솔 교사에게는 목례를 했다. 결혼식 진행 관계로 10월 중순에 한 번 모임을 가졌었다. 신랑 측 하객은 남학생들만 족히 30명이 넘어 보였다. 20명 정도 될 거라고 예상하고 있었는데 생각보다 많은 인원이었다. 남학생들은 신랑 측 하객석 앞쪽으로 가 앉았다. 그리고 어른 하객들이 그 뒤쪽 좌석을 채워 신랑 측 하객석도 빈자리가 하나도 남지 않았다. 오히려 많이 모자라 앞에 앉았던 남학생들 십여 명이 일어나

자리를 양보해야 했다. 애초 좌석을 충분히 준비하지 않은 게 실수였다. 하객 수 예측을 잘못한 것이었다. 국도 쪽을 보니 노선버스에서 금방 내린 여학생 예닐곱 명이 마을길로 들어서고 있었다.

식장에 하객들이 꽉 차 북적북적하는 게 제법 예식장 분위기를 풍겼다. 전체 하객들 중 남녀 학생들이 3분의 2가 넘었다. 어른들은 양측을 합쳐 서른 명이 채 되지 않았다. 그나마 선생님들 일고여덟 명을 빼면 고작 스물두어 명이었다. 희정은 남녀 학생들을 바라보며 마음속으로 고마움을 표했다. 그리고 비록 참석은 못했지만 따뜻한 마음으로 동참을 해준 다른 학생들에게도 감사를 했다. 모두 좋은 친구들이었다. 학생들의 호응이 없었다면 결혼식은 이루어지지 못했을 것이기 때문이었다.

"생각보다 많이 왔네요. 지방 신문사 기자와 방송국 기자도 왔어요. 저기 왔다 갔다 하면서 사진 찍는 두 사람이에요."

"그러게."

"선생님들도 꽤 오셨어요. 중학교 때 교장 선생님도 와주셨고요. 저기 앞에 뚱뚱하신 여자 분이요. 그리고 중1 때 담임이셨던 선생님도 남원에서 오셨고요. 저쪽 검은색 바바리코트 입으신 분이요. 저 채은지 선생님이 이번 결혼식을 다 기획하시고 프로그램을 짜주셨어요."

"그래?"

홍 간호사가 채 선생님의 뒷모습을 유심히 살폈다. 서로에 대해 말만 몇 번 했을 뿐 희정은 아직 두 사람을 정식으로 인사시키지 못했다. 나이는 채 선생님이 몇 살 더 많지만 성격이나 생각이 비슷해 아마 좋은 친구가 될 수 있을 것 같았다.

"예! 장례식이 아니라 결혼식이라는 걸 명심해서 전체 분위기를 즐겁게 해야 한다고 그러긴 하셨는데, 잘 안 되네요. 끝내 아버지들은 안 오셨네요. 신부 측도 신랑 측도. 그리고 양가 모두 중요한 친척 분들 모습도 보이지 않네요."

"그래. 너무 아쉽구나. 이 기쁜 날에 쓸데없는 감정으로 참석하지 않으시다니. 생각할수록 큰 문제야."

"네! 전에는 그렇게 크게 못 느꼈었는데, 이 일을 추진하면서부터 아주 큰 문제라는 생각이 들었어요. 하지만 차츰차츰 나아질 거라고 확신해요. 우리는 어른들과 다르니까요. 어떻든 결혼식을 하게 돼서 참 기쁘네요!"

희정은 주차장 건너 빈 밭에 차려지고 있는 뷔페식 간이 식사대를 바라보며 말했다. 학교 급식업체와 계약해서 100인분의 간단한 점심식사를 마련하는 중이었다.

"희정이 너하고 선아가 1년 동안이나 애 많이 썼지!"

"우리가 뭐요. 홍 간호사 언니가 도와줘서 가능했던 거지요. 학생 친구들도 적극적으로 나서주었고요."

지난 1년 동안 겪었던 일들이 눈앞에 선명하게 떠올랐다. 그야말로 파란만장했던 1년이었다. 길고 어두운 터널을 겨우 빠져나온 느낌이었다.

소현이 장례식을 치르고 한 달도 더 지난 작년 12월 초순 어느 날 새벽이었다. 추웠다. 너무 추워 눈이 저절로 떠졌다. 방 안을 살펴보니 창문이 활짝 열려 있었다. 어젯밤 잠들기 전에 분명히 닫았는데? 이상한 일이었다. 희정은 침대에서 일어나 창문으로 다가갔다. 차가운 새벽바람과 함께 눈발이 날아들었다. 창문을 닫으려고 손을 뻗었다. 그러다 무심결에 밖을 보았다. 눈보라 속에 한 사람이 서 있었다. 잎이 다 떨어져 앙상한 정원수 밑이었다. 그곳에 누군가가 꼿꼿이 서서 이쪽을 올려다보고 있었다. 등골이 오싹했다. 희정은 자신도 모르게 뒤로 두어 걸음 물러났다. 하지만 왠지 모를 이끌림에 다시 창가로 다가갔다. 조심스레 아래를 살폈다. 소현이었다. 소현이가 분명했다. 소현이가 새벽 추위도 아랑곳 않고 마치 조각상처럼 서 있었다. 도무지 믿어지지 않는 일이었다. 눈을 비비고 나서 다시 확인하려는 순간, 눈발이 어지럽게 휘날려 시야를 가렸다. 잠시 후 눈발이 잦아들었으나 소현이는 그곳에 없었다. 방범등 불빛에 나무 그림자만 어지러이 흔들리고 있을 뿐이었다. 희정은 더 이상 잠들지 못하고 날이 훤히 새도록 창밖을 지켜보았다. 하지만 끝끝내 소현이의 모습을 더는 볼 수 없었다.

등교 때마다 셋의 약속 장소였던 우체국 우체통 앞에서 선아를 만나 학교로 향하면서 사실을 털어놓았다.

"새벽에 소현이가 날 찾아왔어! 아파트 정원 나무 밑에 서서 내 방을 올려다보고 있었어!"

"뭐? 너, 꿈꾼 거 아냐? 소현이가 어떻게 널 찾아와? 말이 되는 소릴 해야지."

"꿈 아니야. 정말이야. 눈보라가 막 몰아치는데도 꼼짝 않고 서서 나를 바라봤어! 무슨 할 말이라도 있는 사람처럼."

"눈보라? 웬 눈보라? 오늘 새벽에 눈 안 왔어. 살펴봐! 어디 눈이 있어?"

살펴보니 거리에는 눈이 내린 흔적이 전혀 없었다. 기온도 평년보다 높아 추위가 느껴지지 않을 정도였다. 12월 초순이라 하기에는 너무 포근한 날씨였다. 자신이 정말 꿈을 꾼 것은 아닌지 희정은 헷갈렸다. 하지만 너무도 생생해서 꿈같지가 않았다. 소현이 생각으로 희정은 하루 종일 마음이 편치 않았다. 그런데 종례가 끝난 직후에 홍 간호사한테 전화가 걸려왔다. 전해줄 물건이 있다는 말이었다. 수업을 마치고 선아와 함께 병원 근처 빵집으로 나갔다. 홍 간호사가 노트 한 권을 건네주었다. 첫 문병을 갔을 때 소현이에게 선물로 준 낙서 노트였다. 첫 장을 펼쳐보았다. '희정아, 선아야, 고마워! 소중하게 간직할게!'라는 글과 휴대폰 번호 두 개가 나타났다. 그리고 그다음 장에는 'Sixteen My Love'라는 제목 밑에 민혁이를 처음 만났을 때부터 헤어졌을 때까지의 사연이 쓰여 있었다. 그게 약 다섯 장 분량이었고 그다음부터 마지막 장까지는 똑같은 글씨가 빼곡하게 반복적으로 적혀 있었다. 그것을 보자 희정은 눈물이 왈칵 쏟아져 내렸다. 선아도 손등으로 연신 눈물을 훔쳤다.

"지금도 눈에 선해! 새벽에 갑작스런 체온 저하로 소현은 온몸을 심하게 떨었어. 담요를 겹겹으로 덮어주고 전기 히터를 틀어줘도 소용없었지. 혈압도 급격히 낮아지고 호흡부전도 나타났고. 심장박동이 불규칙한 부정맥 현상도 보였어. 의식 또한 점차 희미해지고 있었고. 황급히 중환자실로 옮겼는데 혼수상태에서도 민혁이 이름을 끊임없이 불렀어. 물론 발성이 안 돼 말소리가 입 밖으로 나오지는 않았지만, 미세하게 움직이는 소현이의 입모양을 보고 그걸 알 수 있었지. 그렇게 소현이는 민혁이를 부르다가 사흘 만에 숨을 거두고 말았어!"

당시 상황을 전해주는 홍 간호사의 눈가가 촉촉이 젖었다. 목소리도 약하게 떨리고 있어서 발음이 조금씩 흩어졌다. 희정은 소현이가 죽기 전에 한 번 더 찾아가지 못한 게 너무도 후회가 되었다. 후회를 넘어 죄스럽기까지 했다.

"이미 수십 차례나 겪은 죽음이었는데, 소현이의 죽음을 보니 너무 허무하고 허망하더라! 소현이의 이 낙서 노트를 읽고서 나도 오랫동안 눈물을 흘렸어. 열여섯 살 어린 소녀의 순수하고 애절한 사랑에 가슴이 미어지는 것 같았어!"

홍 간호사는 말을 계속 잇지 못하고 한참이나 멈췄다가 다시 입을 열곤 했다. 희정이와 선아는 감정이 북받쳐 코를 훌쩍이고 어깨를 들썩였다. 그러면서 묵묵히 듣고만 있었다.

"여태껏 나는 누군가를 온 영혼을 다해 사랑해본 적이 있었던가? 스스로에게 질문을 던진 뒤 고개를 가로젓곤 했어! 과거의 기억을 모조리 꺼내 펼쳐보았으나 찾을 수가 없었거든. 온통 무의미하게 스쳐 지나간 만남들뿐이었지. 진정성이 결여된 가식적인 만남들만 빼곡하더라고."

그 말을 하고 나서 홍 간호사는 물을 한 모금 마셨다. 희정이와 선아는 휴지로 눈물을 닦고 서로의 손을 잡았다. 소현이 생각에 자꾸 눈물이 고였다. 목청을 가다듬고 난 홍 간호사가 안정된 목소리로 다음 말을 이었다.

"친구인 너희들에게 이런 말을 하기는 뭐하지만 소현이의 병은 애초에 가망이 거의 없었어! 좀 과장해서 말하면 병원에서 여러 실험도 하고 수익도 올리려고 잡아둔 것에 불과하지! 치료를 꾸준히 하면 1년에서 1년 6개월 정도 억지로 생명을 더 연장시킬 수는 있었겠지만……. 본인이 모든 치료를 거부하더라고. 민혁이를 따라가기로 결심했던 거지!"

그 말을 듣자 희정은 소현이가 어쩌면 민혁이를 만나기 위해 그 병원에 입원을 한 건지도 모른다는 생각이 들었다. 운명적인 만남. 슬프고도 가여운, 그러면서도 아름다운 만남을 위해.

"민혁이는 좀 달라! 그 애 병은 확실한 치료약이 있었으니까. 하지만 약이 있으면 뭐해? 수입을 중단해서 환자에게 쓸 수가 없는데. 뭐 수입을 계속했다고 해도 원체 고가의 약이라 그 애 집이 엄청난 재벌이라면 몰라도. 희정아, 선아야, 너희 너무 슬퍼만 하지 말고 소현이와 민혁이를 위해 뜻있는 일을 좀 해보지 않을래?"

"뜻있는 일이오? 무슨……."

홍 간호사가 자신의 의견을 조심스럽게 말했다. 이미 대충 조사를 한 듯 관련 정보도 많이 알려주었다. 하지만 희정이와 선아는 전혀 추측하지 못한 일이었다. 그러나 참 좋은 제안이라는 생각이 들어 선뜻 동의를 했다. 소현이도 그걸 바라고 있음이 분명했다. 꿈이든 현실이든 새벽에 소현이가 나타난 게 혹시 이 일 때문이 아닐까? 희정은 고개를 끄덕였다. 그렇다는 확신이 섰다.

"그래. 너희가 한번 추진해봐! 나도 힘껏 도울게. 물론 쉽지 않을 거야."

정말 쉽지 않았다. 어디서부터 어떻게 시작해야 할지 막막했다. 선아와 희정은 고민하다가 우선 소현이 부모님부터 만나보기로 했다. 그게 순서일 것 같았다.

다음 날, 전화를 걸고 집으로 찾아갔다. 집안의 분위기가 썰렁했고 두 분의 표정은 어두웠다. 그러나 더듬더듬 홍 간호사가 제안한 일에 대해 밝혔다.

"가뜩이나 슬픔에 빠져 있는데, 그게 무슨 해괴망측한 소리니?"

"너희, 아무래도 잘못 찾아온 것 같다. 그만 돌아가거라!"

일언지하에 거절을 당하고 말았다. 소현이 장례식 날 봤을 때 와는 달리 두 분 모두 싸늘히 대했다. 더 이상 말을 붙일 수가 없어 돌아오고 말았다. 마음이 무거웠다. 하지만 희정이와 선아는 포기하고 싶지 않았다. 소현이를 위해 꼭 해주어야 한다는 의무감이 가슴에 자리 잡았다. 고입전형이 끝나고 다시 찾아가 보기로 했다.

고입전형이 끝나고 진학할 고등학교가 정해진 건 지난 1월 중순이었다. 희정이와 선아는 같은 고등학교에 지원해서 합격을 했다. 합격증을 받아들자 감정이 북받쳐 또 눈물을 글썽였다. 예전에 셋이서 같은 고등학교, 같은 대학교를 가자고 약속을 했던 게 생각나 소현이가 더욱 보고 싶었다. 그날 이후 소현이 엄마한테 두 차례나 전화를 했으나 통화를 하지 못했다. 그리고 한차례는 직접 집으로 찾아갔지만 집이 비어 있었다. 날짜만 자꾸 흐르고 일은 전혀 진척되지 않았다. 어영부영 1월이 다 가고 2월도 별 성과 없이 흘러가버렸다.

"선아야, 아무래도 우리 둘의 힘만으로는 안 되겠다. 도움을 청하자!"

"도움? 누구한테?"

"홍 간호사 언니한테도 하고, 또 우리 중1 때 담임선생님한테도 하고."

"맞아! 맞아! 그 채은지 샘이 소현이랑 친했었지!"

고등학교에 입학을 하고 나서 3월 말에야 중1 때 담임선생님과 연락이 닿았다. 사실을 알게 된 채은지 선생님은 충격을 받아 한 동안 말을 잇지 못했다. 그러다 한참만에 토요일 날 전주에서 만 나자고 약속 장소와 시간을 정해주었다.

"그래! 그거 정말 뜻 깊고 의미 있는 일이다. 상징성도 크고. 나 도 힘을 보탤게!"

토요일 오후 채은지 선생님과 함께 곧장 소현이네 집으로 가 부 모님을 만났다. 하지만 역시 시큰둥한 반응이었다. 전혀 먹혀들지 않았다. 소현이 엄마 아빠는 돌아가라는 말만 되풀이했다.

"네! 일단 돌아가겠습니다. 하지만 한번 곰곰이 생각해주세요."

희정이와 선아는 2, 3일에 한 번씩 전화를 하고 또 2주에 한 번 꼴로 직접 찾아가 설득을 했다. 때로 채은지 선생님이 동행해 옆 에서 적극 거들어주었다. 그렇게 한 결과 5월 초순에 가서야 소현 엄마의 마음이 조금 움직이는 것 같았다. 소현이의 낙서 노트를 보여줬더니 한참이나 쓰다듬으면서 눈물을 떨어뜨렸다.

"우리 소현이가 이렇게까지 민혁이를 좋아하는 줄은 몰랐어요! 내가 화가 나서 모진 말도 막 퍼부었는데. 그게 가슴에 못이 되었 을 텐데."

"다 지난 일인데 울기는 왜 울어?"

그러나 소현 아버지의 반응은 변함이 없었다. 지역에 대한 선입 견이 너무 확고해 조금도 움직이지 않았다. 그렇게 할 필요를 전혀 느끼지 못한다는 말이었다. 한마디로 요지부동이었다. 답답했다.

채 선생님의 조언대로 민혁이 부모님한테도 연락을 취했다. 홍 간호사에게 전화번호와 주소를 알아내어 모두 세 번이나 전화를 했다. 예상대로 민혁이 부모님도 세 번 다 거절을 했다. 특히 민혁이 아버지는 소현이 아버지보다 한술 더 떴다. 아무 말도 통하지 않았다.

"이 가시나가 시방 머라카노? 으이? 주둥아리 닥치지 몬허긋나? 확 쎄려 뽀사가가 고마 칵 쥐기뿐다!"

전화통을 때려 부술 듯이 심한 욕설까지 퍼부었다. 하지도 않겠지만, 만에 하나 하더라도 이쪽 사람이랑 하지 왜 하필 그쪽이냐며 고래고래 소리를 질러댔다. 겁에 질려 다시 전화를 걸 엄두가 나지 않았다.

근 보름 동안을 허송세월로 보내다가 중간고사가 끝나고 5월 말에 채은지 선생님이랑 김천으로 향했다. 용기를 내서 직접 찾아가 보기로 한 것이었다.

"선생님, 무서워요!"

"괜찮아! 무섭기는 뭐가 무서워? 좋은 일 하자고 가는 건데."

"그쪽 사람들은 왜 이쪽 사람들을 그렇게 싫어할까요? 이쪽 사람들은 또 그쪽 사람들을 무조건 싫어하고."

"그러게 말이다. 서로 상대 지역에 대한 부정적 선입견이 병적으로 고착되어 이젠 망국병이 되었어! 그 어느 불치병보다도 더 무서운 병이야! 이렇게 된 데는 정치인들이 자기들 이익을 위해서 일부러 조장한 측면도 없지 않지. 올 연말에 있을 대통령 선거 때 틀림없이 또 크게 불거질 거야. 어쩌면 올해뿐만 아니라 앞으로도 계속…….”

구불구불 이어진 국도 변에 색색으로 피어난 꽃들이 바람에 흔들리고 있었다. 눈으로는 창밖 풍경을 보고 귀로는 채 선생님의 설명을 들으며 희정은 연신 고개를 끄덕거렸다. 인터넷상에서 벌어지고 있는 서로에 대한 비하, 비난, 비방, 중상, 모욕 등의 사례를 듣자 전적으로 공감이 되었다. 정말 보통 중병에 걸린 게 아니었다.

“특히 사회 지도층 인사들이 말조심을 해야 되는데 생각 없이 막말을 해대니. 그 고질병이 고쳐지지 않는 한 우리나라 미래는……. 고치려는 의지만 있으면 고쳐질 수 있을 텐데, 그 의지가 없는 것 같아!”

“하긴 우리 엄마 아버지도 우선 지역을 따지더라고요. 선아, 너네는 안 그래?”

“우리도 비슷해! 어떤 땐 나도 그러는 걸 뭐!”

“너희들도 어려서부터 그런 분위기에 젖어 살아서 그래! 나 역시 마찬가지고.”

가뜩이나 마음이 무거운데 기분 좋은 이야기가 아니라서 희정은 더욱 우울해졌다. 시선을 높여 하늘을 보았다. 같은 색깔의 하늘이 사방으로 드넓게 펼쳐져 있었다. 도경계선을 지나서도 똑같은 색깔 똑같은 모습이었다. 도로변의 꽃들도, 산도, 들도 매우 닮은 모습이었다.

민혁이네 집은 김천시 봉산면 직지사천 옆에 있었다. 허름한 기와집이었으나 마당은 꽤 널찍했다. 집에 부모님은 안 계셨고 휴가 중이라는 형이 나와서 맞이했다.

"아버지는 구미 청과물시장에 가셨고, 어머니는 저 옆 토마토 농장에 계십니다. 잠깐 기다리시면 제가 가서 모셔오겠습니다."

희정이와 선아는 민혁이 아버지가 노발대발하며 내쫓으면 어쩌나, 걱정을 많이 했었다. 그런데 없다니 다행이라는 생각이 들었다. 집 뒤쪽에 길쭉한 비닐하우스 두 동이 토마토 농장인 것 같았다. 그쪽에서 트로트 노랫소리가 크게 들렸다. 십 분 정도 지나자 민혁이 형이 어머니와 함께 집으로 돌아왔다. 작업복 차림의 어머니는 얼굴 표정이 좋지 않았다. 인사도 제대로 받지 않고 자꾸 외면을 했다.

"전주에서 전화를 몇 번 했었는데 안 받으셔서 이렇게 직접 찾아왔습니다."

"와 여그꺼정 왔노?"

말투도 퉁명스러웠다. 눈빛 또한 곱지 않았다.

"어머니, 얘들한테 대충 얘기 들으셨지요?"

"……!"

"오늘 저희가 이렇게 찾아온 것은 소현이와 민혁이의……."

장시간 설득이 이어졌다. 그러나 민혁이 어머니는 가타부타 대답이 없었다. 희정은 가방에서 소현이의 낙서 노트를 꺼내 보여주었다.

"이건 소현이가 쓴 건데요. 여기서부터 끝까지가 다 민혁이 이름뿐이에요!"

낙서 노트를 받아들고 한 장 한 장 넘겨 살펴보던 민혁 어머니의 눈가가 촉촉해졌다. 그러더니 곧 소현이 엄마처럼 노트 위로 눈물을 뚝뚝 떨어뜨렸다. 노트에 눈물꽃이 빼곡히 필 때까지 멈추지 않았다.

"참말로 이상한 일이었는기라!"

한참만에 어머니는 울먹이는 목소리로 민혁이 이야기를 꺼내놓았다. 두 눈을 지그시 감고 눈물을 연신 삼키면서 느릿느릿 말을 이었다.

"전주에서 급히 김천으로 이송을 와가 여그 의료원 중환자실에 입원을 시켰는데, 며칠간 정신이 들어왔다 나갔다 하더니만……. 아마 엿새째 되는 날이었제! 그날도 집에서 뜬눈으로 밤을 지새우고 아침 일찍 병원으로 달려갔드마……. 우리 민혁이가 중환자실에 없는 기라!"

"예? 없다니요?"

"침대에 없더라니께네. 혼자서는 움직이지도 못하는 아가 산소호흡기도 떼삐고 주삿바늘이며 뭐도 다 떼삐고 감쪽같이 사라지

뻿다카이! 민혁이를 찾느라고 병원이 발칵 뒤집어졌었제! 그란데도 끝내 찾지 못해가가……."

"아니, 어떻게 그런 일이?"

믿어지지 않는 일이었다. 혹시 나쁜 마음을 갖고서? 불길한 생각이 들기도 했다. 초조하게 어머니의 다음 말을 기다렸다.

"점슴 때가 훨씬 지나가가 찾기는 찾았지마는……."

"어디서요?"

"중환자실을 어떻게 빠져나간 거예요?"

희정이와 선아가 동시에 물었다. 궁금해서 입을 다물고 있을 수가 없었다.

"지나던 트럭이 찻길가 풀숲에 쓰려져 있는 우리 민혁이를 발견해가 119에 신고를 한 기라."

"찻길가에요?"

"의료원에서 30리쯤 떨어진 곳이었제. 전주로 가는 저짝 길 말이야. 쓰려져 구르면서 풀숲으로 들어가 거기서 고마 숨을 거둔 기라! 을매나 넘어지고 굴렀으모 온몸이 만신창이가 다 되어가꼬……. 그 몸으로 새벽에 거기까정 으떻게 걸어간 건지, 더욱이 신발도 음씨 맨발로. 참말로 시방도 알 수 없는 일인기라! 솔직카니 우리 민혁이도 중환자실에 누워가가 소현이 가 이름을 계속 불렀다카이!"

소현이 이름을 불렀다는 말에 홍 간호사가 해준 말이 떠올랐다.

소현이도 혼수상태에서 민혁이 이름을 계속 불렀다고 했잖은가. 코끝이 찡해지고 가슴이 아려왔다.

"이 학상들 전화 받고 괜찮을 것 같기도 하다는 생각을 내 하긴 했었고마! 우리 민혁이가 몽달구신이 되어가가 구천을 떠돌게 할 수는 없으니께네. 그란데 민혁 아부지가 무조건 반대를 해쌌고 집안 어른들도 그럴 끼고……."

민혁이 형이 방울토마토를 씻어가지고 내왔다. 오목한 접시에 하나 가득이었다. 하얀색 접시에 수북이 담긴 토마토가 유난히 빨갛고 반짝반짝 빛을 내 마치 루비구슬을 담아놓은 듯했다. 깨물어 먹기가 아까울 정도였다. 그 방울토마토를 서너 개 집어먹었을 때였다. 마당으로 민혁이 아버지가 불쑥 들어왔다. 머리카락이 부분부분 허옇게 새긴 했어도 우락부락한 생김새에 다부진 체격이었다. 들어오자마자 두 눈을 부라리며 소리를 질러댔다.

"아니, 이것들이 여그가 어디라고 찾아왔노, 으이?"

대문 밖에 세워둔 전북 번호판의 채 선생님 차를 본 모양이었다. 희정이와 선아, 채 선생이 황급히 일어나 공손히 인사를 건넸으나 막무가내였다.

"퍼뜩 몬 가나? 고마 칵……."

마치 철천지원수를 대하듯 했다. 결국은 등을 떠밀려 대문 밖으로 쫓겨나고 말았다. 절망적인 상황이었다.

"괜히 온 것 같아요, 선생님!"

"그렇지 않아! 어머니는 어느 정도 동의하셨잖아?"

차에 올라타고 시동을 막 걸려는데 민혁이 형이 뛰어나와 불러 세웠다.

"제 아버지 때문에 기분 상하셨다면 용서하세요. 제가 이렇게 사과드리겠습니다."

"아니에요. 기분 상하지 않았어요."

"아버지가 원래 성격이 괄괄하세요. 게다가 지나치게 보수적이시고요. 동생 병원비 때문에 빚도 많이 져 몹시 화가 나 있는 상태입니다."

민혁이 형의 진심 어린 사과에 희정은 굳어졌던 마음이 조금 풀어졌다. 아버지와 달리 민혁이 형은 차분한 성격이었고 생각 또한 깊어 보였다.

"이 여학생들과 선생님의 제안 저는 찬성입니다. 서울에 있는 여동생도 분명 찬성할 거예요. 제가 아버지를 잘 설득해볼게요. 완고한 친척 어른들도요."

"정말 그래 주신다면 고맙지요."

"고맙기는요. 제 동생을 위해 애써주시는 선생님과 이 학생들이 고맙지요. 연락드리겠습니다. 조심해서 가세요!"

희정은 다소 가벼워진 마음으로 왔던 길을 다시 달려 전주로 향했다. 채 선생님과 선아도 밝은 표정이었다.

모두가 사랑이에요

하지만 연락은 좀체 오지 않았다. 6월도 벌써 중순이 넘어섰는데 전화가 없었다. 더 이상 기다리지 못하고 먼저 전화를 하려는 참에 드디어 연락이 왔다. 민혁이 형이 아니라 서울에서 대학에 다닌다는 민혁이 누나로부터였다. 자기는 방학을 일찍 해서 집에 내려왔고, 오빠는 군인이라 못 나오고, 자기가 엄마를 모시고 전주로 올 테니 소현이 어머니랑 만나게 해달라는 내용이었다. 아무래도 당사자끼리 만나서 얘기를 해봐야 할 것 같다는 말이었다. 희정이는 자리를 마련해보겠다고 흔쾌히 대답했다.

양측이 전주에서 세 차례나 만나 장시간 논의를 한 끝에 가닥이 잡혔다. 날짜를 10월 말일로 하자는 데 가까스로 합의를 봤다. 그러나 장소 문제가 대두되어 한참 동안 옥신각신했다. 소현이 엄마는 전주에서, 민혁이 엄마는 김천에서 해야 한다고 맞섰다.

"두 사람한테 의미 있는 장소로 하는 게 좋지 않을까요?"

채 선생님의 제안과 설득으로 장소 문제가 해결되었다. 소현이 엄마가 소현이 아빠랑 전화로 크게 말다툼을 벌인 뒤 얻어낸 성과였다. "나는 신경 끊을 테니까 당신 마음대로 해!"라는 목소리가 수화기를 통해 쩌렁쩌렁 울렸다. 하지만 또 다른 문제가 불거졌다. 어느 쪽에서 결혼식을 주도할 것이냐 하는 거였다.

"이왕 하기로 한 거, 주례는 우리 성당 신부님을 세울래요. 그래야지 우리 소현이가 천국으로 인도를 받지요."

"아니지예. 우리 직지사 스님이 나을 낍니다. 경험이 여러 번 있으니께네. 두 아이의 극락왕생을 빌어야 헙니더."

종교 문제가 관련되자 두 어머니는 한 치도 양보하지 않았다. 침묵 속에서 팽팽한 신경전이 오랫동안 지속되었다. 난감한 상황이었다.

"그러면 식을 두 번 올리면 되잖아요?"

무겁고 답답한 침묵을 깨뜨린 사람은 의외로 선아였다.

"맞아요! 결국 소현이와 민혁이를 좋은 곳으로 보내겠다는 양쪽 부모님의 마음은 같으니까요."

그렇게 해서 결혼식 주도 문제도 극적으로 해결되었다. 그러나 그게 끝이 아니었다. 이번에는 비용 문제가 튀어나왔다. 양가 모두 치료비 때문에 가산이 탕진되어 빚더미에 올라앉아 있었다. 그야말로 산 넘어 산, 강 건너 강이었다. 비용이 뒷받침되지 않으면 모든 노력이 수포로 돌아갈 형편이었다. 어렵게 얻어낸 합의사항이 말짱 공염불이 되는 것이었다.

"여기까지 합의를 한 것만도 어디에요? 비용 문제는 며칠 더 생각해보기로 해요."

희정이와 선아, 채 선생은 여기저기 자문을 구해 비용 산정에 들어갔다. 소현이 무덤과 민혁이 무덤을 각각 개장을 한 뒤 화장을 해서 다시 한군데에 합장을 하려면 인건비와 묘지 조성비가 만만찮았다. 어림잡아도 1,000만 원이 넘는 비용이었다. 예상 못한 부대비용까지 치면 1,500만 원이나 되었다.

"선생님, 어떡하죠? 이걸 알면 두 집 다 포기하려고 할 텐데요."

"방법을 생각해보자!"

일주일 정도 고민한 끝에 희정이와 선아는 채 선생의 의견을 들은 뒤 모금활동을 벌이기로 했다. 1,000만 원이 목표 금액이었다. 활동적인 중학교 동창들에게 먼저 협조를 구하고 현재의 고등학교 반 아이들에게도 이야기를 했다.

"애들아, 내 말 좀 잠깐 들어줘. 너희들에게 할 말이 있어!"

"뭔데? 말해봐!"

"병원에 오랫동안 입원해 있던 내 친구가 작년 10월에……"

울먹이는 목소리로 소현이의 사연을 말했다. 몇 명이 동참하겠다며 주머니를 털었다. 하지만 너무 저조했다. 선아네 반도 마찬가지였다. 두 반 합쳐 고작 2만 원이 조금 넘는 금액이었다. 실망스러웠다. 좀 더 적극적으로 홍보를 하기로 했다. 글솜씨가 좀 있는 선아가 A4용지에 'Sixteen My Love'라고 제목을 쓴 다음 소현이와 민혁이의 애달픈 사랑 이야기를 상세히 적었다. 그리고 두 사람의 사진을 구해서 넣고 낙서 노트 사진도 넣어 전단지를 만들었다. 그것을 100매 컬러복사 해서 1학년 8개 반에 돌렸다. 진정성이 담긴 호소에 아이들이 술렁이기 시작했다. 한 명 두 명 동참자가 늘더니 다음 날에는 소문이 학교 전체에 퍼져 눈덩이처럼 불어났다. 2,000원, 3,000원이 모여 순식간에 50만 원을 넘어섰다. 그다음 날에는 2, 3학년 언니들과 일부 선생님들까지 동참해 150만 원을 넘었다.

"선아야, 우리 진심이 통했나 봐."

"그래! 그런가 봐. 이 상태로 가면 이달 안에 300, 400만 원은 될 것 같아. 성금이 계속 들어오고 있어."

그러나 뜻밖의 걸림돌이 나타났다.

"학생이 누가 이따위 짓을 하라고 그랬어? 하라는 공부는 안 하고?"

"대체 누구 허락을 받고 그런 짓을 하는 거야? 당장 그만두고 받은 돈 도로 다 돌려줘!"

담임선생님과 교감 선생님이었다. 학교에서 학생이 임의로 돈을 모금하는 건 금지사항이라며 막무가내로 추궁을 해댔다. 사연을 설명했으나 통하지 않았다. 오히려 더욱 화를 내며 처벌을 하겠다고 엄포를 놓았다. 게다가 다른 선생님들과 학생들에게 절대 동참하지 말라고 경고하기도 했다. 별수 없이 모금을 중지하고 소현이와 민혁이의 러브 스토리를 인터넷에 띄웠다. 학교 측 몰래 국어 선생님의 도움을 받아 전단지보다 더 상세하고 더 정성스럽게 꾸미면서 네티즌들에게 호소했다. 또한 민혁이 학교 친구들에게도 사실을 알리고 도움을 청했다. 큰 기대를 갖지 않고 한 일이었다. 그러나 반응이 폭발적이었다. 전국에서 성금이 답지해 불과 열흘 만에 목포 금액인 1,000만 원을 넘어섰다. 특히 전주를 포함한 전북 지역 학생들과 김천을 포함한 경북 지역 학생들이 많이 동참을 해줬다. 게다가 민혁이 친구가 있는 김천 학교는 물론 채 선생님이 있는 남원 학교에서도 자발적인 성금을 보내와 목표치를 훌쩍 넘어버렸다. 기적이었다. 그게 끝이 아니었다. 이야기가 널리 알려지자 지방 신문사와 방송국에서 학교로 취재를 나왔다. 희정이와 선아 그리고 교감 선생님이 학교 도서실에서 인터뷰에 응했다. 희정이와 선아가 학교에 불리한 말을 할지도 모른다며 교감 선생님이 자신이 입회해야지만 인터뷰가 가능하다고 조건을 달았기 때문이었다.

"어린 학생들이 어떻게 이런 뜻있는 일을 시작하게 된 거예요?"

"별다른 뜻이 있는 게 아니라, 그냥 친구를 위해서……."

카메라를 보니 가슴이 떨려 말이 잘 나오지 않았다. 혀가 꼬이고 턱이 뻣뻣해졌다.

"교감 선생님, 요즘 학생들은 이기심이 지나쳐 친구나 우정보다는 자기 자신과 개인적 이익을 더 중시한다고들 그러는데, 이 학생들의 다소 특이한 행동에 대해서 어떻게 생각하십니까?"

"아주 흐뭇하고 아름다운 행동이라고 생각합니다. 사연을 알고서 우리도 학교 차원에서 적극적으로 돕고 있습니다."

희정이와 선아는 교감 선생님의 180도 변한 태도를 보며 어금니를 깨물었다. 하지만 방송과 신문에 보도가 되자 전국적으로 꾸준한 동참이 이루어져 9월 중순에는 3,000만 원에 가까운 거금이 모금되었다. 논의 끝에 남는 돈은 전액 소아암환자협회에 기부하도록 합의를 봤다.

"무슨 생각을 그렇게 하니?"

홍 간호사가 어깨를 치는 바람에 희정은 과거 기억에서 현실로 돌아왔다.

"그냥 지난 일을 좀……."

"날씨도 좋고, 경치도 좋고, 하객들도 많아 좋고, 신랑 신부도 잘 어울리고……. 아마 이렇게 아름다운 결혼식은 내 평생에 다시는 보지 못할 거야."

홍 간호사가 웃음 띤 얼굴로 말했다. 그러나 감정이 북받치는 목소리였다. 말속에 슬픔이 가미되어 눈물샘을 자극했다.

"저도 그래요."

"진짜 사랑은 일생에 딱 한 번뿐이라잖아! 그 무엇으로도 막을 수 없는 그런 사랑! 상대가 자신의 모든 것이고 온 우주인 그런 사랑! 신랑 신부의 사랑이 많이 부러워!"

희정이도 부러웠다. 짧은 생을 살다가 갔지만 진정한 사랑을 한 친구 소현이가 너무 부러웠다. 사춘기가 아직 다 안 지난 나이, 자신도 소현이 같은 사랑을 하고 싶었다. 일시적이거나 즉흥적이지 않은 영원한 사랑을. 고개를 들어 은행나무 위쪽 파란 하늘을 올려다보았다. 하늘 한가운데에 소현이의 얼굴이 떠올라 환하게 웃고 있었다. 가슴이 뭉클해지며 눈시울이 붉어졌다. 기쁜 날이니까 울지 말고 웃자고 친구들과 약속을 했는데, 잘 되지 않았다. 인간은 너무 기뻐도 눈물을 흘리는 존재야! 희정은 그렇게 속말로 자신을 달랬다. 슬픔 모드에서 기쁨 모드로 감정 모드를 바꾸기 위해 한차례 숨을 깊게 들이마셨다가 길게 내뿜었다.

"저 두 그루 은행나무가 참 멋지다. 예쁘고. 참! 은행나무는 장수, 장엄, 진혼을 의미한대!"

"어머! 그래요?"

"응! 어느 책에서 봤어. 저기 선아가 너 부른다. 빨리 가봐! 가서 준비해야지!"

앞쪽에서 선아가 빨리 오라고 손짓을 하고 있었다.

"예! 그럼 이따 봐요."

"떨지 말고 잘해!"

"근데 자꾸 떨려요."

희정은 눈가의 눈물자국을 닦고 선아가 있는 곳으로 천천히 걸어갔다. 바닥에 두툼하게 쌓인 은행잎을 밟으며 한 걸음 한 걸음 떼어놓았다.

"신랑 신부 입장!"

드디어 결혼식이 시작되었다. 하얀 국화꽃으로 장식된 아치문 뒤에 서 있던 신랑 신부가 걸음을 떼어놓았다. 신랑 신부는 나란히 아치문을 통과해 노란 은행잎 위에 깔린 색동비단 카펫으로 올라섰다. 비단길을 가만가만 걸어 주례가 서 있는 연단으로 향했다. 하지만 하객석은 조용했다. 박수도 환호도 없었다. 카메라 셔터 소리 한 번 나지 않았다. 마치 얼음물을 끼얹은 듯 잠잠하니 엄숙하기조차 했다. 신랑 신부가 비단길 중간을 넘어갔을 때, 혀를 차는 소리와 흐느낌 소리가 고요하기만 하던 하객석에서 들렸다. 그러나 귀를 기울이지 않으면 알아듣지 못할 정도로 매우 작은 소리였다. 소리 없이 눈물을 흘리는 사람도 여럿이었으나 대부분은 신랑 신부의 행진을 묵묵히 지켜보고 있었다. 교복 차림의 남녀 학생들도 눈물이 가득한 눈으로 신랑 신부의 움직임을 주시했다.

색동비단길을 다 걸어간 신랑 신부가 주례사제 앞에 나란히 섰다. 사제가 다소 무거운 목소리로 기도를 올린 뒤 축사를 했다. 그리고 성경을 펼쳐들고 구절을 낭독했다.

"사람이 그 부모를 떠나서 둘이 한 몸이 될지니, 이제 둘이 아니요 한 몸이라. 그러므로 하나님이 짝지어 주신 것을 사람이 나누지 못할지니라."

이어서 신랑 신부의 맞절과 성혼 선언, 서약서 교환이 순서대로 이어졌다. 그리고 마지막으로 결혼 축하 성가가 신부 측 하객들에 의해 나지막한 목소리로 불려졌다.

"이상으로 전동성당 담임신부이신 마테오 사제님에 의한 신부 측 결혼식을 마치고, 이어서 직지사 주지이신 월영 스님의 주도로 신랑 측 결혼식을 시작하겠습니다."

사회자의 안내를 받고 장삼 차림의 나이 든 승려가 앞으로 나와 섰다. 주례 승려는 먼저 합장을 한 자세로 머리를 숙여 신랑 신부의 어머니에게 예를 표했다.

"자, 신부 어머님과 신랑 어머님은 신랑 신부를 잠시 옆자리에 모셔두고 이 양쪽 초에 불을 붙이시지요."

승려의 지시에 따라 신랑 신부 어머니는 연설대 좌우에 놓인 파란 양초와 빨간 양초에 불을 붙였다. 촛불이 약하게 흔들리며 타올랐다. 춤추는 나비 모양이었다.

"이제 두 분이 함께 이 향로에 향을 피우시지요."

신랑 신부 어머니는 양쪽 촛대 가운데에 자리한 청동향로에 향불을 피워 한 개씩 꽂았다. 특별한 의미가 담긴 듯 향은 굵기가 연필만 하고 길이는 두 뼘 정도 되었다. 두 줄기의 향불 연기는 서로

새끼줄처럼 꼬이면서 허공으로 구불구불 피어올랐다. 그러자 짙은 향 내음이 예식장에 넓게 퍼졌다. 어머니들이 원래의 자리로 돌아가 다시 신랑 신부의 영정사진을 가슴에 품어 들었다. 소중하게 품어 들고서 주례 승려 앞에 나란히 섰다.

주례 승려가 눈을 지그시 감고 목탁을 두드리기 시작했다. 낭랑한 목탁 소리가 식장을 안개처럼 돌며 번져나갔다. 그렇게 이삼 분쯤 지나자 승려가 눈을 떴다. 그리고 중저음의 촉촉한 목소리로 부처님과 조상님들께 두 사람의 혼인을 아뢰고 극락왕생, 백년해로를 빈다는 경백문을 읽어 내려갔다.

"주례 법사 소승 월영이 삼가 부처님께 아뢰나이다. 오늘 청정 무구한 몸과 마음으로 이 자리에 선 청신사 손민혁 군과 청신녀 임소현 양은 깊은 사랑과 믿음으로 부부가 되기를 부처님께 서원하오니, 대자대비로 부디 이들의 영혼혼례를 긍가하여 주옵소서! 이승에서 못다 한 사랑 부디 저승에서 왕생하여 천년만년 누리도록 자비와 축복을 베풀어주시오소서! 나무석가모니불!"

"나무석가모니불!"

주례 승려가 경백문 낭독을 마치자 신랑 어머니와 하객들 일부가 염불을 따라 했다.

"이제 혼인서약을 할 차례이오니, 신랑 신부는 큰 소리로 대답하여 부처님께 부부가 됨을 아뢰고 하객들께 그 증인이 되어줄 것을 청하시지요. 신랑 손민혁 군은 신부 임소현 양을 아내로 맞이하여 변함없고 거짓 없이 영원히 사랑하겠습니까?"

"네에!"

신랑 어머니가 울먹이며 대답했다. 똑같은 질문에 신부 어머니 역시 울음 섞인 목소리로 "예" 하고 대답했다.

"신랑 신부 상면! 신랑 신부는 마주 보고 서시지요."

각각 어머니의 손에 들려 나란히 서 있던 신랑의 영정과 신부의 영정이 마주 보고 섰다.

"신랑 신부 상배 삼회! 신랑 신부는 맞절을 세 번 하시지요."

주례 승려의 지시에 따라 양측 어머니는 영정을 가슴에 품은 자세로 허리를 세 번 굽혔다. 그 순간 두 어머니의 눈에 눈물이 글썽거렸다. 한 걸음 떨어진 자리에 신랑 신부의 유골함을 들고 나란히 서 있는 민혁이 누나와 소현이 이모의 눈시울도 벌겋게 충혈되어 있었다. 하객들 역시 눈물을 훔치고 코를 훌쩍였다.

"이제 이 두 사람이 칠천 겁의 인연으로 일심동체의 부부가 되었음을 선포합니다. 나무석가모니불!"

신랑 신부의 영혼혼례를 축하하고 극락왕생을 비는 주례 승려의 독경이 한차례 끝났다. 향불은 중간쯤 타들어가 있었고 태양은 우측 은행나무의 어깨 높이에 머무는 중이었다. 소현과 민혁의 영혼결혼식을 축하하는 듯 노란 은행잎 수십 장이 한꺼번에 공중에 흩날렸다.

사회자가 마이크를 잡았다.

"오늘은 어떻든 결혼식입니다. 즐거운 날이지요. 눈물을 그치시고 얼굴을 밝게 펴주시기 바랍니다. 아마도 신랑 신부는 여러분의 눈물보다는 웃음을 보기를 원할 것입니다. 그런 의미에서 이번에는 신랑 신부 친구들의 결혼 축가가 있겠습니다. 먼저 김천에서 온 신랑 친구 권대옥 군과 이영조 군입니다. 그리고 전주의 신부 친구인 서희정 양과 오선아 양을 소개합니다. 박수로 환영해주십시오."

하객들이 박수를 쳤으나 그리 큰 소리가 나지 않았다. 여전히 슬픈 눈빛이었고 얼굴색이 어두웠다. 다른 남학생들 네 명이 연단에 먼저 올라 드럼을 설치하고 신시사이저를 옮기고 전기기타 장치를 연결했다. 남학생 보컬밴드가 준비를 마치자 통기타를 목에 건 권대옥 학생을 따라 소개된 세 명이 무대로 나가 옆으로 나란히 섰다. 네 명은 약속이나 한 듯 잠시 눈을 지그시 감았다. 그들을 보고 하객석은 일시에 잠잠해졌다. 이윽고 권대옥이 기타를 치기 시작하고 밴드가 약하게 백뮤직을 깔았다. 서희정, 오선아, 이영조가 눈을 떴다.

모두가 이별이에요.

따뜻한 공간과도 이별

수많은 시간과도 이별이지요.

이별이지요.

콧날이 시큰해지고 눈이 아파 오네요.

이것이 슬픔이란 걸 난 알아요.

심금을 울리는 애잔한 노래였다. 노래를 부르는 네 학생의 눈가에 눈물이 촉촉이 배어났다. 그것을 감추려고 권대옥은 목소리를 높이고 더 세게 기타를 쳤다. 하지만 하객들은 다 알고 있었다. 하객석에서 다시 울음소리가 들리기 시작했다. 특히 여학생들의 훌쩍이는 소리는 점점 더 커져갔다. 희정이와 선아는 목이 메어 노래를 제대로 부를 수가 없었다. 권대옥과 전화 통화로 어느 노래를 부르자고 합의를 한 뒤, 선아와 둘이 노래방에 가서 연습을 꽤 많이 했는데도 잘 되지 않았다. 반면에 권대옥과 이영조는 감정을 추스르고 점차 제대로 된 화음을 냈다.

모두가 사랑이에요.

사랑하는 사람도 많고요.

사랑해준 사람도 많았어요.

모두가 사랑이에요.

마음이 넓어지고 예뻐질 것 같아요.

이것이 행복이란 걸 난 알아요.

첫 번째 축가를 마치자 하객들이 듬성듬성 박수를 쳐주었다. 모두들 슬픈 노래의 여운이 남아 표정이 밝지 못했다. 곧 두 번째 노래가 시작되었다. 첫 노래와 달리 보컬밴드의 빠른 반주와 권대옥의 경쾌한 기타 소리가 흘러나왔다. 신부인 임소현이 살아생전에 가장 좋아했던 〈러브데이〉였다. 남학생과 여학생이 서로 한 소절씩 주고받으면서 부르는, 그러다 어느 소절은 함께 부르기도 하는, 경쾌하고 발랄한 노래였다. 설레는 사랑의 감정을 상큼하게 잘 표현한, 사탕처럼 달콤하고 예쁜 노래였다. 노래를 듣는 하객들의 표정이 많이 밝아졌다. 그러나 노래를 부르는 희정이와 선아의 눈가에는 눈물방울이 맺혀 구슬인 양 반짝거렸다.

같은 하늘 아래 같은 생각을 하고

똑같은 말 이제 해도 될 것 같은데

너를 많이 많이 좋아해.

너를 나 사랑하게 됐나 봐.

나 손 내밀면 그 손 안 놓을 자신 있다면

영원히 그 손을 놓지 않을게.

너를 너무 너무 좋아해.

사실 난 이미 너를 사랑해.

이 사랑 안에서

이 사랑 속에서

나란히

같이 걸어가자, 둘이 둘이 둘이.

노래가 끝나자 박수가 한참 동안 이어졌다. 박수가 계속되는 와중에 사회자가 결혼식이 끝났음을 알렸다.

"정해진 시간이 많이 지났습니다. 서두르셔야 합니다. 자, 이리로……."

주례 승려가 앞장서고 신랑 신부의 영정이 그의 뒤를 따랐다. 영정 다음에는 신랑 신부의 유해 상자가, 유해 다음에는 남녀 학생들과 하객들이 뒤를 이었다. 바람이 조금씩 세지고 있었다. 하객들의 울음소리 또한 점점 커져갔다. 두 그루의 은행나무 중간 지점에는 깊이 1.2미터 정도의 직사각형 구덩이가 파여져 있었다. 황토 구덩이 바닥에는 새하얀 전주 한지가 겹겹으로 깔려 흡사 서리가 내린 듯했다.

"신부 유해부터 조금씩 조금씩!"

신부 이모가 들고 있던 유해 상자를 땅에 내려놓고 뚜껑을 열었다. 상자 속에는 서너 줌의 뽀얀 재로 변한 임소현이 들어 있었다. 한 줌 두 줌 유해가루를 한지 위에 뿌리는 소현이 이모의 어깨가 들썩였다. 눈물이 방울방울 떨어져 유해가루에 눈물꽃을 피웠다. 똑같은 절차로 민혁이의 유해가루도 황토 구덩이 속에 뿌려졌다. 두 사람의 유해가루에는 무수한 눈물꽃이 피어났다.

한 줄기 바람이 은행나무를 흔들고 지나갔다. 노란 은행잎 몇 개가 소현이와 민혁이의 유해가루에 핀 눈물꽃에 사뿐히 내려앉았다. 은행잎 위에 청실과 홍실로 묶인 두 사람의 사주단자가 소현이 어머니에 의해 넣어졌다.

"소현아, 행복하게 잘 살아야 해!"

소현이 어머니는 끊임없이 눈물을 떨구며 사주단자를 한참이나 어루만졌다. 그러다 자신의 목에 걸린 십자가 목걸이를 풀어 사주단자 위에 가만히 올려놓았다. 뒤이어 염주를 넣어준 민혁이 어머니 역시 오랫동안 손을 거두지 않았다. 하염없이 흐느끼면서 사주단자를 반복해 쓰다듬었다.

"민혁아, 둘이 오래오래 잘 살어!"

"보살님, 이제 그만하시지요."

주례 승려가 어깨를 살짝 치고 나서야 민혁이 어머니는 마지못해 손길을 거두었다. 뒤로 한 걸음 물러선 민혁이 어머니와 소현이 어머니는 서로를 껴안고 흐느껴 울었다.

일꾼들이 흙을 덮기 위해 삽을 들었다.

"잠깐만요!"

영혼결혼식 전 과정을 누구보다 감격스럽게 지켜보고 있던 희정이가 가방을 열었다. 그리고 노트를 한 권 꺼내 들었다. 소현이의 낙서 노트였다. 손가락이 굳고 시야가 흐릿해진 소현이가 한 자 한 자 공들여 쓴 글씨로 첫 장부터 끝 장까지 빈틈이 없었다. '민혁 오빠! 사랑해!' 그 글씨가 수천수만 번 반복해서 적혀 있는 노트였다.

"이것도 넣어줘야 될 것 같아요!"

소현의 낙서 노트를 민혁의 유해 위에 살며시 올려놓은 희정은 좌측 은행나무 밑으로 물러나 섰다. 눈가에 맺혀 있던 눈물이 흐르려고 해 고개를 들었다. 파란 하늘 저 멀리에 웃고 있는 소현의 얼굴이 또렷하게 보였다. '기쁜 날인데 울지 마!'라고 말하고 있었다. 희정은 파란 하늘에서 시선을 거두어 노란 은행잎이 깔린 땅을 보았다. 은행잎을 보며 천천히 몸을 돌렸다. 한 삽 한 삽 황토 흙이 덮여 구덩이는 금세 메워졌다. 남녀 학생들이 둘러서서 계속 흐느껴 울었다. 잠시 후 개나리꽃 문양이 새겨진 16개의 화강암으로 테두리를 한, 볼록하고 길쭉한 직사각형 형태의 봉분이 만들어지고 그 위와 주변에 황금색 잔디가 덮여졌다. 이제 마지막으로 봉분 우측 앞쪽에 비석이 세워질 차례였다. 남학생들에 의해 흰색 비단으로 싸인 비석이 옮겨졌다. 비석은 일꾼들이 미리 만들어놓은 기단 위에 놓였고, 곧 단단히 고정되었다.

"자, 이제 제막식을 하셔야죠. 두 어머님께서 이 끈 하나씩을 잡으시고 나머지 한 끈은 신랑 친구 대표 권대옥 군과 신부 친구 대표 서희정 양이 잡으세요. 어서 이리 오세요."

사회자의 지시에 따라 희정은 끈을 잡았다. 신문, 방송사 기자들이 다가와 사진을 찍을 자세를 취했다. 하객들이 두 겹 세 겹으로 둘러서서 가만히 지켜보았다.

"제가 하나 둘 셋 하면 당겨주세요. 하나, 둘, 셋!"

사회자의 구령이 끝나자 두 어머니와 희정, 대옥은 끈을 잡아당겼다. 흰색 비단이 스르르 벗겨져 내리고 비석 몸체가 햇볕에 드러났다.

"어?"

"오우!"

하객들 사이에 놀람과 감탄이 이어졌다.

그것은 비석이 아니었다. 우체통이었다. 가짜가 아닌 진짜 우체통이었다. 헌 우체통을 구입해서 남원중학교 미술부원들이 일주일간이나 씻고 닦고 색칠하고 단장을 한 것으로 전체가 노란색이었다. 희정은 찬찬히 우체통을 살폈다. 우체통 상단에는 일부가 겹쳐진 하트 문양 두 개가 야광 페인트로 예쁘게 그려져 있었다. 그 하트 문양 속에는 밝게 웃고 있는 소현이와 민혁이의 사진이 붙어 있었다. 그리고 우체통 몸체에는

'손민혁, 임소현이 꿈을 꾸고 있는 은행나무 집'

이라는 글자가 크고 진하게 쓰여 있었다. 또한 뒷면에는 민혁이와 소현이의 출생 연월일과 사망 연월일이 적혀 있었다. 바로 그 밑에는 전국 학생들의 성금으로 손민혁과 임소현의 영혼결혼식이 치러지고 보금자리가 조성되었다는 문구도 쓰여 있었다. 은행잎

몇 장이 축하 비행을 하며 우체통 위로 사뿐히 날아 내렸다. 마치 정성스럽게 쓴 노란 편지가 배달되는 듯한 광경이었다. 희정은 더 이상 눈물을 흘리지 않고 입가에 미소를 지었다. 5일 전 결혼식 최종 점검차 권대옥과 전화 통화를 했었다. 그때 매년 10월 말에 전주 지역 학생들과 김천 지역 학생들이 이곳에 모여 임소현과 손민혁의 사랑을 기리는 화합축제를 갖기로 한 합의가 생각나서였다. 어른들이 만들어놓은 갈등과 대립의 구렁텅이에 빠지지 않고 서로 마음의 장벽을 허물기로 굳게 약속을 했었다.

뷔페식으로 간단하게 차린 접대 음식과 잔치국수를 먹고 하객들이 돌아갔다. 희정이와 선아는 김천에서 온 버스 출입문 앞에 서서 남학생들과 일일이 악수를 나눴다. 와주어 고맙다고 또 만나자고 작별의 인사를 나눴다. 그들이 손을 흔들며 떠나자 희정이와 선아도 떨어지지 않는 발걸음을 이끌고 돌아갔다. 소현과 민혁의 어머니도 서로 인사를 나눈 후 식장을 떠났다. 이제 두 그루의 키 큰 은행나무 사이에는 소현과 민혁 단둘만 오붓이 남았다. 저녁이 되었다. 그때까지도 두 사람의 조그마한 보금자리 위로는 노란 은행잎이 끊임없이 날아와 쌓였다.

해가 떴다 지고, 노을이 피었다 지기를 수십 회나 반복되었다. 그에 따라 은행잎은 점점 퇴색되며 말라갔다. 하지만 곧 하얀 함박눈이 소복이 내려 퇴색된 은행잎을 뒤덮었다. 그러자 소현과 민혁의 작은 집은 마치 두툼한 솜이불을 덮고 있는 듯 포근해 보였다.

몇몇 학교에 초청 강연을 가서 생기발랄한 십대 학생들을 많이 만나보았다. 그들 중에 적지 않은 학생이 러브 스토리를 써달라고 요구했다. 그러마 하고 선뜻 약속을 했다. 하지만 막상 집필을 하려니 망설여졌다. 러브 스토리? 너무 진부한 소재에 뻔한 이야기가 될 거라는 선입견 때문이었다. 게다가 기존의 유명한 사랑 이야기가 얼마나 많은가.

그러나 약속을 저버릴 수가 없어서 자료부터 수집하기 시작했다. 우리나라 고전인 『춘향전』부터 시작해서 셰익스피어의 『로미오와 줄리엣』, 투르게네프의 『첫사랑』, 에릭 시걸의 『러브 스토리』 등을 다시 읽고 한국 영화는 물론 미국 영화와 일본 영화까지 수십 편 보았다. 또 로맨스 만화도 여러 권 살펴보았고 직접 목격도 하고 듣기도 한 이야기도 생각해냈다.

　그러고 났더니 차츰 이야기의 아우트라인(outline)이 잡혔다. 십대들의 풋풋하고, 상큼하고, 예쁘고, 그러면서 애틋하고 슬픈 사랑 이야기를 쓰되 무언가 다른 색깔과 새로운 메시지를 넣자고 마음먹었다.

　작년 9월부터 시작해서 올 2월 집필을 마치고, 3월 초에 출판사에 원고를 넘기고 나서도 다섯 차례나 수정 보완을 한 기간까지 합치면 집필 기간이 1년이 넘었다. 그 짧지 않은 기간 동안 우리 십대 중반 남녀 학생의 사랑 이야기에 빠져 즐거웠다. 그러나 다른 한편으론 새로운 메시지를 어떻게 어느 강도로 넣을 것인가 하는 문제 때문에 고민도 많았다.

　올해가 가기 전에 예쁜 책으로 출판되어 기쁘다. 여러 번 수정 보완을 했어도 여전히 단점과 부족한 점이 보여 아쉽기도 하다. 당연 독자들에게 송구스럽다. 그리고 여러 어려운 여건에도 마다 않고 졸고를 책으로 출간해준 자음과모음 출판사에, 특히 편집부에 심심한 감사를 드린다.

2013년 겨울
양호문

식스틴 마이 러브

© 양호문, 2013

초판 1쇄 발행일 | 2014년 1월 7일
초판 3쇄 발행일 | 2019년 12월 27일

지은이 | 양호문
펴낸이 | 정은영
편 집 | 사태희 이새봄
마케팅 | 이재욱 최금순 오세미 김하은
제 작 | 홍동근

펴낸곳 | (주)자음과모음
출판등록 | 2001년 11월 28일 제2001-000259호
주 소 | 04047 서울시 마포구 양화로6길 49
전 화 | 편집부 (02)324-2347, 경영지원부 (02)325-6047
팩 스 | 편집부 (02)324-2348, 경영지원부 (02)2648-1311
이메일 | jamoteen@jamobook.com

ISBN 978-89-544-3044-9 (43810)

이 도서의 국립중앙도서관 출판시도서목록(CIP)은 서지정보유통지원시스템 홈페이지
(http://seoji.nl.go.kr)와 국가자료공동목록시스템(http://www.nl.go.kr/kolisnet)에서
이용하실 수 있습니다. (CIP제어번호: CIP2013027907)